魅丽文化 心晴坊 女性新阅读

渡春风

卿玖思 著

江苏凤凰文艺出版社
JIANGSU PHOENIX LITERATURE AND ART PUBLISHING

图书在版编目（CIP）数据

渡春风 / 卿玖思著 . -- 南京 : 江苏凤凰文艺出版社，2022.5
ISBN 978-7-5594-5646-5

Ⅰ . ①渡… Ⅱ . ①卿… Ⅲ . ①长篇小说 - 中国 - 当代
Ⅳ . ① I247.5

中国版本图书馆 CIP 数据核字 (2021) 第 019787 号

渡春风

卿玖思 著

策划出版　北京魅丽心晴坊
出版统筹　曾英姿
责任编辑　张　倩
策划编辑　萧　萧　王　洁
封面设计　白砚川
封面绘图　山　鬼
插图绘制　加盐鱼头 千里黄沙
出版发行　江苏凤凰文艺出版社
　　　　　南京市中央路 165 号，邮编：210009
网　　址　http://www.jswenyi.com
印　　刷　湖南天闻新华印务有限公司
开　　本　880mm × 1230mm　1/32
印　　张　10.5
字　　数　343 千字
版　　次　2022 年 5 月第 1 版
印　　次　2022 年 5 月第 1 次印刷
书　　号　ISBN 978-7-5594-5646-5
定　　价　48.60 元

周周，欢迎你来到我的世界。

目录

001 第一章 隔壁的男人和他的猪

030 第二章 错加微信

051 第三章 吃饭偶遇

068 第四章 冒充女朋友被抓包

088 第五章 节目录制事故

111 第六章 九爷的小心思

136 第七章 他追他的小朋友

目录

第八章　坐上九爷的摩托车　223

第九章　再次英雄救美　268

第十章　属于九爷的世界　290

番外一　旧照片里的少年　313

番外二　擦肩而过的青春　319

番外三　乖巧的直男九爷　323

第一章　隔壁的男人和他的猪

“服务员，这边！”有人抬手示意附近几步远的服务员过来。

服务员闻声望去，孔雀绿的发色一下就引起了她的注意。

这桌客人一行五人，随身带着拍摄器材。唤她过来的绿头发女生化着精致妆容，穿着她常在视频软件看到的 JK 制服。

服务员小姐猜测绿头发姑娘应该是自己不认识的某个“网红”。面对一桌男女，服务员本能地站在看上去最为亲和的女生旁边，微弯下腰询问：“请问有什么需要帮忙的吗？”

刚才唤她的绿头发女生正把一盘所剩无几的麻辣豆腐汤汁扫进饭碗里。

没等绿头发女生说话，服务员身旁那位面相亲和的女生开口了：“请给我们再来一盘麻辣豆腐，谢谢。”

女生是小圆脸，可能是灯光效果，看上去跟没化妆一样。服务员正要开口，就听到她又笑着说：“你们家的豆腐很好吃。”笑起来两个小酒窝，圆圆的眼睛里映着餐桌上的灯光，可爱又温柔，看得人忍不住跟她一块儿笑起来。

“好的，麻烦稍等一会儿。”

服务员没猜错，绿头发的尤许确实是个小网红，这次跟团队过来厦门是为了广告拍摄。正巧赶上周窈五一放假，两人一合计，就一块儿过来了。

今天是在厦门的最后一天，下午还有一个地点打卡完就结束这场旅行，他们买的晚上的机票回无锡。

没多久，刚才那位服务员端来了麻辣豆腐。

这家店本不是他们计划清单里的网红店，大家偶然看到外面麻辣豆腐的招牌照片就进来了，没想到既便宜又好吃。

尤许跟她的朋友讨论着下午的拍片方案，周窈在边上安静地吃着饭。

她舀了一勺豆腐，灯光下，豆腐色泽红亮，与白嫩嫩的米饭成鲜明对比。

豆腐嫩滑不碎，浓稠的汤汁里融进了肉末，入口麻辣鲜香。再配上一大口米饭，她满足得眯起了眼。

这些天在厦门的闷热感在这种满足中得到了一丝消弭。

对面聊天的尤许，瞥见她吃完了一碗饭，微微惊讶。

周窈一向胃口不大，平常一块儿吃饭她只吃得下小半碗，菜也不怎么动。

周窈和尤许是表姐妹的关系，周窈只比她大十天。虽然辈分上称周窈为姐，但无论是长相还是身高，尤许看上去更像是个姐姐。

饭后，几人在万达商城里休憩片刻，就打车去水上世界。

周窈是失眠患者，来了厦门几天失眠症状也没有好转，加上被蠓虫叮咬，心情更烦闷。

她虽然长相讨喜，却不大爱讲话。尤许的几位朋友一开始还对她嘻嘻哈哈，后来了解她性格后，就不怎么凑上前打闹了。

“我叫的车来了，我跟我姐先去吧。”尤许对朋友们说。

她转头找人，看到周窈站在最边上，叫了一声：“周周，我们的车来了！”

周窈这才回头，跟她一块儿上了车。

尤许上车后朝她方才望的方向看：“你刚看什么呢？”

“好像看见我同事了，”周窈挠挠小腿，“但又不太像。”

“男的吗？”尤许提起精神，一脸八卦。

周窈从包里掏出止痒药膏，淡淡地看她一眼。

尤许看懂了她眼神里的无奈，不过还是得出了总结：“明白了，一定不帅。”

周窈无言以对，手掌贴了下她脑门。

下午，梦幻水上世界。

天气闷热异常，偶热掠过的风止不了炎热。

周窈跟尤许几人分开，到女浴室里换了一条吊带裙。涂抹防晒霜时，收到尤许的微信，告诉她结束后的集合时间和地点。

水上世界很热闹，大人小孩跟下饺子似的钻入水中。

周窈没有下水，随便逛着。

来水上世界很少有像周窈这样形单影只的，她却并不觉得孤单，反倒格外自在，心情也好转许多。

她低头把手机装进防水袋，猛不丁被人拍了两下肩膀："周窈？"

人声水声嘈杂，她左转右转，这才看到拍自己的人。

是不算太熟的男同事，邱亚良。

此刻邱亚良只穿着一条中裤，皮肤被厦门的太阳晒得黝黑，比之前她认识的他黑了几个度。

见她看过来，邱亚良才放心地卸下墨镜，笑着说："还真的是你啊，老远就看着挺像的。"

邱亚良曾当过她一个栏目的策划人，在某种程度上来说，算是个小领导。

面对领导，周窈本能地微笑，也摘下了墨镜："这么巧啊，邱哥。"

他点了下头，朝她四周观望："你一个人吗？"

周窈说："跟我朋友一起来的，他们去拍照了。"

"哦，这样啊。"

邱亚良一边说着，伸手朝不远处的棚子里一指："我也陪我朋友一块儿来散心的。"

周窈朝着他手指的方向望去，那个棚子是一个叫"比翼双飞"的项目，入口排着十几人的长队。

她分不出里面谁才是邱亚良的朋友。

"小周啊，要不我们去里面聊？"邱亚良手遮在头顶，"这边怪晒的。"

"好啊。"

周窈见他好像是有什么话要说，没有拒绝他的邀请，一起过去了。

一进棚子，邱亚良突然问周窈："你害怕玩这种高空旋转项目吗？"

周窈微眯起眼，目视前方。

正前方，一对男女坐在圆形橡皮艇上，从几米高的滑梯上飞滑下来，尖叫声不绝于耳。

紧接着男女一同落入水池，水花四溅。

她抿了下唇。

邱亚良立即解释："不是我要拉你一起玩啊，我也害怕玩这个，你看我都一把年纪了，心脏受不了。"

他一边走，一边往排着队的某个人指："是我那朋友，说什么都非要玩，但是这个项目得两个人才能去，所以我就问问你能不能陪他一块儿去玩。"

顿了几秒，又补了句："你要是不愿意，也不勉强的。"

说着说着，两人就来到了那位朋友身后。

邱亚良口中的朋友是个男人，背对着他们。

男人个头很高，比邱亚良还高半个头，肤色没他晒得那么黑。

男人的肩膀宽直不厚，腰腿瘦长，胳膊和小腿上的肌肉线条恰到好处。

他穿着白色T恤，黑色中裤，脚踩一双人字拖。最普通的衣服在他身上仿佛也是潮流时装。

男人脑勺上扎了个半指长的黑色小辫，双手插在裤兜里，左肩微斜，慵懒又自然。一动不动地望着前方的游戏"战况"。

排着的这条长龙队伍中，这个男人光是背影都那么独树一帜，轻而易举地就能抓住别人的眼球。

周窈不得不承认，她第一眼注意到的，就是这个男人。

直到邱亚良叫他："小九。"

扎小辫的男人终于回过头来。

名叫"小九"的男人戴着黑色墨镜，面色冷峻，嘴里嚼着口香糖。

周窈没怎么打量他的长相，身高原因，她下意识觉得站在他面前的自己像个未成年小孩。

男人先是看邱亚良，目光逐渐下移，落到他身旁的人。

女的，挺白。

比邱亚良矮半个头，又瘦又小。她穿着黑底白点碎花吊带长裙，肩膀瘦削得仿佛一捏就碎。

女人微微抿着唇，脸颊两侧隐约显出两个酒窝。

眼下皮肤被太阳晒得泛红，像是抹了较重的腮红。

男人审视了女人一遍，眉一挑，冷声冷气地对邱亚良说："你找了个小孩来跟我玩这个？”

周窈沉默不语。

她就知道对方会是这个反应。

邱亚良忙捶了小九一下，对他使眼色：“怎么讲话，她只比你小一岁。”

接着又向周窈求证：“小周你是 1995 年出生的吧？”

“哎，是的。”

“你看，我就说她只比你小一岁。”邱亚良说。

“你们认识？”男人的声音依旧很平静，并不为自己方才的言论感到歉意一样。

邱亚良这才想起来介绍：“哦，忘了说了，她叫周窈，是我们台里的主持人。今天也是凑巧，偶遇了。”

又转向周窈说：“这小屁孩比你大一岁，叫孟之旭，你认识不？”

周窈一头雾水。

为什么会觉得她认识他？

邱亚良见她满脸疑惑，拍了下自己脑门，笑着说：“也对，女生对赛车又不感兴趣，怎么可能认识。”

周窈还是觉得奇怪。

队伍往前挪了几步，周窈和邱亚良站在外圈。

孟之旭又看了一眼脑袋后束着马尾，脖子上挂了个皮卡丘黄壳手机的周窈，一言不发。

她似是在内心挣扎了一番。

他手插在裤兜里懒得拿出来，曲曲胳膊肘，朝周窈方向点了下：“如果不害怕的话，可以一起玩。”

站一旁的邱亚良没反应过来，周窈的反应倒是很快。

她迅速往后退了一小步，面带笑容：“不好意思，我怕高。”

拒绝了。

闻言，孟之旭正过身来，眼睛在墨镜后盯了她片刻。嘴里慢悠悠嚼着口香糖，“咯咯”，打了两声响。

他只字未言，又转回身去。

周窈抬眼，莫名觉得他的行为幼稚好笑。

而邱亚良习惯了孟之旭的惯常行为，不以为意。他四处观察，不忘对周窈说："我再给他找找人。你等我会儿，我有个事要跟你讲。"

邱亚良这么一说，周窈大概知道他要说的是什么事了。

这几天《生活空间》栏目的工作群里透露了一些小道消息，说生活频道预备策划一档新栏目，具体什么内容没打探到。

周窈这次五一假期加上了年假，休假前频道主任找了她一次，话里话外都有让她单独主持新节目的意思。

这件事对别人而言是升职，可在竞选主频道直播新闻主持人的关头，对她来说，去一个新节目里从头做起不是件好事。

简而言之，她在竞选中"落榜"了。去主持一个新栏目，看起来像是某种安慰。

邱亚良四处找人的空当里，周窈已经旁观了好几个女生来问小辫子男人要微信号。

前两个女生他都拒绝了，唯独最后一个。

周窈无聊地站在队伍外，手肘搁在银白色的横栏上，看到男人盯着最后那位只比他矮半个头的女生。

虽然邱亚良刚才介绍过他的名字，但周窈没听清楚他叫什么，也没追问。

男人面前的女生穿着浅蓝色的比基尼，个头很高，身材很棒。周窈看着会自惭形秽。

这次还是女生先主动的，问题却不一样："嗨，你一个人？要一起玩这个项目吗？"

他打量完女生，直接问："怕高吗？"

女生顿了下："你看我的身高就应该知道我怕不怕。"

男人脖子小幅度往后缩一下："不知道。"

女生："……不怕。"

"那行。"

女生欣喜异常，忍不住朝后方的几个小姐妹抛眼神，显然觉得成功得太容易了。

队伍一点点往前挪。

之后他们聊了什么，发生了什么，周窈一概不知。

尤许给她打来电话了。

周窈转身去了一处人少的地方接听。

想着邱亚良还有事对自己说，她没走远。

邱亚良带着一位男性回来时，看到孟之旭身旁已经有了一位长腿美女，于是又对身旁的男性表示抱歉。送走男性后，他径直向周窈走去。

周窈结束了跟尤许的通话，回头看到邱亚良回来了。

邱亚良笑笑："找个地方坐坐？"

"好。"

他们去了卖冷饮的地方，空地上撑着几顶遮阳伞。两人分别点了一杯饮料。

邱亚良嘬了一口冰可乐："你已经知道我准备跟你说什么了吧。"

"嗯，"周窈喝着橙汁，"是关于新栏目的事吗？"

"对，内部已经定下来你是主持人了，我正好是这个栏目的策划人。"

"哦。"周窈手指捏着吸管，十分平静地点点头。

邱亚良感到好奇。周窈这小孩他接触过几次，在他的印象中，是个笑起来蛮甜的姑娘。人长得和气可爱，脾气也温柔，深受同事和节目观众的喜爱。

可就是她这张标准的娃娃脸，将她从新闻频道候选主持人的位子上挤了出去。

上头的理由是她"小气"，撑不起大局。转头选了另一名女主持。

今天能碰见周窈纯属巧合，他俩日后在一起工作的时间也比较多，邱亚良就想着提前打个招呼。原以为她会询问新栏目的主题内容，可她却只字未提。

她接受得太快了，情绪也十分稳定，不像是个"小气"的人。

她不问，邱亚良却是要提的："我们准备做一档当地美食节目，外景和内景都会有的，因为是新栏目，所以前两期可能会跟明星有合作，打个广告。"

"明星？"

周窈皱了眉。

"是生活频道开的新栏目？"她又问。确定不是娱乐频道？

邱亚良知道她担忧什么："没错，你别担心，我们现在也还没决定好要不要请，而且就算请也只会请一些小明星。"

明星自带流量是肯定的，但是也会带来一些不必要的麻烦。咖位越小，麻烦越少。

周窈稍稍放下心来。

“具体的内容等你假期结束，我们台里开会再聊。”

“好的，邱哥。”

邱亚良说：“那没什么事我先走了？”

他起了身。

周窈忽然抬眼看向他，手指拨开黏在左颊上的一缕发丝，笑着露出两个酒窝：“邱哥，谢谢了。”

他愣了一下，随即反应过来：“客气什么。”拍了拍她肩膀，“走了。”

离开后，邱亚良兀自笑了。看来是他多此一举，周窈这丫头根本不是因为落选失落才休年假的。

再次回到“比翼双飞”项目。

一轮游戏下来，孟之旭正对同行的女生说：“不好意思，我手机没带在身上。”

邱亚良在不远处看热闹，并不上前。

女生刚被游戏吓得魂魄不定，再三被他拒绝，顿时生气：“不给算了！”头一甩，愤愤地跟小姐妹走了，隐约听到“渣男”二字。

孟之旭略一抬眉，不以为意。

邱亚良笑着上前：“怎么不给人家留个微信？”

孟之旭奇怪地反问：“为什么要给？”

“那你还让她陪你一块儿玩。”

“我询问过她的意见了，她愿意玩，我正好缺个搭档，不可以？”

“所以你真的只是想玩个游戏？”

孟之旭手里撑开了墨镜腿，望他一眼：“不然？”

“好吧好吧，是我想多了。”

两人往另一个游戏项目走。

邱亚良问：“刚才游戏的体验如何？”

孟之旭揉揉耳朵，戴上墨镜，说：“还不如让你的那个同事跟我一起玩。”

“为什么？”

“她应该叫得好听点。”

邱亚良怔住：“喂，你刚还说人家是小孩子，现在就又打什么坏主意？”

孟之旭两手往兜里一插，乜他一眼：“想什么呢，我说你同事的音色比较不错，就算尖叫也不会那么刺耳。”

“……哦。”

“邱哥，你把我想成什么人了，”孟之旭漫不经心道，“我是不会对那种像小孩的女人动歪脑筋的。”

“人家那是长得年轻，显小。”

“无所谓，一个意思。”

邱亚良翻了个白眼，左耳进，右耳出。

晚上将近十一点，飞机直达无锡国际机场。

周窈招了辆出租车。跟尤许的几位朋友道别，两人进了后座，报上目的地。

尤许靠在她肩上，听完问：“去大姨那儿？不回你的小屋？”

“嗯，回家一趟。”

周窈低头在手机上啪嗒啪嗒地打字，屏幕的光照亮她满是困意的脸。

她给父母发了短信：晚上跟尤许一块儿回家。

没过几秒，妈妈苗叶回：注意安全。

周窈：你们先睡，不用等我们。

机场到周家所在小区车程半小时，比离她自己住的地方近。

车一直开到楼下，她还没下车就看到楼下立着一道黑黢黢的身影。

尽管瞧不清样貌，周窈也能想象出对方手摸肚皮，翘首观望的焦急姿态。

周南铭一见有车停下，就小跑着到车前。脸上肚子上的肉一颠一颠的，极具喜感。

他从后车窗往里瞟，确认是女儿和侄女后，笑呵呵地给出租车司机掏了根烟：“师傅，这么晚辛苦您咧。”

司机师傅跑了一整天，准备接完这一单就交车下班了，心神俱疲。有了周南铭这一声招呼，疲惫的精神骤然得到缓解。

师傅下车接过烟，笑着称不客气，又帮忙把后备厢里的两个行李箱搬了下来。临走前还特意开了车前灯给几人照明，等他们刷卡进了楼道才开车离去。

周南铭一手推一个行李箱，让俩小丫头走在前头。

“小许啊，你给你爸妈打过电话没，他们知道你晚上不回去吗？”上了电梯，周南铭问。

尤许困得不行，下巴黏在周窈肩上似的。她盯着周窈摁楼层键的白嫩嫩的手：“说了，我妈还说让我多住几天。”

“可以啊，”周南铭看了眼周窈，“正好周周还有两天假，你俩在家好好休息。”

尤许立马挽住周窈的胳膊，笑眯眯地对周南铭说：“好呀，我都很久没睡过周周的床了！”

10 楼。

电梯门一开，周窈就看到妈妈苗叶在门口候着。

苗叶个高脸瘦，标准的桃花眼，周窈一点没遗传下来。她的长相随了周南铭，娃娃脸加杏眼，是老一辈人喜爱的“福相”。

苗叶一见人回来了，立马眉目舒展：“可算到家了，你爸都担心好几天了，恨不得天天给你们打电话视频。”

周窈看向她爸。

周南铭头也不回地把行李箱推进家门，气势十足地反驳：“谁天天打电话了。”

进屋不到半分钟，苗叶视线扫到周窈的腿，登时叫唤起来：“哎哟我的祖宗，你这腿怎么了？”

周窈回来时穿的短裤，小腿后面起了好几个大红疙瘩，跟肿了似的，惨不忍睹。

周窈放下包，往沙发上一瘫，任由爸妈大惊小怪地把她当病人关怀。

尤许在旁边解释：“被厦门那边的什么虫子咬的，可能是体质原因，我就没有。”

夫妻俩心疼地问：“抹药膏了吗？”

周窈撑起上身：“买了止痒的。”

“看来那药膏没什么用。”周南铭说。

苗叶心疼地啧啧道：“明天跟我去一趟医院，过几天要是去见相亲对象，可不能拖着这双腿去。”

周窈：“相亲对象？”

正在给朋友发信息报平安的尤许蓦然抬头：“相亲？！”

两人异口同声，一个疑惑，一个震惊。

尤许觉得不可思议：“大姨，周周才多大啊，就忙着相亲了？”

经她提醒，苗叶瞬间想起来：“哦对了，小许，你妈也跟我提过这事，说你也该找个男朋友了，问我有没有认识的男孩子。”

“正好你在，大姨先问问你啊，你喜欢什么样的？”

尤许做一秒头晕状：“大姨，我拍了一天照，头好晕，我要去洗洗睡了。”说着，就以百米冲刺的速度冲向周窈的房间。

苗叶在后面嘱咐：“还没吃饭呢，一会儿洗完别忘了出来吃点东西！”说完又回头看周窈。

周窈倒在旁边周南铭肩膀上，手捏捏他胳膊。

周南铭明白她的意思，给她按揉太阳穴：“孩子刚下飞机，累了，明天再说吧。”

“行，明天等你清醒了我们再聊这事。”苗叶站起身去厨房，边对周窈说，“我昨天去你小区了，你隔壁有人在打扫，听物业说房主要住进去了。”

周窈闭着眼，敷衍地应了一声。

等苗叶离开，周南铭才悄悄道：“周啊，如果觉得那个相亲对象不合适就推了，反正爸爸永远站你这边的。”

周窈翻了个身，抱住他胳膊：“嗯嗯，知道了。”

第二天，周窈九点多就醒了。强迫自己闭了好一会儿眼，没成功入睡就起床了。

她洗漱完，尤许还躺在床上一动不动。

今天不是休息日，正常上班族的五一假期也已经结束。按说早该去学校上班的老妈，这会儿却还坐在客厅沙发。

周窈去厨房找吃的，随口道：“妈，你今天没有课吗？”她走路脚步轻飘飘的，没有声。一开口把正在跟人打字聊天的苗叶吓得一激灵，差点没握住手机。

“吓我一跳。”苗叶捂着心口，缓了缓道，“我上午的课调了，一会儿你吃完我跟你一起去医院。”

苗叶起身过来，看她又回头去开冰箱门，忙阻止：“桌上有吃的，微波炉里有温豆浆，一大早别喝凉的。”

周窈听话地关上冰箱门，在餐桌旁坐下。

苗叶在她对面坐下，绾了绾发，又咳了两声，给自己倒水喝。

周窈在她的注视下安静地吃着早餐。

室内寂静，直到客厅里的挂钟发出报时的声音，十点。

周窈终于放下手中的杯子，抬眼，妥协般地叹了口气：“妈，对方什么情况？”

苗叶正盯着她出神，听到她主动询问，愣了小半会儿。随即反应过来，笑着把手机递给她，道：“喏，这是那个小伙子的照片，长得挺精神的。”

周窈“嗯”了声，低头看照片。

照片里的男人只拍了上半身，白衬衫，灰色西装外套。很标准的钻石脸型，上宽下尖，长眼薄唇，鼻子挺直。头发三七分，抹了发胶，整理得一丝不苟。打扮完全是精英人士的模样，却莫名透着一股柔弱的气质。

瞧女儿脸上没有不甘愿的情绪，苗叶才放心介绍道：“是跟我一起打麻将的那个秦阿姨给介绍的，他们算是远房亲戚。”

“小伙子叫于然，于是的于，然后的然。”

“他家也是无锡的，无锡有两套房，在苏州也有两套。”

“他们家做生意的，主要就在无锡附近的几个城市，不会离太远。”

“于然呢，自己就帮衬家里的生意，现在也在无锡。”

“他比你大两岁，交没交过女朋友你秦阿姨没说，不过没把女生往家里领过。”

周窈点点头，看完把手机还回去。

苗叶观察着她的脸色，虽说没有不高兴，但也没有很高兴：“如果你们俩有意呢，就先加个微信聊一聊，成不成后说。”

周窈喝完最后一口豆浆，心平气和道：“嗯，可以。”

这是苗叶第一次给女儿找相亲对象，有些忐忑。不过见女儿松了口，顿时乐开花：“那行，我把你微信给你秦阿姨了啊。”

周窈望着她，抿唇一笑，道：“没事，你给吧。”

她今年二十四岁了，大学毕业回无锡工作也有几年了，父母担心她的感情生活很正常。

相亲的行为她并不排斥，也许真能碰见未来的另一半也说不准。

周窈从小到大都没谈过恋爱。学生时期专注学习，毕业后又一头栽进工作中，真没什么时间和心思去考虑爱情。

父母的担忧她能理解，不过是多认识个人，没什么好排斥的。

假期的最后一天下午，周窈才回到自己住的地方。

紫金英郡小区，离电视台近。

周窈刚上大学时，周南铭就在紫金英郡小区买了一套两居室，等她快毕业了才开始装修。

周窈下车，从地下停车场出来。

小区的环境和物业她都满意，唯独不满地下停车场没有电梯。还要绕回一楼刷卡上去。

她手里拎着保温饭盒，里面装着苗叶女士煲的汤，土茯苓槐花炖排骨。说是有清热解毒，止痒的功效。也不知道苗叶女士从哪儿学来的菜谱。

周窈住 15 栋，602 室。

她所在楼栋每层一梯两户，之前隔壁一直没住人。

下了电梯，周窈想起老妈提到的事，朝隔壁 601 看了一眼。

601 室门口堆放着几个快递纸盒，门好像没关紧，隐约听到里面有人交谈的声音。

收回视线，周窈开门进屋。

明天就要回台里工作了，周窈将《生活空间》群里的信息都翻了一遍，一切照常。

《生活空间》是生活频道的一档栏目，这档节目的观众主要是中老年人。节目内容以表演的形式普及生活常识和法律常识，防止中老年人上当受骗。

周窈就是《生活空间》的节目主持人，兼“演员”。

尤许给她打视频电话时，周窈正一边看电视，一边优哉地喝着汤。

排骨汤里点缀着几小朵已经看不清形状的槐花，花的清香和排骨的浓香充斥着整个客厅。

“周周，今晚七点阿福喜乐会来吗？”尤许此刻在外面，说话声含糊，夹杂着吸溜吸溜的声响，正在喝奶茶。

周窈挑了块排骨：“去啊，反正在家也没事。”

苗妈妈选用的肋排，肉层瘦薄，油水少，但是口感很嫩，牙齿轻轻一碰，那层包覆着骨头的薄肉就掉入口中。

槐花闻着清甜，花入口略苦，入汤的土茯苓却有着淡淡的甜。两种味道中和得恰到好处，周窈连喝了两碗也不觉得腻。

尤许凑近了镜头看她：“吃什么呢，胃口都变大了。”

周窈说：“我妈煲的汤，你上午就回去了，没喝上。”

“太亏了我，”尤许说，“要不等会儿你给我带一碗过来？”

“不可能，”周窈收拾茶几上的骨头垃圾，“剩下的是我明天的早餐。”

“周抠抠！”

周窈嘚瑟地一笑。挂了电话，她将家里打扫了一番。把垃圾提到大门外。

开门时，隔壁门也正好打开。里面出来一个很高很壮的男人，正对着她的那条左胳膊上有个文身。

周窈没敢细看，好像是什么动物的形状。一大块青黑色，怪骇人的。

男人肤色很白，戴眼镜，穿着背心中裤。一眼就能看到露在衣服外发达的肌肉。

男人出来后转过身，无意与她对视一眼。

可能没想到隔壁门口还有人，他傻了几秒，愣愣地站在原地。那神情莫名有些滑稽。

周窈抱歉地一笑，放下垃圾袋就要关门。

此时，601 屋内传来另一个男人的声音。

“杵着干吗？走不走？”语调散漫，透着几分不耐烦。

她关门前瞥了一眼，601 室内又出来个男人，一身黑，短寸头，正背对着她。

对方的一只手扶着门框，手指骨节大而修长。

接着她听到眼镜男委屈般说：“九哥，你一会儿开车能不能慢点？你不怕被罚款扣分，我还想多活几年呢。”口音很重，是北方人。

轻轻咔哒一声，周窈关上门。

孟之旭和安常同时闻声望来。原来是隔壁邻居关门的声音。

没在意，孟之旭挪开眼，锁门：“我不开，你开。”

安常说：“我还正在考驾照。”

关了门，孟之旭手指套着钥匙圈一转：“那就老实感受我将给你带来的刺激。”

安常丢了个白眼。

晚上怕不好找停车位，周窈打的车去。

南长街无论是否旅游季，晚上人都挺多。

她到了后，就看到举着跟她同款皮卡丘黄手机的尤许在挥手。

手机是两人今年一起买的，黄色的苹果 XR，外壳是黄色的皮卡丘。

节目还没开始，尤许已经嗑了不少瓜子。她突然想起来问周窈：“你那个相亲对象怎么样了？”

周窈向服务员要了一壶茶，道：“加了后做了个自我介绍，就没下文了。”

“看过你照片没？那是你没联系他，还是他没联系你？”尤许道，“我听我妈讲，他家好像挺有钱的，是个富二代。”

“我妈给那个什么阿姨发过我的照片，”周窈不太热衷这个事，“我俩互相都没联系。”口吻居然还有些理所当然。

尤许靠近了些，调侃道：“那你对这个相亲对象有兴趣吗？”

周窈白了她一眼：“没联系我能产生什么兴趣？”

“听你这话的意思，你好像不在乎他的长相？”

周窈的茶来了，她给自己倒了一杯等凉：“无所谓。”

尤许用不争气的眼神看她，直摇头：“周周啊，虽然这个有钱，但是谈恋爱还是得找个又帅又有钱的。”

“你倒是想得美。”

“那当然，”尤许得意扬扬，“因为我长得美。”

周窈敲她脑门：“自恋。”

尤许拿过她手机，打开前置摄像头：“来，我们来拍个照。”

调整着两人的角度，尤许一边提醒她：“一会儿你把我俩合照发你朋友圈，看那个相亲对象找不找你。”

周窈看着她微笑，脸颊两个浅浅的酒窝：“怎么，你想试探一下他？”

咔嚓，照片定格这一瞬间。

尤许盯着照片：“不得不说，你这侧颜和酒窝太有吸引力了。有句话说得好，你的酒窝里没有酒，我却醉得像条狗。”

周窈语气明显顿几秒：“别贫了。”

尤许笑嘻嘻地把手机还她，盯着她发完朋友圈。

果不其然，周窈发完没两分钟，那个叫于然的相亲对象私聊她了。

于然：去听相声了？

周窈看到他的问题，居然不意外。

她回：嗯。

于然：跟朋友一起？

周窈：表妹。

于然：哦哦，你妹妹跟你一样，长得都挺好看的。

周窈手指顿在九格键盘上方，没回。

她抿唇笑了下。正要回个谢谢夸奖，对方又发了。

于然：我跟朋友也在南长街，一会儿你们结束了一起吃个夜宵？

周窈挑挑眉，没有直接回，把信息给尤许看。

她的照片对方应该看过，之前没动静，现在主动献殷勤，明显是对尤许感兴趣。

尤许撇嘴：“渣男。”

周窈回他：太晚了，明天还要上班。

于然：那好吧，下次再约你们一块儿玩。

周窈视线盯着“你们”，手指轻轻敲在手机屏幕上，不再回他的信息。

尤许愤愤：“你怎么不直接拉黑他？他那话里话外的意思还不明显吗？”

周窈拍了下她脑袋：“你太冲动了。”

“我怎么冲动了，大不了跟他撕破脸呗。”

“你看他的用词，不是挺有礼貌的嘛。”周窈依旧语气淡淡的，好像对对方的行为并不生气。

“我只看得出他想勾搭我。”

“可如果是长辈们，就不会这么想了。”周窈指腹摩挲着茶杯，解释，“他们会觉得他很有礼貌，还想着带我的妹妹一块儿玩。或者是，他对我很满意，所以迫不及待想见我的妹妹，我的家人。”

尤许语塞。

“不懂你这小小的脑袋里都在想什么。”尤许戳她脑门，“太人情世故。”

周窈被她戳得脑袋一歪，嘴角始终噙着笑。

她面前的茶杯里漾出灯打下来的微光，一荡一荡地在她脸颊上跳跃。暗处的光显得人更沉静了几分。

后桌。

安常往前一桌瞄了几眼，“咦”了声。

孟之旭懒懒地靠进卡座里，从外头压根看不到他的上半身。

他手里抓着瓜子，见安常一个劲往前面倾身，拿瓜子丢他：“看上谁了？”

“我好像看到你邻居了。”安常不确定地说。

孟之旭好笑地嗤了声：“你本事大，我都不认识我邻居，你认识。”

“真的，”安常朝前方抬了抬下巴，“哪，一个有酒窝的小女孩。”

几乎是同时，孟之旭脑海里蹦出了一张脸，一张笑起来有两个酒窝的小圆脸。

那张脸很小，皮肤被太阳晒得泛红。明明是一副任人欺负的小屁孩模样，眼神却格外平静镇定。

他奇怪自己怎么会有这个记忆。恍惚几秒才想起来，是在厦门遇到的，邱哥的同事。

孟之旭原本是不打算动的，可是鬼迷心窍般，他直起了身，从卡座镂空隔墙向前看。

前一桌的客人是两个女生。

他的视线停在离他远一些的那个女生侧脸上。定在她若隐若现的酒窝上。只一眼，他又重新瘫下来。端起面前的茶杯，杯口将要触碰到嘴唇，轻笑：“真小。”

安常诧异看过来：“什么？”

孟之旭没回答这个问题：“喝你的。”

无锡电视台。

周窈来上班这天正好赶上周一，早晨整个频道集体开例会。到了生活频道办公部。刚坐下没几分钟，就陆续有人过来跟她打招呼。她一一笑着回应。

吃完煎饺，周窈把包装纸盒收拾掉，起身出去，扔到楼道的垃圾箱。转身要走，迎面就被人叫住。

“周窈。”

来者是个男人，个头不高，身形偏胖。脸圆圆的，腮帮有肉，周窈每次看见他都忍不住想起八仙过海里的汉钟离。

男人叫李吉，她的同事搭档，《生活空间》的主持人兼演员之一。他几乎每年都参加新闻频道主持人的候选竞争，今年也跟周窈同时报名参加了。周窈看群里最近的聊天风向，猜到他十有八九被选上了。

楼道里就他们二人，周窈见他手上也拎着要扔的食品包装袋，往旁边一让。

李吉只是望着她，欲言又止的样子。

周窈面露微笑，说：“李哥，你也来扔东西啊。”

她的话提醒了他，李吉这才想起来手里还拎着没喝完的豆浆。临了又嘬了两口，才扔掉。要出楼道，周窈伸手做了个请的手势，让他先行一步。李吉没拒绝，走两步又慢下来等她。

周窈侧头问：“李哥，你找我有事吗？”

“周窈，”一向在节目里妙语连珠的主持人，突然支支吾吾，“你没事吧？”

他没具体讲白了，周窈却知道他为什么这么问。

“没事。”她笑笑，“谢李哥关心。”

“周窈，你还年轻。”

“嗯，我还年轻。”周窈脸上一直挂着礼貌的笑容，无意识般重复他的话。

李吉望着她的侧颜，情绪复杂。

她确实很年轻，有时候像个天真少女，有时候却又好像很成熟。每每他认为她应付不了的事情，她总是能给人一个出乎意料的完美结果。

真的太年轻了，年轻到未来还有无限可能。年轻到，令人忍不住想探取这股活力。

台里有几个男同事明里暗里追求过她，都被周窈暗暗冷处理掉了。

她对每个人都笑脸相迎，从不主动交恶。与她接触，李吉总是觉得舒心自在。

这样的女人，天真又世故。

今天的例会，是周窈来这个频道有史以来人来得最全的一次。

邱亚良跟主任是最后才进来的。

周窈听着旁边的同事小声聊八卦，抬头看到邱亚良在自己的斜右方坐下。

察觉有人看过来，邱亚良朝她颔首。

“好了，可以安静了。“主任拍两下掌，手撑在桌面上，环视一周，“今天的人到得蛮齐的嘛。”

主任和周窈都是无锡本地人，他说的普通话带点无锡方言，语速快，尾音微上扬。

周窈听主任不是很标准的普通话，就想到老爸。

例会讲了三件事——

各栏目组总结上周的工作。

公布新闻频道候选主持人竞选比赛的结果。

新栏目的开展事宜。

讲到周窈被定为新栏目的主持人时，大家惊讶的同时又觉得理所当然。

她一直以来的工作态度众人有目共睹，她的观众缘也好，还经常有观众打电话到台里夸她。

主任一声“散会”，邱亚良又赶在众人离开前加了句：“麻烦刚才被分配到新栏目的几位同事留一下。”

周窈也在其中。

新栏目叫《三餐四季》，编导是周窈曾经合作过几次的同事，廖波。主持人两个，一个是周窈，还有个是实习主持周学勤，刚毕业。

新栏目并不是马上就开始录制，在此之前会有一个准备阶段。

频道内曾经开展过一个美食栏目，但因为收视率持续走低，没做多久又被砍掉了。

这些天，周窈一边录制《生活空间》，一边准备着新栏目。

她把之前美食节目已播放的几期都看完了，总结教训。

因为工作，跟廖波、周学勤二人也走得近了。

周学勤比她小两岁，同姓的缘故，一直管她叫姐，管廖波则叫“廖姐”。

他好像很怕廖波，在她面前总是不敢直视对方。

也是，廖波比他们大几岁，身形比一般女生高大，因为颧骨高，更显得她为人严肃。再加上做事说话都雷厉风行，没有几个同事不怕她的。

工作太忙，导致周窈都没时间应下于然的约。

她对于然并不感冒，他这几天还老在朋友圈发一些暗示的句子。

周窈不是傻子，决定还是找个时间跟他心平气和地谈一下，好聚好散。

正好《三餐四季》的准备工作告一段落，她今晚会早点下班。

周窈靠在座椅里，握着手机找到了于然的微信。

周窈：晚上有空吗？一起吃个饭。

发出去没几秒，屏幕上方出现“对方正在输入”的字样。

等了半分钟，没有收到消息。

周窈揉了下太阳穴，笑了。

她无聊地点开于然的朋友圈，仅三天可见。

就在最近的三天里，他发了六条朋友圈。餐厅、影院、酒吧，等等。他每去一个地方都打一次卡，还有两条看书心得。

周窈数了下，有四条结尾都加上了“单身狗的我，不配在这里”这句话。

他真的又忙又闲。

“姐。”周窈刚从他朋友圈退出来，周学勤拎着外卖袋子进来了。他从袋子里拿了一杯咖啡给周窈，“给，邱哥请客。”

“谢啦。”

周窈接过，朝邱亚良办公室方向望去，他正在和廖波聊天。

周学勤在办公室里分了一圈，最后来到周窈隔壁坐下。

“姐，今晚你有空吗？我想请你跟廖姐他们吃个饭。”

周窈笑着看他：“你刚来就要你请客，不太好吧。”

“没什么不好的，我是新人，你们这几天都照顾迁就着我，请你们吃饭也是应该的。”

“那我可能没这个荣幸了，”周窈摆了摆手机，“今晚我约了人。”

话落，微信提示音就响了。

于然回复了。

于然：有时间啊，你几点下班，我去接你。

周窈放下咖啡，朝周学勤抱歉地一笑，回信息。

周窈：不用了，我们八点，万达那边的东来顺见面。

于然：行。滨湖万达？

周窈：对。

于然：（捂嘴笑）晚上见。

周窈：晚上见。

她回复消息的时候，脸上神色很平静。

周学勤瞥了几眼，不确定她在跟谁聊天，不过应该不是男朋友。据他所知，不只周窈，廖波和邱亚良也还没有对象。

周学勤虽然在工作上战战兢兢，感觉跟同事们格格不入，但在私生活方面，算是找到了组织。

周窈下班先回了趟家。下了电梯，看到隔壁门口的鞋架上有一根粉色的绳子，好像是宠物牵引绳。

换完衣服再出门时，周窈进电梯前又扫了一眼，粉色绳子不见了。

她提前半小时到了东来顺饭馆。

东来顺是一家铜炉火锅店，以羊肉出名。他家的羊肉很正宗，周窈跟父母来吃过几次，每次都会特意多点几盘羊肉，最后打包带回去。

这家火锅店没有包间，大间也是敞开着的。

周窈提前问过于然口味，点好了锅底和肉。

坐着等他的时间里，玩了会儿手机。

她有个工作微博号，配合工作买的十几万粉丝，平时就发发工作方面的内容。她习惯性去看了尤许的微博，又刷了下热搜，大多是耳熟能详的明星。其中第五条是“九爷与安达已解约”的热搜。

周窈在脑海里搜索了下“九爷”这个明星，没能对上号。也许是个刚火起来的小鲜肉。她没点进去。

没过几分钟，微信响了。

周窈一看，是于然发来的消息。

于然：不好意思，路上有点堵车，我十分钟后到。

周窈：没事。

她选了靠窗的餐位。收了手机，周窈看到玻璃窗外经过三四个人，其中一个又高又壮。她立马就想起那天在 601 门口见到的肌肉男。

几人拉开门进来，为首的肌肉男嗓门很大，手把着门对身后人介绍："这家羊肉老好吃了。"

听到他的声线和口音，周窈立刻认定他就是那天碰到的人。

周窈的目光又落在走在最后的男人身上。

男人两手插在裤兜，走路慢悠悠的，一点都不着急的样子。进了门，他才拿出一只手撑住半合的门，等它完全关上才松手。

男人剃着寸头，侧脸下颌线硬挺，鼻梁很高，嘴里似乎还嚼着什么东西。一身黑衣黑裤，加一双人字拖，就像是急匆匆出门吃个路边摊的打扮。

他的个子跟大嗓门的肌肉男差不多高，但看上去比对方瘦弱许多。

男人一直没有转过正脸来，姿态慵懒。

"等久了吧。"突如其来的声音猛然拉回周窈的视线。周窈抬头，望向身前比照片里发些福的于然，起身道："还行，没等多久。"

一坐下，周窈就将菜单递给他："我点了些肉，你再看看有没有什么想吃的。"

于然笑着接过。看菜单的同时，他的目光时不时上挑几下，观察着对面的周窈。

周窈始终默默注视着他，也不讲话。捕捉到他的目光，她就微微一笑，露出两个酒窝。

于然心下莫名得意。他觉得这个周窈，本人比介绍人给的照片好看多了。

之前他看到过周窈在朋友圈发的一张合照，据她说合照的另一人是她表妹，而表妹的长相正是他喜欢的类型。

他以往的女朋友都是表妹那种风格的女人，可今天见了周窈，忽然觉得，这样的小白兔女人别有一番风味。

同桌人还在点菜的时候，孟之旭就第一个去了调料区。他爱吃辣吃酸，调了两小碗调料。

店里人还算多，可他站的这块调料区算上他只有两人，另一个也是男的。

那男的夹了很多香菜，一边跟手机里的朋友语音聊天。

“这个周窈本人看起来比照片里水灵，真的，哥们儿，就像初恋那种。”

“看起来文文静静的，而且我听介绍人说，她还没谈过恋爱呢，比我小两岁。”

“之前好像在上海上大学，每周都回家，家里管得好像比较严吧。”

“看起来也不像是会说谎的，笑得特纯特天真。”

男人口若悬河。

孟之旭端着托盘，笔直地站在他身后。

男人头顶到他鼻尖，脖子略粗，眼又小，笑起来挤出双层下巴。

听着他的聊天内容，孟之旭本能地心烦，本就上挑的眉尾扬起，冷声道：“让让。”

聒噪声戛然而止。

于然不耐烦地回头，在看到对方冷冷的眼神时一震。

对方比他高，浑身还散发着一种“老子不爽”的气息。

于然在朋友面前虽然是被捧着的那个，但当他独自面对“恶势力”时，会选择认㞞。尤其在看到正过来的另一个肌肉男。

肌肉男道：“搞个调料搞这么长时间，九爷你啥时候这么磨叽了。”

他面前的男人头也不回，径直挤开他：“老子乐意搞多久就搞多久。”口吻戾气很重。

于然听到肌肉男以“爷”称呼他面前的男人，刚才的三分胆怯立马涨为七分。他只字未言，端着托盘离开。

人离开后，孟之旭感觉空气都净化不少，眉目舒展。没等安常，搞完调料就回去。目光随意飘到了方才双下巴男人那桌。

他对面的女人看上去确实小小一个，头垂着在吃东西，嘴巴又红又亮。

女人皮肤很白，露出来的额头光洁，鼻子小小尖尖的。被火锅店的热度一烘，脸颊鼻尖都红红的，小兔子一样。

双下巴男人说的没错，看起来很纯。

正要收回眼，那女人突然抬了眼，遥遥直视过来。

她面前雾气萦绕，那双眼睛穿透蒙蒙水雾，直直对上他的眼。水汪汪的眼睛大而亮，上了滤镜似的。

孟之旭见过那双眼，里面藏着与外表不符的冷静。

周窈自带了一小袋枸杞过来，等汤开了后加了几粒进去。

于然从调料区回来，脸色不大好。

她烫着羊肉，边听于然吐槽刚遇到的人多么没素质。

她的关注点都在羊肉上，心不在焉。

羊肉没烫太老，几乎是刚熟她就捞出来了，再往蘸料里一滚，送入口中。好吃得全身细胞都仿佛舒展开了。

吃完才想起来没先喝汤。于是舀了一碗羊肉汤，汤里飘着两粒枸杞，又加入几片葱花香菜。

汤鲜美清甜，完全没有羊肉的膻味。

周窈很满足，工作了一天的疲惫顿然消散。

这才听到于然在说什么。她抬起头，殊不知与隔了四五米远的男人对视上了。

她疑惑地偏了偏头。

那个男人的脸，说陌生，可又好像曾经见过。

立夏已过，五月的无锡雷雨较多。

一会儿的工夫，外头已经下起瓢泼大雨。雨来得突然，行人躲闪不及。

周窈望了一眼窗外模糊的世界，想起阳台门没关，估摸着阳台上刚买的几盆花已经惨遭摧残。

可能是店内冷气开得足，也可能是下雨天的心理作用，周窈觉得裸露的小腿沁着凉意。腿自然地往后缩。

她话少，一顿饭几乎全靠于然挑话题。

顺着周窈的目光，于然也朝外面看，顺手夹了片羊肉到她碗里。“你住哪儿？离这儿远吗？”动作十分自然熟稔。

于然的筷子刚伸过来，周窈倏地转头。

眼神先落在他脸上，继而扫过碗里的肉。

目光轻飘飘的，没有攻击性，可又仿佛看破了他的心思。

他莫名被唬住几秒，将后半句“要不我送你回去”给噎回了肚子。

再看周窈，她已经垂了头，筷子搅着蘸料碗。

她这是已经吃完了的意思。

于然也停下筷子，望着她，手指轻敲着桌面，沉默着将方才的尬意给缓解过去。

她今天穿的是白色衬衫，黑色薄长裙。

衬衫是 V 领的，露出一截瓷白纤细的脖子，脖子上戴着条银色项链。

灯光的照耀下，碎钻吊坠时不时闪出银光。

周窈放下筷子，拆开桌上的湿巾擦嘴，打破僵局。

“我住的地方离这儿不远。”所以不用送。

于然的目光在她一字型锁骨上流连，闻言一笑，几乎是本能发问：“你学过舞蹈吗？”

话题跳跃得太快，周窈奇怪地看他，摇头否认。

其实不然，她学过几年古典舞。不过那已经是高中之前的事了，父母给她报的业余课程，当个兴趣来学的，总共也没学几年。

于然自觉这话问得突然，摸了下鼻子：“我随便问问的。”

周窈坐直，俩胳膊肘搭在桌面上。

她注视着对方，定了定音量：“于然，我觉得我们不合适。”

一时间，于然愣住。周窈没错过他脸上闪过的意外和不满神色。

不过也只是几秒的工夫，他又笑了起来：“嗯，那我们就做普通朋友吧。”

于然给自己倒了杯茶，茶壶放下，抬头看周窈时，又提起来帮她倒。

他边倒边说：“相亲说白了就是多认识个人，多交个朋友嘛，不一定就当情侣的。”

周窈盯着汩汩而下的茶水，没有讲话。

他这么讲，她没法接下去。

其实她对他，连朋友都不想当。

周窈一贯不擅得罪人，没把话说绝，顶多以后就在各自微信列表里充当空气。

圆桌上，安常招呼服务员上了两瓶啤酒，迅速启开，给孟之旭杯里倒满。

孟之旭权当没看到他的动作，自顾自地烫羊肉，拌蘸料，送入口中。

安常给邻座的红头发男生也倒上酒，余光瞥着孟之旭那边，话却是对红头发男生讲的。

“小许，你真要跟着我们一块儿开饭馆？”

红头发男生名叫许锦嘉。

安常知道，他跟着孟之旭，无非是想着哪天九爷能回心转意，重新回到他们的赛车战场。

许锦嘉不是无锡人，跟孟之旭一样，都是上海人。他家境不错，家里人多年来纵容着他在爱好上砸钱。

在许锦嘉心中，金钱是次要的，多少钱也买不来梦想。

孟之旭是他偶像，一听说孟之旭跟车队解约，闻着声就屁颠屁颠地追到无锡来了。

后来听说孟之旭要开餐馆，又二话不说从家里搞来钱说要当合伙人。被孟之旭拒绝后，才退而求其次当个小服务员。

许锦嘉往嘴里塞了块肉，口齿不清道：“小主哥，我什么时候说话不算数过？”

“小主哥？”第一次与许锦嘉见面时，他喊的还是常哥，最近老是“小主哥小主哥”地唤他，叫人听着怪别扭的。

许锦嘉立马举杯改口：“常哥常哥。”

安常也不拘这点小事，回敬他一杯。

许锦嘉喝完，安常又把目光投向孟之旭。

孟之旭不动声色地回视他一眼，又转头跟身旁的人聊天。

安常举杯，调高声量：“两位哥，怎么光吃菜也不喝两杯啊。”

孟之旭从裤兜里掏出一串钥匙，钥匙扣在指尖转了两圈：“我开车。”

安常鄙视：“就一小电驴。”

孟之旭：“不管什么车，我今晚总归是要开的。”

他想了想，又说：“要不你一会儿跟我回家，咱们再喝个痛快？”

安常想到什么，一脸嫌弃，立马拒绝道：“不了，你家还有个祖宗呢，我怕了。”

旁边的许锦嘉一听：“九爷，你什么时候找女朋友了？我们怎么都不知道？”

孟之旭瞥他，笑了下：“怎么，我不能找媳妇？”

“真有了？”许锦嘉左看看右看看，稀里糊涂的，“那怎么不叫嫂子一块儿出来吃饭？”

这小子平时看着精明，这会儿倒傻了。安常推搡他两下：“你九爷看上去像是能交女朋友的样子吗？”

许锦嘉当真仔细观察起孟之旭的模样来。这大高个，这小白脸，哪哪都像是交过八百个对象的主。

许锦嘉说：“九爷看上去挺像个渣男的，可实际上还是个处男。”

桌上其他人立马起哄。

孟之旭一手懒懒撑着下颌，食指百无聊赖地在下颌线来回摩挲，脸上表情似笑非笑。他不加入他们的话题。

几人被火锅的热气熏出汗，气氛热烈，聊的话题也越来越开放。

酒过三巡，大家已有了些微醉意，桌面上唯独孟之旭保持着清醒。

察觉他没喝多少，许锦嘉喝安常轮番来敬。

许锦嘉重新倒满酒，起身朝他举起杯：“九爷，不说什么了，反正以后你做什么我都支持你。”说完一饮而尽。喝完了，唇边沾上啤酒沫，随手一抹，继续道，“只要不违法的事我都支持。”最后一句令在座的几位都忍俊不禁。

孟之旭脸上挂着笑，指尖在杯沿打着圈。

等他喝完了，才端起杯，杯底在玻璃桌面轻轻一击，再仰头一口灌下。

饭局将尽，孟之旭起身去卫生间。

卫生间在二楼，需要路过收银台。

他从二楼下来时，看到一个女人的背影。

白衬衫黑长裙，瘦瘦小小的，跟纸片人似的。

女人扎着低马尾，她微垂着头在跟收银员讲话，另一手握着手机，手机屏幕亮着，上面显示着二维码。

不知道是不是头顶的光太晃眼了，将她的皮肤映得冷白。

今天是周三，东来顺火锅店的会员日。

周窈查了下会员卡里的余额，结了今晚的饭钱还剩不到一百，她又往会员卡里充了一千。

收银员一边操作着，一边跟她说："过几天我们会员活动会有更新，还有更多不同的福利的。"

周窈微笑看着对方："是吗，那我改天再过来。"说着，手往旁边放薄荷糖的小竹盘里伸。

"不久就是儿童节了，家里有小孩的话，可以一块儿带过来，"服务员突然朝她身后看了眼，脸上表情怔住，机器一样说完剩下的话，"我们会给儿童送小玩具的。"

周窈奇怪，正要回头，伸在竹盘里的手忽然撞上另一只手。

她下意识将手缩回。脑袋里只有一个字：凉。

又捻了捻指腹，潮湿。对方刚洗过手。

也就在这一瞬间，背后压来一道高大的身子，带着压迫性的气息逼向她，在碰到她后背前停住。

她直觉是个男人。

对方拿完薄荷糖也没走，周窈余光瞥到他就杵在一旁等待。

于然吗？

不是。

这个男人穿着人字拖，中裤。穿着太"居家"了。

瞬间，周窈脑海里就自动对应上了男人的脸，寸头，眉眼深邃。

回忆起这张脸，她就想起一个词："浓颜系长相"。

这种长相的人多的是当明星演员的，平常生活中她见得很少。

周窈默默往边上站了站，伸手拿过薄荷糖，瞥到男人正在剥糖纸。

面前的收银员好像有些紧张，笑着对周窈说稍等，说完又抱歉地对男人方向笑："麻烦您等一下哈。"

男人低头将糖含进嘴里，嘴角扬了下："不急，慢慢来。"

他说完，小姑娘似乎更紧张了，手中的笔拿起又放下。

孟之旭左肩倚墙，胳膊下垂，指尖把弄着糖纸。他悠悠闲地等待，目光在收银台后的酒架上逡巡。

渐渐地，又转到身旁人身上。

他认识这个女人，邱亚良的同事。念着两人没什么交集，孟之旭懒得主动打招呼。也没必要打招呼。

不过是看了她一小会儿，孟之旭发现了件有趣的事，小丫头耳朵红了，刚才在灯光下还煞白得很。

孟之旭收回视线，低头时手指在鼻尖上一拂，笑了。

收银员一句："好了。"

身边的女人宛如松口气般笑道："谢谢。"

然后目不斜视地绕开他，走了。

周窈刚走没两步，听到身后男人带着笑意的声音："请问，会员是怎么个福利？"

晚上九点半左右，雨歇。

初夏的热气降在湿意中，慢慢在整座城市氤氲开。

目送周窈开车离去，于然重新回到店门口找自己车。

一边跟朋友聊天："今天这姑娘还主动付账了。我瞧着是想搞欲擒故纵这一招吗？先前说我们不合适，这会儿又献殷勤一样抢着结账。"

"哥儿们，我可能要温水煮青蛙了——"猛然被人撞到，于然破口而出，"谁不长眼？"

回头一看，是个男人。就在火锅店调料区遇到的那个寸头男人。

男人没看他，不过男人身边那个红头发的稍矮点的小男孩倒是笑着赔罪："对不住啊。"

于然压着一肚子气，声音压低："小心点看路！"

"抱歉啊抱歉。"红头发男孩虽说满嘴酒气，倒没撒泼，言行客气。

于然一摆手，回自己车上。想起寸头男人那张拽兮兮的脸就来气，又跟朋友吐起槽来。聊着聊着就忘了时间。

过了几分钟，再抬头时，看到寸头男人身边的朋友都走了，就剩他一人。

他手里拿了几张面纸，朝非机动车停车位走去。

于然双眼慢慢发亮，心中莫名涌起一股身居高位的蔑视感。

果然，寸头男人在擦一辆电瓶车车座上的水渍，随后骑了上去。

于然哼笑一声。

还称什么爷呢，不过是个骑破电驴车的穷货。

第二章　错加微信

天亮得越来越早。

东方鱼肚白的时候，孟之旭抱着“小宝”下楼。溜猪的工夫顺便在小区旁边的早餐店里吃了个早饭。

“小宝”是他养的一头小猪，母的，浑身粉嫩嫩的。是他搬来无锡第二天在路边捡来的，孟之旭当天在原地等了俩小时，不见原主人来就把它带回家了。

这年头捡猫捡狗的多到不稀奇，可捡猪甚是罕见。

安常听说后笑话他：“捡猪也挺好的，说不定等猪肉涨价了，还能卖个好价钱。”

孟之旭也没考虑以后是卖还是自己宰了吃，反正先养着再说。

回到小区，下了电梯，小猪挣扎着从他怀里跳下来。

孟之旭没阻拦，寻思着也到家门口了，不会跑太远。

他解了牵引绳，摁密码开门。

再回头找小猪时，发现这小东西跑到隔壁门口了，鼻子哼哼着在拱邻居放在外边的两个花盆。

花盆里的花蔫巴巴的，只剩几瓣摇摇欲坠的花瓣。另一盆是什么草，也蔫了吧唧地黏在潮湿的泥土上。

小猪跟发现了好吃的食物一样，上去就把花盆给拱翻了。花盆撞花盆，在楼道里当当作响。

孟之旭不耐烦地啧啧两声，手中的牵引绳给了身旁的鞋架一鞭。

“啪”的一声响，着实威慑到小东西了，吓得它直往后窜。

就在此时，邻居的门开了。

小猪像见到了救世主，立马往开门人的脚下躲。

孟之旭目光只盯着小东西，绳子又轻轻敲两下鞋架：“小宝，过来。”

方踏出屋门的周窈怔住了。她什么都没来得及反应，下意识地朝着声源望去。

隔壁门外站着一个男人，正面对着她，视线投向她小腿处。

周窈大脑有几秒几乎宕机，回过神才看清眼前男人的长相。是昨晚在火锅店见过的那位，拥有浓颜系长相的男人。

清晨天气凉，男人穿了件白色连帽卫衣，黑色运动裤。

周窈不知作何心态，鬼使神差地又朝男人的脚看去——不是人字拖了。是一双高帮的黑红色的鞋。

她对男生的鞋认识不够，但是根据上衣裤子上的 logo 推测，这双鞋应该不便宜。

突然，脚踝处传来湿热触感，像有什么在舔她。

周窈惊慌小呼，后退几步。

这才看到脚边有一只很小的猪，浑身粉色，小尾巴蜷缩成一个逗号形状。它还一直在往她脚后躲。

立马，周窈就明白男人那声“小宝”是在称呼谁了。

她刚要蹲下抱猪，小猪却像受了惊一样，扭头就往她大门敞开着的屋内窜。周窈跟着回身。

身后，孟之旭将牵引绳折了几截叠起，轻轻拍打另一手的手心：“小东西。”他朝着 602 室走来，沉沉声音里充满了无奈。心里正琢磨着怎么跟邻居道歉。

小猪刚被捡来没几天，还没训老实，一到陌生环境就乱奔。

刚才顾着唤小猪，没注意邻居的长相，这会儿走近一看，邻居的背影看着像个小女生。

不过从 602 室门口鞋架上的鞋来看，应该是个成年人，且独居。

他正要说话，对方忽然转身。

孟之旭看到她的脸，愣住，忽而又乐了。

哟，熟人。

周窈站在门口犹豫着，要不要让门外的男人进门寻宠。

听着从屋内传来的乒乒乓乓的作乱声，她立马什么纠结都没了，往门边一靠，给人余出空来。

男人抬脚过来，在她门前停下，手里还拿着那根牵引绳。

“抱歉，”他的声音低低的，像在跟她商量，“可以麻烦你帮我把它拎出来吗？”说着，把手里的绳子递来。

他看出了周窈方才的迟疑，虽然她的意思是让他自己进去捉，可他并不打算进屋。

小猪虽然调皮，但傻，好骗。

周窈接过牵引绳，在手心拽紧两下。她倒是喂过一些流浪猫，只要有吃的就很好哄，猪应该也差不多吧。

周窈踩着拖鞋进了客厅，找零食。

零食是上次跟尤许一块儿去超市买的，辣条、火腿肠和果冻之类的。她抽了根火腿肠出来。

小猪一听有动静，从茶几下面探出头，跑到窗帘后。

周窈边咬开肠衣，边往小猪能看到的空地走。

她蹲下，一手抱腿，另一只手拿着火腿肠摇几下，诱惑小猪，口中不由自主地轻声喊：“咪咪。”喊完自己先沉默了。

想起什么，周窈突然回头朝还站在门口的男人看去。

孟之旭一手插兜，肩和脑袋都倚在门框边望着她，隔得有点远，他看不清她的表情。

可她一转头，他就知道她要说什么了。

孟之旭开口说：“火腿肠可以吃，没那么娇贵。”

“哦。”周窈又转回头。

周窈继续抖了两下火腿肠，小猪从窗帘后露出脑袋，可就是不出来。

她唤道：“噜噜，过来。”

小猪往前奔了两步，又奔回去。跟她做游戏一样。

周窈往前小小挪动，硬着头皮喊：“小宝，过来吃东西了。”

这回小猪像是听懂了自己的名字，朝她手里的火腿肠跑来。周窈眼疾手快，当即钳制住它，拿起脚边的牵引绳，给小猪套上。

她没用过牵引绳，不太会，搞了半天才套好。

孟之旭就在门口等着，不催也不进屋。

屋内的女人背对他跪坐在地上，小小一只，背影微微前倾。

他看不到她的动作，因为时间过长，加上小猪不舒服的哼唧声，他判断这个女人应该不会用牵引绳。与她打过照面的那几次，女人都是一脸沉静的表情，真不知道她急躁起来会是什么样。

孟之旭想到这儿，唇角带着一丝意味不明的笑。

不多久，女人抱着小东西过来了。

“谢了。”孟之旭直起身，从她怀里接过小猪，目光朝她身后瞥了眼，“如果有什么东西打碎了，我可以赔偿。”

周窈摇摇头：“不碍事，没什么值钱的。”不过是撞翻了几瓶水，还是塑料瓶装的。

“嗯。”孟之旭低头看她，发现她表情正常，没有因小猪的捣乱生气，也没有认出他是邱哥朋友的惊讶。

不生气就算了，居然没有认出他来？莫非她脸盲？

孟之旭见她不像是装的，也不多纠结：“走了，火腿肠改天还你。”

“不用了，”周窈目送他离开，脑袋从门内探出去，“我还有很多。”

这话一讲，她自觉失言。感觉像是在邀请对方的宠物再次过来吃一样。

果不其然，孟之旭回了头。

他手指拿捏着小猪的耳朵，走廊里感应灯的灯光隐在他眸中。四周静静的，只听到小猪浅浅的咕噜声。

周窈安静地看着他，等他先一步行动。

或是因为灯光的渲染，男人的眼神沉沉，带着些探究意味，瞧得她差点脱口解释刚才的失言。

长久没声响，感应灯忽灭。

黑暗缓解了走廊里的尴尬氛围。

“那行。”周窈听到他的声音，轻悄悄的，如耳语般。

可她分辨得出，男人的语气，意味不明。

孟之旭正在筹备开一家餐馆，取名为“九馆”。

所有要准备的东西都已准备得差不多，开张日期就定在本月中旬。

这是他第一次做餐饮类的生意，几个月来，跑了不少关系。人倒是比之前还壮实了些。

晚上和安常约了个当地的美食博主吃饭，谈合作，旨在宣传一下新店。

地点定在玖隆坡火锅店。

晚上八点半，孟之旭和安常提前到了火锅店。

跟服务生走向餐桌的路上，被人叫住：“小九。”

孟之旭闻声停下。左手边餐桌的客人站了起来，拍了下他肩膀。

他回首，看到邱亚良咧嘴笑着：“这么巧。”

邱亚良又看看安常：“安常也在啊，一块儿吃？”

安常笑着打招呼：“邱哥。”

邱亚良身旁还坐着个女人，没有看过来，正低头看手机。

他们桌上有四套餐具，应该还有人没到。

不等孟之旭拒绝，邱亚良说：“跟我同事一块儿吃的，还有人没到。你们一起的话，我们换个大桌？”

孟之旭说：“不了，我谈生意呢。”说得一本正经的。

邱亚良笑道：“哟，小屁孩长大了，终于要谈生意了。”

“不跟你闲扯了，”孟之旭在他肩上轻捶一下，“真有事要谈，不然你的便宜我怎么可能不去占？”

“行，那下次一起吃个饭。”邱亚良说，“安常一块儿啊。”

“好嘞，哥。”安常说。

“走了。”

前脚刚走，周窈跟周学勤后脚就到了。

她望向离去的两个背影，又看看还没坐下去的邱亚良，某个记忆忽然跳了出来。

厦门，水上世界，扎小辫戴墨镜的男人。

她不确定，可是这个记忆越来越清晰。

无论是记忆主导意识，还是意识控制着记忆，周窈后知后觉，现在立刻就觉得那天扎小辫的男人，就是过去的那个人。

也就是她邻居。

“你们到了啊。”邱亚良坐下，见周窈朝孟之旭离开的方向望了几眼，他笑道，“小周，刚那人你在厦门见过的。”

“哦。”她坐下，掩饰什么似的继续道，“怪不得眼熟。”

“还以为你不记得了呢。”邱亚良说。

周窈笑了笑。

她也以为自己不记得了，跟他已经见过几次面了都没能想起来。可就刚才的一瞬间，记忆闸口突然就打开了。

玖隆坡火锅，以腰片为招牌。

为了与另一家火锅店竞争，打着“腰片比毛肚好吃”的口号。

冲着这口号，周学勤特意点了腰片，周窈专门点了毛肚。

店内服务员十分热情，每上一道食物，都要介绍一下。也帮忙给大家调特制的酱料和浓汤。

他们点的红油和番茄双拼锅。

吃到最后，周窈觉得其实他们家的毛肚比腰片好吃些。也可能是她个人口味的原因。不过腰片倒是处理得很干净，一点腥味都没有。

下锅烫一小会儿，肉质很嫩。

周窈还拿了甜品，冰镇榴莲果。

说是冰镇榴莲果，其实就是榴莲雪媚娘。一口咬下去，外皮软软糯糯，却不黏牙。据服务生介绍，里面的奶油是科麦登品牌的，奶香浓郁，口感轻盈。奶油和榴莲泥混在一起，吃起来也不腻。

晚上将近十点，他们才结束饭局。

廖波接了个电话，好像临时还有事先走一步。

周窈住的地方离这块近，她没开车。邱亚良和周学勤喝了点酒，两人不顺路，分别叫了滴滴。

周窈陪他们在路边等车。

“小周啊，明天就开始正式录制了，紧张吗？”邱亚良掏了根烟出来，给周学勤递，后者忙摇头拒绝。

邱亚良刚要点，又止住，香烟夹在指间。

周窈也没拿乔，有一说一："紧张是有点，不过这是工作，我会努力做好的。"

邱亚良看着她，忽而笑了。

他说："小周，有时候觉得你不像个年轻人。"然后他又问周学勤："学勤，你紧张吗？"

周学勤喝了点酒，脸蛋酡红。他挠挠后脑勺，说："姐都紧张了，我怎么可能不紧张。"

邱亚良看着他，听他继续说："不过当主持人是我从小的梦想，能走到今天我很高兴，我会很认真很努力地去完成我的工作，以后当一个特别厉害的主持人！"不知是不是不能喝，酒沾嘴，人就飘了。

这一番话给他讲得激情昂扬，周窈觉得自己都快跟着他一块儿亢奋起来了。

邱亚良了然笑道："你瞧，学勤这个样子才像是年轻人该有的状态。"

周窈又是笑笑，不反对。

她确实没什么宏远志向，健健康康，家人平安，足够了。

周学勤的车先到了。

送走他，周窈又继续陪邱亚良等。

马路上，几辆车堵在原地。

其中一辆红色跑车内，驾驶员烦躁地拍了把方向盘，接过后排朋友递来的烟点上。

车窗开着，于然侧头点烟时瞥见对面路边的人。

白衬衫，黑长裙，小小的白脸蛋。风一吹，那长裙裙摆一漾一漾的，将人吹跑似的。

他太熟悉了，是周窈。

周窈身旁还有个看起来岁数比她大挺多的男人，男人边说边笑，她也跟着笑。

于然的朋友循着他的视线看过去："哟，大叔与少女。"

"哪儿呢，哪儿呢？"副驾驶的人凑过来，"这场景够我脑补一部片子了啊。”

于然望着路边，迟迟未言。

想起这几天的邀约连连被她拒绝。他拿出手机，打开相机，对准周窈的方向，咔嚓！按下拍摄键。

“有意思。”

周窈住的地方离万达不远。

转天傍晚下班先回了趟家，又走去万达附近吃了顿饭。

店内热气腾腾，才五月出头，就已经闷得人头昏脑涨。

正好趁着徐徐晚风，周窈步行回家，散散脸上的热度和身上的味道。

经过万达广场时，此时八点半左右，跳广场舞的老太老爷们早走得差不多，剩了三三两两遛狗的人。

年轻人居多。

高架下的路边，经常停着卖货的小卡车。有时卖皮包鞋箱，有时卖水果。没等她走近，就听到“假一赔十”的吆喝声。

是卖皮带、皮包的。卡车边围了五六个“潜在顾客”，身上左右各挂一个皮包的老板，正声音洪亮地嚷嚷着“真不赚钱”。

周窈只瞄了两眼，没停下。往前走了几步，又顿住。

原来卡车后边还有位卖盆栽的老奶奶，因摊位低矮，一时没注意到。

周窈在摊位前蹲下。

摊位上的盆栽不多，大大小小加起来不超过十盆。老奶奶操着一口无锡本地话：“闺女，买花啊。”

“嗯，我看看。”

老奶奶把地上台灯举起，方便她挑选。最终定了一个小盆绿萝，和中盆吊兰。

周窈把两盆拎出来：“就这两盆吧。”

“好，给你找个袋子拎着。”老奶奶在后方的三轮车里翻了翻，翻出一个大润发的购物袋给她。

老奶奶指指周窈身上的衬衫：“白衣服，蹭上泥就不好看了。”

周窈笑笑：“谢谢。”

她拿出手机，默了瞬，又从包里掏出钱包。

刚要走，迎面驶来一辆小型电动车。

周窈往边上让，那车也往路边靠。她站着不动。电动车在她身旁停了，也恰好停在了老奶奶的摊位上。

车主没下车，两脚撑地，上身前倾递了什么给老奶奶。

周窈听到车主的声音："奶奶，欠你的钱。"一口纯正的普通话。

老奶奶喜笑颜开，乐呵呵地道："哎呀，你还养了只猪啊。"

男人一本正经："不客气，我应该的。"

正准备离开的周窈有点惊讶。

老奶奶似乎也听不懂普通话，指指他车踏板上的小猪："你这只猪是买的呀？"

男人顺着她手指看向小猪，默了几秒，似在思考她的意思："您要养猪吗？"说着一拽牵引绳，将小猪提了起来，小猪在空中打着转哼哼。

他将猪递到奶奶面前，奶奶连连摇手，明白了他的意思。

两人互动像打哑谜，周窈没憋住笑。

听男人的声音比较耳熟，侧头看了一下，是她那个邻居。

听到嗤笑，孟之旭将车子掉了个头。

刚才站在路边的人已经离开，他看向前方并不清晰的背影。身材瘦小，左手拎着大袋子，右手环抱着什么。裙摆随着走动轻轻漾着，像是随时要跟着风起舞。

孟之旭低头看在踏板上急躁得不住打圈的小猪，屈指敲敲它的小脑袋。不解气似的，又揪了下它耳朵。

周窈回到小区，一下电梯就看到门口摆放着两盆盆栽。

鞋架上还有一个小塑料袋，里面装着一袋玉米肠，和一张纸条。白纸黑字，字很潦草，怕她看不见一样，两个字几乎占了整张纸。

——谢了。

周窈将玉米肠收了，两盆盆栽搬到了 601 室门旁。

她从包里翻出笔，牙齿咬下笔帽，将纸铺平摁在墙上。落笔前犹豫片刻，没写，将笔帽按了回去。

那张纸，又原封不动地叠好，塞到了盆栽里。

五月下旬，美食栏目《三餐四季》开始录制。

每周录三期，这个节目到六月中旬播出。借鉴了之前那档美食节目的经验，采取了边录边播的方式。前期收视率决定后期的录制与否。

栏目组请来了一位名气不是很大的男明星。

据介绍，是前段时间选秀节目里淘汰的明星，稍微有些争议度。男明星名叫徐敬陵，个高，身材瘦削。他逢人就笑，唇红齿白。也毫不害羞地叫哥叫姐，愣是俘获了栏目组一众女人的心。

周窈看上去长相偏小，徐敬陵见她第一面还犹豫了下，直到周窈说：“我95 年的。”

徐敬陵才笑，两眼弯弯，一口白牙。他说：“周姐好。”然后又补了句，“你看上去比我还小，叫你姐怪怪的。”

周窈在工作上客套归客套，自己却不大在乎这些虚礼：“叫什么无所谓。”再说徐敬陵 1998 年出生的，叫她姐不过分。她也不会因为这一个称呼，就变老了。

第一期不在台里录，挑选了一家无锡老字号的饭馆。

饭馆老板是无锡本地人，店开了十几年了。

上午工作不多，还算顺利。

徐敬陵也如开会时介绍的那样，面对镜头不唯唯诺诺，性格阳光开朗。最主要的是能聊各种年轻观众感兴趣的话题。

跟他合作，周窈慢慢放开了。

中午休息时间。

尤许给周窈发了个定位，就在离她不到两公里的公园里拍片。

尤许：我听说附近有个小明星在录节目，就想到你了。是你们栏目组吧？一会儿一起吃个饭，我先去买奶茶。

周窈收拾完东西，给她发：我先去吃饭的地儿，一会儿发你地址。

她边往外走，边打字：下午一点半我们开始，我就在附近找家店吧。

尤许回了个“OK”的表情。

跟栏目组的人打了招呼，准备离开。

周窈在美团上搜附近店名。

捏着后脖颈抬头时，看到徐敬陵和他助理被几个小女孩围着。徐敬陵笑着一一签名。

附近吃饭的地儿太多，正值饭点，人也多。

周窈挑了家顾客相对较少的饭馆。

尤许进来时顶着一头粉蓝色相间的假毛，穿着可爱风格的深紫色洋裙。周窈叫不出名字，尤许或许跟她提过一嘴，但她忘了。

周窈打量她的装扮。

左侧脑袋垂着一顶黑色帽子，跟帽子相连的黑纱遮住了她的左眼。欧式暗黑风，优雅又高冷。

尤许手里拎着两杯奶茶，另一手欻地捞起裙摆，长腿一跨，在周窈对面的椅子坐下。优雅顿无。

她将奶茶递给周窈，微喘着气："买了你经常点的，四季奶青，五分糖，加冰激凌，少冰，加珍珠。"

周窈也不客气，接过戳开："看你这样，你下午还继续？"

尤许拿吸管搅着奶盖："什么继续啊，上午我们根本没拍成。"她咕咕地吸了一口，吐词含糊，"小王一直在找光，说光不行，下午再看看。"

周窈捧着奶茶"唔"了一声，然后将菜单推给她："我点了猪肝和水煮肉片，你再看看吃点什么。"

尤许摆摆手："我早上十点多才吃了东西，这会儿不饿，就是找你说说话。"想起什么，她脑袋突然凑近，嘿嘿一笑，"你们台请的那个小明星怎么样？帅不帅？有没有对你放电？"

周窈失笑："怎么，你也想要个签名？这会儿应该还没走。"

"我是这么肤浅的人吗？"尤许说，"只是听我那几个朋友聊到而已，而且那个明星我也不认识。"

"哦，想起来了，"尤许放下奶茶，抽了张纸巾擦手，"你跟那个相亲对象怎么样了？删了他没？"

周窈从记忆里调出这个人，摇头："没，我上次请他吃了顿火锅，说清楚了。"

"火锅？"尤许的重点偏了，"哪一家的？"

“东来顺那家，过几天咱俩去吃。”周窈说，“去年九十月份店里还送桂花圆子汤来着，今年应该也会有。”

尤许应下了。

菜很快上来了，尤许没吃几口菜，周窈的胃口也不大好，两三口匆匆了事。剩菜麻烦服务员打了包。

等待打包的空闲里，尤许去了厕所。

她前脚刚走，留在桌上的手机就响了。周窈本不想接。

响了一次，停了几秒，再次响了。

周窈这次接了，对方是个女生，口吻急切：“小许，你在哪儿呢？悠悠刚摔了，现在疼得爬不起来了！“

周窈说：“不好意思，她去厕所了。”

对方愣了一下：“哦哦，麻烦你告诉她一声，我们先去九院，一会儿来九院找我们。”

“好的。”

周窈付了账，菜也打包完，尤许才出来。

不等周窈开口，她先激动得手舞足蹈的，但又强压下兴奋的情绪。

尤许拽着周窈的胳膊，声音压得又低又沉，语速极快：“东南方向那桌！快看，有帅哥！我要去要个微信！”

周窈一时脑子犯晕，本欲回头，想起正事来。掐住她胳膊上的肉，让她冷静，将她朋友去医院的事说了。

美色当前，自然还是朋友重要。二话不说，尤许立马提上包打车出门。

周窈的车停在台里，离得远，不方便送她。

两人一块儿出了饭馆，尤许忽然又转头，一脸可怜兮兮的模样盯着她。

周窈心忖不好。

果然，尤许挽着她胳膊央求道：“周周姐，你可不可以帮我个忙？”

“不可以。”

这招尤许用过好几次了，周窈顿时就猜到她下一句是什么。

“好嘛，我车快到了，你帮我去跟那个帅哥要个微信。”

尤许速战速决似的：“你这周奶茶我都请了！就东南那桌，有两个男生，里面更帅的那一个，黑衣服的。”

周窈头疼，朝饭馆内望一眼。

这一眼也看不出个名堂，连背影都没瞧见。

不待她应下，尤许的车已经来了。她匆匆在周窈脸上虚亲一口：“亲爱的，加油！”

周窈默然叹了口气。从小到大，帮尤许干这种事她已经干到麻木。

周窈说：“你先去看你朋友怎么样了吧。”

尤许趴在车窗口，委屈巴巴地看过来。

周窈：“一会儿去帮你要微信，要不到别赖我。”

“好嘞！”

站在两位男生面前时，周窈忽然觉得局促不安。

这种感觉已经很久没出现过了，就好比高二那年，她第一次帮尤许向高三学长要联系方式。

紧张，后悔。

手中未喝完的奶茶冰得指腹发麻。周窈有一度认为手指失去了知觉。

尤许看上的男人，是她的邻居。

东南方向，两个人，都穿的黑衣服，更帅的那一个——她的邻居。

她啜了口奶茶，融化了的冰激凌甜腻软绵，冰甜着口腔内每一个细胞。

周窈慢慢冷静下来。要个联系方式而已，再说又是邻居，他不会不给。

孟之旭懒懒地靠在椅子里，抬眼望向站在身前的女人。还在回味她刚才说的话。

她说：“你好。”

等他转过头，看到女人先是望向安常，接着又将目光转向他。愣了几秒，似乎很惊讶看到他们。

或是，他？

女人接着看着他说：“能加一下你的微信吗？”

很直截了当的搭讪方式。孟之旭唇角微扯，笑了下。他注意到女人有些紧张，借着喝奶茶让自己冷静。

她什么意思？之前在小区里怎么不加，这会儿加？为什么看到他又很惊讶？

对面安常在桌底下踢他，帮忙回答："不好意思啊。"

没说完，孟之旭已经打开手机放到了桌面上。一脚勾来旁边的椅子到周窈腿旁，示意她坐。他偏了下头，声音冷淡："可以。"

周窈没料到会这么顺利，连理由都没问。

她忙拿出手机扫码添加，没坐。

孟之旭慢吞吞地捡起筷子，继续夹着花生米，等她扫完了，才觑了眼手机，点了同意。

周窈加完就撤："谢谢。"没有一点要多聊的意思。

"等会儿，"孟之旭一手把着手机，眼睛盯着屏幕却也不看她，"名字？"

周围有人在高喊服务员，周窈没听清："嗯？"

孟之旭将手机递给她，眼神无波无澜，又提醒一遍："你的名字。"

"哦。"周窈拿过来输入自己的名字。

想给他解释一下加他微信的原因，可是他这么不冷不淡的，叫人不太好说出口。

周窈也将自己手机递给他："你的名字。"

对方盯着她那个黄色手机壳的手机，停了几秒，才屈指拿过。

她用的搜狗输入法，皮卡丘的九格键盘，每打一下就"皮卡"一下。连续的"皮卡皮卡"可爱的童音成功地让对面的安常忍不住笑了。

输入完，孟之旭举起手机还她。只字未言，脸上也没有笑意。

周窈接过，再次言谢："谢谢。"

"不客气。"

"其实……"周窈本欲离开，想想还是得解释清楚。

她刚出声，孟之旭就抬了头，略长的眼梢微微上扬，觑着她。一副好整以暇的姿态，耐心又肃然地等着她的下文。那表情，好似知道她要说什么。

周窈望着他的眼睛，轻声解释："其实我是帮我妹妹要的。"

安静。

三人都安静了，顺带着周窈觉得周遭的一切都静了下来。

她这会儿说这话，真的有点"此地无银三百两"的意思，太明显了。

眼前的男人不动声色，依旧是那副懒洋洋又拒人千里的表情。也不接她的话。

周窈身为主持人，遇到过太多不接话的嘉宾，已然习惯给自己找台阶下。

“回去我会让我妹妹加你的，总之谢谢你。”周窈没有一点羞涩的感觉，还朝对面看戏的安常笑了下，“再见。”

等周窈走了，安常才没憋住笑意，发问：“怎么突然加女生了，春心萌动了？”

“屁，”孟之旭咬着花生米，抬眼看他一下，“她是邱哥同事。”

“就这？”安常显然不信。

“当然不是。”孟之旭将花生米咬得脆响，“我朋友圈在宣传新店，多加个人，多个潜在顾客。”

“借口还是你最多。”

孟之旭不甚在意，笑了笑。打开手机看了下女人的名字——周窈。

他记不清当初邱亚良介没介绍过了。无论这个女人加他的目的是什么，她要是有心，一定会光顾他的店。

离开饭馆回到拍摄现场后，周窈翻了下孟之旭的朋友圈。

他朋友圈第一条是个广告，一家新的餐厅，开在万千巷，离他们小区不远。餐厅名叫“九馆”。

周窈想起孟之旭的微信昵称是“九”。

九馆的店主应该就是他，那条广告下还有张他的照片，一身黑衣黑裤，戴着一顶鸭舌帽，帽檐压住了他半张脸。隐约能瞧见他左耳上戴着的银色耳坠。

周窈将这张照片保存下来，发给了尤许。又将孟之旭的微信推了过去。

周窈：他叫孟之旭，住我隔壁。在万千巷开了家新店，下次你去打卡。

发完周窈就去看材料了，没再管这事。

下午三点多休息时，抽空看了眼手机。

发现尤许发来一连串消息。

尤许：我天！！！牛！

尤许那边适当安静了几秒后——

尤许：大姐，你加错人了！不是这一个！另一个，壮一点的那个！！！

按照尤许以往的审美标准，她要的应该是孟之旭的联系方式才对。周窈有一瞬认为她故意搞自己。

看到尤许疯了一般的消息，周窈只回了一句话。

周窈：鬼才相信你。

而后撇开手机，将这事抛诸脑后。

第一天的拍摄工作很顺利，跟新同事们的合作也很融洽。或许是因为第一次跟明星合作，大家多少有些拘谨，工作量并不多。

下班后周窈跟台里的车回了电视台，去取自己的车。

在外一天，比在台里还累。周窈原本还想着晚上回爸妈那儿吃顿饭，可这会儿只想快些回家瘫着。

回家前她先点了份外卖，刚进小区外卖员就给她打电话了。人和外卖滞留在楼下，上不去。

周窈不好让别人等，开车去取了外卖，再把车停到地下。

停车场里除了她，还有其他人。

汽车的启动声在阴凉宽阔的场内响起。周窈搓了搓胳膊，踩着五厘米的高跟鞋上斜坡，着实费劲。

忽而，身后有灯闪了一下。

迫近七点，外面的天早已暗了下来。突来的车灯照亮前路，也只一瞬的工夫，周窈适应了黑暗的双眼蓦然晃了下。

车从身后驶上来，车速不快，轮胎压在地上滚出声响。周窈侧身。是一辆黑色的大 G。

这车的车速不应该这么慢，她朝驾驶座望去，发现主人正回头往后座上看，嘴巴翕合而动，好像在跟谁说话。后座车窗关着，周窈看不清。

不过驾驶座上的人她倒是看清了，穿着黑色卫衣，留着极短的黑发，衬得人干净又精神。他的脸转了过来，左耳挂着的银色耳坠若隐若现。瞧着隐约像是个小小的十字架。

她自然地摸向自己空荡荡的耳垂，搓了两下。

孟之旭口头教训完活蹦乱跳的小猪，收回视线。抬眼的那一刻像是恰巧，又像是早有准备，与车外的女人对上了。

两人默默的，车还在往上行驶，下一秒便错开了视线。谁也没先颔首或出声打招呼，这局面莫名有些尴尬。

周窈却没意识到尴尬，望着已经驶上地面的大 G，心中暗忖：这人戴耳坠也不觉得违和，反倒增了些野性。

脑海里“野性”这词一出，她立马抖了下。

迎面阵风袭来，周窈抬眼瞧着没有一点星光的夜空，提醒自己一会儿回去得把盆栽从阳台搬进屋。

周窈吃外卖时接到尤许打来的视频。

她喋喋不休地讲着中午要联系方式那事，得知孟之旭是周窈邻居后，说什么也得让周窈重新去要另一个男生的号码。

客厅里开了电视，周窈边看边吃，还一边回她话：“下次你来我这儿，你自己去要吧。”

尤许撒娇：“姐，你不怕你可爱的妹妹号码没要成，还被暗杀吗？忍心吗？”

周窈面无表情：“忍心。”

她又换了个思路：“你那个邻居，孟什么来着的，我看着他长得也太像神仙了，一看就是高冷的主。”

“可这样高冷绝艳的人，偏偏就给了你微信。欸！我觉得他肯定对你有意思！”

“既然对你有意思，你去跟他要他朋友的号码，这么点小忙他肯定很乐意帮的吧。”

周窈：“你以为偶像剧呢？正因为我们是邻居，他才不好拂了我的面。”话顿，她夹起一块鱼豆腐，“而且我觉得，他同意加我更多的是想宣传他的新店。”

尤许叹气：“周啊，你这就以小人之心度君子之腹了。”

“说谁小人？”

“……我，我骂我自己呢。”

这顿饭周窈没吃几口，就已经吃不下了。

她收拾茶几上的外卖盒，又听到尤许突然神秘兮兮地说：“周周，你觉得他会不会误会你暗恋他？”

周窈喝水，差点没呛着。思索了下，暗自觉得确实会有这种可能。那天她虽然解释过了，但给人“我妹妹即我”的既视感很强。而且事后尤许也没有去加他，事态莫名就往尴尬的地步发展了。

再想起方才在停车场那一瞬，他的眼神似乎也有些不对劲。

如果她再找孟之旭要他朋友的微信，称当时认错人要错了，这样的话应该能让他撤销误会吧。

第二天早上，周窈提着垃圾袋出门时还记着这事。可台里一个电话过来，她愣是给忘了。

匆匆赶到台里打卡，再跟车去了拍摄地。不比昨天拍摄，今天的工作量远远超于昨天。临近八点才下班。

一回到家连饭都不想吃，就躺在沙发上迷瞪着眼。明明困得很，却怎么都睡不着。

“九馆”刚开业没几天，生意火爆。

顾客大多为女性，很多人故意选了靠近厨房的餐桌，就为有缘一睹传闻中老板的“芳容”。

厨房和用餐区靠透明玻璃窗隔开，离得近了就能瞧见里面。

“九馆”的厨师一共有三位，孟之旭也是其中一员。

他知道很多女性顾客是为了看他而来，也不排斥她们的行为，想看就大大方方地给别人看，丝毫不避讳。有舍才有得。何况只是看看，搭两句话，算不得什么大事。

餐馆内的装潢偏复古，灯光昏暗。用餐区内设有一小型舞台，头顶一束光打下，映出台上坐着的男人。

男人怀抱着一把吉他，身材魁梧，穿着黑色皮夹。他低头拨弄了两下吉他，弦音透过麦克风传至整个馆内。

安常爱好民谣，声线低沉沙哑。一身腱子肉，唱的却是柔柔低沉的民谣，霎时引起了顾客们的注意。

门方一打开，轻柔的音乐旋律从外面挤着门缝钻进来。

孟之旭侧头望去，见来人一头红发，是许锦嘉。

厨房里这会儿不忙，这一批客人走了他们也就打烊了。可孟之旭身前的砂锅里还在炖着汤。

许锦嘉拖过凳子坐下，往前一凑，鼻子嗅着："九爷，煮什么呢？"

孟之旭身穿白色厨师服，头顶帽子，回身收拾桌面："猪肚汤。"

许锦嘉看他往锅里又是加盐又是加白胡椒粉的，忍不住往回咽了咽口水。锅里咕噜咕噜冒着泡，缭缭水雾腾起，空中充斥着鲜香气息。

许锦嘉目光一会儿探进锅中，一会儿又转回孟之旭手上。

只见他手上动作迅速简练，抓了几粒枸杞扔锅里点缀。不等许锦嘉开口，他已盛了一小碗出来。一手将碗递到许锦嘉面前，一手拉下口罩："尝尝。"

许锦嘉觉得哪里不对，可鼻尖的香气令他失去思考，乐呵呵地接了过来。

汤热烫嘴，许锦嘉吹了吹才饮下。汤鲜味美，颜色奶白，入口一点不油腻。让人顿时食欲大开。

等他将小半碗喝完，孟之旭才问："味道怎么样？"

这一碗压根不解馋，许锦嘉眼睛盯向锅："不咸不淡，正好！"

"那就行。"说完，孟之旭盖上锅盖，关火。

许锦嘉心想，怎么突然觉得自己是个试菜的？

看着外边已经走了大半的客人，许锦嘉掏出手机看时间。

快十点半了，也差不多该打烊了。等他们再吃完晚饭，回去估计都要十二点了。

"欸，九爷，你看。"许锦嘉叫孟之旭，朝着窗户外抬下巴。

他进厨房后，没多长时间，就见有个黑色长发的女生从窗户前经过了两次。两次都是去厕所。

现在是第三次。

女生个头不是很高，齐刘海压住了眉毛。一张脸隐在浓密笔直的黑发下，目光也不朝这边看。可让人下意识觉得她就是故意经过厨房的，还两次。

孟之旭也看到了。他看过去的时候，女生像是知道有人在看自己，也看了过来。而后她又面无表情地转了回去。这次她没再去厕所，转身回座位。

座位上还有两位女生，见她回来，凑过来窃窃私语，时不时朝厨房瞥。

许锦嘉注意到了："又来一个小粉丝。"语气里有些无语的意思。

孟之旭瞥他一眼："你没事了？"

下一句就是："那帮忙洗碗吧。"

没等话落，许锦嘉立马跳起来，一头红色的头发在灯光下格外惹眼：“我去个厕所。”害怕孟之旭叫他，头也不回地离开了。

孟之旭没在意，裤兜里的手机振了下，他除了手套拿出手机。

微信好友给他发了条消息。

封景：我回学校了。

他抬头，看到外面的几个女生已经起身去付账。

落后的那个长发少女回了下头，朝他望过来。

孟之旭没回她信息。他看封景一直站着不动，朝她比了个“OK”的手势。却见封景原本无表情的脸一下子沉了下去。生气了。

孟之旭皱眉，没搞明白她什么意思。

眼前突然蹦出许锦嘉那张白净的脸，凑在窗口：“你跟她认识啊？”

“朋友的妹妹。”孟之旭声音发紧，不想多提的样子。

想到什么，许锦嘉神情懊恼，暗暗拍了下自己嘴巴。见孟之旭并没有太多情绪，赶紧转移话题：“晚上除了猪肚汤，我们还吃啥？”

“吃屁。”孟之旭淡淡回道。

许锦嘉嘟囔：“口味这么重。”

下了电梯，已经快十二点。楼道里安安静静的，只有电梯合门的缓缓动静和小猪的哼哼唧唧。

孟之旭将牵引绳一头套在鞋架柱上，防止它又跑到隔壁门口。

想起隔壁，掏钥匙的空当里他抽空看了眼。门紧闭着，门口的鞋架上只有一双白色运动鞋。可能他盯得有些久，久到出了幻觉。那扇紧闭着的门，突然“咯噔”一声，开了。

门内的人先是重重咳嗽了一声，而后探出一只胳膊，细细的，白皙无瑕的。那只手上提着一个外卖袋子，里面装着塑料盒。

袋子放下后，门内的人才察觉出不对劲，弱弱地从门内伸出脑袋朝外看。顺滑的长发垂了下来，落在胸前。

孟之旭目光低垂，对上她那双被灯光映柔的眼睛。

周窈莫名怔了一瞬。怪不得她咳嗽前外面好像有光，原来感应灯本来就亮着。

周窈在看到孟之旭之后，一秒想起那个误会。她干咳了下，直起身从门内出来。

孟之旭没动，见她似乎有话要讲。

他也想起她问他要微信的事了，再联系眼前她这副羞中带着勇气的模样，脑海里自然而然地冒出个念头——

要表白了？

他被女生表白过很多次，也拒绝过很多次，面对这种事得心应手。有的女生被拒绝后会哭，有的会愤怒。

周窈呢？她被拒绝了会怎样？孟之旭心里猜测着，也正过身来，决定一会儿好好讲话。她外表看着柔柔弱弱小白兔似的，哭了他可没那个闲工夫去哄。

周窈穿着白色的睡裙，脚上踩着白色猫爪拖鞋，慢慢在他面前停下。应该在思考着表白的话，侧头想了几秒才抬头。

孟之旭垂眸，她离他一臂远，目测她身高应该到他下巴处。皮肤很白，整张脸在灯光下发出冷白的光一样。宽松的睡裙将她从锁骨处罩到小腿，看不出一丝凹凸起伏。

她咬了下干涸的下唇，润出一丝亮。

“你还记得我上次问你要联系方式的事吗？”

孟之旭：“嗯。”很好，还有个前情提示，不至于一上来就表白让人猝不及防。

她望着他的眼睛，说：“不好意思啊，上次我要错人了。”

孟之旭没反应过来，就又看她笑了，脸颊两处酒窝浅浅：“能不能麻烦你把上次跟你在一起那个朋友的手机号给我？”

孟之旭沉默。面无表情。

周窈眼睛弯弯：“谢谢你。”

周遭安静，气氛有几秒僵住。

孟之旭：“哦。”

孟之旭：“不客气。”

第三章　吃饭偶遇

回屋以后，周窈没等多久，孟之旭就发来微信。

一串数字，还有两个字。

——安常。

她已经躺在床上，抱着手机回忆，记不清刚才要的是手机号还是微信号。不过无所谓，手机号更方便些。

周窈回：谢谢。

对话框安静，等了半分钟对方也没再回。

周窈将号码复制，连同名字一起发给了尤许。

尤许是熬夜小达人，收到立马就冒泡。

尤许：要到了？万分感谢小周周，等你有空请你吃饭看帅哥！

周窈回了个翻白眼的表情。

那晚之后，周窈就没再偶遇过邻居，刷朋友圈还能刷到一两条他的更新，都是宣传新店的广告。

《三餐四季》的拍摄也有条不紊地进行着。

因为与徐敬陵工作行程有冲突，第二期的外景拍摄往后推了两期，后期再剪辑进去。

周窈带着实习主持周学勤先拍摄后面的内容。

几乎每天的工作都与食物挂钩，周窈的胃口还是没有转好，吃什么都是只吃两三口就有了饱腹感。栏目编导廖波见她细胳膊细腿地四处奔波，又不怎么吃饭，建议她去找个中医调理下肠胃。

近日除了新栏目的录制和撰稿，同时也得参与《生活空间》的录制。周窈忙得脚不沾地，只能拜托妈妈苗叶帮她去寻个中医。

苗叶应下了，让她周末回家一趟，周窈这才记起来也有一周没回去了。她也想起还没跟苗叶讲上次相亲的结果。

可不待周窈开口，苗叶就先发问了。

苗叶还是试探的口吻："前两天你秦阿姨来找我了。"

周窈这几日下班晚，吃个饭再到家都已经九点了。她瘫坐在沙发上泡脚，问："哪个秦阿姨？"实在是想不起来了。

苗叶说："介绍于然的那个。"

她沉默着回想，这才忆起于然是谁。好久没联系了，乍然听到名字不免陌生。

周窈问："想起来了，怎么了？"

苗叶："于然跟你秦阿姨诉苦呢，说你太忙了，也不跟他聚聚聊天什么的。"她是知道女儿工作的，于是又问，"最近工作很忙吗？是不是又没好好吃饭？我倒是认识个医生，周末我陪你一块儿去看看。"

"嗯，我这周五晚上回家。"周窈按按太阳穴，跟妈妈摊牌，"妈，我跟于然那个事就算了吧，我们聊不来。"

秦阿姨一来就向她告状，苗叶就已经猜测到女儿的意思了。

她希望周窈相亲，更多的是想让她多接触些男性，成不成另说。如若双方还没接触多久，彼此也不熟稔，就上赶着去媒人那儿说三道四，那还是别有后续的好。

苗叶问她："你跟于然讲清楚没？"

周窈说："说了，上次我请他吃了顿饭，饭桌上就说清楚了。"

苗叶这就觉得奇怪了："那他为什么还去你秦阿姨那抱怨，说你不理他？"

周窈一脸无语。

于然后来是有联系过她几次，不过都被她以工作繁忙为由给婉拒了。大多时候是真的忙，也是真的不想去。

“这事你就别管了，下次我找你秦阿姨说去。”苗叶嘱咐，“晚上早点睡，别熬夜。”

“欸，好的。”周窈捞来一旁的毛巾，挂了电话。

嘴上这么应着，可早睡的一点迹象都没有。她失眠太严重了，每天早晨都得用遮瑕膏遮黑眼圈。

睡不着也是闲着，周窈掀开笔记本电脑，登录邮箱，核对编辑部发来的稿件材料。

阳台跟客厅是相连着的，以玻璃推拉门隔断。

推拉门开着，风一吹，轻薄的白色窗帘扬起，小小翻腾着，一角被门旁盆栽里的树枝钩住。

周窈伸了个懒腰，手按住后脖仰头，抬眼朝半封闭的阳台外望去。

对面居民楼里只有两三户亮了灯。

看了眼时间，都快凌晨一点了。她关了笔记本，按摩着脖子起身，到了盆栽旁把窗帘解救出来。

忽而鼻息微动，嗅到了什么味道。好像从阳台那传来的，食物的味道。

周窈走到了阳台，伏在栏杆上，仔细判断味道的来源。

隔壁阳台。

有点麻椒的味道，还有一丝酸。又像是什么骨头的汤，浓厚醇香。突如其来的香气勾起了她的食欲，肚子先暴露了她此刻的念头。

——饿了。

按理说，隔壁的房屋结构跟她这差不多，厨房靠近玄关才对。就算他在客厅吃，食物的味道也不可能浓烈地传这么远。

原因只有一个，他在阳台吃东西。

周窈往外伸了伸头，两户阳台以实墙隔开，她只能看到从隔壁阳台照出来的光。暖黄色的微光，将阳台前的一小半黑暗烫得昏黄。

突然想吃煎蛋了。

最好是双面金黄，边缘微焦，稍稍一戳流黄顿现的那种。再往上撒些细盐胡椒粉，咬上一口滋味饱满，又酥又嫩。

这样想着，周窈找来手机点开了外卖，搜索“煎蛋”，有煎蛋的店都已打烊，只剩下烧烤店还开着。

她放弃了，退出外卖平台。到冰箱里找到鸡蛋，翻出奶锅，加水煮蛋。倒不是不想做煎蛋，而是家里没油。

周窈一个人在家从不做菜，偶尔煮个粥煮包方便面。不是店内堂食就是外卖。

捧着杯蜂蜜水，她靠在厨房门框上，看着灶上的奶锅。心想下次去超市买瓶油回来。这个点，越发饥肠辘辘，顿时有些埋怨起隔壁的人来。猜着隔壁的孟之旭此刻究竟在吃什么，怎么她都到厨房了，还能闻见那股味。

肚子咕噜了一声。

周窈喝水，压下反抗的声音。

自九馆开张以来，生意一直火爆。从中午十一点营业到晚上十点半。大多顾客慕老板“艳名”而来，却因菜品成了回头客。

在宣传方面，孟之旭没少下功夫。借助各大平台的网红美食家采访，他再露个脸说两句话，便引着客人上门了。有人在宣传平台上骂他不要脸，故意卖弄姿色。许锦嘉愤愤地将评论给大家看。

孟之旭却是很平常心地回：“能赚钱就行。”

安常给新吉他调音：“怎么，年纪大了，开始攒老婆本了？”他穿着白色短袖 T 恤，大咧咧地坐在灰色布艺沙发上。原本宽敞的沙发显得逼仄。

此时还不到十一点，九馆没营业。

孟之旭靠躺在另一侧的按摩椅上。按摩椅正在工作，他的头部微微上下起伏。眼睛闭着，修长的手却像长了眼睛，一把捞到了旁边的抱枕，朝安常方向扔了过去。

“铮——”吉他发出沉闷的低鸣。

随之而来的，是孟之旭懒懒的声音：“攒棺材本。”

安常无法反驳。

“小主哥，你手机借我一下。”许锦嘉突然一甩手机，凑到安常身旁，满脸怒气。

安常伸直一条腿，微侧着身从裤兜里掏手机，问他：“怎么了这是？”

“你有下载抖音吗？”许锦嘉出口暴躁，“我就是给九爷打抱不平，然后就被人举报了。”

……

刚拿出手机，就响了两声。

安常先看了眼，是上周刚加他微信的那个女生发了消息。女生自称是向孟之旭要的号码，然后微信搜索手机号加了他。女生叫尤许，挺特别的名字。

尤许：兄弟，今晚去健身房吗？

尤许当初就是以健身的理由加了他，说以为他是个健身教练，这才有心结识。

安常信以为真。回到：今晚不去了，有工作。

尤许回得很快：什么工作啊，还有晚班这么辛苦？

安常：去胡桃里唱歌。

尤许：你还会唱歌啊？

不等安常回复，身旁眼巴巴等着的许锦嘉急了："哥，你跟哪个小姑娘聊天呢？是嫂子的话那我先不借了。"

为了以示清白，安常这下不回了，手机给他，顺手薅他红毛："谈什么恋爱，健身它不香吗？"

许锦嘉抬手拯救头发："香！特别香！"

"九爷，"安常不跟他闹了，看向躺在按摩椅上享受的人，"你之前是不是把我号码给了个女的？"

空气中凝固了几秒。

孟之旭闭着眼，闻言松散的神思慢慢聚集。那个女人真加了安常？

"嗯。"他惜字如金。

安常："那女的老找我聊天，说要健身，想请我当她的健身教练。"

按摩椅停了。孟之旭躺着动了动脖颈，没压抑情绪，勾着唇角哼笑一声。

健身？就她？怕是醉翁之意不在酒。

安常还在说："她的审美倒是不像其他那些肤浅的小女孩，说就觉得我这样的才有男人味。"

说着这话，安常还撸起一边袖子到肩部，伸手握拳比出壮硕的肱二头肌。

"小女孩才喜欢那些小胳膊男人。"安常看着自己的胳膊，孤芳自赏，"看来这个女的在健身的造诣上会很有前途。"

孟之旭睁开眼，眼神侧瞥，只字未言。

许锦嘉低着头摆弄手机，咬牙切齿地打字，话像是一字一字从嘴里吐出来的："哥，我觉得你说的那个女的可能是喜欢你。"

安常忽然一愣，继而又像被解了穴，哈哈笑着撞他："别闹，耽误人健身。"

许锦嘉嘘他。

无锡的初夏天暗得早，晚上六点多，天色已经暗了大半。

明晃晃的路灯逐一亮起，整座城市像被揿下按钮的水晶球里的小世界，霎时生动绚丽。沉重的玻璃门自身后缓缓合上，隔绝了店内柔和的纯音乐，同时迎来门外吵闹的车鸣人声。

方一出门，他遇上前来的几位女客人。

大家似乎都认识他，拘谨又大胆地上前打招呼："老板，今晚不待在店里吗？"

被挡住去路的男人很高，戴着鸭舌帽，一身黑地立在门侧。饶是女生中个头最高的那位，目测堪堪齐他下巴。

第一遍男人没听清是在叫他，几位女生又喊了一声："孟老板？"

男人这才抬起帽檐。

门口的灯光昏暗迷离，孟之旭下半张脸在明暗交替的间隙显露。硬朗的下颌线一如其人，低垂着的目光被隐在黑色帽檐下，看不真切。灯光红了又绿，沉默地在男人脸上变化。

男人唇色微深，薄薄两片抿成疏离的一条直线。当光线打过来，又宛如诱人深入的毒果。

倏尔，他启唇："哦，你们啊。"声线慵懒，仿佛记起面前的几人。

女生们果然喜出望外，其中一位拿出手机摇摇："对啊，之前在店里还加过你的微信呢。"

孟之旭不动声色，灯光刚好暗下去，吞没他的表情。

女生说："老板，你的朋友圈该多发发自拍啦。"

男人懒猫似的站不直，两腿交叉，侧倚在门口的柱上。目光懒懒的，没个聚焦点，看向她们，又似乎没在看她们。手中绕着的钥匙扣转了一圈，一圈，又一圈。

"孟老板，今晚你不待在店里了吗？"女生又问出那个问题。

孟之旭腿抻直。

不等他回答，门被推开，又出来一人。

“九爷，一会儿你骑车载我吗？”许锦嘉刚换下服务员的衣裳，正往脖子里套他那些乱七八糟的链子。他没抬头，边推门边吐槽，“小主哥去哪个酒吧唱歌不好，去什么胡桃里啊，那里能喝什么酒？”一抬头，猛不丁被眼前的情形吓到。

九爷身前，正站着几位“虎视眈眈”的女生。

许锦嘉眨眨眼，愣怔了几秒。还未回神，孟之旭拍他肩膀嘱咐：“照顾一下客人，我先走。”话落，钥匙往手心一甩，侧身挤出人群。

修长的腿几步迈到小电驴旁，跨坐，启动，动作迅速流畅。在众人出声前，小电驴连带着人已经突突突地远去。

几位女生看看离开的人，又看看许锦嘉，后知后觉道：“老板走得这么匆忙，不会是去约会吧？”

“不可能吧，没听说有女朋友的啊。”

“你们老板有对象吗？”

“你们老板喜欢什么样的女生啊？”

女生们七嘴八舌。

许锦嘉把人领进去，故意帮孟之旭挡桃花：“我们九爷喜欢女强人，就是那种像男人婆的。”

几位女生听后笑了，又调侃起他来。

许锦嘉没太在意她们聊什么，安排座位后，给孟之旭发微信。

许锦嘉：一会儿我打车去小主哥那儿。

过了几秒，又发：打车费报销！

等他已经上了车，孟之旭才慢吞吞地回了个 OK。

“叮”——电梯门缓缓打开。

孟之旭一手拉着牵引绳，一手插兜，抬脚出电梯。

左脚刚踏出门缝线，撞上另一双鞋。视线下落，一双银色的高跟露指凉鞋横在眼底。十根指头莹白纤细，短圆的指甲未染颜色，修剪得整齐干净。

遇上黑色运动鞋，白嫩的脚指往后缩了下，继而后退两步。

“抱歉。”

“不好意思。”

也不知是谁先开的口，孟之旭抬起了目光。鼻尖隐约弥散着一股淡淡的中药味，是从面前的女人身上传来的。她脑袋低着，卷长的睫毛轻轻翕合，披散的黑发伏在白色连衣裙上，安静又乖巧。

小猪的两声哼哼打断了沉默。

孟之旭拽紧牵引绳，将小猪从她脚下拖回来，提起抱住：“抱歉。”他给她让路。

“没事。”女人的声音柔在空荡的楼道响起。声线温和，也不甜得发腻。恰到好处的温柔舒心。掏出钥匙开门，咯哒一响，身后的电梯门也刚好合上。

孟之旭解了小猪身上的牵引绳，由着它在客厅撒欢。自己靠在料理台旁倒水，神思涣散。

——周窈。

鬼使神差般，他想起了女人的名字。还有她的职业，主持人。

怪不得声音不难听。

周窈刚在家喝完药，就被尤许催促着出门。

自从尤许成功加上安常的微信后，每天都会向她实时汇报两人的进展。在周窈看来，两人爱情的进展没一点影子，兄弟情的进展倒是很明显。尤许是想温水煮青蛙，一步一步将安常套牢。

周窈无法干预她的爱情生活，出不了主意，只能默默为她加油。可尤许不需要默默祝福，只需要实际行动。

得知安常在胡桃里兼职唱歌后，就拉上她过去充当“僚机”了。

初夏夜晚的风还未裹带炎热，拂上脸庞宛如一双温柔的大手摩挲。周窈最喜欢这时候和秋天的无锡，感觉生活节奏都被风吹得缓慢下来。

出租车停在南长街入口处，周窈蹬着高跟鞋往里走。

街上人多，桥下驶过灯光五颜六色的游船，船上的游客正举着手机相机拍摄夜景。长长曲曲一条窄河，两边林立着古朴的青砖小楼。木雕亭台上游客挨肩叠背，人声鼎沸。

她手虚虚盖住耳朵上的蓝牙耳机，跟电话那头的周学勤通话。

明后两天休息日，他们自主加班是常有的事。像周学勤这样怀抱理想，又刚踏入社会的职场新人，更是恨不得一天二十四小时都黏在工位上。

因为他是周窈带着的，台里又跟她最熟，所以周学勤一遇到问题就找她。

“这样吧，你把稿子发我邮箱，”过一座小桥，到了胡桃里后院门，周窈道，“我先给你看看。”

因频道要求，他们主持人也需要自己写稿，深入节目。

针对周学勤这样的新人，编导会提前给大概提纲，编辑部也会给相应的底稿，他再将底稿丰富，最好加入个人风格。

到底是新人，周窈刚入行时也战战兢兢，生怕哪里出错。

挂了电话，周窈也进了胡桃里。在舞台右侧的暗处餐桌，找到了尤许。

坐下后，周窈把包放下，瞥她：“今天没工作？”

暗光下可以仔细分辨出，她化了淡妆，连假睫毛都没贴。穿着宽大的白色短袖，长至膝盖上方十厘米，一条隐在 T 恤下的牛仔短裤。

很简单的装扮。

尤许说：“今天在家剪视频，到这会儿还没吃呢。”

她招来服务员拿菜单，推给周窈：“我刚点了几个菜，你再看看有没有什么想吃的。”

话音落，又问：“喝酒不？”

“不了，”周窈翻看菜单，“我刚喝完药出来。”

“怎么喝药了？”尤许往她身上凑着嗅嗅，“怪不得你一坐下就有股药渣味，我还以为你新买的香水呢，味道这么独特。”

“调理肠胃的。”周窈拿手撑开她硬凑过来的脑袋。

周窈也没什么想吃的，点了个荠菜炒青年糕。一眼就被这道菜的名字吸引，听起来像是黑暗料理。

加完菜和甜品，周窈问：“你跟安常，你们见过面没？”她还记得那个男人的名字，多亏了尤许。

尤许望着刚上桌的菜：“还没呢，不过我朋友圈里不是有照片嘛。”朋友圈里的照片不是她工作的拍摄花絮就是写真，男生见到本人不一定能认出来。

尤许也想到这茬，所以一到胡桃里，就先发了张热乎的自拍加定位。

指向性很明确。

时间尚早，安常要十点半左右才上台唱歌。

今晚味道最佳的当属尤许点的烤鸡，是店里的招牌。她点了半份，用木桶装着上了桌。

周窈刚开始没看容量，被骤然出现的木桶吓了一跳，以为尤许点了一大桶饭。

烤鸡的鸡皮薄薄一层，被烤制得酥脆，沾上甜辣味的蘸料，入口香气郁馥。被鸡皮包裹的鸡肉鲜嫩多汁，充实感占据了整个口腔。

除了烤鸡，周窈点的那道荠菜炒青年糕也出乎她的意料。摆盘看着不错，尝起来甜甜的，比预想中的好吃。

周窈拍了张菜的照，发了朋友圈。

这个时间点她妈也还没睡，在照片下评论：看来有好好吃饭了。

她摸着手机一一回复评论，尤许忽然凑近拉着她，压低了声音激动道："来了来了！"

周窈抬眼，顺着尤许示意的方向望去。

这一眼，先看到的是一个高瘦的黑衣男人，戴着鸭舌帽。

男人低着头，将手里吉他递给身旁的人，随后在舞台正前方的餐桌坐下，面朝她们。帽檐压得很低，看不清脸。他食指抚着鼻梁，侧头低头，听俯身过来的服务员讲话。人懒懒散散地靠着椅背，似是与周围喧闹的环境隔绝开，拒人千里般孤傲。

男人她认识，她的邻居。

尤许也看到了孟之旭，念起一事，将神思略略从台上给吉他调音的安常身上收回。她望着对面一个人坐着的孟之旭："周周，你这个邻居来头可不小。"

周窈收回视线："嗯？"

尤许手掌拢在唇边："我也是听人说的，说那个九馆的老板是个职业赛车手。"紧接又加了个后缀，"退役的。"

赛车手……

这个词最近她好像在哪见过。略一回想，好像是在大学舍友的微信群里见过。有个舍友是在上海电视台的体育频道，在群里提过一嘴，要采访什么赛车手之类的。

周窈当时没机会加入话题，只顾着跟她们商量今年聚会的事情了。

不过邻居是什么职业，与她无关，左不过赞一句“很酷”。

没多久，孟之旭身旁又坐下来一位男生。个头比他矮些，红色头发很是扎眼。或是红发男孩的出现消弭了些他的距离感，开始三三两两地有女生上前聊天。

舞台上的人开始歌唱，声线低沉沙哑，成功令尤许沉迷进去。

周窈不便打扰她，起身去卫生间。

行至岔道口，面前猝不及防横过来一道黑影。

来人似乎没看到她，一边接听电话一边往卫生间方向走。

他高高大大，行道又窄，来往客人侧身让路。周窈也不好快步抢前，只能默默跟在他身后，故意落了几步。

拐弯，周窈先是听到了男人的声音：“所以呢？”声音压得很低，像是故意压制着情绪。

她抬头，正对面镜子里映出两个人的身影。

她，黑发白衣，脸颊扑红，怔怔而立。

另一个，黑衣黑裤，倚靠在墙边，单腿侧在她身前。

察觉有人来，男人偏头朝她看来。

时间流淌得很慢，几秒的时间，周窈却感觉过了几个世纪，才把视线从镜中他的身上挪开。

他横在身前的脚一动不动。周窈脚往边上一偏，躲开了。

身后男人的声音应时而起：“还有事，挂了。”

“孟之旭。”一听他要挂了，手机那头的男人突然喊他全名。沉沉的音色毫不掩饰地表达怒意。

这是孟申今年第二次叫他全名，上一次还是在年初。

孟申比他大五岁，自从孟申大学毕业，孟之旭就再也没喊过他“哥”，要么“喂”，要么全名。

两人皆是如此。

他看不惯孟申的假正经，孟申也瞧不起他不学无术。外人都道他们兄弟俩不仅外貌相似，脾气个性也很像，又倔又臭。回回都是妈妈申岚芝在中间当和事佬。

申岚芝是地道的南方女人，嗓子细，口吻软糯。

劝架时扭着纤细的腰肢，一会儿劝诫大公子，一会儿安慰二公子。临了故意捶捶腰椎温声细语地责骂两位没良心。

二人生气归生气，但每每都吃孟太太这套。和解也和解得不甘心。

孟太太才不管他们甘心与否，只要他们表面和气，她便得逞。

孟申深深吸了口气。

他跟孟之旭的谈话没几次愉快的，于是将手机递给身旁的女人："妈有话跟你说。"

"哦。"孟之旭眼梢上挑，语气淡薄。

来洗手间的人突然多了起来，声音嘈杂。孟之旭视线虚浮着，没往实处落。

脑海里的记忆画面还停留在一个白裙子女人身上，那会儿心思放在通话上，没注意瞧，一转眼人就没了。

他偏身从三两人旁过去，出了门，绕到餐厅靠河那边的露天"后花园"。后面的餐桌没几个人，比起里面安静许多。

申岚芝在电话里问他："你在外面吗？"

"嗯，"他跟申岚芝讲话时眉头也松了，"跟朋友一起。"

"这样呀，"申岚芝的声音温温柔柔的，"你的店开得怎么样了，开张那天我也没去。"她打小便是娇养大的姑娘，没单独出过远门。

"你哥前两天还去无锡的，好像是去新区谈生意，离你那儿远。"申岚芝向小儿子抱怨，"我让他载我一块儿，他不乐意。"

"让他帮忙拍张你店里的照片，也不干。我看他就是觉得你生意很好，嫉妒了。"

孟之旭在角落的藤椅落座，静静听完孟太太的话，真情实感地附和她："没错，就是嫉妒了。他不给你拍，我明天给你拍。"

"你什么时候有空回来啊，好久没回来了。"申岚芝不给他说话的机会，"你爸你哥整天往外跑，妈妈一个人在家，好冷清的。"

"你爸不同意你在无锡开店，别听他的，妈妈是支持你的。"

"阿旭啊，只要不犯法，不管你有什么想法，妈妈都会站在你这边的。"

申岚芝说到后面，语气越发柔和。

孟之旭眼睑下垂："嗯。"

后面缓解气氛的措辞还没想好，就听申岚芝忽然急急忙道："那先这样了啊，妈还约了人打麻将，要迟到了，先挂啦。"

"想你——"话音落，通话也一秒断开。

露台里安置了一架藤椅秋千，有两个女生正在拍照。

孟之旭坐得偏，人隐在暗光处，不仔细看不会发现。他靠在椅背上，两只胳膊肘撑住椅子扶手，微垂着脸看手机。荧屏冷白的光映出他的脸，眸子黑亮，两颗星星似的。

自从加了乱七八糟的人，他的微信提示音几乎就没停过。

无奈之下，他将新加的这些陌生人拉到了一个群里，顺便也把许锦嘉和安常拉了进来。

群名就叫"九馆"。

一直拉到微信最下面，看到了周窈的名字，没有犹豫，将她也拉了进去。拉完发了条消息：大家有事情找许安。

一发完，就将群消息屏蔽了。

起身，猝然看到从店内跑出来一人。一个中等个头，瘦瘦的男人。

孟之旭手撑在桌面，等人过去。

男人疾步到他对面那桌，孟之旭才注意到对面坐了两个男人。他们毫不避讳，聊天的声音略吵。

其中坐着的一人问："找到没？"

"于哥，我拍了，"先前那个瘦弱男人掏出手机，"是不是这一桌的？有两个女的，一个白裙子的，一个露大腿的。"

坐着的人说："对，就是她俩。"

"于哥，艳福不浅啊，姐妹俩都要下手？"

那人拍他脑袋，脸上却满是笑意："说什么呢，白裙子这个是我相亲对象，将来要结婚的。另一个嘛……"

"怎么？"

坐着的男人抖抖指尖的香烟："周窈她妹妹好像是个网红吧，大家都知道的，玩玩就得了。"

孟之旭没停留，无意听了几句。

回到店内座位，安常还在台上，歌曲到了尾声。

孟之旭坐下后，视线在附近随意飘着，最终落在右前方角落那桌。

两个女人，其中穿白衣服的，正是周窈。

她手里捧着一杯橙汁类的饮品，眼睛盯着台上的安常看，一眨不眨的。头顶的灯光一闪一闪，也丝毫影响不到她的视线。更衬得她的黑发更黑，皮肤愈白，唇色也红艳似火。

明明只是个看着清秀的女人，被这炫目的彩灯一照，给人的感觉瞬间不同。

从他进来到现在，周窈都没分过来一点视线，全程看向安常。

接下来的事情，算是在孟之旭意料之中，又出乎他的意料。

有几个男人到了周窈那桌，他看到白裙子女人抬头时惊讶了下，继而又恢复冷静。不知道男人们说了什么，他们刚坐下，周窈身旁的女人就拉着她起身。

而后，朝着他过来了。

不，不对。

是朝着他身后，刚下舞台的安常。

孟之旭收了眼神，修长的手指盘着酒杯外壁。

没一会儿，安常过来了。

“九爷。”安常在他身旁落座，安排两位女生在对面坐下。

安常还没介绍，瞪着大眼的许锦嘉就问：“常哥，你朋友？”有外人在，许锦嘉没好意思喊他小主哥。

安常先介绍自己正对面的女人：“这是尤许。”说着瞄了眼孟之旭。

孟之旭没抬眼。

安常诧异了下，他的手机号不是九爷给尤许的吗，怎么九爷表现得好像不认识一样？

许锦嘉注意到了，也朝孟之旭看。

见孟之旭没反应，安常又介绍尤许旁边的人：“这是尤许的姐姐，周窈。”

姐姐？

这次孟之旭有反应了。他朝周窈看去，又瞥了下她身旁稍高一些的女生。

那个叫“You Xu”的女生正笑脸盈盈地望着安常。

介绍到周窈，安常话多了，这次光明正大地喊孟之旭：“九爷，她就是你那个邻居。”

孟之旭在众人看过来前垂下视线，饮完杯中仅剩的一小口酒，这才再次抬起双眸。

对面一双清澈的眼睛正看着他。

见他望过去，女人抿嘴一笑，颊边现出两个酒窝：“你好。”

他无动于衷。沉沉的目光看着她，却没有焦点似的，好像在思考什么。

安常借着给他倒酒，凑过来小声道：“九爷，当时不是你把我的联系方式给尤许的吗，这会儿怎么像不认识了？”

——“其实我是帮我妹妹要的。”

——“不好意思啊，上次我要错人了。”

他暗哂，原来周窈的借口是真的，她还真有个妹妹。

耳边安常还在说：“尤许她们今晚刚好来吃饭，刚才碰到几个男的纠缠她俩，所以来找我帮个忙。”

孟之旭举起杯子，指腹轻轻擦着沿口。他沉默了会儿，嘴角轻轻一挑：“怎么，就不怕我们也纠缠她们？”

“说什么呢，我们大男人能做那种事？”

他不语，目光看向前方，对面的女人侧耳在听旁边人讲话。脸小得快隐没在黑发下。

“九爷，你来的时候是不是开车了？”安常说，“一会儿顺便载她俩呗，反正也是你邻居。”

孟之旭没开口，摇了下手中的酒杯。意思是他喝酒了，开不了车。

安常说：“我跟小许也喝了酒，我问问她俩。”

结果只有周窈没喝，有驾照。

安常刚问完，下一刻，一个小硬物就甩了过去。

车钥匙，孟之旭的。

钥匙在桌面滑过，阻在周窈横着的胳膊前。她低头，看清了钥匙上的标志。

对面的男人敲了下桌面，不轻不重，却能让人注意到动静。男人漆黑的眸子盯着她：“会开？”

周窈其实没听到他的声音，可直觉他是在问这个。她点头。

男人没再开口，移开了视线。

五个人的餐桌，分为了两个阵地。

尤许、安常和许锦嘉，三人凑到了一起聊得热火朝天。另一边，周窈和孟之旭安静地面对面坐着，一个玩杯子，一个听音乐。

周窈手放在膝盖上，掌心握着车钥匙。上面还有个小型头盔挂坠。

她想起尤许提过的，孟之旭曾经是个赛车手。或许是联想到他曾经的职业，周窈觉得这把钥匙握起来尤为烫手。

“周窈。”身旁突然有男人喊她。

一回头就闻见酒气，周窈条件反射地往后靠，碰到聊天中的尤许。尤许望过来，接着另外两人也看了过来。

喊周窈的男人是于然。

周窈没自恋到认为他来胡桃里是为了找她，可她实在想不到其他理由了。事情不可能这么凑巧，她发了朋友圈，他就出现了。

那条朋友圈周窈没定位，文案写的是“今日最佳：胡桃里烤鸡”。

于然忽略掉桌上几位男人的视线，倚在桌边看着周窈：“一会儿你怎么回家？我送你？”

他刚才观察了很久，周窈那个表妹跟男人们很熟的样子，但周窈就安安静静地一个人坐着，也不跟她对面的男人说话，连对视都很少。

周窈顿了下，似是没猜到他会说这个，皱了下眉：“不用了。”

于然不依不饶：“真不用？”

身后的尤许要起身，周窈拦住了。她张开手心：“我有车。”讲这句话时一脸平静，脸不红心不跳的，好像车真是她的。

于然瞥了下她的手，只关注到她手心的白，没仔细看钥匙。

他笑了笑：“女孩子嘛，一个人开车回去不安全的。”顿了顿，偏头看一眼尤许，“你妹跟你一起回去？”

尤许瞪着他，脸上的嫌弃很明显。

“吱——”

椅脚在地上磨出一声长响。

周围不算太安静，可这一声刺耳的动静着实吸引了众人的关注。

店内音乐声关小了，控制台正准备换歌。周围的客人察觉到怪异的氛围，也三三两两地望过来。

周窈怔怔地抬头。

对面的黑衣男人推开椅子起身，高大的身形一下压得人被迫仰视。

他在周窈愣住的目光中，俯身下来，一手撑着桌面。左耳的银色耳坠摇摇晃晃，在灯光下闪着碎芒，冷艳又强势。

孟之旭一眼没看旁边站着的于然，屈指在周窈面前的桌上敲了两下——“咚咚”。

像大力敲在人心上，骤然回魂。

两人目光接触，沉默了几秒。

他突然开口：“回了。”

第四章　冒充女朋友被抓包

孟之旭说完这话，桌边几人都朝他望了过来。

猛不丁有个男人插嘴，于然自是不屑地斜眼。对方撑着桌面，上身微微下俯，目光对准的，是他旁边的周窈。

不等别人反应，男人说完抬脚就离开。于然目光不由自主地追过去。

黑色高大的身影混入人群，朝着后门方向走。

“九爷！”一人立即从椅子上跳起来，是个红头发的男生，看上去年纪不大。

红头发男生急忙跟出去，临走前还瞥了眼他。

于然愣了下，脑中有根线突然断了，有什么东西正纷纷扬扬往外冲。这个称呼，有些耳熟。

周窈她们对面还有个男人没离开，那人的脸隐在暗光中，看不清晰。

不过于然先前注意到了，这个男人就是在台上唱歌的那个，高高壮壮的，抱着把吉他唱着跟他外表不符的柔情歌曲。

等等，高高壮壮？还有刚才那个称呼……某些忘却的记忆呼之欲出。

尤许看不惯于然，见他盯着孟之旭离开的方向发呆，挽住周窈的胳膊起身。

她对安常说：“咱们走吧，别让你朋友等久了。”

周窈闻言拽紧手中的车钥匙，刚抬脚想起今天穿的高跟鞋。

她跟尤许绕过桌子，从安常那一边出去，走前也没跟于然吱声，就像是忽略了他这个人的存在。

周窈说："小许，一会儿我跟你换下鞋吧。"

尤许看了眼她的脚："行啊。"她穿平底鞋比周窈的大一码。

安常跟在她俩后面起来，高壮的身材犹如一道人形墙壁，将两人的身影与于然那几人的目光隔绝开。

等于然回过神，身后朋友催促他追上去。他皱了眉，并未行动。

"我想起来了。"于然朝快要拐弯的高壮男人看去，脸上的表情重新染上一丝不甘，腰板直了直。

他呵笑了下："我还当是哪路神仙呢，就是那个骑电驴的穷鬼。"外加一个同样没钱靠卖唱为生的穷鬼，和一个非主流罢了。

朋友听不明白他的话，踌躇着追问："那要不要追上去？刚才那男的看起来跟嫂子好像不对劲。"

他知道朋友指的是谁。两个简单的"回了"二字，不就故意误导人嘛。

"追上去干吗？"于然转身从另一个门离开，"女人嘛，在感情里有了教训才会明白什么最重要。"

看周窈刚才那样，估计回去还得开她的车。是个有自尊的男人，都不会容忍女友比自己强。只不过有过爱情的女人，他于然可不敢再当作结婚对象的候选人，谈谈就得了。

"这里没意思，咱重新挑个地儿玩。"于然招呼几位朋友。

之前他还觉得周窈寡淡，能成就成，不成就散。可现在，这事一旦有了挑战性，就会激起人的斗志。

她越无动于衷，他就越想攻克难题。并且面对想得到的女人，他有的是耐心。

周窈坐在驾驶座，换好了尤许递来的平底鞋。刚要把高跟鞋给尤许，就见她突然扭头跳下副驾驶的座位，敲开了后座的窗户。

尤许光脚站在地上，有些不适应，脚心踩脚背，笑盈盈地看着孟之旭三人。

她说："我们家周周没开过大G，怕是不太习惯。"

周窈调节着驾驶座的座位，已经预感到她接下来会说什么，忽然很想把高跟鞋砸出去。

尤许目光慢慢转向孟之旭，依旧笑吟吟的："孟之旭，还是你坐副驾驶吧，这毕竟是你的车，你熟悉，好指导她。"

周窈眼神无奈地觑她。她没有大 G 不代表没在 4S 店试驾过啊……

她扭头看一眼，果然不出她所料，孟之旭身旁，是安常。正要收回视线，猝然撞进孟之旭眼里。

车内开着灯，他却靠进了暗处，表情不明，唯有那双眸子深透黑亮。

周窈不知道他什么意思，她是不太想他坐过来的。本来就开的是别人的车，旁边还有车主监视着，她肯定会紧张。

周窈回身，系好安全带，熟悉起这辆车来。

比她的车宽敞，后视镜下没有任何挂坠，空荡荡的。她左侧门内储物格里有一瓶没喝完的能量饮料，蓝色瓶子的。

后边。

安常见孟之旭沉默，以为他在考虑，一边拉开了车门，一边帮尤许讲话："她说的有道理，九爷你要不去副驾驶吧。"

孟之旭淡淡地瞥他一眼，偏偏安常没看到，只注意到尤许跳上来时两脚光着。

安常说："没穿鞋啊。"

尤许在他身旁坐下，冲相隔一人的许锦嘉招招手算打招呼。

许锦嘉一头红发，尤许则是一头绿发。安常左右瞧瞧，打趣道："你俩头发倒是挺配。"

尤许一听，忙说："我头发是因为工作要求才染的。"

许锦嘉浑然不觉她的撇清意思："我是因为自己喜欢染的。欸，之前你说你是模特，什么模特需要染绿头发啊，不能戴假发吗？"

尤许："不能。"

许锦嘉："什么公司的模特这么严格啊，你要不跳槽吧，我有朋友在推车模，你要不要去？"

尤许恨不得将他嘴巴堵上。这小孩屁话这么多，她想跟安常搭话都没机会。

"周周，鞋给我。"周窈正听得愉悦，身后尤许拍了拍她。

她将鞋子拎起，怕影响他人，手放得很低，几乎是擦着地毯递了过去。

待回头，身旁坐进来一人，“砰”地拉上车门。

孟之旭比她高很多，就算是坐直了，她也觉得有一股隐形的压力压在肩膀上。

等他系上安全带，车子才启动。

两人皆一言不发，而后座的三人则是欢声笑语，从职业谈到美食，一路没停歇。

周窈开得慢而稳，副驾驶上的人胳膊肘杵在窗框，偏头望着窗外。

车窗开着，初夏的无锡晚上有点热，车速带起来的风刮在脸上，温柔中带着些微炎热。

等一个红绿灯。

她目不转睛地盯着前方，听到身侧人突然开口：“水递我。”凉凉声色穿透后面的笑声。

周窈忙把储物格里的饮料拿给他。

孟之旭接过，看着她侧脸：“谢了。”

红灯倒计时，周窈小声咳了下，问他：“需要开空调吗？”

孟之旭正在喝水，仰头时脖子皮肤拉紧，上下滚动的喉结越发明显。

喝完，他舔了下唇角：“不用。”声音里也带了些润意，温和许多。

周窈“哦”了下：“那他们……”

“不用管他们。”不等她说完，孟之旭抢先开口，又提醒，“绿灯了。”

他们俩的谈话声不大，又能彼此听到，后面三位压根没参与，或许是压根没听见。这种情况就好像他俩在讲悄悄话。

想到此，周窈莫名有些脸热，埋怨起自己的胡思乱想。

之后两人一路无言。

进了小区，孟之旭才再次开口：“车不用停地下，就停上面。”

“哦。”

于是周窈将车开到了地上停车场。

等下了车，许锦嘉才“哎哟”一声想起来：“我怎么也跟着来你们小区了？”

安常揭穿他装模作样的姿态：“别装了，你不早就想睡上九爷的床吗？”

“胡说，”许锦嘉狡辩，“我明明是想小宝了。”

尤许不明白他们说什么，安常跟她解释：“九爷养了一只猪，叫小宝。”

尤许一脸好奇的表情。

爱好挺独特，取名也别出心裁。

到了六楼，周窈掏出钥匙开门，孟之旭在对面开门。

过道上尤许还在跟安常许锦嘉聊天，许锦嘉在进门前抛出邀请函：“九爷几乎每天都做早餐，反正明天周末你们也不用上班，要不过来品尝品尝？”这客套话讲得，把孟之旭家当自己家了。

孟之旭进了屋，在门内拿车钥匙砸他：“屁话怎么那么多。”

许锦嘉缩头躲开，见他没拒绝，又跟尤许确定了。

尤许小心翼翼地看向安常，眸光似水。等他开口。

安常着急换鞋，又不好在女生面前换，怕熏到她。一低头看到她望着自己，大咧咧地应了：“九爷不是那么小气的人，你跟你姐过来吃吧。”

“好的！”尤许顿时笑了。

回了屋，周窈收拾收拾准备去洗澡，看到尤许姿势不雅地趴在沙发上玩手机。

周窈：“你明天不是要去隔壁吃早饭吗，起得来？”

尤许顾不得回头：“我定闹钟。”

周窈拿上毛巾睡衣去卫生间：“哦，今晚你睡客卧，我明天还想睡个懒觉。”

尤许闻言立马翻身，对着她背影喊道：“周周，我俩一起去嘛。”

“我都跟他们说好了，我们一起去的。”

关上门，周窈任由她在外面自言自语。

第二天，周窈是被闹铃声吵醒的，将头蒙进被子里，还是能听到。她实在忍不住，才高声喊人：“尤许！”

身旁的人鲤鱼打挺般，一个骨碌爬了起来。抓起手机一看，七点半。尤许原本昏昏沉沉的，一看时间莫名紧张起来，比平时起得都早。

另一侧的周窈睡得浅，模糊间听到她出去了又进来，好像拿了什么东西，再次出去了。

世界陷入安静，周窈的神经也得到了放松。

再次醒来，是察觉到有人在旁边看自己。一睁眼，就看到尤许那张在眼前放大的脸。

“大郎，该起床喝药了。”尤许笑眯眯的，长长的睫毛一眨一眨。

周窈吓了一跳，仔细看，发现她化妆了。

周窈快崩溃了：“不是吧大姐，你一大早起来就化妆？要拍视频吗？”

“不用啊，”她一脸无辜，“我在努力完成我的人生大事呢。”

两人眼对眼，缓了几秒，周窈想起来了——

尤许约好了去隔壁吃早饭。

“哦，祝你好运。”周窈表情冷淡，重新躺下闭眼。

尤许立即拉住，不让她躺：“不能再睡了，快去洗漱打扮，你邻居等着你呢。”

周窈一脸不解。

尤许解释：“等着你去追求呢。”

周窈闭眸假寐，尽量忽略她的存在。

空气中弥散着丝丝缕缕奇怪的味道，从卧室门外传来的。周窈仔细嗅嗅，很熟悉的中药味。

她不确定地问尤许：“你熬药了？”

尤许说：“对啊，我早上看过你那个单子了，早晚喝，所以我叫你起来喝药了。”

恐怕是想让她陪着一块儿去隔壁吧。

她终究抵不过尤许的死缠烂打加殷勤讨好。

她们敲开隔壁的门，是安常开的。

门一开，一股浓浓的米粥香味袭鼻。

原本还有些困的周窈，闻到这股味道后，思维莫名其妙清晰起来。

看到她俩，安常说了声“早啊”。

“还以为你们没起呢，想给你发微信来着。”安常招呼她们进来，“先进来坐吧，粥还没好。”

孟之旭这儿跟周窈家的房型一样，但装修不同。她家装修偏日式风，而孟之旭这儿是轻欧风。

一进来，有个粉色的东西哼哧哼哧地立马蹿了过来，绕着周窈脚脖转圈圈。

安常拿来牵引绳，唤它："小宝，下去了。"

尤许问："要去溜猪吗？"

安常将小猪抱过来拴好："对啊，你要一起不？"

"好啊。"她求之不得。

两人出门，安常对还杵在玄关处的周窈说："你进去吧，九爷在厨房，说是再烙几个饼。"

"嗯嗯。"周窈笑笑。

目送他们离开，周窈也没把门关上，径直往厨房方向走。

虽然两户房型相同，但肉眼看起来孟之旭家明显更宽阔些，不知是不是装修内饰的问题。厨房跟她的不一样，她那边是开放式厨房，这边厨房与客厅被推拉门隔开。

孟之旭正站在料理台前，穿着白色宽大 T 恤，黑色中裤。

厨房的窗户开着，这个点太阳已经出了头，微带着橘色的晨光透过白色轻纱窗帘，盈满整间厨房。

周窈脚步轻悄悄的，没有靠近，就在他身后停下。

他沐浴在阳光下，微弯着腰，光在发梢跳跃。眼前的画面模糊起来，身前的人也仿佛变了，与之前见到的那个孤傲冷漠的孟之旭不同。

此刻的他，多了一丝烟火气。

整个世界突然静了下来，空气里除了粥的香气，还有难以细究的药涩味。

她忽然胃口大开。

"过来尝一下。"孟之旭像是知道身后有人一样，也没回头，加完调料，盛了一小口粥放到水池边。

瞬间，周窈的视线变得清晰，耳边的声响也刹那恢复。

灶台上咕噜咕噜炖着的粥已经关了火，孟之旭正在擀面。修长的手指抓着擀面杖，另一手转动面饼，动作熟稔迅速。

眨眼间，一张张薄薄的面皮便成了形。

周窈端起碗，挑碗里有个黄色的东西舀起。

入口便烂，原来是栗子。

栗子的软糯里裹了层鲜香，他加了糯米和花生，炖得久，入口黏稠。再吃一口，原来还有肉。

周窈仔细分辨，这口感，大约是猪腰。猪腰切得碎，应该提前腌制过，处理得也很好，一点腥味都没有。

周窈很快就吃完了，朝锅里看。

孟之旭擀好面，转头瞧见她，脸上表情波澜不惊。

“味道很好。”吃到好吃的，周窈心情也好，眼睛笑成月牙。

“帮忙撒下葱花。”孟之旭对她的夸奖无动于衷，又转身忙自己的。

他不讲话，周窈也没吱声。撒完葱花，将锅端去餐桌上。

孟之旭余光观察到她的动作，没有阻止。

端完粥，周窈又准备好碗筷，再次回到他身旁，静静地看他烙饼。

他在做葱油饼，平底锅里的油滋滋作响，圆形的饼圈微微泛黄，葱经热油，香气立马散了出来，在鼻尖萦绕。

“盘子。”孟之旭开口，低低的声音提醒身边人回神。

周窈立即将洗干净擦干水的盘子递去。

他没回头，手顺势一接，猝不及防抓住了她的手指。

一碰即松。

凉凉的，还沾了水珠。

突如其来的意外让两人都愣了几秒。

周窈站在阳光下，面颊发热。她将盘子放下，背过手搓掉手背沾上的面粉。

刚从卫生间出来的许锦嘉，看到厨房里站了两人，一高一矮。

许锦嘉睡迷糊了，揉着眼睛往厨房走，看到周窈时一惊：“这么早你就来了啊。”

周窈回头，看到他时脸上立马露出笑容：“早上好。”

“早上好啊。”许锦嘉回笑。

“过来。”孟之旭一出声，许锦嘉立马笑嘻嘻地应了。

“来了来了。”他小跑着过去，还对周窈说：“你先去坐着吧。”

许锦嘉在孟之旭身侧左转右绕的，讲个不停。

“九爷，她啥时候来的啊？”

“小主哥呢？下去遛小宝了吗？”

“怎么也不叫上我啊，我吃过猪肉还没见过猪撒尿呢。”

……

许锦嘉不知道九爷为什么有些暴躁，颠锅那姿势，恨不得把饼甩上天了。他怀疑九爷是不是起太早，起床气还没消。

孟之旭终于收尾，瞥了他一眼：“端走。”

靠在料理台上的许锦嘉立即回神。

孟之旭去洗手，水流汩汩冲掉上面的面粉。他两手互相磨搓，指腹渐渐被水浇凉。匆匆洗完手，又拿毛巾擦干，一滴水都不留。

他回身，腰倚着料理台，朝餐桌方向望去。

餐桌旁两人，正笑着在聊什么。男人年轻气盛，女人眉眼温柔。

她舀了一碗粥，给许锦嘉递去，低头时手指将无意中滑下来的头发别到耳后，耳郭白皙软莹。

客厅里阳光充足，她逆着光坐下，引着别人的目光，却又让人看不真切。

他的手指无意识地来回搓动，等许锦嘉抬头唤他，才迎着客厅二人的视线看过去。

孟之旭微信里的陌生人陆续删了个七七八八。

他没刻意去删谁，只是谁来私聊他一些胡搅蛮缠的问题，就删谁。

这个举动引起众多女生的不满，有人在群里单方面骂了他之后，然后退群，声称再也不去九馆吃饭。

许锦嘉无语之下，在店门口挂了个牌匾，上面写着：老板员工概不出售。

邱亚良去他店里吃过一次饭，看到牌子笑得不能自已。

外边人多，孟之旭领他去了休息室。

“怎么，今天不忙，还有空过来光顾小店？”

邱亚良关掉手机，心血来潮地问：“你有周窈的微信？什么时候偷偷加的？”

光是听到这个名字，孟之旭还反应了一会儿。

她啊。

孟之旭没回答，反问道：“你怎么知道我有她微信？”

“看到她给你点赞了啊，就安常吃鸡蛋那条。”

那条动态是孟之旭今天中午发的，他跟安常去吃拌馄饨，安常那家伙在健身，向老板要了十二个鸡蛋，但不吃蛋黄。他觉得安常事多，就拍了照发了朋友圈。

邱亚良见他不回答，故意调侃：“怎么不说话了，是不是对人有意思？”

孟之旭觉得好笑：“我是那种喜欢小女孩的人？”

邱亚良跟他开开玩笑：“你也不大啊。”

“我不大？”

“哪里大？”

孟之旭声音懒懒的：“除了年纪没有你大，其他哪里都大。”

邱亚良上下拿审视的眼神打量他，失笑地在他胸膛捶了一记。

“好了，不跟你贫了，”邱亚良正色，“今天找你有正事的，我这有个合作你接不接？”

“什么合作？”

“台里最近在录一个美食节目，跟无锡本地的餐厅饭馆合作，”邱亚良说，“为了提高收视率，我想找几个颜值过得去的老板露个脸，正好你不开了个店嘛。”

孟之旭沉默了下，重点稍微偏了下：“给钱吗？”

邱亚良也适当地沉默了几秒：“不给。”

对方转身要走。

“但这是双赢啊，你来给我们提高收视率，我们帮你的店提高知名度。”

“你们台这么抠？”

邱亚良说：“一句话吧，来不来？”

这次孟之旭没再跟他多说什么：“去啊，为什么不去。”能扩大餐厅的知名度，吸引更多客人，他去抛个头露个脸没什么大碍。

“那等我跟台里说一下，签合同的时间我事后再联系你。”邱亚良想起重点，“哦，这个节目的主持人是那小女孩。”

“……嗯？”孟之旭愣了下，“周窈？”

这么巧？

邱亚良听出他声音里的迟疑：“怎么，瞧不起人小女孩？”

“我怎么敢。” 他靠在沙发上，漫不经心道。

“刚才那问题你还没回答呢，你俩怎么加微信了？”

“哦，她住我隔壁。”

邱亚良啧啧两声：“还怪有缘分的。”

他没再追问微信的问题，两个成年人，又恰好是邻居，就算加个微信也没什么。

最近许锦嘉老爱在店里外放手机视频，是一个中老年人才爱看的节目，类似法制生活这种。前两次没人注意，这一次安常倒是听到了主持人的自白。

他问许锦嘉：“周窈？”

许锦嘉眼睛盯着手机，被节目里戴着花白假发，扮演老奶奶的周窈逗得笑咧了嘴：“对啊，就是尤许她表姐。”

“原来她是主持人啊。”真是看不出来。不过一回想，九爷好像提过她是邱哥的同事来着。

许锦嘉把手机立起来：“小主哥，你也来看看，他们这个节目还挺有意思的。”

安常过去瞄了两眼。

节目里周窈扮演一个被人骗财的老奶奶，得知被骗后，她到已经人去楼空的办公室大闹。那撒泼劲儿，与他们之前见过的安静模样大相径庭。

要不是那张脸，安常还真怀疑认错人了。

“看什么呢？”两人的笑声将正从外面推门进来的孟之旭吸引过来。

许锦嘉抬头道：“我昨晚闲着无聊，在家看电视突然看到无锡电视台的节目，没想到里面有周窈。然后刚才又在网上搜了下，把往期的也翻出来看了。”

“九爷，周窈你还记得吧，没想到她不仅是个主持人，还是个演员呢。”

她是主持人孟之旭知道，但是……

“演员？”孟之旭手里抱着一顶黑色头盔，过来坐下。

安常把手机递给他看：“小许说的是这个《生活空间》的节目，一个给老年人看的生活法制节目。”

孟之旭没接过，余光瞥了眼。

屏幕上，周窈正跌坐在地上，哭天抢地地拍大腿。俨然一副泼妇样。

没继续看下去，孟之旭忽然想起来："有个事忘了告诉你们，我准备跟邱哥搞个合作，参加他们台新办的一个美食节目。"

许锦嘉两眼放光："有钱拿吗？"

安常问："来店里录制？"

孟之旭先回答了安常的问题："具体在哪里录制，录制什么内容都还没有谈，等过段时间去电视台签合同再聊。"

接着又看向许锦嘉："没钱。"

许锦嘉："没钱那为什么录制啊？"

安常拍他后脑勺："你傻啊，电视台帮我们增加曝光呢。"

"还有个事，"孟之旭声音轻飘飘的，夹在他俩中间，"这个节目的主持人是周窈。"

两人同时话音一顿。

"这么巧？"

对啊，就是这么巧。

孟之旭耸了下肩，起身准备去换衣服："厨房里现在忙不忙？"

"还行，"许锦嘉说，"九爷，你刚才进来休息室没看外面吗？尤许和周窈来吃饭了，要不要出去问问她节目的事？"

孟之旭进内屋的脚步一滞。

从加了她微信到现在，周窈应该是第一次踏入他的餐厅吧。

"不了。"

用餐处。

周窈和尤许的座位靠墙，离厨房方位颇远。因为中间有拐角墙壁阻拦，也看不到厨房里的情况。

今天下班后，尤许约她来这吃饭。以吃饭的由头偶遇安常。

安常没遇到，倒是看到孟之旭来店里了。

尤许问过他们服务生，身为老板的孟之旭这几天不经常来店里，好像还加盟了其他生意，最近常外出谈事。

尤许说："想不到啊，看上去痞里痞气没个正经的人，赚起钱来倒是挺认真。”

周窈反问：“他看着痞气吗？”可能是那天他做饭的滤镜加持，她觉得这个人的长相少了戾气，柔和很多。

“这长相还不痞吗？”尤许说，“我有几个朋友还加了他微信，说他从来不跟她们聊天，就知道天天发广告，一跟他聊天，还把人删了，一副爱搭不理的样子。”

周窈没搭话，他发的广告确实有点多，更多分的是，居然还爱在深夜发食物照。

招恨。

“我那几个朋友也是够牛的，被删了也不气馁，进了个群，还天天给他点赞加油。”

提起点赞，周窈想起自己也这么做过。不过她的赞主要是冲安常那十二个鸡蛋来的。

十二个鸡蛋，震惊到她了。

瞄见她的笑，尤许眯眼凑过来问：“怎么，你也沉陷进去了？你也是点赞大员之一？”

周窈倒是没隐瞒：“是赞过他朋友圈一次，不过是因为安常。”

她把微信打开，找到孟之旭那条朋友圈给尤许看。

尤许看清内容，笑得前俯后仰：“怎么这么可爱呢他。”

然后习惯性评论：可爱。

刚评论完，想起这是周窈的手机，而且也不是安常的朋友圈，又马上删除。

还了手机，尤许正要告诉周窈，旁边一桌突然来了几位女生，听对话，应该是附近大学里的学生。

女生们坐下，谈论声打断了她的思绪。

“小景，你看这店里好多女的都是冲你的旭哥来的，你都不抓抓紧，哪天他被人抢了怎么办？”

说话的是一个微胖女生，穿着 JK 制服。尤许浸淫二次元长久，一眼认出制服的牌子。

那个女生见她看过来，还白了她一眼。

另一个黑色长发女生说：“别乱说了。”

“小景，她也不是胡乱担心，你看我们隔壁这桌，都吃完了人还没走呢，在等什么你不知道吗？”其中一个女生好像是故意让别人听到。

尤许听不顺耳，正要起身去辩论。

对面的周窈擦了擦嘴，提起包起身：“小许，别跟小孩一般见识。”

隔壁桌的女生一听，横眼过来：“喂，阴阳怪气说谁小孩呢？”

她们挑衅了过来，周窈也光明正大地看回去了，面上带着笑：“你们还是学生吧？”

“怎么，瞧不起学生？”微胖的女生瞪圆了眼睛，“你们刚才一直没走，在等什么心里没点数吗？人家有女朋友了，你们两位阿姨就死了那条心吧！”说完，她拉出身旁那位黑长发的女生，意思是这是“旭哥”的女朋友本尊。

周窈一下子没转过弯来，尤许压着的火却瞬间起来了。

尤许倏地站了起来，身高压住了几位女生，居高临下哼笑道：“女朋友？”她很长时间没听过“阿姨”这个称呼了，搂住周窈的肩膀故意气那几个女生，“这年头真是阿猫阿狗都敢自称孟之旭女朋友了，我们周周都去过旭哥家了，都吃过他亲手做的早餐，睡过他亲手铺的床，都还没自称女朋友呢。”

在“亲手”和“床”两处加重语气。

周窈耳朵尖发热，侧过脸，压低声音提醒尤许：“别玩太过了，周围人都看着呢。”

尤许给她一个放心的眼神。

再回头去看对面的女生，却见黑发女生脸白了白，不过几秒又变了，变成了一副愤怒又委屈的模样。

“女朋友？”

一道男声猛不丁地从周窈二人身后响起，吓得她俩急忙回头。

只看到穿着厨师服的孟之旭迈步走了过来，身姿挺正，步伐却不急不缓。他身后跟着安常。

一见安常，尤许立马放下搂住周窈的胳膊，瞬间变成娇羞状。

方才服务生突然过来告诉他们，有人吵架闹事。孟之旭过来一看，一个是熟人，另一个，也是熟人。

“你？我女朋友？”孟之旭看看周窈，又看看她对面的人，眉梢轻轻一扬，声音冷淡似水，“我？亲手铺床？”

周窈心下一沉，恨不得找个地缝钻进去。

玩大了。

周窈觉得羞愧的主要原因，是她跟尤许两个岁数加起来半百的人了，还和几个学生拌嘴，而且还跟小学生炫耀似的争当别人的女朋友，这行为挺令人笑话的。

见到孟之旭来了，尤许抢先打哈哈："原来你们在店里啊，好巧啊。"

安常冲她颔首，过来小声问她发生什么了。

尤许朝对面几位女生努努嘴，没讲话。

许锦嘉在后边"观摩"着，忽然道："跟周窈闹事那女的怎么看着眼熟呢？"忽然灵光一闪，想起来了，嘴巴总是比脑子快，对孟之旭说，"九爷，上次你不是说她是你朋友的妹妹吗？怎么就成女朋友了？"许锦嘉刚说完，就后悔了，暗暗拍了自己嘴巴一巴掌。

封景是谁的妹妹，他一清二楚。注意到九爷的面色并无异常后，才放下心来。

听到许锦嘉的话后，黑长发女生瞪了他一眼，又转头去盯孟之旭。

她不是很高，比穿了高跟鞋的周窈矮些。看孟之旭时微微仰头，周窈能看到她的侧脸，脸白白的，橘红色的唇紧紧抿着。她一瞬不瞬地盯住孟之旭，好像在等什么。

"封景，"孟之旭的声音很淡，却明显带着些许愠怒，"下次不要跟别人谎称是我女朋友。"

话落，就见封景的眼睛快速眨了两下，睫毛上泛着泪光，泪珠欲坠未坠。

小女孩被驳了面子，脸上自然挂不住，嘴巴紧紧闭着，死死憋住自己的情绪，一言不发。

"听到没？"他好像完全没注意到女生的情绪，语气加重。

封景迅速低头，赌气般转身往外跑，语气里隐隐带着哭腔："谁承认是你女朋友了！"

她走后，其他几位女生面面相觑，迟疑几秒，追了出去。

看样子，那个女生跟孟之旭是认识的，而且见女生的反应，他们应该不仅仅是"认识"而已。

周窈适时沉默了会儿，斟酌着措辞，想着一会儿怎么给孟之旭解释尤许开的玩笑。

没等她想好，旁边的许锦嘉突然冒了出来，一脸看戏的表情，提醒孟之旭："九爷，这还有一个呢。"他虽然猜测周窈二人是开玩笑，跟封景斗气而已，但玩心起了，便逗逗她俩。

孟之旭顺着他的话朝周窈看了过来。

猝不及防对上孟之旭的双眸，周窈偏了下头，眨眼。见他一本正经地看着自己，耐心地挑了下眉，真像是在等个交代。

尤许往后拉了下周窈胳膊，示意由她去解释，周窈反握住她的手。

"孟老板，我为我们刚才在你店里喧闹道歉。"周窈的声音轻轻柔柔的，好似没什么力度，却能让每个人听清。

周遭的客人已经坐下，好奇的余光却还在往这边瞥。

她笑了笑，脸颊两侧酒窝浅浅："也为刚才谎称是你女朋友的事道歉，如果你要什么赔偿可以尽管讲，我试着看能不能补偿。"她似乎肯定孟之旭不会借题发挥，满脸自信地对他说出主动补偿这种话。

周窈也理智地思考了下，刚才那种情况下，孟之旭和那位女生的反应都明示着：他俩有事。就算不是情侣关系，也一定有其他不为人知的小故事。

而周窈跟尤许，就属于"神仙打架，小鬼遭殃"里的两只小鬼。孟之旭应该不会跟她们计较。

孟之旭静静看她，拳头抵唇，倏然轻笑。

面前这个女人无论是言语还是面部表情，都太过防备。刚才她那段主动赔偿的话也没有讲满，永远给自己留着后路。

什么叫"试着看能不能补偿"？她是真没打算做什么实质性的补偿。

"周窈。"他说话很慢，一字一顿似的。

周窈微笑迎上他的目光，却在他说出下一句话时，笑容短暂地僵硬了下。

孟之旭重复着她刚才的话："试着看能不能补偿？"

他的声线偏沉，目光也深，看得她莫名心下一沉。后又暗暗安抚自己，不过是个小纠纷，不必过分紧张。

孟之旭盯着她，捕捉到她那一瞬间的愣怔。不过几秒，脸上又再次挂上她那板正的微笑。

孟之旭轻笑："如果真想赔偿，可以多来照顾下我的生意。"

周窈立马应下："好的。"反正都要吃饭，在哪儿吃都一样。更何况，他这里的菜挺合她口味。

周窈跟尤许出了店门。

尤许三步两回头，等完全看不到那三人了，才问她："你看到刚才那女生盯着孟之旭的眼神了吗？够缠绵悱恻的，真是他女朋友，还是前女友？"

"不过他对那小女生还挺凶的，"尤许有些后怕，手压心口说，"孟之旭今年二十六岁，那小姑娘大概就十八九岁吧，老牛吃嫩草啊这兄弟！"

周窈的八卦能力显然不如她，关注点也不同："你怎么知道孟之旭多大的？"

"网上搜的啊，他以前不是那个什么赛车手嘛，只不过网上他的正面照很少，大多都是戴着头盔的。"

九馆内，没等周窈二人推开门出去，孟之旭就先一步转身回后厨了。

他先找到手机，打开微信，习惯性点开朋友圈，在众多点赞评论中，一眼看到了周窈那条已删除的评论。

孟之旭没多想，不予理睬。

他给封景发了条微信：下不为例。

结果得到一个鲜艳的红色感叹号。

见孟之旭盯着手机皱眉，许锦嘉凑过来，一字一顿，看到联系人的名字——封景。

看到感叹号，许锦嘉啧啧道："小女生就是事多，动不动删人微信。"

安常进来就听到这么一句话，随口道："谁啊，胆子这么大，居然敢删我们奶奶疼阿姨爱的九爷。"

孟之旭不以为意："小孩子脾气，过两天就好。"

安常过来："她真是你朋友的妹妹，不是某个情妹妹？"

孟之旭说："你最近跟谁学的，说话一套一套。"

许锦嘉手上夹了块黄瓜，插嘴道："那个尤许，刚才他俩还偷偷聊天呢，他俩有猫腻。"

安常推他，白他一眼："去去去，熟人见面打个招呼怎么了？"

许锦嘉吃着黄瓜叹气："唉，本来我还以为周窈跟尤许都暗恋我呢，没想到一个是九爷女朋友，一个跟你有猫腻……"

"女朋友？"孟之旭戴上口罩，准备食物材料，闻言横眼过来，眉峰轻轻一挑，即使戴着口罩，也挡不住他的戾气。

许锦嘉立马改口："不不不，是她暗恋你！"

"你闲出屁来了是吧？"

此话一出，许锦嘉立马跟猴子一样飞速蹿了出去。

再不走，下一句等来的就是让他去刷碗了。

晚上十点左右，周窈还在改第二天要用到的稿。

上次那个叫徐敬陵的明星因为档期关系，跟他合作的第二期推到了后面拍摄。

这一期还是外景。

可能是因为中药起了效果，周窈觉得最近的睡眠好很多，差不多十点就有了困意。

但工作紧迫，不得不煮杯咖啡提神。

磨咖啡豆的时候，她听到隔壁门响了一下。

今晚的风挺大，客厅里的窗帘被吹得张牙舞爪。

没一会儿，咖啡的醇厚飘香充斥了整个屋子。

周窈先去冰箱里拿了一盒牛奶，找来奶锅煮开半盒。她不爱喝太甜，没有加白糖。最后将煮好过滤完的咖啡倒入热牛奶中。

咖啡的醇香和奶香混合，入口顺滑绵密。

明天的准备工作都完成后，已经快十二点。

周窈伸了个懒腰，看手机，大学舍友群里提了件事。她其中一位舍友薛淑儿接了个网剧女主角的戏，看行程安排，有在无锡的拍摄。

周窈给薛淑儿道喜，约好来无锡聚一下。

她一只手拿手机打字，另一只手提起门旁的垃圾袋出门。一只脚踏出门外，另一只脚脚尖踩在门框上，将垃圾袋放到鞋架后边。

顾着打字，没留意过堂风。风一来，开着的门猛烈扑来，她大脑空白了一秒，接着自然地将踩在门框上的脚抽了出来。

“砰”一声巨响，门无情地在她面前关上。

周窈足足愣了四五秒，才反应过来她把自己关门外了。

穿着睡衣拖鞋，身上只有手机。

这个点回爸妈那儿住不合理，而且她的材料还在屋里，明天要用到。

麻烦爸妈来一趟开门，车程得半小时。他们也应该睡了，周窈不太想打扰二老。

无奈之下，只好找专业人员了。

她先是在门上找开锁名片，没有。再一瞥隔壁家门，也空荡荡的，一张都没有。

最后，周窈在网上找开锁公司。

刚拨电话，楼道里传来电梯抵达的“叮”一声响。

这大半夜的，突如其来的一道声响惊得她魂差点飞了。

周窈捂着胸口冷静，看到电梯内穿着黑衣服黑中裤的男人，男人手中提着一只活蹦乱跳的猪。

看到周窈，孟之旭也是一怔。

她穿着白色吊带睡裙，肩上还披着一条灰色毛毯。

看到他，她居然猛地转回了身，面朝着合着的门。

孟之旭愣了一瞬。

以前她还会笑着跟他颔首的，现在是什么情况？

他扯了扯嘴角，拎着小猪去开门。他的门是密码锁，不用钥匙。

门刚开，就听到背对着他的女人的声音：“喂，您好，是开锁公司吗？”

哦，原来被关门外了。

等隔壁传来门关上的声音，周窈提在嗓子眼的那口气才安稳地吞下。

因为一个人在家久了，她习惯不穿胸衣。刚才突然看到孟之旭，本能地背过身来，没来得及跟他打招呼。

不过他们只是邻居，交情也不是很深，一两次不打招呼没什么大碍。

不知为何，周窈突然想起上次在他店里碰到的小女孩。她还记得，厦门旅游那次，孟之旭专跟大长腿女人玩“比翼双飞”。

这样看，他喜欢的类型应该是高个子女生，那小妹妹应该被排除在外了吧。

难道真如尤许八卦的那样，小妹妹就因为这个成了前任？

周窈拉了拉身上的披肩，将胸部完全包裹住。

她闲着无聊，独自对着门胡思乱想。可能是喝了咖啡，神思异常活跃跳脱。

然后脑子又一转，想着哪天有空，给门换个密码锁。

第五章　节目录制事故

昨晚阵雨连连，雷声惊醒了周窈几次。

她做了个奇怪的梦，醒来时目光空洞地盯着天花板。

卧室里沉重的窗帘拉得紧密无缝，透不出一丝光亮。她在黑暗中慢慢回味着那个梦，大脑已经清醒过来，身心却好似还留在那个旖旎迷离的梦中。

梦里，她坐在一辆摩托车上，双手环住身前男人的腰。

男人戴着黑色头盔，穿着黑色皮夹。他的背宽阔安全，他的腰修长有力，她将侧脸贴在他的背上，风呼啸着从耳旁路过，鼓起她的裙摆。

梦里有红色的光，有男人的呢喃。

男人说："周窈，抓紧了。"他的声音低沉性感，人明明坐在她身前，声音却如耳语般在耳畔响起。

那声音如同车子的发动声，预兆着起步，也预兆着沉沦。

周窈随着这个声音起起伏伏，胸口像被压上一口巨石，险些喘不过气来。醒来时，惊得满身大汗。

缓缓从梦中抽过神思，她抬眼眯了下空调方向，自动定时已关，房间温度清凉又夹着股莫名的闷热。

周窈起身，拉开窗帘，推开窗。

早晨的空气清新，太阳还未出头，东方晕着一团红光。

周窈鲜少做梦，或者说是很少将梦到过的情景记得这么清楚，导致她一早都昏昏沉沉。

今天得跟徐敬陵一块儿录节目，她急匆匆赶到电梯时，混沌的头脑突然清醒，仿佛被兜头淋下一盆凉水。

梦里那个声音，是她的邻居，孟之旭。

而此刻，孟之旭正站在电梯内，穿着一件黑色T恤，背对她按下电梯按钮。

周窈面皮薄，虽然表面沉静自然，可一遇上事，脸和耳朵就会发烫。长大后还好些，她化了妆，脸红了别人也看不出个大概，就是耳朵……

她低头摸了摸耳垂，果然烫得出奇。又拨了拨耳边的长发，堪堪遮住耳郭才收回手。

电梯稳稳下降，空气里传来细微的声响，是孟之旭怀里的小猪，哼哼着要下地。

他将背留给了她，刚才见她进来也没抬头，只是用宽大的手掌象征性地在将要合上的电梯门前挡了一下。

周窈也没主动出声。她习惯了逢认识的人就打招呼，更何况他们还同处一地，可眼下她踌躇起来。

可能是昨晚那个梦给她留下了阴影，周窈又下意识地想回避他。

到了一楼，两人分别出电梯，谁都没出声。

电梯就像个禁锢人的密室，禁锢感刚一消失，周窈提着的心顿时放下，好久没这么纠结过，导致她都不太适应。

早上因为那个梦耗时颇多，周窈怕迟到，一手挎包，一手拎着放了高跟鞋的手提袋，小跑着去停车场。

孟之旭刚把小猪放进草坪，就见身旁风风火火地过去一人。

他戴着蓝牙耳机，里面正在播放新闻。定睛朝前一看，跑过去的人个不高，白衬衫黑长裤，脚上蹬的似乎不是白板鞋，而是风火轮。

她好像很急，跑起来也手忙脚乱的，左右手各拎了东西，还一边跑一边把垂着的黑发扎起来。

孟之旭瞟了两下，无意中被她露出来的小臂和后脖给晃了下眼。

很白。

还是那种健康的、晶莹剔透的白，好像怎么都晒不黑。

今天她是不是没跟他打招呼？

孟之旭戴着耳机，不太确定是她没打招呼，还是他没听到。

猛然被手里的牵引绳往前拽了下，孟之旭低头朝浑身是胆要追上金毛的小猪看。

金毛的主人是个女生，年纪不大的样子，看到小猪禁不住蹲下来逗弄："哇，第一次见人养猪。"再抬头望向小猪的主人，是个个高腿长的帅哥，隐隐动了念头。

女生问他："你这猪在哪儿买的？"

孟之旭手指敲了下耳机，示意她没听清，掏出手机调小电台音量。

女生扶着金毛起身，站在草坪旁的一节台阶上，与他平视，又问了一遍："你的小猪在哪儿买的啊？看得我也想买一只，挺可爱的。"

"捡的。"孟之旭强行拖走在金毛腿下打滚的小猪，忽然说，"你要买吗？我送你。"

女生愣住："啊？"

孟之旭将小猪提到她跟前，表情挺认真："你真想要的话，我送你，打过针了，不过事后出什么问题别来找我。"

女生还是没反应过来的样子。

"要不要？"他知道女生意不在猪，也不想多聊。

"哈哈，就开个玩笑。"

孟之旭放下小猪，鼻子里"嗯"了一声，低头又将手机里电台的音量调大。

周窈从停车场出来，经过这一片，恰好看到了他，以及他身旁的女生。

车没停，很快从两人身旁过去。后视镜里，孟之旭低头在弄手机，应该是加好友了。

周窈骤然失笑，她早上干吗要因为梦到一个花花公子哥失神呢？

不过是个梦而已。

今天徐敬陵的现场粉丝比上次多很多。

据同事称，徐敬陵演的某部网剧最近正在热播，只不过是个配角。工作以来，周窈就很少看剧了，自然不知道她说的是哪部。

上午的拍摄很顺利，在一家专门做鱼的店内录制了门店的发展，各种鱼的制作，及来店客人对菜品的评价等。

因为菜市场只有早场和午场，所以鱼的挑买放到了下午拍摄。

上午在店里时还察觉不到粉丝的力量，一出店门，周窈立马感受到众星捧月的热情。

这家店隐在老街，青石板的街道窄小坑洼，此刻正被人挤得满满当当。周窈虚眼一看，大多都是女粉，吵得耳朵疼。

徐敬陵的助理和电视台的工作人员不得不上前维持秩序。

周窈身边的周学勤也看不下去，向鱼店老板借了个喇叭，扬着喇叭上去。

对面的徐敬陵朝周窈抱歉一笑，隔了三四人远，并不靠近她。

周窈回笑，抬起手边的奶茶喝了一口。

奶茶是徐敬陵的助理分发的，同事每人都有。她的这杯是满杯红柚，在这炎热的下午，酸甜微涩的柚子味满是清爽，周窈因人多烦躁的心情得到一丝缓解。

众人好说歹说，尽管他们的拍摄团队到了菜市场，也还是有粉丝跟过来了。

粉丝们称光看着不上前，尽量不拥堵，大家也没辙。

有同事暗地里吐槽："徐敬陵自己也不出面，他的粉丝他不管让别人怎么管？"

这话倒是冤枉徐敬陵了，不是他不管，是管不了。他也没料到自己突然冒出这么多粉丝，一时无从下手。

录制一开始进行得很顺利，当周窈和徐敬陵跟着店家挑选鱼类时，拍摄团队外围突然传来喧闹声，声音一浪盛一浪，传到了里面。

拍摄不得不停止下来。

有个摄像小哥大声道："有人摔倒了！"

周窈和徐敬陵心下皆咯噔一跳，害怕的事情还是发生了。

到了人群聚集处一看，是个头发花白的老人正捂着腿哼哼。

周窈立马让周学勤帮忙分散围着的人群，给老人通风。

周窈上前蹲下。旁边不少人拿着手机录像，还有人说："姐姐，你放心去看吧，我给你拍着呢，讹不了你。"

周窈朝那人看了一眼，是个小姑娘，脚边还立着徐敬陵的应援牌。

周窈没说话，低头查看摔倒老人的伤口。

“小姑娘，你是医生吗？”老人面色苍白，蜷缩着一条腿，额上大汗津津。

周窈回：“我不是。”

老人虽然头发花白，但还是可以看出他平时身子骨健朗，不属于弱不禁风的类型。不过年纪一大，什么意外都有可能。

他自己也疼得感慨：“唉，年纪大了想逛个菜市场都不行。”

周窈刚要掀开老人的裤腿，身旁又蹲下来一位女生，白 T 恤牛仔长裤。

女生回头匆匆看她一眼：“我是护士。”继而开始对老人的身体进行检查，又问了他一些问题。周窈帮不上忙，也不添乱，转头找周学勤。

“台里的车在不在？”

周学勤说：“只有一辆在，其他几辆在鱼店那儿。”

周窈打量了一番他，才说：“你去找几个力气大的男生，帮忙把爷爷背上车。”

老人的身高目测比周学勤高些，让他背估计有些费劲。

周学勤：“啊？”

“啊什么，快点，把人送医院去。”周窈不跟他啰唆。

护士姐姐起身说：“还好没其他病，只是腿骨折了，有没有车？”

“去叫人了。”

护士看爷爷疼得厉害，不敢拖太久，她最怕病人隐瞒病情，得赶紧送去医院做个全面检查。

护士在人群里问了一圈：“有谁力气大的，过来帮个忙？”

周窈看到对面的徐敬陵脚步往前挪了下，可不等他过来，她身后一个黑影先一步出来了。

周窈还没反应过来，那个高大的黑影已经蹲在了老人身前，转头看向她们：“要怎么帮？”

男人戴着鸭舌帽，在众人的目光下又将帽檐往下压了压，遮住了半张脸，唯有左耳上的耳坠在阳光下微微发光。

护士姐姐立马说：“你有车吗？麻烦带他去一下医院。”

最近的就是隔了两条街的九院。

孟之旭对躺坐着的老人说了什么，就见他单膝跪地，将老人缓缓背了起来。

拎着大包小包的许锦嘉突然冲了进来，一见周窈又刹住脚，惊喜道：“咦，周窈，你也在这儿啊。”

周窈回了声“好巧”，见他身上挂着各式各样的菜类，看来是出门采购的。

孟之旭背着人，经过她时，突然说了声：“抓紧了。”

低低的嗓音在嘈杂人声中准确无误地砸了过来，一瞬间，周窈宛如又坠身那个梦中，朦朦胧胧。周遭的一切声响好像都被无尽的黑洞吞噬，静谧得她只听得到自己骤然加速的心跳。

可这突如其来的心悸也不过只持续了几秒，又恢复了正常。

事故是由于他们的拍摄造成的，周窈让周学勤也跟去，以电视台的名义主动承担医药费。

事情过去，众人松了口气。

徐敬陵的粉丝们也不再往前推搡，还有人出面主动维持秩序。

周窈打电话给邱亚良，向他反映了这件事。

挂了电话，徐敬陵不知何时到了她身旁。他精致的眉头隐隐蹙起，一脸抱歉：“周窈，不好意思啊。”

周窈知道错不能都赖在他身上，安抚地一笑：“没事，我们继续拍摄。”

录制完菜市场买鱼的部分，回去路上周窈看了下手机，周学勤给她打了通电话，她没及时接到。

他转而发了微信——

“医生说老爷子伤得不算严重，已经打上了石膏。”

“不过医生怕后续有什么事来回不方便，让老爷子住院了。”

还顺手拍了两张照片。

周窈点开图片，第二张照片中，病床左边入镜了一个戴着鸭舌帽的黑衣男人。男人背对镜头，他一只手被病床上的老人拉着，上身前倾，好像在听对方讲话。

周窈四周环视了下，没看到周学勤的身影，猜测他还在医院，于是给他拨过去电话。

“喂，周姐。”周学勤那边有喇叭声，正值下班高峰期，路段堵塞。

周窈猜到了："你回来了？"

周学勤说："我在路上呢，堵车。我扫了辆共享电瓶车，大概还有十分钟到鱼店，你们那儿完事了？"

周窈看一眼在收器材的工作人员："差不多了，没忘记开发票吧？还有，你记得老爷子的病房是多少号吗？"

"发票没忘，不过刚才急着去缴医药费，没注意记病房号。"周学勤停在路边，"怎么了周姐？"

"没事，你先回台里吧，帮我打个卡，顺便把发票先给邱哥。"

"哎好的。"

挂了电话没多久，手机支付宝传来钱到账的声音。

周学勤将多出来的钱重新转回来了。

周窈看了下花掉的费用，截了个图给邱亚良。又给他发了句：邱哥，麻烦帮我填个报销单，我下班了，去医院看看情况。

周学勤不记得病房号码，那只能找另一个人了。

周窈跟同事们招呼了一声，去路边找共享车。

她边走边在微信里搜索"孟之旭"的名字，点进去直接打语音电话。

一时没人接，她盯着手机屏幕，突然发现他的头像是一个黑底红杠的头盔，之前好像都没注意到。

方接通，电话那头的人还没开口，身后便传来男人的声音："周窈。"

周窈将手机放到耳侧，回头。

徐敬陵离她一臂远，他身后的小助理像只护着小鸡仔的老母鸡，正双翅大展，将他跟那群粉丝隔开。

周窈指指手机，徐敬陵笑着点了下头，让她先接电话。

电话里传来男人懒懒的一声"喂"。

周窈赶紧带着笑意说："你好，我是周窈。"

孟之旭那边很安静："我知道。"

"请问，你离开医院了吗？"

"准备离开。"他的语气冷冷的，好像不愿与她多说。

周窈速战速决："是这样的，我想问一下老爷子的病房号。"

孟之旭沉默了好一会儿，她似乎听到电梯"叮"的一声，紧接着，他说：

“等一下。”

周窈：“好的。”

等了片刻，又是一声“叮”。

就在周窈猜测他是不是重新回去的时候，孟之旭将病房号报了过来。

“谢谢。”

孟之旭也没客气：“嗯。”

得到病房地址后，周窈回身。

徐敬陵等她挂了电话，才开口道：“是要去医院吗？”

“嗯。”

他刘海偏长，又是三七分，稍不留神就遮了眼睛。

徐敬陵拿手撇开刘海，这会儿下了班，没再补妆，唇色淡了不少。

不等他开口，周窈察觉到他的用意：“你也要去医院吗？”

周窈想劝他别去，一来这会儿路上堵，他不可能跟她一样骑个电瓶车过去；二来医院人多，他过去了，那群粉丝肯定也跟去，别再闹出什么幺蛾子了。

徐敬陵果然说：“你跟我的车一起走吧，你知道地址是吧？”

“还是不了，我骑车就行。”周窈打开了微信扫一扫，扫了一辆车，朝他身后看，“你这边也挺忙的，正好这会儿路上有点堵，你先处理好这边的事，再去也不迟，我把地址发你？”

第一次合作的时候，两人留过联系方式。

当着他的面，周窈把九院住院部地址以及病房号发了过去。

听到对方手机响，她才收了手机，笑着朝徐敬陵挥手：“那我先去了。”

“嗯，拜拜。”徐敬陵打开地图搜位置，抬头朝她笑了下。

安抚完粉丝，徐敬陵才跟助理上了保姆车。

助理叫王岭，个头不高，身材偏胖。站太阳下跟那群粉丝说半天话，早就大汗淋漓，口干舌燥。喝口水润了喉后，才问：“我们现在去医院？”

徐敬陵闭眼靠在座椅上，面上阴沉似水，完全没有在外的阳光形象。

他不咸不淡地“嗯”了声。

王岭见他心情不大好，也不敢出声了，跟司机讲话时尽量放低音量。

“小王。”

听到徐敬陵突然叫他，王岭冷不丁吓一跳："什么事？"

"跟公司反应一下，今天那群粉丝闹的事，让他们早点处理。"

"欸，我知道，刚才已经跟林哥说过了。"

徐敬陵那边又重回安静。

住院部。

许锦嘉站在一楼电梯口等人，一见孟之旭从电梯里出来，他上前问："什么东西落下了吗？"

孟之旭没工夫解释那么清楚，含糊地"嗯"了声。

二人往停车场走，许锦嘉对刚才那个电话好奇，他明明看到是周窈打来的。

上了车，由孟之旭开。

许锦嘉扣上安全带，好奇心还是没压下去："九爷。"

车子启动，孟之旭戴上墨镜，朝他看来。

视线里，他的红发成了黑色，那副笑嘻嘻的模样看来格外欠揍。许锦嘉迎着他的目光说："刚才给你打电话的，是周窈吗？"

"你很闲？"孟之旭不太想回答他这个无聊的问题，满足他的好奇心。

许锦嘉从车里翻出一罐薄荷味的木糖醇，倒出两个扔嘴里。

他边嚼边口齿不清地说："她是不是问你病房号来着？她一会儿来医院吗，为什么我们不等等她？"

许锦嘉一猜就准。

虽说跟周窈也不算是很熟，但也是一起喝过酒，一起吃过早饭的朋友了，怎么着也得打个招呼再走吧。

车子启动，冷不丁往前一窜，惊得许锦嘉回神，抓紧手扣。

吓得大呼小叫："九爷，别这么搞，吓人的！"

出了停车场，车流多了，路上也拥堵，孟之旭闻言又猛地踩刹车，身旁的许锦嘉身体猝不及防地向前一晃。

这忽快忽慢搞得他心率加快，忍不住头晕想吐。

许锦嘉将车窗大开，靠在座椅上回神，拍着胸口说："我比赛时也没有过这种体验。"

孟之旭的笑声中明显夹带嘲讽："现在帮你体验一次，不是挺好。"

跟他相处久了，许锦嘉从一开始的盲目崇拜，到现在也敢偶尔顶嘴了。

"这种体验简直太好了，再多几次我可能要再进一次医院，正好，见一见周窈。"

"那你下车。"

车速慢了下来，许锦嘉赶紧表态："哎哎，九爷，我不见，我不想见，我就想跟你待在一起！"

孟之旭没搭理他，车停了，因为拥堵。

医院和学校路段，堵塞得特别厉害，他们堵了将近半小时，乌龟爬一样慢吞吞地往前挪。

夕阳西下，视线远处的天空被橘色光晕染开。

孟之旭开着车窗，车载音乐播放着一首英文歌。他手肘撑着车窗，有风从外面袭来，路旁的树叶在车顶簌簌作响。

忽然有种想抽烟的冲动。

伸手从旁边储物格里掏，指尖刚触碰到微热的隔板，才想起来正在戒烟。孟之旭作罢，扣了两颗木糖醇嚼着。

许锦嘉将音乐声量调大。

非机动车道上，车流很顺畅。

孟之旭看后视镜时无意朝马路对面瞥了眼，目光不知不觉被对面一辆电瓶车吸引住。

车的主人没戴头盔，背对夕阳往前开。橘红色的光映着她挺直的背，扬起的发梢，像个正从火光中冲出来的小孩。

孟之旭忽然想起下午，她面对镜头工作时认真严肃的模样，面对突发事故也异常镇定。

电瓶车很快消失在他的视野里。

孟之旭关上车窗，打开空调。

一直等周窈从医院回去，她也没见到徐敬陵他们出现，估计他们很晚才去的医院。

尤许近几日因工作需要去了外地，周窈休息日的时候不用再被她以看安常的理由拉去九馆吃饭。

或许最近工作量大，天气也逐渐热了起来，导致周窈时常头晕眼花。天气一热，就更不想往外跑。

周六的晚上，周窈没出门，左挑右选不知道吃什么，就订了九馆的外卖。

九馆内。

收银台小哥将外卖单送到厨房，半路遇上许锦嘉，他将单子拿了过去。

共三张，许锦嘉随意瞥了两眼，瞄到了一个熟悉的地址：紫金英郡，15栋，602室。

再一看顾客名字：小周。

忙唤来安常：“小主哥，这个地址是九爷家隔壁吧？”

安常看了眼：“周窈订的？”

“嘿，我还没记错。”许锦嘉笑得摇头晃脑，准备把订单送到厨房。

“怎么，你要去送吗？这单给你送？”安常看他这样，忍不住逗他。

九馆的外卖是店家派送，安常和许锦嘉也偶尔帮忙。

许锦嘉也没否认：“送就送，正好我到九爷家去遛一下小宝。”

“说到底，还是为了小宝。”

可计划总是跟不上变化。

许锦嘉送完单子就出门了，他去了趟俱乐部，最近准备改辆车，确认了下需要改装的地方。

再回来时，周窈的外卖已经送走了。

安常不在，孟之旭也不在。

他问员工，员工说：“老板回家了，顺便把你要送的那一份带回去了。”

许锦嘉欲哭无泪，见店里也不是很忙，准备去一趟孟之旭那儿。

正在玩手机的员工却突然拉住他：“许哥，这个热搜上的人，是不是你跟老板？”

许锦嘉被问住，什么热搜？

他凑眼去看，是一个小视频。视频下有一段文字描述：小鲜肉录制节目时，其粉丝拥簇导致老人摔倒。路人帮忙送往医院。

视频中，正在播放的是孟之旭单膝下跪，背上摔倒的老人离去。

镜头还拍到了周窈，她站在一旁盯着孟之旭那边看。

除了周窈，许锦嘉也入镜了，红色头发尤其扎眼。胳膊上挂着大包小包，宛如来购物的菜场大妈。

一看到自己，许锦嘉跳脚大骂：“拍这个视频的作者，你完了！”说完，他拿出自己的手机，上了某平台，搜出拍这则视频的作者。

周窈最近胃口好不少，但睡眠还是老样子，凌晨两三点才有困意。

并且她还发现了一件事，隔壁的孟之旭似乎睡得也很晚，好几次她都看到隔壁阳台映出来的灯光。

工作没那么忙了，她也有空看看电视什么的。长时间的习惯所致，周窈看的都是新闻类的节目，偶尔倒是翻翻更新的动漫。

正在看一部出了新季的国产动漫，手机突然响了，有人给她打了语音电话。

周窈接起来时顺便看了下时间，外卖也差不多该到了。

打电话的人是姜舒佳，她的大学舍友，现在在上海工作，是一名体育频道的主持人，经常在外跑。

周窈起身准备去门口等外卖，问姜舒佳：“怎么突然想起来给我打电话了？来无锡了？”

姜舒佳的声音火急火燎的：“周周，你还不知道你上新闻了吗？！”

她不天天上新闻吗？有什么大惊小怪的。

还未等周窈说话，姜舒佳紧着解释：“快看微博，你跟我家九爷上热搜了！”

一时没听清她说的谁，周窈满是疑惑地打开长年不用的微博，热搜上有个“无锡老人摔倒”的标题挺扎眼的。

姜舒佳在电话里说：“就是无锡那条热搜，帮忙背老人那个男人，就是九爷。”

周窈终于反应过来。

她也想起之前姜舒佳在群里提过他，那时候她没太在意。

姜舒佳说：“现在那个视频下，九爷的粉丝跟一个小明星的粉丝呛起来了，那小明星的粉丝骂人可狠了，欺负我们九爷粉丝不上微博！”

周窈没弄明白。不是，这怎么就吵起来了呢？还有，孟之旭他很出名吗，都闹上热搜了？

她点进去看评论，耳边姜舒佳在说话：“本来我去年跟安达车队都谈好了，跟他们约了个采访，可没想到今年九爷突然就解约了，我这采访原本就是冲他去的，他都不在安达了，采访也黄了。”

姜舒佳断断续续地说了些什么，周窈没留意听，她在专注地看评论。

评论里，大多是徐敬陵的粉丝，一面道歉，一面跟疑似孟之旭粉丝的人对骂。

骂起来的原因她也大概知道了。

有网友把做好事的孟之旭误认为是徐敬陵了，本来没什么事，可徐敬陵的粉丝集体出动刷他的照片以示正主，这就导致了网友的不满，嘲讽徐敬陵这个明星还没一个素人帅。

接着徐敬陵的粉丝开始暗讽在视频中未露出正脸的孟之旭，怀疑他就是拍视频上热搜的主导者，想要借徐敬陵炒作进娱乐圈。

不知从哪又冒出来孟之旭的粉丝，晒出他身穿白色赛车服，一手抱头盔，一手高举奖杯的照片。并评论：不好意思，我们九爷不屑进贵圈，他拿冠军的时候你们哥哥还穿开裆裤呢！

周窈刷到了好几张推荐孟之旭的评论，忍不住向姜舒佳问出那个问题：“孟之旭……他……很火吗？”

“火！特别火！”姜舒佳激情澎湃，“你不关注这方面当然不知道，九爷十九岁就在广东国际赛车场拿下第一个冠军了！同年他又连续拿了两次国内方程式赛车冠军，我记得好像就是宝马吧。”

周窈听得云里雾里的，她后面又讲了什么 WEC（世界耐力锦标赛），什么 FIA GT（世界超级跑车锦标赛），就算她解释了专业名词，周窈也听得头大。

最后，姜舒佳总结：“他啊，就是个全能赛车手，而且还是国内最年轻的冠军车手。”

“九爷人帅，车又开得好，当然少不了像我这样的忠实粉丝。他是我们体育界不少女生心中的偶像。”

反正说来道去，周窈也明白了她的中心思想——那就是孟之旭很厉害。

姜舒佳说："你看到有人把你跟九爷单独截出来的图片了吗？有人把你在电视台工作的事扒出来了。"

她自然看到了，也看到有网友连带她跟电视台一起骂，骂他们没维护好秩序。

周窈因休息日而得到一丝放松的心情，因此又烦躁起来。最担心的事，还是发生了。

她退出微博，找到邱亚良的微信，将上热搜的事告知。

跟姜舒佳的语音通话还在进行中。

此时，门铃忽然响了，周窈全神贯注地打字，一惊，还没打完就按了发送。

外卖到了。

她伸手开门，听到姜舒佳有些试探的语气："周周，我看那视频里，你一直盯着九爷看，怎么着，看上他帅气的外表了？"

门拉开，周窈抬头，要回姜舒佳的话顿时如鲠在喉。门外的男人正垂眸看来，手里提着她的外卖，双眸如一泓深潭，暗不知底。

孟之旭没戴帽子，极短的黑发在闪白的灯光下仿佛硬茬，如同他本人一样。

"您的外卖到了。"他开口，将外卖递过来。

周窈一时没能将眼前的人与姜舒佳描述中的偶像对上号，愣愣地接过外卖。

他的声音懒散中带着一丝疏离："祝您用餐愉快。"

周窈另一只手还举着手机，耳边是姜舒佳在问她是不是拿外卖。

她很想告诉她，你的偶像正站在门外，送外卖。

送完外卖，孟之旭就回身去 601 开门。

周窈还站在门口，犹豫着要不要跟他讲上热搜的事。她不讲，应该还会有其他人告诉他的吧，也不必多此一举。

周窈提着外卖，脚尖钩住门边，将门合上。

"佳佳，你的偶像住我隔壁。"周窈拎着外卖回到客厅，冷不丁冒出一句话。

姜舒佳那边足足沉默了十几秒。

姜舒佳："九爷？"

"嗯。"她解开黄色外卖袋，九馆的包装做得很不错，每样菜还用纸盒二次包装。

"你唬我吧。"姜舒佳知道周窈不是爱开这种玩笑的人，但还是不太敢相信。

"他不仅住我隔壁，刚才还给我送外卖来着。"

姜舒佳一口气差点没提上来："外卖？！你说九爷现在沦落到送外卖了？不可能！"

周窈揉了揉耳根，跟她解释孟之旭开了家餐厅。

姜舒佳说："这事我倒是听说过，那他帮忙送一下外卖也不稀奇。"

缓了口气，姜舒佳又说："稀奇的是，你们居然是邻居？怎么之前没听你提过？"

周窈开了免提，刚把饭盒都打开，手机又进了个电话。

她匆匆说："之前我没注意你偶像是谁。佳佳，不说了，我领导找我了。"跟姜舒佳说完，就接起邱亚良的电话。

不等她开口，邱亚良先出声："事情我看到了，徐敬陵那边也找过我，小周，明天上午你来台里一趟。"

她刚"嗯"了一声，邱亚良又道："还有，你不是有个微博吗，徐敬陵那边让帮忙发个声明，你发个微博，帮他说说好话，声明稿他们那边写好了，我一会儿发你微信上。"

周窈一听这话，皱了眉。也不说不情愿，事关工作，她本应该帮助合作对象，可这样一来，孟之旭就成了这件事情的最大受害者。

他的好心被恶意揣测成别有用心。

邱亚良跟孟之旭是朋友，周窈想知道邱亚良的想法。

周窈问："邱哥，那孟之旭那边？"

突发状况，邱亚良一时忘了嘱咐她："明天你俩一块儿来台里，你不是住他隔壁吗，你去跟他说一声，我还要跟台里领导打电话，就先不找他了。"邱亚良火急火燎的，说完就挂了。

"哦哦。"周窈面对着满桌饭菜，本来食欲大开的胃口遽然消失。

邱亚良很快给她发了大段"声明稿"，周窈细细看过，大体意思就是澄清徐敬陵对粉丝的管理态度，以及电视台对发生此次摔倒事件表示抱歉。全文没提到助人的孟之旭和路人护士。

周窈将稿子复制到微博发送页，在末尾又加了句——

同时感谢九馆餐厅的老板和护士小姐姐的及时帮忙，我们可以旁观，但没必要恶意抹杀别人的好意。

打完字，周窈读了下，感觉这话针对徐敬陵粉丝的意味很强。而他们现在正在合作阶段，一切需以工作为先。

她很少发脾气，看到徐敬陵公司发来的声明稿后，真实为当时施以援手的孟之旭和护士觉得不公。名人有团队公关帮忙造势，而素人什么都没有，只能被他人随意编排。

打下这句话，仅有的一丝脾气也发泄了出来。周窈叹了口气，将后半句话删掉才发出去。

孟之旭虽然是个花花公子，但他在这件事上没有错。

发完微博，周窈暗觉有愧。她微信上找到了孟之旭的头像。

周窈：你在家吗？

在聊天页面等了会儿，他没回。刚才分明见他开门的，难道又出去了？

周窈又发：邱哥让你明天跟我一起去电视台，因为网上那件事。

孟之旭还是没回。

又等了几分钟，周窈吃两口饭就看一眼手机。

一直到她吃完饭，孟之旭也没有回信息。

时间还早，周窈拎起垃圾袋下楼，回来时出了电梯，原地停顿了会儿。最终，她试探性地去按孟之旭的门铃。

孟之旭是被电话铃声吵醒的。

迷迷糊糊地睁开眼，灯光大亮，他正坐躺在客厅沙发上，面前的电视里正在播放节目。

在刺耳的铃声中，他似乎听到了一个熟悉的声音。定睛一看，电视里正在播放的，正是周窈主持的节目。

孟之旭恍惚记起来，他原本是抱着小猪一块儿看电视的，这会儿小猪已经不在沙发上了。感觉刚入睡不久，可又仿佛睡了很久。

孟之旭脑袋涨涨的，找来遥控器摁了静音，这才拿来手机。

打电话的人是封景。

他按下接听，不清楚她什么时候又将他微信拉回好友了。

电话一通，封景听到他声音沙哑地“喂”了一声，看到视频气愤的心情忽然静了下来。

她问：“你还好吧？”

孟之旭不明白她的意思：“挺好的。”

起身伸了个懒腰，电视屏幕里的人这次扮演的是一个孕妇，正挺着大肚子艰难地上楼梯。他鬼使神差地笑了下。

封景听到他突然的笑声，沉默半刻。

孟之旭准备去给自己做个饭，问她：“找我有事？”

封景声音冷冰冰的：“你没看新闻？”

“什么新闻？”

“你上微博热搜了。”

孟之旭疑惑，他好好在家睡觉，怎么就上什么热搜了？

正疑惑着，微信又有人给他发消息了。是许锦嘉，发来一个视频。孟之旭点开视频，还没看完，他又噼里啪啦地发来一大段话。

孟之旭通通忽略。退了跟许锦嘉的聊天页面，他刚才好像在聊天主页瞥到了周窈的名字。

果然，看到她半小时前发的消息。

孟之旭给她回了个问号。

封景那边还等着，孟之旭又将许锦嘉发的视频看了一遍，隐约整理出一点头绪。

他对封景说：“你说的是有周窈那个视频吧？”

“周窈”二字不自觉地脱口而出。说完，孟之旭才想起来封景可能不知道周窈的名字。改口说：“那个视频我看了。”

封景沉默不语。

周窈。

这个名字她在那条视频下的评论里见过。评论里有网友故意截了周窈盯着孟之旭的小动图，他们发散思维，在众多厮杀的评论中居然给他俩配对了。

冷酷赛车手和懵懂小主持。

封景当即反驳回去。

从许锦嘉的字里行间里，孟之旭了解了事情的来龙去脉，也明白了周窈给他发那两条消息的原因。

孟之旭的面条还没下锅，又听到门铃响了。

关了燃气，他踩着蓝色拖鞋慢吞吞地往玄关走，一手插兜，一手拿着手机跟封景通话。

“你这么晚还不睡，打我电话就是为了这个？”

封景闷闷道：“就当我多管闲事吧。”

来到玄关处，拉开门，看到门外站着的人时，孟之旭愣了下。

“周窈？”

闻言，手机那头的封景突然发问：“她在你家？”

孟之旭反应过来还在跟封景通话，低声说：“大人的事情，小孩子别操心，早点睡。”说完挂了。

被挂了电话的封景盯着手机良久，原本没什么情绪的，同宿舍的人问了她一句，她紧闭的牙齿忍不住开始颤抖。

封景垂下眸：“没事。”

封景十六岁那年认识了孟之旭。

那年她刚升高一，哥哥封城在暑假时签了安达车队，结识了赛车行业里名声大噪的孟之旭。

孟之旭年少成名，凭着强硬的车技和过人的外貌成了这个行业里的明星人物。

封景初次与他见面，是在十六岁那年的冬天。

安达车队刚参加完 WTCR（世界房车杯），安达车队作为第一支带有中国血统的车队获得了摩洛哥的分站赛冠军。三场正赛中，安达车队皆登上了领奖台。最后一场正赛，孟之旭更是一举拿下了车手冠军。

那年的孟之旭二十四岁，满眼桀骜，意气风发。

他们年轻，激昂，在异国他乡骄傲又自信地高举红旗。

封景随封城去了非洲，现场见到了那个人群中闪闪发光的男人。

他神话般出现在她面前，当着众人，当着她哥的面，从兜里掏出一块将要融化的糖。

她视线模糊，听到男人笑着说："小孩，别哭，吃颗糖。"

自此，封景沉沦于他的笑容。孟之旭在她心中，是神圣的，是旁人无法染指的存在。

她无法自拔地陷入了一场单相思中。

直到高考结束，她去上海找哥哥，再次见到了孟之旭。

他的眉眼比之前更锐利，身边的花蝴蝶也很多。哥哥封城还经常打趣他又跟哪个小姑娘出门约会。

封景忍无可忍，在酒精的帮助下，向孟之旭表白了。

她清晰地记得他那天的回答。

他说："抱歉，我对你没那个意思。"语气强硬，表情也格外冷酷。

他不再是她记忆中那个笑着叫她小孩的男人了。

封景假想过多种结果，就是没想过他会拒绝得如此干练绝情，一丝安慰的缱绻都未留给她。

之后发生的事一直在她浑浑噩噩的记忆中重复上演。

她冲进滂沱大雨，关掉手机，被拒绝后的情绪在雨的冲刷下通通溢了出来。一面是受损的小女孩自尊心，一面是对孟之旭前来寻她的期盼。

不知在雨里走了多久，等她再次回到车队俱乐部，却得到哥哥出车祸的噩耗。

那个夜里，她看着孟之旭指尖的猩红亮了灭，灭了又亮，眼皮厚肿得将要抬不起来，声音也嘶哑难辨。

不知过了多久，孟之旭过来，声音喑哑："封景，回去吧。"

封景猛地抬头，恶狠狠推开他，扯着几欲失声的嗓音大吼："是你害死我哥的！我讨厌你！"

他被推得踉跄，却未反驳她的话。可是在她内心深处，她知道谁才是罪魁祸首，只是不愿承认。

她还小，刚过十八岁生日，大把的美好人生还在等着她。

那丝犯错后的愧疚在大吼之后似乎就跟着转移了，此后，她在哥哥的葬礼上再次见到孟之旭。

她不敢直视他，全程压着脑袋听父母跟他讲话。

直到离开，他都没有喊她一声。

今年年初，封景突然从网上得知孟之旭与安达车队解约。他不再参加任何比赛，也不再出现于她长年蹲守的比赛直播中。后来，她看到他开了家餐厅，过上普通人的生活，可一见到他，又觉得他还如从前那样，一点都不普通。

这么多年，孟之旭一直单身，她时不时出现在他面前，不再表白，可也没放弃他。

一直有个坚定的信念在暗示她，孟之旭终归还会如十六岁那年一样，笑着给她递来糖。所以一旦有其他女人出现，封景心中的这条信念隐隐欲碎。哪怕只是猜想，她也接受不了他身边出现其他女人。

昨晚周窈去找过孟之旭，告知他第二天一同去电视台。

经过一夜的发酵，事情往不可预知的方向发展了。

周窈起来看手机，刷到了网友爆料孟之旭与原签约车队解约的原因。

说是因为他好友车祸身亡。车祸是去年的事，导致安达车队在珠海赛场的赛事没能完整进行下去。

今年元旦后，孟之旭解约。

再一刷，她居然刷到了孟之旭的微博。

是个刚注册的账号，连头像都是空白的。早晨八点二十分，他发了一条微博——进娱乐圈是吧?

仅仅六个字，又掀起了一场腥风血雨。

他将矛头准确无误地指向徐敬陵那些说他炒作的粉丝，字里行间透露着狂妄的气质，面对万千粉丝，完全不虚。

周窈知道他有反驳回去的资本，可是这么一来，两者夹缝中的电视台更难做了。

一同去电视台的路上，周窈小心翼翼地观察着他的脸色。

他面色如常，情绪似乎也没有波动。

周窈没开车，搭的孟之旭的车，离电视台还有一条街时她给邱亚良发了消息。

邱亚良让他们直接来十楼会议室。

孟之旭没来过电视台，靠周窈指挥到了停车场。两人一前一后地上了电梯。

今天电视台的工作人员不多，停车场里的车辆也不多。狭小的一间电梯，只有他们二人。

刚才在车里周窈还不觉得什么，现在与他身处密闭的室内，她镇定中有一丝慌乱。离得太近了，近得他俩身上的香水味快要混成一体。

周窈不清楚是不是香水味，是非常清爽的味道，带着一丝淡淡的松香味。

周窈与他并肩而立，脚步小小地往后移了下。那股被身高压制的感觉稍微缓解。

就在她刚站定的那一刻，电梯忽然哐当一声，剧烈抖动起来，内部灯光骤灭，电梯也陡然静止。

周窈身形随着电梯的晃动往前倾倒，她穿着高跟鞋，更是站不稳，在黑暗中只能先做好两掌撑地的准备。

预料中的摔倒并未来临，一双温热的大掌揽住她的腰身，将她稳住。

黑暗中，周窈骤然与一道坚硬的胸膛撞上，随之而来的，是猝不及防钻入鼻腔的松香味。

孟之旭的手在她站稳后立马抽回。

他昨晚没怎么睡，一早脑袋晕晕的，经过刚才这么一晃，更是精神不振。扶完周窈，自己反倒踉跄着往后倒，背部猛然重重撞上电梯壁，停下不动的电梯经此一撞，又哐当了一声，迅速下坠几秒又顿住。

他感觉到一双柔嫩细腻的手拉住了他的胳膊，生怕他摔倒似的，两手紧紧箍住他的大臂，吃力但没什么作用。

孟之旭能想象到她的表情。莫名其妙，他笑了起来。

听到笑声，周窈轻声问：“你没事吧？”

孟之旭一只手撑住墙壁站直，声音里带着几许察觉不出的愉悦：“没事。”

周窈掏出手机打光，手机信号很弱，消息都发不出去。她按了警报按钮，通知大楼保安电梯发生故障。

保安在电话里一再确认被困人数和他们的安全，等电话那边没了声音，电梯里也彻底安静下来。

两人在手机电筒的灯光下等待。

默默无言，倒显得狭小的空间更小了，四周充斥着窘迫的氛围。

孟之旭倒是无所谓，倚着电梯墙壁，百无聊赖，指尖转着车钥匙。她身上的香水味不重，淡淡的，像是什么花香的味道，好闻不刺鼻。

周窈脑袋微仰，手机灯光照在电梯门上，她盯着门缝看。

孟之旭静静地看她被灯光照亮的侧脸，小小的，脸上似乎还缠绕着一层薄薄的柔光。

一切都很安静。

突然的一声“啪嗒”，引起了她的回眸。

孟之旭手指还保持着原来的动作，眼神定在她脸上。她的眉毛细而淡，眼睛圆圆的，转过来时眼神里藏着疑惑，猛一看无辜又天真。

孟之旭的思绪也随着那一声“啪嗒”瞬间沉了下去。

他望着她，一股莫名的情绪自胸腔油然而生。

那种情绪在窄小幽闭的空间里被慢慢放大，直到周窈出声，他才猛然回神。

“你钥匙掉了。”她说完，拿着手机照亮脚下，将钥匙捡起来还给他。

“谢了。”孟之旭伸出右手食指，屈指一弯，从她掌心勾走钥匙。离开时，圆整的指尖触碰到她的掌心，刺刺的，周窈迅速收回手。

不多时，维修工人和保安都来了。

电梯停在八楼和九楼中间层，门被扒开，他们离九楼地面有一段距离。

孟之旭看了眼她的穿着，她今天穿的短袖长裤，肩上挎着一只棕色的包。

孟之旭说：“包给我，我先上去，再拉你。”

周窈低声说了句“麻烦了”，然后将包递给他。

在保安的帮忙下，孟之旭脚蹬墙壁，很快翻身上去。

周窈仰头望着光亮处，见他出去，脸上也露出得到解救的喜悦。

上面丢下来一节绳索，周窈按照嘱咐将绳索系在腰部。

再一眨眼，就见上面露出一个脑袋，那人背朝光线，跃出上半身朝她伸来一条胳膊。

他的脸在亮光下模糊不清，声音却沉沉有力，直击心房。

“周窈，手给我。”

周窈踮起脚，尝试着去抓他的手，就当她的胳膊发酸正要放弃时，上面那只手迅速握住了她，周窈连忙两手都紧紧握上去。

对方的力气很大，稳稳将她提起，快到出口处才揽住她的腰，将她斜着抱了出来。

一出来，周窈不受控制地倒在他胸膛上。

她听到振聋发聩的心跳声。

“安全了。”

第六章　九爷的小心思

等周窈和孟之旭赶到十楼会议室，将近十点。

他们到了后，发现会议室里已经坐了两人，一位是徐敬陵，还有一位中年男人，周窈没见过。

见有人进来，坐着的徐敬陵起身主动与他们打招呼，顺便介绍他身边的男人——

林俊，他的经纪人。

周窈与他们一一问好，轮到她身边的孟之旭时，突然沉默了。

孟之旭忽视掉那只伸在眼前的手，直接朝二人微微颔首，言简意赅地介绍自己：“孟之旭。”说完，拉过一旁的椅子坐下，修长的腿叠起，一派优哉的姿态。

林俊与徐敬陵对视一眼，后者无言，在对面坐下，反倒是林俊的脸色因孟之旭的傲慢一沉，再抬眼时已然恢复笑脸。

周窈就近在孟之旭身旁落座。

瞧林俊的样子，今天找孟之旭来台里应该是他们那边的意思，估计是准备道歉。

她刚坐下，邱亚良和频道主任随后便进来了。

邱亚良一进门就朝她和孟之旭这边看：“你们没事吧？”他收到了他们被困电梯的消息。

孟之旭没讲话，给了他一个“你说呢”的眼神。

周窈微笑着摇头：“没事，一个小的电路故障，保安来得很及时。”

她讲完这话，察觉身旁的男人投来视线。

一般女孩子遇到这种状况，不哭不闹算是好事了，就她还如此镇定，甚至还用谈论天气般平淡的口吻做了个总结。

孟之旭垂眉一笑，倒也没说什么。

频道主任捋了下他脑门上并不多的头发，对孟之旭笑得和蔼可亲：“这就是小孟吧，对不住哈，让你来这儿还赶上电梯故障了。”

频道主任尽力将极具无锡口音的普通话讲得普通，孟之旭消化了几秒。

随后，主任才道出让他来台里的原因。

如周窈猜测的那般，给孟之旭道歉的。

面对徐敬陵和林俊的歉意，孟之旭全盘接受，但是林俊道完歉后的一句话，直接让他给驳回。

林俊说：“孟先生能否将早晨发的那条微博删掉？”

孟之旭回答得很干脆：“不能。”

林俊笑着问：“那孟先生有想好找哪家经纪公司签约吗？”

孟之旭反问：“怎么，你要签我？”

“就看孟先生您的意愿。”

邱亚良一直在给林俊使眼色，让他不要再多话了。要不是因为跟他认识，孟之旭今天也不会答应来这儿，更别说听林俊讲什么签不签约的话了。别说孟之旭不同意，就是他，也不会赞同。

要是再被孟申得知，误会小九真要进娱乐圈，孟家可不得闹个天翻地覆。

邱亚良头疼。

原本林俊带着徐敬陵来，是单纯向孟之旭道歉，并跟台里谈论节目的事。可当面见到孟之旭本人时，突发奇想多嘴问了下。

他手下的艺人不多，主推徐敬陵。

现在也有退役运动员进入娱乐圈，孟之旭一个解约的职业赛车手进来也不是什么问题。

过去的那些金牌、光环，在他成为明星后会成为他的加分项。他的样貌，他曾经的职业，已经为他奠定了偶像市场的基础。

至于性格脾气好坏，林俊无所谓，脾气再怎么坏的艺人他都见识过，不差这一个。只要孟之旭想要钱和利，就会考虑他的建议，而他是第一个抛出橄榄枝的人。

对面的孟之旭双腿叠着摆放，骨节分明的四指在木桌上轻敲，似是在考虑他的话。

孟之旭往左边座位的人看一眼。

周窈头微垂，手机藏在腿上，双手在桌下打字。

她打字速度很快，柔嫩无骨似的双手跳跃在手机屏幕上，按下发送，收起手机。

察觉会议室里安静下来，周窈偏头，不期然与孟之旭的视线对上。

孟之旭忽然唇角一扯，笑了："找你当经纪人，那我还不如找周窈。"

被点到名的周窈一头雾水，精致的眉头微蹙，疑惑地朝对面看。

林俊脸上的笑意没挂住。

孟之旭手指在桌面重重一敲，作势起身："好了，你们的道歉我收了，如果没什么事我就撤了。"晚上没睡好，早上又醒得早，得回去补个觉。大老远来一趟就只听了几句废话，他脸上表情并不好。

邱亚良叫住他："小九，你先去我办公室待会儿，上次说的合同今天正好签了。"

然后又吩咐周窈："小周你送他过去下。"

孟之旭偏头顿了下，没什么感情地说："行。"

邱亚良的办公室在九楼，一路过去，有遇到认识的同事，跟周窈打招呼的同时眼神往孟之旭那边瞥。

他们不问，周窈也没介绍。每个都介绍的话，估计下午才能到九楼。

因为之前的电梯事故，周窈询问了孟之旭的意见，是走楼梯，还是坐电梯。

孟之旭懒得爬楼梯："电梯。"

周窈摁下电梯按钮，站在一旁等待。

孟之旭在她身后。她扎了马尾辫，一垂眼就能看到她纤细白皙的后颈。鼻尖缠绕着的，是她身上散来的香气。

可能是香水的缘故，孟之旭突然发现周窈身上好像有一层雾蒙蒙的纱被掀开了，纱网下的她是成熟的、理智的，是褪去平凡外表引人忍不住注目的存在。

这种奇怪的念头来得很快，孟之旭一时无法接受，抗拒又新奇地任由它一点点扎根。

“叮——”

孟之旭匆匆收回思绪，将目光从她后颈收回。

电梯到了，里面有人出来。

他看到一个个头不高、身材微胖的男人，男人在见到周窈后，立马担忧地过来：“热搜那事我看了，你没事吧？”男人担忧的表情不做假，刚要握住她胳膊的手还没触碰到便又克制地放下。

周窈回说：“李哥，我没事。”

而后，叫李哥的男人才注意到她身后的孟之旭。

李吉眼神里带着打量和探究，孟之旭目光从他身上移开，迈开长腿，绕过二人进入电梯。

只字未言。

李吉认出来他是谁，悄悄向周窈投去一个求证的眼神。

周窈点了下头，继而又笑着道别：“李哥，我还有事，先走了。”

李吉挥手：“你没事就好，回见。”

看到她笑起来弯成月牙的眼睛，李吉舒心地一叹，全身心地轻松下来。

电梯内，孟之旭站不住一样地倚在墙上，目光肆无忌惮地打量着她。

男人的直觉——刚才那男的对她有意思。

不过那男的看上去年纪比她大不少，无名指上还有戒指，应该属于已婚男士。

孟之旭舌尖舔了下发干的嘴唇。会议室里他净听那什么经纪人废话了，水都没喝上几口。

电梯很快抵达九楼。

周窈先一步出电梯，他紧随其后。

周窈边走边回着信息。

很长时间不联系她的于然不知道又发什么疯，居然给她打电话。之前在会议室，周窈挂了他的电话，现在他又炮轰似的发来短信。

他的目的只有一个，两人再见一面。

周窈回他：不好意思于先生，可能是我上次表达得不明显，我认为我们没有必要再见面了。

于然回复很快：周窈，你非要不识抬举是吧?

他出狠话，周窈自然不会有好态度。

周窈：是。

然后，将于然拉黑删除，动作一气呵成。

这时，她听到身后男人叫她："周窈。"

她猛地转身，速度过快，脚下没来得及反应，就左脚绊右脚，导致身体不由自主地往边上倒。

她本能地抓住男人的胳膊来稳住身形。

孟之旭的一只手也刚好拖住她腰部往前一揽，两人胸膛猝然相撞，都怔了一瞬。

再次近距离接触，周窈比不得上次镇定，白净的脸唰的一下变得通红，匆忙收回抓住他胳膊的手。掌心微微热，沁出一层薄薄的汗。

孟之旭也收回了手。

她往后退了几步，也不看他，低头将脸颊边的碎发挽至耳后，摸到烫得出奇的耳郭时又作罢。

孟之旭看着她这一系列的小动作，略微窘迫的心情被逗乐。

他也不知道内心在乐什么，就是觉得好玩。

"没什么，就是让你走慢点。"他说。

周窈闻言朝他瞥一眼，又看了眼他的腿，不信。

孟之旭原本要说的话已经咽了回去，懒得再吐出来。他抬脚，从周窈身旁迈过去。

"你有事就去忙吧，邱哥办公室我看到了。"

周窈回身，目送他挺直的背影进了办公室。

人影一没，她立马搓了搓发热的脸颊。

老人摔倒事件，也给他们还未播出的节目《三餐四季》增添了话题度。

徐敬陵和孟之旭的纠纷算是告一段落，徐敬陵公司将话题压了下去，孟之旭也说到做到，已经接受了道歉，他也没再出来发言。

周窈近日常常收到一些陌生号码的来电和短信，通通源自一人：于然。

她不懂于然的脑回路，居然说她欺骗他的感情？

什么时候发展的感情？

周窈以报警威胁他，于然才就此作罢。

周末晚上跟爸爸周南铭吃饭时，她提到了这件事。

周南铭记下了：“下次找那个什么秦阿姨问问，她亲戚就是这个品性吗？”

妈妈苗叶还在学校上晚修，囫囵吃两口就走了。

他们今天在一家日料店，名叫莹初炉端烧，周窈是被名字吸引进来的。

家里三人工作都忙，很少一块儿出来吃饭。趁着周末有空，周南铭下了班就过来接周窈。

周窈点了一份甜点，獭祭原味冰激凌，名字独特。

尝了一口，有淡淡的酒味，里面加入的牛乳醇厚，还搭配了水果，赏心悦目又美味可口。

没有什么烦心事，是美食解决不了的。

周南铭看着女儿餍足的神态，忍不住笑了起来。

周窈当晚没回紫金英郡，跟爸爸回家住。

开车回去的路上，周南铭突然告诉她：“家里湖边那套别墅租出去了，有个剧组租的。”

周窈“哦”了声，不太关注这方面的事。

周南铭等绿灯时看她一眼：“你妈把你的卡号给对方了。”

“爸，”闻言，正低头看手机的周窈抬起头来，“我钱够用了。”

“说什么孩子话，钱哪里有够用的时候。”

周窈没跟他争执，父母这样也不是一次两次。现在收到银行发来的短信时，她已经能做到镇定自若了。

绿灯。

周窈开着窗透气，耳畔响起阵阵发动机启动时的低低轰鸣。侧头去看，一辆黑色摩托火箭似的瞬间从他们车旁冲了出去。

摩托车开得很快，他们的车速本就不慢，可眨眼间还是被甩出老远。

夏天的风微微袭来，温柔又霸道地吹乱她的碎发。

周窈望着一骑绝尘的摩托车，陡然心生出想要尝试的念头。

微信里，已经从上海回来的尤许找她，心血来潮般问她要不要一起去玩卡丁车。

周窈刚才回绝掉了。

她又打开微信，回尤许：定个时间吧。

尤许没有告诉她准确的时间，只说到时候再约。

周窈看着手机笑了笑，以为尤许只是一时兴起随口说说罢了，便没放心上。而且她自己也是一头热，居然想接触刺激点的娱乐活动。

这个荒唐的想法在繁重的工作中被周窈短暂地忘却，直到周五下班，尤许再次提起。

周窈回想了下，感觉离上次邀约已经过去了很久。当时是以什么心态，在什么样情况下答应的，她记不起来了。

于是跟尤许说：“你跟你朋友去玩吧，我这老胳膊老腿的，经不起刺激了。”

尤许耐着性子劝她：“周周，你说你长这么大，连大摆锤、过山车都没玩过，过得太安稳平淡了。生活嘛，总是得加点刺激才有滋有味。”

周窈没听她瞎扯，直觉道：“你是不是约了安常？”

尤许：“嘿嘿，被你猜到了。”

不难猜，尤许前段时间一直忙工作，无暇顾及其他，现在有空了，自然会将猎艳的目光重新转向安常。毕竟还没进一步发展，她不会轻易放弃。

周窈问：“你要追他到什么时候？”

尤许以前喜欢的男生，少则一天，多则两三周，周窈就能收到她的后续报道。而跟安常认识快一个月了，他俩似乎还没什么进展。

尤许嗔道：“周周，我是大人了，不搞小时候那套了，我真喜欢他，打算跟他从朋友开始做起。”

周窈暂且信她：“好吧，我就答应你，再去当一回电灯泡吧。”

尤许信誓旦旦地称：“放心吧，我不会让你当电灯泡的！”

安常最近除了学车，还顺便找了份工作。

他大学学的是通信专业，找的工作也比较对口，在一家国企当技术人员。

公司提供住宿和三餐，一周双休，工资也合他心意。

其实安常选择这份工作的最主要原因，是公司内有体育馆和健身房。

得知这事后，许锦嘉夸张地问："小主哥，你是要结婚了吗？"

突然安稳下来，一般男人都是有成家的念头了。

安常嘁他："屁，你哥我连媳妇在哪儿都不知道。"话落，又低下头去看手机。

消失好久的尤许突然找他，问他哪儿有靠谱的卡丁车俱乐部。

这事孟之旭和许锦嘉清楚，他顺嘴一问："你们知道哪里有靠谱的卡丁车赛场吗？"

许锦嘉的强项来了，一连报出好几个地名。

安常白他一眼："我问无锡本地的，你跟我说上海的有什么用。"

许锦嘉："怎么，你要去玩吗？"

安常说："不是我，是尤许，她要去吧。"

许锦嘉一听尤许的名字，一脸贼笑地靠过来："小主哥，刚还说没找到媳妇，你看，媳妇这不就出现了？"

"别闹，我跟人是正经朋友。"

许锦嘉才不信。

上次尤许也加了他的微信，怎么不问他，偏偏找小主哥呢？就小主哥人高马大心思壮，人女孩的心思明明白白写在脸上了，他还看不出来。

他俩讨论半天，孟之旭一个音都没响。

他手里捧着一平板在看，戴了蓝牙耳机，自然听不到他们的聊天内容。

安常过去，正巧看到屏幕上周窈的脸，脸上刻意化着老年妆。

许锦嘉也过来了："九爷，你怎么还在看这个？"是周窈的节目。

他发现九爷最近一没事就捧着平板，有时候人都睡着了，平板还开着。睡得那叫一个香，雷打不动的，根本不像个经常失眠的人。

不对劲。

许锦嘉上下左右打量孟之旭，试图从他脸上看出点头绪来。

上次热搜事件后，九爷从电视台回来后就奇奇怪怪的，可又说不清哪里奇怪。

主要就体现在，他来店里的时间早了点，晚上回家也早了点。

要是为了遛小猪，那也说得过去。可许锦嘉总觉得事情没那么简单。

安常倒没许锦嘉那么多小想法，直来直去："还不是因为要上周窈的节目。"

他俩往旁边一坐，沙发顿时陷了下去。

孟之旭没吱声，淡淡地朝二人看了眼，然后慢吞吞地关掉平板，摘下耳机。"有事？"

安常说："周窈她妹找我，问哪里有卡丁车俱乐部。"

孟之旭起身去冰箱拿水："周窈？"

许锦嘉接着道："周窈她妹。"

孟之旭："她妹？"

他从冰箱里拿了两瓶气泡水给沙发上二人抛过去，自己又拧开一瓶，喝了一口才说了个地方。

安常说："无锡的？"

孟之旭眼睫轻轻眨了下："不然？"

安常："那我回她了。"

片刻后，安常又说："她说她跟她姐周六去玩，约我一块儿，你们要不要去？"

许锦嘉眼睛一亮，心想这是个帮小主哥擦亮眼的好机会，立马点头应了。

安常看向孟之旭："九爷你呢？"

孟之旭坐到了另一边的单人沙发，重新戴上耳机，打开平板，轻飘飘地丢下两个字："不去。"

周六的下午，天气异常炎热。

周窈都已经习惯了无锡的天气变幻莫测，一会儿暴雨连天，一会儿烈阳当空。

她挑了一条嫩黄色的吊带裙，长至小腿中部，出门前拿了把防晒伞。

跟尤许约在星巴克，她到时尤许已经帮她点好焦糖咖啡星冰乐。周窈坐下迫不及待吸了一口。

刚从火炉似的太阳下徒步过来，尝到一口冰冰凉的甜意，瞬间心满意足。

尤许见她满头大汗，给她递上纸巾："我跟安常他们约好了一点半在这见面，估计也差不多快到了。”

下午一点半见面，尤许十二点就催她出门了。

周窈吸口浇了焦糖糖浆的奶油：“你怎么不上午九点就催我呢。”

尤许心虚地笑着，左右看她：“我还以为你要化妆来着，所以提前让你准备准备。”

周窈没化妆，充其量涂了口红。

工作日带妆上班，周末她就懒得化了。更何况这么热的天气，她都热得头昏脑涨了，能简单一点是一点。

周窈缓了会儿，才回味出尤许上一句话。“等会儿，你说他们？”

尤许说：“对啊，安常和许锦嘉。”

她刚讲完，安常和许锦嘉就推门进来了。

四人在星巴克待了会儿，快两点的时候才打车去卡丁车俱乐部。

据许锦嘉介绍，这个俱乐部老板以前就是卡丁车赛车手，现在是青少年赛车手的教练。

所以俱乐部内的赛道和车辆分竞技型和娱乐型。竞技型用来赛车手平时的训练，娱乐型的则向客人开放。

许锦嘉说：“老板是九爷以前的朋友，场子很安全的，你们不用担心。”

尤许闻言，问：“孟老板怎么没来？”

许锦嘉反问：“你想让我们九爷过来啊，那不早说。”

他这话问得暧昧，尤许怕旁人乱想，赶紧撇清：“我没其他意思啊，就是最近刚知道他不是赛车手嘛，想请他教教我们。”

许锦嘉瞄一眼安常：“这个不难，没学过车的小孩都能开，你找我们小主哥就行。”

尤许：“小主哥？”

安常坐在副驾驶，回头给了许锦嘉一白眼：“外人面前注意点，别乱叫。”

许锦嘉委屈道：“尤许算什么外人啊。”说不定以后还是你媳妇。

一路上周窈都未加入他们的话题，她靠着窗，安静地看着窗外倒退着飞逝的街景。

差不多半小时，到了目的地。

俱乐部里人还挺多，他们来了室内赛道。开始前有工作人员给他们普及以及讲述注意事项，之后才去换赛车服。

周窈挑了件白色的，头盔也是同色系。她将头发盘起，出了换衣室。

尤许他们已经换好了衣服，在工作人员的帮忙下，坐进卡丁车，扣好安全带。

周窈过去，在赛道和休息区之间有个高达半米的围栏，她绕开围栏，进了赛道。

第一次尝试，免不得会紧张。室内开着中央空调，可还是觉得热，后脖和手心都是汗。

旁边的工作人员笑着安慰她，帮她戴上头盔进入车内，再一次提醒注意事项。

周窈笑着颔首。

赛道上方，二楼休息大厅。

身穿白色休闲服的俱乐部老板，正领着一个男人进入休息室。

“今天怎么有空来我这儿了？”

黑色马丁靴踩在钢板台阶上，发出铮铮响声。

孟之旭穿着一身黑色工装服，跟在老板身后，不经意地朝南侧的娱乐赛道瞥了一眼。

他说：“来看你不行？”

老板才不信他有这份好心：“刚才你来的时候也经过了竞技赛道，怎么样，我的小孩们练得可以吧？”

进了屋，孟之旭靠坐进沙发里，正面对着落地窗，能看到下面的娱乐赛道。

老板名叫钟锋，年纪跟孟之旭差不多大。

接过钟锋递来的水，孟之旭并没有打开，修长的五指松松地握住瓶身，视线望向落地窗外。

可能是看到了什么，他突然轻笑，等钟锋回头去看，就听到孟之旭隐约带着笑意的声音：“练得还行。”

孟之旭将水放到茶几上。

钟锋在他身旁落座：“怎么样，有没有兴趣来我这儿当教练？”

孟之旭撇头看他："我好好的老板不当，来给你打工？"

"长时间没见，你说话还是不招人喜欢。"钟锋吐槽，"怪不得一直单身。"

"我乐意。"他跷着二郎腿，望着楼下的场景，语气寡淡。

钟锋顺着他的目光朝下看，看到赛道上几个客人正准备启动出发。

客人的体验时间是八分钟，大概十圈。卡丁车车速快，车与车之间应保持适当的距离。可楼下那几辆车刚出发，他就瞧出不对劲了。有一个穿黑衣服的客人一直紧追穿白衣服的客人，过弯时也紧紧靠了上去，好几次都碰撞到对方的车了。

旁边的工作人员举旗示意停下，白衣服的放慢速度，后面的车不依不饶，上来就是一撞。

钟锋还未有所动作，身旁的人已经起身了。

钟锋跟着起来："干吗去？"

孟之旭："出去透个气。"

除下了头盔，周窈耳膜还在嗡嗡作响。

被撞后的脑袋晕沉，胃部上涌得难受，有种想吐的恶心感。闷在头盔里的头发沾了汗水，周窈解下手套，将脸颊旁沾着的碎发拨到后面。

工作人员和身后那辆车的主人来了。

周窈回头，见穿着黑色赛车服的是个男人，不白，笑起来两眼眯成一条缝。

男人看见她，惊讶似的说："原来是个女的啊，我还以为是我朋友呢。"

周窈忍着不适，嘴巴抿紧，不想跟他对话。显然他的态度并不像是无意的。

男人又说："抱歉啊美女，要不，一会儿我请你吃个饭？"

周窈摇头，还是没说话，胃部翻腾得难受，怕一张口就忍不住想吐。

这时，尤许他们的车也已经停了下来，从终点过来。

男人不顾工作人员的阻拦，径直去拉周窈的胳膊："小美女别生气了，是哥哥的错，一会儿好好给你道个歉行不？咱们也别耽误人家做生意了。"

周窈从未见过这么蹬鼻子上脸的人，挣扎着收回胳膊："不用。"

因为虚弱，她的声音听起来柔柔的，男人更加主动了。他往前逼近，松了手，说着好话："不吃饭也行，就加个微信好不好？"

周窈后退着，直到腰撞到了围栏才停下。她看着前面尤许他们三人快到了，正要开口，身后突然一双大手箍住她的腰身，蓄力往上一提。

动作来得太突然，周窈不禁低声惊呼，心跳加快。

空气中传来淡淡清冽的松香味，她怕摔着，身体越过围栏时配合地抬起双脚，手上拿着的头盔没注意撞上了身后人的脑袋。

“砰”的一声响，紧随着的是男人低低的闷哼。

落了地，腰部那双手松开。

周窈回身，心脏剧烈跳动。

身后站着的，是穿着黑色衣服的孟之旭，他离她很近，近到两人几乎鼻尖对鼻尖。那股淡淡的松香味重了，缠在她鼻尖，顺至大脑。周窈手脚都在颤抖，晕得更厉害了，忍不住干呕出声。

孟之旭微佝着腰，垂着头在揉额角。

听到干呕声，他略抬眼，保持着揉脑袋的动作，黑黢黢的眼睛紧紧盯着她，唇角微微勾起一抹笑。

周窈听到他的声音里夹带玩笑意味：“恩将仇报啊你。”

孟之旭静静地望着她。

她整张脸仿佛水里刚捞出来的，脸很白，两边脸颊处有不正常的红晕，像是身体不舒服导致，又像是……害羞？

与他对视的眼睛水汪汪的，眨两下又移开。

“周周，怎么了？”

刚过来的尤许高声喊她，周窈下意识往旁边一让，与身前的孟之旭错开站立。

前来的几人也看到孟之旭了，许锦嘉还在奇怪，九爷怎么突然来了。

穿着黑色赛车服的男人见周窈并非一人，而且还疑似有主，面上慌乱片刻。他很识相，朝着孟之旭方向笑哈哈地道歉：“对不住兄弟，我以为你女朋友是一个人。”

孟之旭松开揉脑袋的手，像是没听到他的话，眼神都没给一个。

这种情况下，去跟陌生人解释什么女不女朋友的实属多此一举，周窈也只是蹙眉看向男人，随着之前那一声干呕，胃部翻腾的恶心感减少许多。

她还未讲话，脾气一点都不温柔的尤许抱着头盔上前就给男人背部来了一下：“你谁啊你，她是单身你就能开车撞了吗？”

男人被撞得往前一个踉跄，扶住围栏才堪堪稳住。回头看到是个个高的女人推的自己，心中怄火，却又发不了。

他几个朋友见状赶紧围过来，质问发生什么事，那围起来的架势，像是要出头打群架。

尤许可不怕，顺势往高壮的安常身后一躲，从他身后伸出脑袋出来挑衅："怎么，你们先撞人的，还想打架吗？"

安常被迫拉出来，无奈只得挺直腰板。

许锦嘉眼珠子贼溜溜的，一会儿观察孟之旭跟周窈，一会儿暗瞥安常和尤许。

总算是发现点什么了。

他也两手叉腰，往安常身边一站："打架多没意思，咱们飙一场。"

对方嚷道："飙就飙，谁怕谁！"

许锦嘉隔着围栏，高声去问孟之旭："九爷，来不来？"

孟之旭没工夫搭理他，见周窈脸色恢复正常，也无大碍，转身跟钟锋说："你的地方，你不管管？"

钟锋收回打量周窈的视线，意味深长地对他一笑。这才笑呵呵地向众人说："各位老板，我这小赛道小车辆的，经不起造。要不这样，既然被撞的是这位女士，你们问问她应该怎么办。"

钟锋抬手往周窈的方向一指。

众人的目光皆转过去。

许锦嘉永远是嘴巴最快的一个："嫂子，你说要他怎么道歉。"

"嫂子"二字，立即把周窈的思绪打乱。

尤许和安常像是刚得到什么暗示，一个眼神调侃地盯着周窈，一个探究疑惑地朝孟之旭看。

周窈满脑子都是"嫂子"二字，不知道该怎么接话。

旁边的孟之旭剜了眼许锦嘉，许锦嘉却没察觉到怒意。

见周窈长久不吭声，孟之旭解围道："小孩子开玩笑，别当真。"

"哦。"周窈语气轻松下来。

钟锋目睹了他们俩的互动，笑着问周窈："你想怎么办？"

撞她的男人不想把事闹大，老板来了，他更不想搞事。来之前打听过，这儿的老板不是个善茬，别看表面笑眯眯的。所以事情能大事化小，小事化了最好。他也没想到看上的姑娘，就是老板朋友的对象。

男人让他几个朋友安心，主动对周窈说："美女，我撞你是我不对，你想怎么办就说吧，我一定不会讨价还价。"

周窈出了名的脾气好，可脾气好不代表没有脾气。她刚才被撞得险些翻车，这会儿脑袋还隐隐发涨。

"我要撞回去。"

男人以为听错了："啊？"

许锦嘉顿时为未来嫂子的勇气点赞，帮她应答："我嫂子说要给你撞回去！"

看周窈刚才开车慢吞吞的速度，她的技术不怎样，口气倒是挺大。也是，换谁都忍不了受这委屈。

听到周窈的豪言壮语，孟之旭挑眉看她。

她将怀中的头盔抱得更紧，脸上表情十分冷静，可被轻咬住的下唇暴露了她的真实情绪。

孟之旭目光下移，注意到她一只背在身后的手紧紧握拳，纤细瓷白的手腕在微微发抖。

她在紧张，在害怕。

孟之旭朝对面的许锦嘉投去一个眼神。后者收到了，但没明白，再一看站得笔直，目光视死如归的周窈，才反应过来。

许锦嘉主动请缨："这样吧，嫂子毕竟是女生，刚被你撞，身体还没缓过来，我来替她行不行？"

男人哑然，犹犹豫豫地跟朋友商量。许锦嘉一看就是故意的。

他还贱嗖嗖地对俱乐部老板说："老板，车如果撞报废了算我的。"

钟锋扶额，就听到周窈轻柔的声音响起："许锦嘉，不用了，我自己来。"

她抹了把脸上湿漉漉的汗，戴上头盔，准备绕过围栏去赛道。

尤许担忧地过来："周周，你行吗？"

周窈透过头盔，给了她一个放心的眼神。

周窈朝着进入口方向迈了两步，胳膊被人拽住了。

她回头，与孟之旭的视线对上。只来得及注意他嘴角并不明显的笑意，下一秒，头盔上的挡风玻璃咯噔一下，被人按下。

脑袋上传来“咚咚”两声轻响。

他说：“周窈，加油。”

周窈愣了下，脸闷在头盔里热得出奇，紧张的情绪莫名消散不少。

她声音闷闷道：“谢谢。”

周窈跟男人都坐进车内，开到赛道中央。

男人秉承诺言，由着周窈加速向他撞来，那速度，比她之前开的都要快上许多。

孟之旭几人趴在围栏上围观，钟锋啧啧道：“你女朋友挺要强的。”

尤许在旁边问：“孟老板，你什么时候跟我姐恋爱的？”

孟之旭目视前方，解释的语气浮在空气中，没什么力量：“没有的事。”

许锦嘉在一旁暗笑。现在这情况，九爷大概处于口是心非的地步。

尤许拉住许锦嘉小声问：“你们九爷喜欢我姐？”

许锦嘉的回答含糊：“我不知道啊，我刚才就是顺着老板的话瞎叫的。”

尤许嫌弃地白他一眼，问安常时声音异常温柔：“安常，你知道吗？”

安常是真没发现什么苗头，他出去找了个工作的工夫，九爷就恋爱了？压根不给人接受消化的时间。

安常摇头说：“我也不清楚。”

尤许没问出结果，但无论孟之旭对周周有没有意思，他俩在一起的可能性都不大。

她了解周窈，平常开开玩笑就算了，认真考虑下，周窈是不可能跟孟之旭这样的人在一起的，周窈想要的，是安稳平静的生活。而孟之旭浑身都充斥着“我还没玩够”的气息。他每次看人的眼神，像带了钩子一样，周周怎么可能降得住这样的男人。

虽然孟之旭的颜值和职业都不错，但在周窈那里，安稳、可靠才是恋爱的第一要素。

尤许还记得上次那个齐刘海小妹妹的事，嘟囔道：“要是孟老板不花心就好了。”

下午六点左右，周窈他们从俱乐部离开时，发现孟之旭已经先一步走了。

等跟安常许锦嘉分别，尤许才告诉周窈：“周周，他们说孟之旭对你有意思。”

尤许观察着周窈的脸色，看她是个什么态度。

周窈倒不会自恋至此：“不会是因为他今天帮我解围吧？”

尤许听出她的意思：“你不信？”

“我是傻子吗？”周窈笑着拍她脑袋，“别乱想了，他的理想型与我相差甚远，说他对我有意思纯属胡扯。”

“你怎么知道他的理想型？”

周窈偏头想了下，没解释那么清楚：“听人说的。”

尤许怀疑她的话是否属实。“那你对他是怎么想的？真没动心？”

“我为什么要找虐，去喜欢一个花心的男人？”

周窈想到下午的事，当孟之旭出现，将她从赛道上抱回安全区时，她确实心跳加快，但也清楚地知道，那是紧张，并非心动。

五六月的无锡，到了梅雨季节，一天断断续续能下好几场雨，空气里都是潮湿的气息。

雨天路滑，周窈不太敢开车。

早上带了把伞出门，等到了台里，才发现伞落在出租车上了。

上午去录制了《生活空间》，去食堂吃饭时遇到了其他频道的同事。

她跟廖波、周学勤排队打菜，廖波突然拍了下她肩膀：“小周，挤掉你进新闻频道那人来了。”

周窈侧头看去，一个穿着米色无袖连衣裙的长发女人在他们隔壁队伍，笑吟吟地跟其他几位同事在说话。

女人叫朱欣晔，周窈对她不太熟，只是上次比赛时打过照面。

周学勤捧着盘子挤过一颗脑袋来问：“什么叫挤掉周姐？”

廖波严肃地将他的脑袋推回去：“大人的事，小孩子少打听。”

在朱欣晔身后，李吉也捧着盘子过来了。

他直接绕过朱欣晔，径直走向周窈：“小周，今天在台里吃饭啊。”

周窈笑着“嗯”了声。

他们要走，朱欣晔那几人过来了，笑眯眯地说："李哥，明天的稿子我们下午先对一下可以吗？"

李吉看到是她，回道"行"，两人定了个时间。

廖波和周窈先行一步。

等她们离开，朱欣晔才看向周窈的背影。

她也是偶然听说周窈家有点钱，不过有钱怎么了，还不是碌碌无为地待在生活频道。

晚上下班，周窈提前打了辆车。

坐上车不久，窗外又开始淅淅沥沥地飘起雨来。车里开着空调，有点凉。周窈将脸贴近车窗，看着外面飞逝倒退着的街景。

阴天天总归暗得快些。

街上各式灯光在密密麻麻的雨帘中晕染开，车外的世界像个颜料大染缸，看得人眼花缭乱。

车子经过万千巷，周窈瞥见一家店名，肚子也不合时宜地响起。

她叫停车辆，在路口下车，徒步来到那家店。

九馆。

店名招牌很大，灯也比四周的亮，一下子吸引眼球。门口有个服务员小哥，正飞速冲出来将门口的小黑板撤回去。

雨势渐大，周窈没多想，跟着跑了进去。

小哥回头一看，来了个客人，笑着说："不好意思啊，我们准备打烊了。"

"这样啊。"

她抬步要走，身后传来孟之旭的声音："周窈？"

周窈抬起的脚往前一放，向前一步才回身。

不远处的灯光下罩着一个男人，他手里挂着换下来的围裙，见她转过身，才迈腿过来："来吃饭？"

孟之旭偏头让服务员先下班。

周窈说："你们下班了，那我去隔壁吃。"

店里的人大多已经离开，就剩他俩。

孟之旭说："是准备打烊，不是已经打烊。"他看她一眼，"你明白准备的意思吧。”

合着跟她抠字眼呢。

既然没打样，周窈也懒得再找一家，何况她本来就是想来吃九馆的菜。

她就近在一张餐桌旁坐下，表情冷静地朝他伸手：“麻烦拿一下菜单。”

瞧着她这副严肃的表情，孟之旭忽然想起那天在俱乐部她紧张的模样。表面冷静自持，暗地里害怕得握紧小拳头。

那天事后钟锋问他，是不是在跟她处对象。他回不是。

他也不知道是以什么心态对待周窈，不过是每次见到她，看到她一张圆圆的娃娃脸上摆着严肃的表情，就觉得有意思。

孟之旭重新将围裙穿上：“今天很多食材都用完了，所以菜单上的菜可能没有。”

周窈收回手：“那有什么就做什么。”

他仿佛就在等她这句话。

等孟之旭去厨房时周窈才察觉出一丝不对劲，见他端着盘子出来，周窈惊讶：“这么快？”

“我正好在做夜宵，你不介意的话可以尝尝。”他连续上来了两盘菜，一盘蛋包饭。

孟之旭介绍道：“这盆是红枣枸杞煲生鱼，这盘是高汤海味奶白菜。”

鱼汤的鲜香瞬间勾住了周窈的食欲。蛋包饭的金黄色泽冲击着她的眼球，蛋皮看上去软糯，让人忍不住下勺。

她打消了离开的念头，反正又不是不付钱。

可当着孟之旭的面，她不好立即动筷，况且这些又是他的夜宵，周窈只好象征性地客气一下：“你要不坐下来一起吃？”

他似乎料到了她会这么讲，说了声“好”，就在对面坐下了。完全没一点犹豫和推诿。

一顿饭吃得她战战兢兢的，倒不是害怕，而是觉得别扭。虽说他俩不是第一次同桌吃饭，但是是第一次单独同桌用餐。

孟之旭没怎么吃，只舀了碗鱼汤，喝两口听到手机响，又离开去接电话了。

一直到她吃完，孟之旭都没再出现。

周窈给他发了条微信：我吃好了，多少钱？

她一发完，换完衣服的孟之旭正好从里面休息室出来。

他应该是洗了个澡，身上散发着清淡的香皂味，左耳的耳坠也没了。

“吃完了？”孟之旭过来将碗筷端走。周窈看他另一手拿着车钥匙，一会儿应该要走，她帮忙一起把碗端进厨房。

她跟在他身后小声问：“多少钱？”

孟之旭的语气漫不经心：“你随便给点，我也吃了。”

周窈拿捏不好“随便”这个点，从厨房出来后，去收银台扫码付了一百五。

两秒后，收银台处响起收钱的声音。

她捏着手机回身问：“够吗？”

孟之旭倚坐在桌边，低头拿纸擦手，闻言也没抬眸，声音轻快道：“多了。”说完他起身，甩了下车钥匙，“走了。”

出了门，周窈在门口避雨处等车，孟之旭关门，看她没带伞，也不像要开车的样子。

周窈等了会儿，没见有出租车来，准备用打车软件。

手机还没从包里拿出来，一通微信语音电话过来了。

孟之旭的。

她猝然抬头四处张望，就见正对面不远处，孟之旭坐在车里，隔着重重雨帘朝她看来。

手机里传来他清晰的声音：“上车。”

她正要婉拒，又听他说：“刚才多付的钱就当你的打车费。”

见她站在雨里不动，他胳膊搭在车窗上，朝她的方向望去，懒洋洋的声调在淅沥沥的雨声中格外惹耳：“别担心，一会儿多退少补。”

周窈拒绝的话瞬间吞了回去。

不愧是商人。

从万千巷到紫金英郡开车也就不到十分钟，充其量要个起步价。外面的雨停了有一会儿，天气预报今晚还会有雨。

孟之旭准备将车停在上面，周窈提醒他：“晚上可能有雨。”

“哦。”

他打转方向盘，掉头。

在地下停车场前刹住。

周窈踌躇着是不是应该先下车，按在安全带上的手不受控制似的往下一摁，啪嗒一声响，安全带松开。

周窈没想不吭声就先解开安全带的，顿时脸上一热。她朝孟之旭看了眼，脸上表情维持着镇定，丝毫看不出窘迫。

身旁的人手里握着手机，也正朝她看来。

周窈轻轻眨了下眼："要不我就在这里下去吧，麻烦你了。"她嘴里说着询问的话，手上却做着背包拉门的动作，就等他应一声后开锁。

孟之旭好笑地低下头在手机上敲字，语气淡淡："等下。"

周窈拉着门的手没松，倒是耐心地等他。

等他再抬头收起手机那一瞬，她察觉到包里的手机响了下。孟之旭朝她包使了个眼色："钱退你了，你看一下。"

周窈拿出手机，他发了个红包，点开，三十四块。

有零有整。

车载音乐响着，是一首调子舒缓轻快的法语歌，活跃了车内气氛。

孟之旭按了开锁键，突然的一声响吓到了还在看手机的女人，她垂下的脑袋猛地抬起，脑袋转动连带着披散的黑发滑到胸前。

那缕发丝轻飘飘的，像是被一股无形的风吹动，滑过白嫩的脖颈、露出明显骨窝的锁骨，落至微凸的胸前。

他的视线跟着发丝在动，没聚焦的视线在意识到看到什么时又立马撤回。

周窈推开车门下去，回身关门时不忘说了声"谢谢"。

孟之旭鼻腔里"嗯"了声，往地下停车场驶去。

刚下过雨，地上湿，某几块微凹下去的石板里窝了水，形成大大小小的水洼。

周窈低头看路，小心着避免让高跟鞋踩到水洼。

到了拐口，身后传来一阵焦急的跑步声，没待她回头，手腕被人从后拽住，扯得剧痛。

周窈嘶着声踉跄转身，看到一个比自己高半个头的男人。

“周窈，你可回来了。”男人哼笑了一声，语气暴戾，“以为拉黑我我就找不到你了吗？”

周窈终于认出他来了，于然。

今天的于然没像之前她见到的那样，顶着满头发胶，略长的头发自然塌下，可能淋了雨，额前的发丝沾成一条条的。

手腕间的疼痛令周窈不满，她奋力甩臂，语气冷静得可怕：“松手。”

于然在这儿蹲了快一小时了，终于把她给等到了。

上次电视台那个热搜视频他也看到了，看了评论才知道，原来那天在胡桃里帮周窈解围的男人不仅不是个穷光蛋，还是个名人。

跟名人抢女人，难度增加，一下子激起他身为男人的争斗欲。

从介绍他跟周窈认识的媒人口中得知，周窈现在还是单身状态，意思就是那个叫孟之旭的还没得手。

他的机会就来了。

可不管他怎么联系周窈，她都不予理睬，甚至将他的联系方式拉黑。于然找人帮忙打听，才知道她住在这儿。他是打算来找她好好聊聊，并不想把人激怒，于是松了手，收起因为长时间在雨中等待产生的暴躁脾气。

“周窈，我们上去聊聊。”于然尽量软下语气，低眉敛目。

周窈往后退了几步，脚背登时被水溅到，她心情烦躁，却依然保持腰身挺直：“不好意思，我上次已经说得很清楚了。”

于然质问：“那我做什么了，你就突然拉黑我？”

周窈已经拒绝过他，不想再跟他多费口舌：“忘了，想拉黑就拉黑。”

长这么大，一直是别人顺着他，他都已经放低姿态过来找她了，周窈还是不识抬举。于然心中生怒，咬了咬牙，正要上前强行拉住她胳膊时，旁边过去一个路人。

那人个子很高，手里还提了把黑色大伞，他走一步，尖尖的伞帽在地上戳一下，握着手柄将伞当拐杖用似的。

孟之旭目不斜视地从他们旁边过去。周窈朝他看了眼。

见路人离开，于然再次逼近周窈。

周窈的反应也很快，迅速避开。

“周窈，我俩无论是家庭还是工作，什么都合适，就只有一点，我妈想让我找个个子高一点的，你没那么高但我也认了，我为了你给我妈洗脑，你还想要怎么样？”

今天的雨总是来得很突然，他一句话没讲完，周窈就察觉有雨珠滴在鼻尖。

不过几秒，无数雨点利剑一般从天而降，噼里啪啦的雨声瞬间淹没了于然的声音。

周窈躲闪不及，转身往楼道方向跑，一回身，头顶遮来黑色伞面，阻拦住雨水的冲刷。

她视线下降，与撑着伞的男人对视，男人嘴里叼了根没点燃的烟，烟皱巴巴的，像是被水淋过又风干的。耳畔是震耳欲聋的阵雨声，他身上淡淡的香皂味被雨天潮湿的气流冲得更淡。

他黑亮的眸子微微眯起，咬着烟的嘴角扬了下，开玩笑般地说：“需要救急吗？价格童叟无欺。”

周窈分不清是雨声还是什么声音，在她耳旁响得尤其剧烈，剧烈到干扰了呼吸频率。

孟之旭见她愣愣的，像是没反应过来。

再抬眼，看到猝不及防淋了一身雨的于然跑到了旁边树下。

黑色伞面往上抬了下，将孟之旭的脸暴露出来。

于然抹了把脸上的雨水，借着路灯看清不远处撑伞男人的脸，愤怒嫉恨即刻充斥胸腔。

他对着周窈的方向大喊：“周窈，是不是就因为他？！”

周窈闻言，手压着包带转身。转身之际，飘起的发尾擦过身后人的胸膛。

孟之旭眸子下垂，低头间就能闻到她身上的香水味。

没回答于然的问题，周窈再次回身，轻声对孟之旭说：“我们走吧。”

孟之旭往于然方向瞥了下，这一眼正好被于然接住，在他眼中，孟之旭的那个眼神里写满了警示。

两人合撑一把伞，周窈将背着的包换了个方向，夹在二人中间。

“你男人？”她听到孟之旭懒洋洋的含糊语调。

“不是。”

“哦。”

一路无言。

到了六楼，周窈先一步出电梯，等他再出来时已经收拾好糟糕的心情，朝他抿唇一笑：“刚才谢谢你。”

孟之旭一手提着伞，雨珠自伞帽滴落地面。他看着她浅浅的酒窝，回说：“五块。”

周窈蹙眉疑惑，又明白过来，心中不免有些无语。

还真收费。

当晚，周窈以为会因为于然搞的事而失眠，谁知洗完澡困意就来了，药都没喝就上了床。

隔壁的孟之旭却在阳台坐了很久。外面起了风，他才回客厅。

客厅里电视在回播上午的新闻，他看到了周窈的身影。在沙发坐下，随手将茶几上的半截香烟丢入垃圾桶。

小猪缩在它粉色的小窝里，微微打起了鼾声。孟之旭坐在沙发上，心思渐渐被新闻吸引，他调暗室内灯光，不知看了多久，困意渐渐袭来。

《三餐四季》开播在即，周窈一天比一天起得早。

她的睡眠比之前好很多，夜里也不怎么做梦了。

雨后无锡的早晨空气格外清晰，周窈推开卧室窗户就能看到远处隆起的山脉。

早餐在九院附近的一家店里吃的。

点了一笼小笼包，一碗甜豆浆。包子一笼十个，身形小巧，皮薄肉香。肉是卤过的，一口咬下去，满嘴鲜汁，微微带甜，正好中和了卤肉的咸香。

上午她跟摄影跑新闻，采访社区独居老人。

最近出了个关注独居老人的项目，是新闻频道的，人手不够，周窈被临时拨过去。

下午三四点才从外面回来。

一回办公室，周窈就警惕地察觉到大家看她的眼神不太一样。

在工位坐下，周学勤转着椅子过来小声道：“周姐，有群众向领导举报你了。”

“举报？”她没明白。

周学勤正要解释清楚，频道主任从办公室出来，朝周窈招了下手：“小周，你进来一下。”

周窈放下手里东西，心中狐疑，面上却是一派冷静。

进了办公室，合上门。

主任让她先坐，然后从堆起的文件夹里找东西，边轻松地跟她闲聊：“小周啊，你最近是不是得罪人了？”

周窈疑惑地问：“我真被人举报了？”

频道主任“嗯”了声，终于找到了，将一个文件夹打开推给她。

里面有一封打印版的举报信和几张照片。

周窈大致看了下，信中举报她身为公众主持人，表面待人有礼，私生活却淫乱不堪，大大影响了电视台追求真实的风气。

再看照片，周窈笑了。

几张都是偷拍的。

有她跟邱亚良的，她坐在爸爸车里的，她跟爸爸举杯对笑的，甚至还有她跟孟之旭一块儿撑伞进楼的。

周窈知道是谁举报的了。

主任两手交握放在桌上，两只大拇指悠闲地上下转动：“举报你的这个人应该有点来头，他是直接投给上面领导的。”

周窈将东西合上：“我知道是谁。”

主任说：“你是什么样的人我清楚，但不要因为个人私事影响到工作。这样，你先回去休息个一两天，这个事我去跟上面解释，你自己的私事自己去解决。”

“好，谢谢主任。”

主任拿起照片又看了几眼，突然感慨：“你爸胖了。”

周窈：“……是有点。”

第七章　他追他的小朋友

周窈被举报的事情属于个人隐私，本没有多少人得知，可举报者不仅寄了信，还公然打了电话，这才闹得人尽皆知。

看到周窈从主任办公室出来，同事们纷纷收回八卦的视线。

周窈是台里公认的乖乖女，长相乖巧待人有礼，看起来不像个私生活混乱的人。有人已经在小群里纷纷聊开，称“人不可貌相”。

大家都是成年人，或多或少有些不为人知的秘密，这些秘密藏在黑暗中无人去掘，可一旦见了光，路过的都会忍不住驻足评判。

周窈不是傻子，知道那些安慰眼神背后的审判。身正不怕影子歪，没什么好怕的。

得到了两天额外的带薪假期，她乐得自在。到工位坐下，开了电脑，将《生活空间》的资料稿件备份到U盘，一会儿得去《生活空间》栏目组交接工作。

周学勤见她从办公室出来后就一声不吭，椅子转了过来，担忧地小声问：“周姐，你没事吧？”

备份完成，周窈拔下U盘，面上看不出什么情绪：“没事，就是多了两天假。”

举报的具体内容周学勤不清楚，听其他同事的八卦，隐约知道是跟她的私生活有关。

周学勤虽然跟她认识时间不长，可从接触中他认为周窈应该不是八卦里那种人。

刚涉足社会，周学勤之前从小说和电视剧中多少对职场生活有了些“了解”，更何况他们这还是事业单位。

他凑过脑袋，压低声音小心翼翼发问：“周姐，会不会是台里的人冒充群众举报你的？”说这话时，他推了下眼镜，并不大的双眸在镜片下扫视了一遍周围的同事。那神情语气，跟抓贼似的。

周窈忍不住笑了，手中U盘轻轻在桌面磕了两下：“职业剧看得不少啊。”其实现实哪有那么多的戏剧事件发生，若有，也比电视剧更加戏剧化。

收拾完工位，周窈背上包去一趟《生活空间》栏目组，交接完工作差不多也到下班的点了，可以直接回家。

等电梯时恰好遇到正从电梯里出来的邱亚良。

邱亚良正低着头一边翻看资料一边往外走，听到有人叫他才抬眼，见是周窈，愣了几秒，忽然想起个事，乐了。

邱亚良笑眯眯地冲她颔首：“小周啊，那个照片里，你是跟小九一块儿回家的？”

虽然他俩是邻居，但合撑一把伞回家，着实会令人想歪。

周窈怔了怔。想必他也知道举报的事情了，不过没想到的是邱亚良居然不关心照片里的自己，而去关心孟之旭。

“那天我正好去他店里吃饭，没开车。”

邱亚良语调上扬，“哦”了一声。并不听她解释，好像认定他们之间有什么。

周窈心平气和道：“然后我坐他车回家了，撑他的伞，一共十块钱。”

邱亚良一时没反应过来：“什么意思，他顺路送你回家，还收钱了？”

周窈点头。

邱亚良暧昧的神情一下凝住，正要说话手机突然响了。

他忙掏出手机，冲周窈打了个手势，让她先走。周窈刚迈开步子，听到往远处走还未接起电话的邱亚良小声骂了句：“臭小子想钱想疯了。”

到达《生活空间》栏目组时，组里正在录制节目。对接人正在棚里，她只好在外面等。

等得有些久了，途中去了趟卫生间。再回来时，看到办公室里多了好些人，有几人围在一个工位上正聊着什么。

周窈没想插进去，从另一边绕开。其中一个女同事的音量并不低，肆无忌惮地道："谁知道她私底下是干什么的呢。"

有人让她别乱讲话，周窈听出来了，这个男声是李吉。

那女同事为了证明自己有理有据，拉上另一位女性，言辞凿凿："我跟欣晔可是一块儿见过她上豪车的啊，还有她自己那辆车，少说也得五六十万吧，听他们组里人说，还是全款买的。反正我在她这个年纪，掏不出这个钱。"

有人操着一口无锡本地话："话不能这么讲，周窈不是无锡本地人吗，人家家里有钱的呀。"

女同事笑了下，鄙夷道："你怎么就知道她是本地人，她在台里没有讲过一句无锡话。再说了，本地人就能买得起车又买得起房了吗？我还听说她在万达那买了套小三居，那块房价少说也两万多了吧，也是全款买的，而且她还是一个人住。"

"你怎么知道是全款？"

"他们组里人聚会时问过她吧，顺嘴说漏了呗。"

李吉坐在另一边的工位上，背对他们在看资料，背脊微偻，手中捏着的笔拽得越来越紧，胸腔里好似燃了把火，越烧越大，呼吸渐促。

"欸李哥，"这时那女同事叫他，像是一盆凉水突然淋头而下，刚憋出来的火着急忙慌地熄了，"你不是跟她一直合作吗，私底下也有过交流吧，她私下也是这么一副天真无辜的模样吗？"

旁边朱欣晔拉了女同事一把："别说了，回去吧。"

女同事拍拍她手。

李吉眼睛抬都没抬，盯着眼前的资料纸，出口的话轻得他自己都听不清："我们私底下没交流。"

"也是，李哥你这么老实爱家庭的人，她也勾搭不动你。"

李吉手中的笔拽得更紧，却只字不言。

"不好意思，打扰一下。"突如其来的熟悉声音惊得李吉瞬间转头。

从众人身后过来的，是穿着蓝色衬衫、白色短裤的周窈。

她面上带笑，似乎没听到众人刚才的谈论内容，径直来到众人中间，在大家的注目下，拿过被围着的那张桌上的包。

掏出包里的U盘，周窈这才看向众人：“请问跟我对接工作的是哪位？”

愣坐在椅子里听八卦的一位女生立马起身，笑着接过U盘，在周窈的指示下复制工作文件。

其余人面面相觑，又纷纷散开。

李吉望着低头跟同事讲话的周窈，心中情绪百转，又愤怒又后悔，一时之间手足无措。

讲完工作内容详情，周窈起身。周围若有若无地散落来某些人审视的目光。

周窈低头整理包，唇角带笑，漫不经心地用正宗无锡话说：“有件事你们刚才说得不对，我爸给我买那套房的时候，房价还没到两万。”

等她离开后，办公室里再次闹开。

朱欣晔是过来帮忙递个资料的，等周窈走了才起身回去。

经过李吉身旁，停下唤了他一声，声音不大，他没听到。朱欣晔低头准备推他一下，发现他面前的资料纸上写了个扭曲的“周”字，“周”上面又打了个叉。

朱欣晔正觉得奇怪，又看到他忽然回过神一样，抬笔奋力画掉这个字，直至看不清字样。

朱欣晔没再出声，放轻脚步，悄然从他身后走开。

下班后周窈直接回了爸妈那儿，正好也有两天的假期在家休息。

被人举报的事她没瞒着父母，其实也不用她过多花费脑力去猜测举报者是谁，因为于然在她下班后还特意打了电话过来挑衅。

周窈实在搞不懂他的脑回路，对方坚称是她欺骗了他的感情，她答应和好，于然就撤销举报信。

周窈二话不说，再次将他新号码拉黑。

转头周窈就问爸爸周南铭：“爸，我们家跟于然家比，很有钱吗？”

周南铭一时解释不来：“他们家是做生意的，我在公司上班，你妈当老师，你说谁有钱？”

“那爸爸你好歹也是个周总啊。”

“可公司又不是周总的，”周南铭把洗好的葡萄端过来，“人家做生意的厂就是人家自己的。”

“行吧。”

“这两天你就在家好好休息，工作上的事情爸爸给你解决。于家那边你妈也找人去说了，那边的意思是想私下跟你和解，看你心情吧。”周南铭道，“反正于家那边我们也没有什么深的来往。”

周窈伸手捏过来一颗葡萄扔嘴里，想起今天在生活频道听到同事们八卦她的那些话。她其实并不在意别人的看法的，可实在生气了，该撒气的还是得撒气。

在家舒舒服服躺了一天，第二天就收到了台里内网发下来的公示。

为了证明她的清白，台里特意找了两名证人，一位是照片中的邱亚良，另一位是孟之旭。

不过公示里只写着“孟先生”。

孟先生说：“被拍到照片的这天在下雨，我碰巧遇上没带伞的周窈女士，以十块钱的价格护送她平安回家。途中周窈女士被不知名男性骚扰，收人钱财，替人消灾，我好事做到底，帮她赶跑那位男性，然后护送她回家。我跟周窈女士的关系，暂时是邻居关系。”

周窈将孟之旭这段话看了两遍，重点放在十块钱上。

她肯定，这个通告一定是邱亚良添油加醋写出来的。不愧是栏目策划人，搞个澄清通告都写得这么戏剧。

下午差不多五点，周窈在家吃了饭，才回紫金英郡小区。

从爸妈到她住的小区车程半小时左右，这个点学生放学，导航里红了一片。

她没急事，绕了路。

到梁清路十字路口等绿灯时，接到了尤许打来的微信电话。

一摁下接听，就听到她火急火燎的声音：“周周，那个于然带人到九馆打架来了！”

“啊？”周窈反应了一下，立马说，“我马上到。”

赶到九馆时，门口围了好些看热闹的人。来的路上周窈给孟之旭发了微信，想问他要不要报警，对方一直没回。

周窈还没靠近，听到店外的看客在说什么“肯定是情感纠纷”。

尤许正在店内，踮脚瞥见门外的她，赶紧将她拉进来，边往里走边解释：“我晚上约了安常去健身房的，来这找他，然后就看到于然带了几个人进来吃饭。”

说话间，周窈已经看到了正对峙着的双方。

于然和三位跟他年纪相差无几的男性大剌剌地坐在椅子上，他们对面，是站着的孟之旭几人。

今天许锦嘉不在店里，只有孟之旭、安常，和几名员工。

孟之旭垂头倚着桌角，他腰间还围着围裙，拿着白色毛巾慢悠悠地擦拭手指。

尤许压根不管会不会被人听到，放开了声音告诉周窈：“菜刚上来没多久，他们就说这菜不干净，里面又有虫子又有头发什么的。孟老板说赔偿他们不干，让孟老板吃了桌上的菜他们才接受道歉。”

听到尤许的声音，于然瞥了眼过来，一见是周窈，登时站了起来。他手撑着桌面，上下打量了一番周窈：“哟，看来你的心情还不错啊。”

周窈懒得理他，径直到孟之旭他们面前：“需要报警吗？”

她这话一出，低着头的孟之旭将毛巾放到身后桌上，抬眼朝她看来，面上没什么表情。

她来得急，两鬓的碎发乱糟糟的。天气热，原本白嫩的小脸上酡红了两片，鼻尖渗着细细的汗。

孟之旭在看到她的时候显然怔了下，她的目光焦急诚恳，没了之前那般镇定。他盯着她渐渐泛红的耳垂，原本无表情的脸忽然笑了下。

周窈被他突如其来的笑搞得莫名其妙，直觉他在笑自己。

她撤开与孟之旭对视的目光，顺势看向安常：“抱歉，是因为我，他才会来找你们店的麻烦。”

被她无视得太明显，于然早就不耐烦了。“砰”地摔了椅子，动静大得周窈一激灵。

“周窈，我俩的事就算完了，”于然在她身后道，“现在是我跟这孙子的事，你哪儿凉快待哪儿去。”

于然的朋友们也纷纷起来架势。

闻言，安常先站了出来，高高壮壮地往前面一挡，还没说话气势就压了对方一截。

于然心底也打鼓，可他现在是这家店的顾客，桌上摆着店面不干净的“证据”，足以将这家店举报到食品安全部门。

这么一想，他面对安常时又来了勇气，腰杆也挺得笔直。

开饭店，顾客以食物不干净为理由闹事的太多了，这类纠纷遇上蛮不讲理的顾客并不好处理。

周窈在跑新闻时就遇过。

她之前就有注意到，九馆内好几处安装有监控。周窈回身，刚要开口就听到她身后传来一声无奈叹息。

紧接着，有人拉了一把她胳膊，将她从于然几人身前扯回去。

仓促间，周窈扭头看到的是孟之旭那张写了“老子不爽”的脸。

她很轻，拉过来时并不费力，几乎是稍微一带力人就往怀里倒了。

在她随着力道倒进来前，孟之旭又一手将她按坐在椅子上，另一手拉开不远处的冰箱门，顺手拎了瓶水出来。

“孟之——”没出口的话被突如其来的冰凉打断。

“你干吗？”周窈下意识地脑袋往后靠，躲开贴在脸庞的柠檬水。

孟之旭半拧开瓶盖，将水塞她手里。他微微俯着身，话是对她讲的，目光却是看向于然那边：“既然你知道是因为你，这麻烦才找上了我，那帮帮忙，一会儿替我报个警。”

他的声音又低又沉，“帮帮忙”三个字像是气音，多了一丝倦味和笑意。

“一会儿？”周窈稀里糊涂地就接下了水，光顾着他说的话。

他离得近，刚从外边进来的周窈更觉得热了。

她被迫盯着他的侧脸，又不好一直盯着，只能将视线偏移到他左耳晃晃悠悠的十字架小耳坠上。

“嗯，是一会儿。”孟之旭将正脸转了过来，不期然注意到她稍稍下垂的视线。

他看着她有些泛红的脸，悄悄话一般道：“他来砸我的场，我身为老板，不给员工立个威，这店还怎么开下去？”

周窈头往后仰，拧开瓶盖喝了口冰凉的柠檬水，一本正经地配合他点头。她明白他什么意思了，就是先出口气，再报警。

站在安常身后的尤许一直盯着这俩人，表情从惊讶到了然，再到暧昧。

她三两步悄然移到周窈身旁，猛不丁拿手指戳她喝水时凹出来的酒窝，凑近笃定道："你俩有事。"

周窈脸上的热度没下，但表情还是很淡定："对，现在正在解决。"

"不是这个事。"尤许知道她装傻，恨恨地又戳了两下她脸颊。

周窈鼓了鼓被戳的那边脸颊，抬眼望向孟之旭的背影。

也不知是不是她的错觉，孟之旭这一次两次，对她的态度挺耐人寻味的。

此刻孟之旭已经朝着于然迈开步子，途径餐桌时顺手提了把木椅。

他步伐很快，砸椅子的速度也快，快到于然和他朋友还没看清形势，那把椅子就已经悬在头顶。

于然只觉阵风袭来，猛地闭眼跌坐。

等了几秒，意料中的疼痛没来，于然睁开眼，发现椅子还悬在他脑袋上，没砸下来。

而提着椅子的男人正好整以暇地望着他，被他几个朋友拦在身前。

他是故意吓唬他的。

于然顿时火了，起身时推搡对方，就在他手碰到对方胳膊的一刹那，听到孟之旭阴阳怪气地说了句："哎呀。"

迟来的疼痛令于然来不及反应，他手掌包着脑袋，被砸得龇牙咧嘴，眼泪都出来了。

于然的三个朋友见状上前，一副要干架的姿态。

安常和几名员工也不甘示弱，连尤许都气愤地挤进了队伍，又被周窈拉回去。

孟之旭后退两步，没有回头，对身后人说："可以报警了。"

管理这片辖区的派出所离得不远，不到十分钟民警就到达现场。

因是民事纠纷，只来了两名片警。听了整件事的大概后，民警要求调查店内监控。

面对警察，于然那群人也没有显露出丝毫心虚慌张，周窈觉着事情不对，转身朝孟之旭他们看。

孟之旭没注意她，在民警调监控时，低声询问身旁的员工："昨晚谁最后一个走的？"

那员工不太确定地说了个名字，正是此刻在帮忙调出监控视频的男生。

孟之旭抿着唇没再讲话。

果不其然，正对着于然那桌的监控遭受损坏，只能从门口的监控看到他们一行人进来，接下来发生了什么无从得知。

究竟是店内的菜不干净，还是顾客栽赃闹事，民警无法下结论。

两位片警分别对两方人进行问话，这件事能私下和解就和解，没必要闹大。

于然那边一开始不同意和解，扬言要告孟之旭，还向片警告状，指着脑袋上的瘀青称孟之旭店大欺客。

片警无奈道："你也知道监控损坏了，所以你额头的伤是不是他打的很难说。"

于然立马拉出证人："我那几个朋友都看到了，就是他打的！"

片警："可店家这边的人也说了，是你自己撞到他们椅子上的，他们还要求你赔偿磕坏的椅子。"

"还有，店家那边也说了，他不怕麻烦，可以找人去给菜里的头发做个 DNA 鉴定。"

于然顿时哑住，揉了下脑袋，冷静下来："反正我是在菜里翻到虫子和头发，谁的我不知道。"

谈到最后，于然表示同意和解，不过对方得向他道歉，并赔偿医药费和精神损失费。

听到这个结果，孟之旭冷笑了声。

他坐在单人沙发上，微垂着头，掌中捏着一瓶矿泉水，脚边被拴着的小猪哼哼唧唧地围着沙发腿绕圈。

"看来于先生是认定在我们的菜里吃出虫子了。"

于然信心满满："你说这话什么意思，难不成是我放的然后陷害你？"

此刻休息室内只有四人，两位民警，外加孟之旭和于然。

就在民警以为孟之旭会否认的时候，突然听到他开口说："你看，你自己都承认了。”

于然不想再跟这个人废话了：“咱们既然都是遵纪守法的好公民，那就得听警察的意思，你赔不赔？”

“赔，”孟之旭喝完手中最后一口水，面色冷峻地将手机掏出来，点开一段视频递到民警面前，“不过是你赔。”

手机里正在播放的，是一个女生的自拍视频。女生的后桌，就是于然他们一桌。

店内。

周窈和尤许安常坐在临近休息室的餐桌边等待。

因为这件事，店内的大部分客人都已离开，员工们收拾餐桌。

于然的三个朋友还待在店里，像是笃定了他们会赢，一会儿让服务生拿个水，一会儿让拿个零食。

安常让几位服务生不要搭理他们。

“奇怪了，你们店里监控怎么会坏？”尤许还盯着那个已经损坏的监控，“不可能这么巧，会不会是你们店里人弄坏的？”

安常朝几位员工看了眼，又移开目光，低声对尤许和周窈说：“这事等九爷出来再说。”

看他这样，应该是猜到怎么一回事了。

除了于然那三个朋友，还有几个客人没走，是四个看起来年纪不大的女生。

服务生认出她们是已经用餐完的客人，过去向她们说明情况。

其中一位脸胖胖的女生笑着说：“我们知道发生了什么，没关系的，我们就是在等你们老板出来。”

服务生也不好说什么，给她们递了水。

尤许闻言朝她们看了过去，“咦”了一声：“周周，你看那桌的小姑娘们是不是上次跟我俩吵架的那几个？”

周窈回头看，记不太清了：“什么时候的事？”

“就上次也在九馆，她们还说是孟之旭女朋友那次。”

周窈这才想起来是有这么回事。

安常也朝那边望了过去，看到其中封景的脸时记起来了。

他说："那个脸白白的，头发又长又黑的，是九爷朋友的妹妹。"

"哦——"尤许语气莫名拉长，"妹妹啊。"

她盯着安常的脸看，安常的视线在封景那边没停留几秒就转了回来，对上她的目光，疑惑地问："怎么了？"

尤许扯唇一笑，将滑落在脸旁的绿色短发别到耳后："没事。"

休息室内的人出来时，众人先听到的，是民警的话："该道歉的道歉，该赔偿的赔偿，记住没？"

于然的三位朋友闻言乐了，还没来得及高兴，就听到于然蔫蔫的声音："知道了。"

手中拉着牵引绳，跟在他们身后出来的孟之旭淡淡道："怕于先生贵人多忘事，不如先在这里写完道歉信，免得以后又要麻烦您再过来一趟。"

于然气不打一处来，他反正也不想再来这种破店了！

"写就写，你拿笔来！"

孟之旭还没开口，就有服务生跑去拿笔和纸递来，于然看他这么勤快，气得脸都红了。

事情的结果一目了然。

周窈和尤许从椅子上起来，刚要过去，身旁风风火火地就跑过几人。

是那四个女生。明确地说，是三个女生拉着其中一位跑向孟之旭。被拉着的那一个，就是安常刚才口中说的，孟之旭朋友的妹妹。

尤许啧了一声，扯着周窈坐下："我都忘了，他俩也有事。"

周窈侧头瞥了她一眼，尤许回说："看我干吗，上次你也觉着他俩有事来着。"

尤许又道："不过话说回来了，要是孟老板不那么花花肠子，我觉得你俩还挺好。"

周窈一脸饶了我的表情。

什么挺好，孟之旭这样的男人，她可不敢招惹。再说了，他也不可能看得上她。

在封景她们过来前，孟之旭已经走到了安常身旁，随手将牵引绳挂在桌角，在周窈的左前方。

“孟老板，你没事吧？”话是封景的舍友问的，就是那个自拍的小姑娘，齐耳短发，脸圆圆的。

封景站在一旁不吭声，也没朝他看，一手拽着包带，一手背在身后。

孟之旭笑了下：“没事，这次谢谢你们了。”

“哎呀，不用客气。”圆脸姑娘胳膊肘撞了下封景，“我们其实本来是想拍你来着，误打误撞拍到了他们。”

“总之还是谢谢你们了，以后来吃饭给你们打折。”孟之旭见封景偏着头，也没特意叫她。小孩子气性总是很大。

被拴着的小猪一直哼哼到现在，眼下正仰躺在地上，两只小前蹄拨弄着桌下的流苏裙摆。

长裙的主人是周窈。

她低着头看向脚下的小猪，时不时提起裙摆逗它，小猪憨憨的，裙摆一离开就要翻身去够，裙摆放下又躺平，来来回回的，没一次成功翻过身来。

周窈被它憨憨的傻样逗笑。

听到笑声，孟之旭望去：“周窈。”

他一出声，低头逗弄小猪的周窈和偏着脑袋的封景皆看向他。

周窈脸上的笑意还没敛下，听到他说：“看来它挺喜欢你的，麻烦帮我遛一下。”

她想拒绝，可在看到正愁眉苦脸写道歉信的于然时，又应下了。

算了，她欠他的。

周窈拉起牵引绳出去，尤许也忙着起身。

原本脸色就不好的封景看到这一幕后心情更加沉闷。她听说了，今天那个男的是因为周窈才来找孟之旭的茬，孟之旭和周窈之间的互动她也看得一清二楚，要没点什么她一点都不信。

有时她甚至在想，孟之旭花一点也好，只要他不停在同一个女人身上她都能接受。

可上次是这个周窈，这次还是。

封景有些慌了。

旁边她的舍友还一边提醒她，一边跟孟之旭谈笑：“老板你也太抠了吧，不应该免费吗？”

“免费两三次可以，”孟之旭一本正经道，“那我怕你们一日三餐都来，我不就亏了。”

舍友又拉出封景：“那老板能不能看在你妹妹的分上，给我们免费呢？”

突然被推出来的封景从沉思中回过神，抬眼朝他看。她戴了棕色美瞳，眼睛水汪汪的，眼下打了腮红，像是哭过。

孟之旭只是看了她一眼，便道：“亲兄弟也要明算账。”

封景原本并没有要哭，可他的话一出口，忽然想到很久很久以前的事，鼻头一酸，视线模糊了。

周窈和尤许在外面溜完小猪回来，正巧碰到刚要离开的封景几人。

封景垂着脑袋，乌黑顺直的长发遮住了她的双颊，看不清她的表情。

身旁她的小姐妹在劝说她：“小景你别难过，你比那个女的年轻，又认识孟之旭好多年了，而且还长得好看，他肯定也对你有点意思的。”

“对啊，这种时候你应该知难而上，勇敢追爱，别害怕，拿出你年轻的朝气来！”

两队人马相撞，周窈和封景都没说什么，只是对视了一眼。

反倒是尤许趾高气扬的，故意对周窈说：“周周啊，一会儿你跟孟老板一块儿回家不？”

周窈白了她一眼。

等她们走远，尤许才冲她们离开的方向哼了一声：“虽然你不喜欢孟老板，但我们输男人也不能输了气势。”

“尤许。”周窈唤她。

尤许扭头“嗯”了一声。

周窈望着前方的孟之旭，语气柔柔的，又夹着些不易察觉的咬牙切齿：“被我们输掉的男人听到了呢。”

当天晚上，周窈接到爸妈的电话，说是于家那边有人亲自去了他们家道歉。

也不知道爸爸用了什么办法，居然能让心高气傲的于然亲自道歉。加上白天于然刚受过挫，应该正处于烦躁之中，不可能这么听话。

周窈问爸爸："爸，你是不是跟他们家谈什么合作了？"她爸在旅游公司，于然家是做产品研发销售的，大概率是谈了合作。

周南铭也老实交代了："本来是想找找他们的错来着，但我们又不是警察，找不着错，就只能拿钱买你开心。"

"怎么着，你想让他怎么做才开心？"

周南铭完全一副"爸爸有钱，想要什么随便提"的口吻，周窈哭笑不得。

她正在阳台上浇花，隔壁阳台忽然亮了灯。

周窈想到孟之旭那个做法，他不仅让于然写了道歉信，还非得让他把字写工整，然后贴在了店门口。

周窈说："写个道歉信吧，手写的，诚恳一点。我明天就上班了，希望能在台里公告栏里看到他的道歉信。"

周南铭："了解了。"

又想到台里那些同事八卦她的事，周窈说："爸，你明天几点下班？"

"明天去一趟苏州，大概下午四点回来。"

"那我们明天一块儿吃个饭吧，"周南铭心想她肯定不是想单纯吃饭，果然听到她下一句："你直接来台里找我吧。"

周窈上班的这一天，也正是《三餐四季》开播的第一天。

因为上次老人摔倒的热搜，这个节目成功吸引了一波关注。不过大多是徐敬陵的粉丝。

这个栏目没有台里金牌栏目的宣传力度大，不过收视率还不错，日收视率破了 1。

成年人的生活里好似存不下多少记忆，先前还阴阳怪气挖苦周窈的人，在看到公示栏里的道歉信时完全忘了当初自己的言行，又开始夸奖起她来。

下班时看到一位中年男人在电视台门口上了周窈的车，大家纷纷八卦："那就是她爸吧，听人说是那个旅行集团的董事呢，人官网上还大咧咧写着她爸的名字。"

"周窈她妈还是高中老师呢，教数学的，寒暑假都有学生过去补课的咧。"

"这么说她家真的挺有钱的啊。"

"唉，同人不同命咧。"

朱欣晔不是无锡人，她跟一个朋友合租的，这会正在微信里询问朋友下班没，两人一起约个饭。

"欸李哥，你今天开车了吧，顺路捎我一段呗。"一位女同事看到李吉正出来。

朱欣晔现在一看到他就想起上次资料纸上那个"周"字，不禁多看了两眼。

女同事问朱欣晔："你住的地方也不远，要不要一块儿搭李哥的车？"

朱欣晔笑笑，摆了摆手机："不了，我跟朋友约好在市里吃饭。"

"男朋友呀。"

朱欣晔笑道："我哪里有时间找男朋友。"

女同事没再打趣，而是跟着李吉一块儿找车，边走边道："李哥你刚出来晚了，周窈她爸刚才来了，一看就是大老板的范儿。"

李吉低头掏车钥匙，只"嗯"了下，没搭话。

朱欣晔抱臂倚着墙，躲开夏日的夕阳，静静看着他们。

封景今天换了身新买的衣服。

平时她都穿一身黑，今天换了白色T恤，粉色短裙，头发也扎了个高马尾。

在舍友苦口婆心的劝导下，封景决定对孟之旭展开实际行动。她们说得没错，不勇敢一点，怎么知道到最后的是不是她。

推开九馆的门，迎面撞上一位抱着摩托车头盔的男生，两人都急匆匆的，皆踉跄了几步。

许锦嘉先关注的是自己的宝贝头盔，检查没磕到碰到后才指责来人："饿死鬼投胎吗，路都不看就往前冲！"

封景差点跌倒，也不甘示弱："你是怎么走路的，还拿头盔撞人！"

"明明是你往我宝贝上撞！"

许锦嘉说完这句，定睛一瞧，发觉是个熟人："是你啊，换了个造型差点不认识了。"

封景瞪了他一眼，推开人进去。

许锦嘉腿往前一横，另一只手抱着头盔吊儿郎当的："大姐你看看时间，现在两点了，我们九馆下午四点才开门。"

“我不吃饭，找人。”封景不耐烦地从旁边绕。

许锦嘉又拦：“找我们九爷吗，不巧，我们九爷正在款待佳人。”

“佳人？”封景皱眉，那个叫周窈的吗？

许锦嘉从她脸上看出些什么，直说：“对啊，青梅竹马呢。”

那就不是周窈了。

封景对他的话半信半疑，直接推开人进去。

店内的员工都在休息，见到她进来说了句：“我们暂时不接客。”

封景说：“我知道，我来找你们老板的。”

有人隐约记得她，指了指厨房方向。

封景朝着厨房走，身后员工小声讨论：“老板艳福不浅啊。”

还没进去，封景就在外边看到里面的画面。

孟之旭正在煮什么，他身边的桌旁倚着一位长卷发的女人，女人个头挺高的，比孟之旭矮小半个头。女人在跟他说话，边说边朝锅里看，然后从他手里夺去筷子挑起食物尝了下。

孟之旭并没有拒绝她的亲密动作，回身找了个碗将面盛出来。

厨房内，关荣清恨不得将鼻子塞进锅中闻个够。

太香了。

她饿了一中午，从上海开车来无锡，就等着这一口面。昨晚就预定好了。

孟之旭下的宽面，面一熟就捞出来放入已盛有牛肉汤底的碗里，汤中加了香菜和枸杞，又将煮熟的海带丝黄花菜放进碗中。

关荣清眼巴巴地举着筷子，看他动作熟练，忍不住开口。可刚一张嘴，碗中腾出的香气冲了过来，她被口水呛了下。

关荣清说：“真是体谅我们老年人，还给我加了几粒枸杞。”

孟之旭回身收拾，不留情面道：“不用客气，一粒一块钱。”

“奸商啊你。”

关荣清顾不得跟他废话，微蹲下来吃了口面，面条软滑柔韧，筷子夹住也不碎。汤底浓郁鲜香，再咬上一口经汤汁浸泡的牛肉，顿时觉得两个多小时的车程也不算什么了。

她穿的高跟鞋，蹲着累。找了个托盘，将碗端去外边吃。刚端起来又放下，拿出手机拍了张照，发朋友圈。

——来自孟大厨师的手艺。

特地提醒孟之旭和孟申二人看。

关荣清边看手机边说："要我说，你哥真该尝尝你的手艺。"

"面六十，一会儿去前台埋单。"孟之旭并不搭她的话。

关荣清端起面转身："付钱是不可能付钱的，要不我留下给你当服务员，反正你们不是在招员工嘛。"她听说了，店里刚闹过事，辞退了一位故意损坏监控的员工。

方一回头，看到玻璃窗外站着一小姑娘，眼神直勾勾地盯着她……和孟之旭。

关荣清一眼就瞧出猫腻来，离开前还不忘打趣："怪不得来无锡开店呢，有小姑娘找。"

孟之旭回头看到人，蹙眉道："那是封景。"

听到这个名字，关荣清也皱了下眉，小声嘀咕："还没死心呢。"

出来经过封景身旁，关荣清跟只高傲的白天鹅似的，头昂得高高的，看都不看她一眼，走路恨不得扭出花来。

封景一直盯着她，来自女人的直觉，这个眼线翘上天的女人在故意挑衅她。

关荣清找了个面对着店内电视的餐桌坐下，电视里正在重播一个无锡本地台的美食节目，她看了两眼，觉得主持人笑起来挺甜的，两个酒窝很可爱。

"小哥，有遥控器吗？"关荣清问一旁休息的服务员。

服务员看她笑，也跟着笑，有些腼腆："不好意思啊美女，频道是我们老板调的，他不让换。"

关荣清也没为难，员工怕老板，很正常。更何况孟之旭还是个面冷一根筋的老板。

于是就着主持人的小酒窝，关荣清吃起了她的面。边吃还不忘观察孟之旭跟那小姑娘的情况。

封景没有进厨房，就在门口候着。孟之旭一出来，她立马跟上。

孟之旭从桌上抽了张纸擦手，头也不回地问她："今天不上课？"

"下午没有课。"

"要吃饭的话还得等一会儿。"他将擦过的纸巾揉团，随手投进几步外的垃圾桶内。

封景刚要说不饿，可见到那个女人面前的碗，有些不满：“那你为什么给她做？”

关荣清正捧着碗喝了口汤，味道鲜美得她恨不得直接吞舌头。听到封景将矛头对准她，随口胡诌撒了回去：“因为我是他未来老婆。”

孟之旭轻飘飘瞥了关荣清一眼，后者看不懂他的眼神一样，死乞白赖地笑着，一副你奈我何的样子。

店内员工们都睁大了眼，面上假装休息，一对对小耳朵竖上了天。

封景咬唇，又去看孟之旭，却见他一声不吭，并没有反驳关荣清的话。

“之前是周窈，这次又冒出来一个女人，你真的还跟以前一样，一点都没变。”她知道那个女人在激她，她生气的是孟之旭的态度。

她一直在等他，等他从消极中走出来，可又不想他那么快就走出来。毕竟离去的人是她哥，她的亲哥。她等得太久了，结果等到的，却是他跟别的女人卿卿我我的画面。

那个在赛道上发着光的人，不应该待在一家小饭店里跟一群女人不清不楚。他应该穿着战衣，站在最高领奖台上。

封景：“孟之旭，如果我哥还在，他看到你现在这个样子会怎么想？”

此话一出，孟之旭唇角瞬间压了下去。

他没有接封景的话，径直坐到与关荣清相隔一个座位的椅子上，双手环臂看起电视来。

封景不依不饶地跟着他：“我真的对你太失望了，枉费我那么……那么喜欢看你的比赛。”

孟之旭脸上表情淡淡的，语气也轻，心不在焉道：“你可以选择不喜欢我……”的比赛。

“谁喜欢你了！”封景性子急，又不会讲话，越急就越乱。话说完，声音里都带了哭腔。

离开前封景直接在他面前的桌上拍下一张电影票：“下午三点半的，爱看不看。”

关荣清脑回路跟不上，思绪还停在封景刚才提到的那个名字上。

周什么来着？孟之旭的相好？

她盯着电视屏幕回想，刚要开口问身旁人，忽然瞥见屏幕里小酒窝脸旁标的字——

主持人：周窈

是不是叫周窈？

关荣清扭头，看到他正将目光从电视上转到面前的电影票上。

关荣清凑过来瞄了眼："这片听说蛮好看的呢。"

"那你去看。"孟之旭两根手指压住电影票，往边上一滑，电影票飘到她面前。

关荣清见几名员工还在看着他们，沉浸在角色中出不来："Honey（亲爱的），我累了，家里钥匙呢，我先回去补个觉。"

孟之旭脸色依然沉沉，不为所动："回你的酒店去。"

临下班，周窈被主任叫去办公室。

不同于上次被举报的事，主任这次找她是个喜事。

台里准备做一档关爱老年人的公益节目，录制地在本市某所养老院。本来台里还在犹豫让谁去，养老院那边直接点名道姓一定要让她去。

"其实呢选你不仅是因为你在中老年观众中有观众缘，还因为上次你们帮忙的那位，是这家养老院的副院长。"

"上次？"

周窈还没回忆起来，主任就提醒她："录《三餐》时摔倒那位。"

"哦，这样啊。"那还真算是，好人有好报。

收下了公益节目的相关资料，周窈回去的时候，一路都在想这事。

公益节目七月初开始录制，在此之前还得开几个会。

事情想得投入，车子入了小区她才想起来还没吃晚饭，又懒得再出去，只好回去点外卖。

在一楼等电梯时，周窈翻看着手中的资料，忽然听到身旁一个女人的惊讶声。

她抬起头，面前放大了一张妆容精致的脸。

女人双眼微微睁圆，看清楚她的正面忽而扬唇一笑，面容分外明艳："嗨，小酒窝。"

周窈心中存疑。她好像不认识这个女人。

女人比她高些，一手拎着双高跟鞋，赤脚站在她面前。

跟她打完招呼，女人继而转身朝身后大声催促：“孟之旭，别磨磨蹭蹭跟个大爷似的走那么慢！”

孟之旭过来时，周窈特意让步到边上站着。

那个女人还在跟孟之旭介绍：“欸，原来你跟小酒窝住一个小区啊。”

小酒窝？孟之旭微微皱眉，她怎么认识周窈的？

孟之旭手中牵着小猪，小猪好像认人，刚才死活不愿意被关荣清牵着，这会儿却直往周窈的方向冲刺，要不是有根绳束缚住它，此刻它已经躺到周窈脚下了。

关荣清瞧它这模样，要开口打趣。

孟之旭却比她先出声了：“刚下班？”

周窈意识到是问她的，眼神从小猪身上抬起：“嗯。”

一旁的关荣清消了音，两只眼睛跟陀螺一样在他俩身上打转。

上了电梯，关荣清故意先进去，站在他俩身后，等门关上，才故意问：“你们俩认识啊。”

孟之旭头也不回地应她：“嗯。”

关荣清手指戳戳周窈瘦削的肩膀：“小姐姐，我叫关荣清，关公的关，荣耀的荣，清楚的清。”

周窈侧着身听她讲话，面色沉静，像在努力记下她的名字。等她说完，才道：“你好，我叫周窈。”

关荣清不等她下一句话：“我知道我知道。”

周窈奇怪看她，关荣清笑说：“中午刚看过你的节目。”

周窈点点头，心中却疑惑，她不太像会看这种小台节目的人。

关荣清往前挤了下，不仅把小猪挤开，还将孟之旭挤到电梯角落。她与周窈并肩而立：“你别误会啊，我是孟之旭他未来老婆……的大嫂。”一时嘴快，差点说错。

关荣清反应很快：“你要是记不住我名字的话，叫我大嫂也行。”

周窈沉默了。

不是不知道怎么接，而是不能接。

孟之旭幽幽的声音从角落传来："别理她，她一向人来疯。"

周窈笑笑，也没放心上。

下了电梯，关荣清又感慨他俩居然还是邻居。

周窈想起一事来，叫住刚打开门的孟之旭："于然的事情我很抱歉，明晚你有空吗，我请你和邱哥一块儿吃个饭。"

孟之旭适时沉默了几秒，像在考虑行程。

已经进屋了的关荣清白他一眼。就他现在这样的，能有多忙。要不是她因工作来无锡几天，顺便给他安了导游的工作，说不定他能闷死在厨房。

周窈面上带笑，耐心等着，然后看到孟之旭点头。

"具体时间地点你微信发我。"

"好的。"

周窈转身，门锁刚换不久，她摁下指纹，伴随着门响，关荣清的声音也一并传了过来："小酒窝，不介意我一块儿去蹭饭吧？"

周窈笑道："不介意的。"

这次关荣清来无锡，还有个任务，就是来"关心"下孟之旭的生活，回去后再"不经意"地透露给孟申。

她跟孟之旭同岁，两人从小一块儿长大的，在两家父母以及孟申看来，他们青梅竹马，就差捅破窗户纸在一起了。

可只有孟之旭和关荣清二人清楚，他们清清白白，从小到大都未曾对对方有过一丝旖旎的想法。

关荣清暗恋孟申，也是两人的秘密。

其实这只是关荣清一人的秘密，孟之旭不告诉别人完全是因为没那个兴趣八卦。

别看关荣清表面大大咧咧，风风火火的，面对孟申时要多淑女有多淑女，甚至为他留长发，把自己往成熟知性女人方向打扮。

孟之旭之前并不介意当她的幌子，顺便也能让他妈灭了催他找女朋友的心思。

关上门，孟之旭先解开小猪身上的绳子，随口问她："待几天走？"

"四天，"孟之旭家没女式拖鞋，她翻出了一双新的，大码的男式拖鞋，

“你哥的码数欸。”

穿上还原地蹦了两下，睁眼说瞎话：“我的脚跟这双鞋真合适。”

习惯了她的自欺欺人，孟之旭并不搭理。

“下次你哥来的话，这双鞋就留给他穿。”职业习惯，关荣清进了屋就开始打量屋内设计。

孟之旭余光瞄她脚上的鞋，靠着吧台喝水，冷声冷气：“你走的时候把鞋也带走。”

“干吗呀搞这么冷酷。”关荣清除了他的卧室没看，其他角落都看了个遍，“房子不错嘛，小伙儿挺有钱。”

“没钱，不借。”

“小气。”

关荣清也过来吧台坐下，孟之旭给她倒了杯水，她接过：“你看上隔壁那小酒窝了？”

孟之旭仿佛听到什么笑话，嗤笑一声，离开吧台：“你哪只眼睛看出来的？”

她指着自己的左眼：“就这只，又大又漂亮的眼睛。”

他到客厅给小猪加粮，兜里手机振了下。并没有想看，紧着又振了下。

给小猪又加完水，才掏出手机看，是周窈发来的消息。

明晚八点半，西新饭店。

孟之旭回：收到。

关荣清看他不受控制上扬的嘴角，揶揄道：“小酒窝给你发的啊？”

“没你事。”

“给你能的。”

关荣清握着玻璃杯，两脚撑在地面：“不过我跟你说，周窈这个人看着挺乖的，你要对人没意思，别瞎勾引，人家可玩不过你。”

没有绳子束缚住的小猪就跟脱了缰的马，满屋子撒野。它来来回回地跑，离关荣清几步远就停下，然后冲她直哼哼。哼完回头继续疯，接着又回来冲她哼。

关荣清瞧着这小东西挺有意思：“你这猪卖不卖？”

“一万，童叟无欺。”

关荣清咽了口唾沫："那算了，一万够我买好几顿红烧肉了。"

小猪像是听懂了，撒着小蹄子就往自个窝里钻。

送她回酒店时，进了电梯关荣清想了想又说："如果你真对你那个邻居有意思，就勇敢去追，放心吧，家里我去说。"接着做出一副悲痛欲泣的做作姿态，"大不了实话实说，就告诉他们你移情别恋，始乱终弃。"

"戏过了。"孟之旭肩膀倚着墙，眼盯着电梯内的楼层按钮。

电梯内残留着一丝若有若无的香水味，有点熟悉，熟悉到令他想起在电视台发生电梯事故的那天。

他对周窈的心态确实发生了一些变化。

只不过觉得她小大人的模样还挺有意思的，但也没到对她有意思的程度吧。

至于勾引她，他有吗？

晚九点，西新饭店。

周窈订了个包间，请他们吃饭主要是表达她的歉意，为于然胡乱编造谣言一事。

关荣清说到做到，也跟着过来蹭饭了。她见过邱亚良几面，知道他是孟申的朋友，但并不熟。

邱亚良对她却没什么印象，询问时下意识看向孟之旭："这位是？"小九女朋友？这么突然的吗？

关荣清主动介绍："邱哥你好，我叫关荣清，跟他一块儿长大的，也算是申哥的妹妹。"在邱亚良面前，她正经不少，"之前邱哥你去上海找申哥，我见过你几次。"

提到孟申，邱亚良就不多想了，以为她是孟家哪门亲戚："你这么漂亮，我要是见过不可能记不住的。"

关荣清笑着道："可能当时我没化妆吧。"其实她是偷偷看孟申时见过邱亚良，偷窥这种事当然不能放在明面上讲。

邱亚良笑着说她谦虚。

两人以孟申为话题聊了起来，周窈和孟之旭一个去了卫生间，另一个靠在椅子上听他俩废话。

关荣清原本是夹在周窈和孟之旭座位中间的，聊得尽兴，顺便跟孟之旭换了座位。

周窈回来后，发现旁边已经换了人。

她落座时孟之旭瞟了她一眼，那一眼无波无澜，看得她莫名其妙。

她今天穿了件蓝色裙子。

孟之旭记忆中她似乎穿过很多件蓝色衣服，她喜欢蓝色？

低头一瞥，他今天也穿的蓝色 T 恤，深蓝色的鞋。

巧合。

菜已经上了两道，后面的陆续上来。

已经上了的菜有酱排骨，太湖一锅鲜，清蒸鲜白鱼和蟹粉豆腐。

这几道菜周窈之前来这点过，味道不错，此外她还点了在这家店的最爱——汤螺蛳。

房间里空调开得低，关荣清搓了好几下裸露的胳膊，因旁边邱亚良还在讲话，就没打断。

周窈也搓了搓小臂，环视了屋内一圈，没看到遥控器。

等服务员端来汤螺蛳时，周窈准备叫住她。

没承想身旁的人先开了口："服务员。"

服务员小姐看清是谁叫的，走来他身旁，微俯下身听他讲话。

孟之旭的音量不高，并没有打扰到另一边聊天的二人。周窈离得近些，隐约听到了空调二字。

不多久，出去的服务员又回来了，带着空调遥控器和两条薄毯。

薄毯给了两位女生，周窈小声对服务员道："谢谢。"

服务员朝她笑了下。

这家店以各类汤螺蛳出名，怕有人不吃辣，周窈点的菌菇汤螺蛳，满满一大盘，物美价廉。

螺蛳小个新鲜，嗦一口满嘴汤汁香味。无锡人嗜甜，酱汁里带了微微的甜味，并不重。虽然吃起来麻烦，但周窈酷爱这种又麻烦又享受的吃法。

她吃饭的速度不快，肩上披着毛毯，微垂着头嗦螺蛳，一口一嘴汤汁的满足。高兴时眉梢嘴角都是上扬着的，这个时候的她才像个小孩子。

孟之旭没对螺蛳动筷，他怕麻烦。见身旁人吃得香，也尝试了下。

螺蛳尾巴处理得很干净，肉质鲜嫩入味，不爱吃甜的他也没觉得微微的甜意有何不妥。

席间四人喝了点梅子酒。

周窈不怎么能喝这种酒，两三杯脸就染了红，而关荣清喝了好几杯还一点醉意都没有。

吃一顿饭，周窈从开始的冷，转为后来的热，毛毯不披了，散着的头发也松松绾在脑后。

饭后。

孟之旭叫了代驾，关荣清问周窈要联系方式，顺嘴说："反正你跟孟之旭住一块儿，跟我们一起回吧。"

不知情的人听着，还以为怎么一回事呢。

邱亚良附和道："反正烧的是他的油费，不坐白不坐。"说着，邱亚良就上了车。

先送邱亚良回去，又将关荣清送去酒店。

回小区时，代驾大哥看着他俩笑："你们小夫妻年龄差挺多吧。"

二人双双沉默。

代驾大哥以为他们默认了，又说："我跟我媳妇也差挺多，五岁呢，不过是她大我五岁，可她看起来可比我年轻多了。"

刚那酒有些辣嗓子，周窈轻轻咳了下，正要解释。副驾驶上的男人突然出声道："师傅你猜错了，她是我妹妹。"

周窈憋着一张酡红的脸，只微微笑着，没有插话。

车开得并不快，可总觉得晕，好似下一秒就要睡过去。

代驾说："啊是吗，你俩看着也不太像啊，我还以为是一对呢，抱歉啊。"

"不碍事。"

后视镜中，后排靠窗坐着的周窈已然眯起了眼睛，脑袋抵住窗户，脸上却依旧保持微笑。

跟着她渐渐平缓的呼吸，脸上的酒窝也慢慢消失。

妹妹？

孟之旭低头，眸光闪了下。他靠着座椅，闭上眼捏了捏鼻梁。

他也不清楚怎么就撒谎了。

周窈醒来的时候，还能听到发动机的声音。她还在车里。

车里开着空调，她身上盖了件黑色外套，鼻尖扑来淡淡的香气。香气微烈，是男人用的香水味。

周窈拉下衣服看了眼外边，窗户外黑通通的，除了车灯，几乎看不到其他亮光。她这才发现驾驶座的司机已经不在了，副驾驶上的人好像也睡着了，此刻车停在地下停车场内。

周窈猜孟之旭应该是等自己才睡着的。又或许他没睡着，只是闭着眼在等她醒。

周窈不好直接叫他，慢慢坐直，然后在安静的车厢内轻轻咳嗽了一声。

刚咳嗽，副驾驶座上就有动静了。

“醒了？”那人声音有些喑哑，像长时间没喝水。

“嗯。”周窈小声应，发觉自己的声音也有些哑。

两人下了车。

其实停车场内并不算太黑，是车玻璃上贴了膜，叫人看不清外边。

突然从暗中出来，视线没能及时调整过来。

周窈站在原地闭眼缓了下，脸颊旁突然蹭来一个东西，惊得她连忙后退。

定睛一看，是瓶矿泉水。

孟之旭也被她的反应吓了一跳，怔了几秒才解释：“抱歉，一时没太注意你的身高。”

他平时都给安常他们递水，习惯拿瓶身轻敲对方肩膀。到了周窈这没能改过来。

可这话听在周窈耳里，却是另一番意思——他在说她矮。

可能是酒劲上来了，周窈脑袋晕晕的，没有直接接过水，手在他小臂处虚晃了下，学着他的口吻道：“抱歉，我也没太注意你的身高。”

孟之旭正要拧开瓶盖，闻言垂眸朝她看。

周窈将水拿了过去，轻松拧开，仰头咕噜咕噜喝水，一副很渴的样子。

纤细修长的脖子紧绷着，伴着吞咽的动作有着细微的起伏。她头发绾在脑后，因刚才睡觉有些凌乱，此刻看来居然温婉又可爱。

孟之旭拧开瓶盖，目光懒散地落在她泛红的脸颊上，等她喝完水微瞪眼看过来时，他忽然笑了。

周窈拧上瓶盖皱眉："笑什么？"

孟之旭仰头喝了口水，双唇沾了水，他舌尖迅速舔了下上唇，才轻声道："我道歉，我错了。"逗她的心思真的只是临时兴起，嘴一快，加了句，"妹妹。"

周窈听着他那声意味深长的"妹妹"，蹙起眉头，抿嘴时脸颊鼓了鼓，像个小仓鼠。

她一本正经道："轻浮，别乱攀亲戚，回家了。"说完，转身往外走。

孟之旭倚着车身目送她步伐并不太稳，速度却有些快地离开。他抿唇没笑出声，又喝了口水才跟上。

周窈回去倒头就睡，半夜口渴醒来想起没洗漱，又拿上衣服去浴室。

一觉睡醒，脑袋也清醒了。

她没醉到断片，发生了什么也都还记得。

晚上在地下车库的记忆仿佛蒙上了一层灰蒙蒙的滤镜，让周窈觉着不真实，她实在不敢相信自己居然撅了孟之旭，还骂他轻浮。不过她也没说错。要不是因为他故意暧昧地叫她妹妹，她也不可能骂他。

为了特意避开与孟之旭的碰面，周窈最近几天都早起晚归。

说实在话，她也有些尴尬，两人见不着面，也就尴尬不着。时间一长，大家也就忘了。

关荣清加了她的微信，约过她几次，周窈都以工作繁忙为理由拒绝了。

是真忙。

公益节目即将展开录制，周窈跑前跑后，还提前去了趟养老院。

副院长杨德胜记得她，也常看她节目。

去的那天养老院里恰巧在给院中老人进行每周的例行体检，她遇到了当时摔倒事件中帮忙的小护士。

她并没有认出小护士，还是杨德胜介绍才知道的。沾老人们的光，周窈也被推着做了次简单体检。

她胖了两斤。

中药周窈一直没停，睡眠质量的确比以前好多了，脸色看起来也红润了些。

看到她的体重，好几个围观的爷爷奶奶拉着她纤细的手腕语重心长：“你太瘦了啊，得多吃饭，别减肥。”

周窈笑着一一应下。

关荣清离开无锡前，去九馆找了趟孟之旭，不过没进去，车子就在门口露个面，跟他打了声招呼就走了。

车离开还没几分钟，孟之旭又收到她发来的短信。

关荣清：可能你自己还不知道，说真的，我真觉得你对周窈有点意思，你店里都天天放她的节目，刚才是不是也在放？

孟之旭看到这条短信时正好坐在电视面前，里面正在播放新一期的《三餐四季》。屏幕上，周窈和一个男青年在尝菜，两人有说有笑，谈笑风生。

他扫视了一圈电视机附近，然后问服务生：“遥控器呢？”

服务生愣了下，随后找来给他。

孟之旭换了好几个频道，最后停在一个娱乐节目。

服务生暗自感慨，老板终于知道腻了。店里电视每天都播这个台，一有人换台，不多久老板就又换回来，搞到最后都没人敢换台。

几个员工听许锦嘉提过，老板跟电视台谈了合作，也会上那个《三餐四季》的节目。所以老板看这个台他们觉得情有可原。

换了个频道，孟之旭就走开了。

不一会儿，员工们才发现哪里不对劲，再一看电视，原来是静音了。

孟之旭也回了关荣清的短信，原本打了两个字“瞎扯”，打完又删除。

发“先管好你自己”。

他是觉得周窈有时一本正经脸红的样子有趣，可要说他喜欢她？不可能。

这几天，孟之旭早晨刚要开门遛小猪，就听到隔壁出门的动静。晚上他在小区遛猪，也有两次遇到过周窈的车，但每次两人都没正面碰到。

一想到那天在车库的事他就觉得好笑。叫人妹妹是头一次，被人骂轻浮也是头一次。

当晚他就在微信上给周窈发了“抱歉”，周窈一直没回。可能她忙，也可能小姑娘生气了，故意不回。

孟之旭觉着自己也该被骂。

之前周窈还时不时去他那儿吃饭，从那之后就没再去过了，白白流失了一个客人。

孟之旭睡眠一直不太好，安常听尤许提过周窈在喝什么中药，还挺有效果的。尤许就向她姨问了那个中医，推荐给孟之旭。

孟之旭闲着也是闲着，顺便跑了趟医院，开回来一堆药。

从中医院出来，直接来了店里。

刚把药拎到里面的休息室，换了衣服，就被员工告知有人找。

出来一看，是封景。

那天丢下电影票后，封景就没再来找过他，他把电影票的钱以红包形式转回去，封景没收。

电影票他收了，但人没去。

封景独自在电影院等到天黑，都没见他人来，特意拍了天空暗下来的照片发朋友圈，仅孟之旭一人可见，他也没任何反应。

回去学校的路上，封景想了很多。

她在想他是不是在陪那个女人，在陪她干什么？甚至还想到了周窈。

莫名地，一想到周窈她心里好受多了。也就是说，孟之旭并未停在周窈这儿，只要他没定下来，她就还有机会。

朋友告诉她，或许孟之旭是因为她哥的事，才没有接受她。还将小说里一系列女追男的套路讲给她听，让她学着做。

封景一方面觉得那些招数对孟之旭没用，另一方面又有些蠢蠢欲动。或许呢，或许他就吃那一套呢。他从未正面承认过有女朋友的存在，她就不算插足。勇敢追爱有什么错呢。

她不要再隐在人群里默默关注他了，她想光明正大地、昂首挺胸地站在他身边。

这次见到孟之旭，封景憋住自己的小脾气，脸上也微微带了笑。

孟之旭见到她并没有惊讶，也没有其他多余的情绪，抬脚往厨房走。

封景忙小跑着追上："我饿了。"

“那就去外面点菜。”

“那上次电影你没来看，我还白白花了钱，这顿饭你不应该请我吗？”

孟之旭不想废话，红包是她自己没收。

“去外面点菜，不收钱。”话毕，人已经进了厨房，门也在她面前关上。

封景并未因他冷漠的态度感到气馁，反倒觉得这是往好的方向发展的第一步。

她得先改变在孟之旭心中的形象，不能再随意发脾气。

周窈今天下班还不算太晚，回来时没堵车。

原本是预备随便找个地吃饭的，可不经意刷到了孟之旭的朋友圈，就起了去九馆的心思。

她确实好久没去了，因为忙，外加饭点九馆人多。

到了九馆门口，刚进去，就被眼尖的许锦嘉发现了。

许锦嘉过来跟她打招呼：“好久没来了啊你。”他张口想叫嫂子，怕周窈不乐意，又憋住了。

周窈笑着说是，没看他递来的菜单，直接点了份粥。

店里这会儿不忙，也快到打烊的点了。

周窈的粥上来时，店内用餐的客人就剩一两位了。

她点的是香菇猪蹄粥，外送一份小菜。粥是孟之旭白天在朋友圈发过的，说今日限量，可她晚上来还是能买到。

要么是店里生意不好，要么就是这位孟老板的套路。

周窈拿起勺子搅了下粥，点缀的几片香菜叶随着勺子混入黏稠的米粥中。还未入口，香气就已扑鼻。猪蹄伴着大米的味道，浓郁不腻。

还别说，九馆的饭菜都挺货真价实。周窈随意翻了下，就翻到了好几块猪蹄。

她挑起一块，猪蹄处理得蛮干净的，皮上不见碎毛，放入嘴里，不需要太费力，肉跟骨头就分开了。肉质滑嫩，肥瘦相宜，一点肉腥味都没有。猪蹄炖得久，开了花的米粒也都吸足汤汁，满嘴咸香。

周窈吃得满足，差不多见底了，对面忽然坐下来一人。

她顿了下，抬头看是个女生，也认出来是谁了。跟她和尤许吵架那个，可能是孟之旭某个女朋友。

封景看到她吃的什么，微微蹙了下眉，不过也没提，继而盯着她看。

周窈放下勺子，语调上扬，疑惑地“嗯”了声。

封景在看到周窈时，冲动使她坐了过来，可过来干什么，说什么，她没有考虑。看着她并没有什么攻击力的脸，封景的气焰消下去半丈，没头没脑地说：“他还有别的女人。”

周窈消化了几秒，搞明白了。

这个“他”，指的是孟之旭。对方认为她跟孟之旭有关系。

周窈觉着应该将上次吵架的误会澄清下。

可不等她开口，封景又道：“他不会为你停留的，你并不了解她，你们是两个世界的人。”

她只是来吃饭，并不想了解厨子。“抱歉，我跟他没关系，上次我朋友说我跟孟之旭的那些事都是故意气你们的。”

封景笑了下，看着她说：“没关系那个男的会来九馆闹事？”

哦，她不信呢。

周窈已经吃不下了，抽了张面纸擦拭。

“那就算我跟他有什么关系，请问你现在是以什么身份来警示我？”周窈微笑看她，语气柔和，却让人觉得话里带了刺，“现任？”

封景憋了很久的脾气差点绷不住。

“不要以为他是块香饽饽，人人都要凑上去咬一口，可能你稀罕的东西，在别人那里，不值一提。”周窈是真的被气到了。

解释不听，非要一厢情愿地误会下去。陷入爱情的人会失去理智，她能理解，但理解不代表能接受。

“封景。”身后传来男人低低的带着些责备的声音。

周窈气在头上，猛然吓了一跳，后知后觉刚才那番话被孟之旭听了去。

而后又释然，听了就听了。

封景抬头，见孟之旭拧眉过来，她突然后悔坐了过来。本来已经决定要走了，这天也圆满结束，可一见周窈，就没控制住。本来就生气，见孟之旭并没有维护她的意思更加委屈了。只倔强含泪看着他俩，紧紧抿唇一字不发，扭头跑了。

周窈头疼，刚才她还在她面前振振有词，突然哭着跑了？弄得好像她是十恶不赦的人。

不过对方哭，也确实有她的“功劳”。

外面快十点多了，从这儿回学校并不近。孟之旭让一旁看热闹的许锦嘉去送一下封景。

许锦嘉本不乐意，可一想他不送，九爷可能会自己去送，九爷去了更甩不掉这个小挂件了。那还不如他去。

许锦嘉想通，连忙冲出去。

周窈也准备走了，拿起包往外走。

孟之旭正站在过道里，她离开时需经过他身前，就这么离开气氛有些尴尬。

她抬脚前朝孟之旭看，脸上带着淡淡的笑，说：“孟老板，能不能跟你的小朋友解释清楚我们的关系？”

不知是不是她的错觉，讲完这句话，她看到孟之旭唇角翘了下。像是笑了。

可再仔细看，脸上又没笑容，只静静看她。

周窈也没想等他回答，说完就往外走。

“周窈。”

刚经过他身前，就听到他开口。他的声线低沉，口吻散漫的，周窈瞬间回忆起之前的那声“妹妹”。

她回身：“有事？”

孟之旭倚坐在桌边，看着她说：“埋单。”

周窈望着他，他也回望过来，二人陷入安静的氛围中。他扬眉，似是质问。周窈仓促低头转身去埋单。

她真的忘了。

周窈付了钱走后，在厨房帮忙收拾的安常出来了。

瞧孟之旭一直盯着门口看，安常也望过去：“谁啊？”

孟之旭回头：“活儿完了？”

“完了。”安常解开身上的围裙，“刚才谁点的猪蹄粥啊，你朋友啊，都卖完了还特地给人做一份。”

“我闲得。”孟之旭声音很轻，抬脚离开。

安常没听明白，又追问了下。

这一次对方却懒得再开口，手指转着车钥匙扣，悠悠闲地推开门出去。

孟之旭今晚走得比往日早，跟安常分别，解锁上车。

无锡的气候阴晴不定，白天晴空万里，晚上忽然飘起了雨。稀稀落落的雨也没能淋下外面的热度，宛若铺天盖了张硕大的罩网，将燥热密不透风地网在其中。

白天车子就停在路边，一进去闷热的气息扑面而来。孟之旭将车窗全部打开，又开了空调。

一坐下，接到许锦嘉的电话。那边说已经成功目送“小挂件”回学校。

孟之旭反应了下才明白“小挂件”是指封景。听许锦嘉叨叨了几句，挂掉电话。

关车窗时，不经意瞥到马路对面，一个穿着淡蓝色连衣裙的女生，正手提塑料袋从全家出来。

是周窈。

她还没回家。

她腰肢纤瘦，出来时遭路人碰撞，身形往斜侧方晃了下。

匆匆而过的路人忙要伸手去扶，周窈的反应很快，本能地稳住身形，在对方碰到她胳膊前小退半步，并笑着摆手。

等路人离去，她才低头朝脚下看，似乎是鞋跟卡住了。

孟之旭静静看着，空调风调至最大，吹跑车内的热气。

稀落的雨渐渐绵密，追着微风斜打进车窗，细小的雨珠迸溅到他的脸颊，像不知名小昆虫的叮咬，孟之旭抬起手背抹去脸上的一丝痒意。

车灯打着双闪，他微歪着脑袋看她站在路边等车，手中不知何时拿来了手机。

这个画面有些熟悉，令人恍惚几秒。

朦朦胧胧的雨幕中，跟那晚情形一样，她再一次没开车，也没带伞。

或许是他的错觉，马路对面正淋雨的人朝这边看了一眼，而后抬手示意，拦下路边缓慢行驶的出租车。

出租车开到路口掉头，回去的途中从他车旁飞驰而过。

车内，车窗已经关上。

孟之旭半边肩膀湿了一小块，他垂头拿纸巾擦拭，漫不经心地擦了两下，又丢掉，莫名其妙地一笑。

他好像对她，确实关注得多了些。

次日一早，孟之旭牵着小猪下楼，在电梯口遇到了周窈。

人还没出声，小猪先哄哄着冲她跑过去。

周窈被小猪突如其来的热情惊得往后退了几步，但也并未拒绝它的再次靠近。

楼道里弥漫着一股熟悉的中药味，味道是从孟之旭那边飘来的，她往他的方向看一眼。

他穿着宽松的白色短袖，黑色短裤，脑袋上戴了顶白色鸭舌帽。帽檐压得低，隔绝了她的视线。

周窈习惯性地打招呼："早。"

他没有看过来，低沉的嗓音"嗯"了声，在电梯门开时将小猪拖回来。

进入电梯，门缓缓合上。

两人一前一后离得远，场面一度沉默。

被牵引绳捆住的小猪完全没察觉到氛围的不对劲，扯着绳子在周窈脚边打滚。她心思都在手中捧着的资料纸上，只以为这猪在玩，低头一瞧，发现绳子在她脚踝上绕了几圈。

随着小猪还在闹的动作，缠绕在脚脖上的绳子猛地收紧，她差点往小猪跑的方向摔，幸好手及时撑住了墙。

周窈穿的白色高跟鞋，跟不是很高，但一只脚被它这么拽着往前抬，到底是站不稳的。脚正要发力将它重新拽回来，慌忙间与身后的人对视上。

不知是不是她的错觉，她看到他笑了。可仔细看，他还是那张冷冰冰的脸，只是在她看过来时眨了下眼。

她才发现原来他是双眼皮。

眼下这种情况，周窈为自己奇怪的关注点感到荒唐好笑。

就几秒的时间，她挪开视线，俯身脱鞋解开绳子。

她一倾身，怀中的资料唰唰地滑落几张，本能地伸手去捞资料纸，越着急就越忙乱。

还没完全蹲下，另一只手将地上散落的纸张胡乱摞起来递给她。

周窈还保持着微微倾身的姿势，慢了半晌接过。而后男人在她面前蹲下，松开另一手的牵引绳，虚空隔着她的腿将绳子重新绕回去。

她匆匆收腿，感受到脚踝处的绳子猝然收紧。

“别动。”孟之旭手提着绳子，稍稍往前扯了下，将她腿拉近。

周窈没再反抗，双眸下垂，只看得到他戴着鸭舌帽的后脑勺。

他身形高大，蹲下来的背脊宽阔，占据了她身前大半位置。

解绳子的过程中对方只字未言，也丝毫没触碰到她的腿，电梯内安静得出奇，连小猪都像是知道犯了错，不再哼哼唧唧。

不知怎么的，周窈顿觉这个狭小的空间闷热得厉害，她慢慢直起身，被绳子捆住的那条腿依然保持不动的状态。

将脸旁滑落的长发勾至耳后，她放缓了呼吸，清楚闻见他身上传来的中药味，还有一丝洗浴后的香皂味。

因为低着头，她脸颊充血渐渐泛红。

绳子也已经解开，周窈收腿，还没来得及撤回在他身上的视线，就见他突然提着小猪望过来。

两人猝不及防地对视上。

周窈怔了下，说：“谢谢。”

他没应这声谢，起身时拍拍小猪的猪头：“跟别的小朋友道歉。”

他的声音很小，恰巧电梯门在这一刻响了，“叮”的一声完全盖住了他的声音。

可周窈听到了，也听清了。

不待她反应，电梯门外有人突然叫了声，惊得她心跳瞬间加速几秒。

“哎呀，原来这猪是你养的啊。”在等电梯的是个阿姨，话是对孟之旭说的，“我之前就在业主群看到有人养了只猪，还以为是多大的猪呢，原来这么丁点儿啊。”

孟之旭看了一眼已经出电梯的周窈，回阿姨：“嗯，捡来的。”

阿姨先是打量猪，继而又打量起他来：“小伙子你一个人住吗？”

他将不肯出电梯的小猪提出来：“没有，跟我家小朋友一起住。”

阿姨没听懂："都有孩子了啊。"

小猪这会儿知道怕生了，他只好把它提起来挂在胳膊上。听到阿姨的话，也没解释，笑了。

下午的时候，九馆接到了一个晚上八点的预约电话。

九馆之前也经常接预约，这次对方特意指定找他们老板，说是要当面谈个合作。

能赚钱的事，孟之旭自然不会推辞。

晚上他没出店门，一直在休息室候着。朋友圈里发了几张今日最佳菜肴。

关荣清评论：最近怎么老卖粥？

孟之旭没回她。

她又评论：我懂了。

孟妈妈申岚芝刷到了，问关荣清：清清你懂什么了？

关荣清回复她：阿姨，因为我爱喝粥啊。

申岚芝发了个微笑的表情：我们阿旭真贴心。

孟之旭看了眼时间，快七点半了。他把朋友圈所有的点赞评论消息都看了一遍，又返回，找到关荣清的评论，回复：要点脸。

没到八点，打电话预约的人已经到了。

一共两位，一位年纪看起来五十出头的男人，还有一位最多三十岁的高个男人。

年纪大些的那位孟之旭认出来了，他送过那人去医院。

一见孟之旭，杨德胜满脸笑意地过来伸手："小孟啊，没想到你还是个饭店老板。"

许锦嘉跟在孟之旭身后，见到来人惊讶了下，小声嘀咕：当初还以为这老头会上门送个好人一生平安的锦旗什么的。

孟之旭招呼他们入座，点菜。

两人一共点了四道：火腿乳鸽、野菌煲、蒜香茄子和干煸四季豆。

鉴于杨德胜二人是无锡本地人，口味偏甜，孟之旭将火腿乳鸽的口感调甜了些，但并不腻重。

野菌煲内加入了香菇、竹笋和平菇，煲的汤是提前熬煮好的鸡汤，没加别的调料，只加了盐和少量白胡椒粉调味。

掀开盖子，热气腾腾的香味扑鼻而来。汤的颜色纯白浓郁，飘着几粒点缀的红色枸杞和红枣。

菜上齐，孟之旭在二人对面坐下，没有动筷。

杨德胜先喝了口汤，满意地眯了眯眼："你看着年纪不大，没想到厨艺还不错。"

他又夹了块乳鸽肉，肉质鲜嫩，入口即化的口感。咸香中带着微微的甜意，很中他口味。

"是这样的，"杨德胜放下筷子，"我呢其实在一家敬老院工作，最近有个公益活动，院里想请几个厨师去活动上做饭，就有人推荐了你们九馆。"

"本来是听说九馆的菜还不错，我一看他们发的那个厨子的照片，才知道原来是你。"说完，他打量孟之旭的面色，"虽然这个活动没什么钱，但可以上电视啊，到时候电视屏幕上打上你们的名字，不就相当于给你们餐馆打广告嘛。"

孟之旭手指敲着桌面，杨德胜见他似是不为所动。

端水过来的许锦嘉听到了，顺口一问："你们敬老院这么潮啊，还上电视。"

"那当然，"杨德胜转而对他说，"这次活动的主持人还是那个我们院里都喜欢的小姑娘呢。"

许锦嘉笑眯眯地给他们倒水，乐道："小姑娘，不会是周窈吧。"

"欸，对对对，就叫这个名！"

许锦嘉更乐了，没想到他居然说中了。

回头看九爷，九爷突然开口："时间？"

许锦嘉愣了愣，对面喝水的杨德胜也愣了下，旁边的高个男人第一个反应过来，立马说："七月初。"

杨德胜咽下口中的水，笑了："这么说你答应了？"

"嗯。"孟之旭手指轻点了下桌面，面不改色道，"钱是其次，主要我们店里的员工比较喜欢乐于助人。"

旁边的许锦嘉见鬼似的盯着孟之旭。

九爷什么时候学会睁眼说瞎话了？难道是为了周窈？

孟之旭最近睡眠有所改善，安常将其归功于尤许介绍的中医。

周六孟之旭三人准备在家自煮火锅，许锦嘉提了一嘴，脚上尤许和嫂子一起，顺便感谢她们推荐的医生。

安常问嫂子是谁。

许锦嘉一脸理所当然："周窈啊。"

去玩卡丁车那天，安常确实觉得九爷对尤许她姐有点意思，可后来九爷又没什么动作，这个念头就打消了，没承想许锦嘉还一直记着。

去问孟之旭时，他轻描淡写地回了句："要不再去医院把医生也请来？"

许锦嘉嬉皮笑脸："那再好不过了。"

孟之旭淡淡瞥他一眼，没说话。

三人在超市买食材，许锦嘉跑第一个挑自己爱吃的。

孟之旭停在人不多的地方等他，微微俯身，胳膊肘撑着购物车。他人高马大的，一身黑衣黑裤更显得瘦高精壮，频频引得路人回眸。

他一只手在购物车里慢条斯理地翻着，检查还有哪些需要的食材没买。

"你好。"身旁忽然响起一道女声，轻轻柔柔的，有点熟悉，"请问方便加个微信吗？"

他上身半倚着购物车俯下，闻言下意识歪头朝声源望去。

对方是个同样穿黑衣黑裤的女生，更巧的是，也戴着鸭舌帽。

可他不认识。

女生的眼神并不羞涩退缩，直直盯着他，眸中带笑。见孟之旭朝她看，女生又开口了："你是一个人吗？"

"不是，"他起身，朝女生微微颔首，准备推着购物车离开，"抱歉，不方便给联系方式。"

女生眼中的期待一下泯灭，"哦"了声离开了。

孟之旭推着购物车转了个身，背对女生离开的方向。他并没有离开，还在原地等许锦嘉他俩。

不多久，拿着两袋面条的安常回来了，将面条放进车里，边说："刚才我还以为碰到尤许她姐了。"

孟之旭眼睫动了动，没搭话。

他正在看手机，安常看一眼他，说："要不我们还是把尤许她俩叫过来一起吃吧，反正今天周六，她们应该休息的。”

孟之旭还在看手机，半晌才回：“随便。”

掌中的手机屏幕，停在与周窈的微信聊天界面——

他：中午来我家吃饭。

周窈：不了，我还有事，谢谢啊。

他：抱歉，群发。

周窈：……哦

说完，孟之旭关掉手机，盯着购物车里的西蓝花，默了几秒，笑了。

他是有病才听许锦嘉二人的话。

得到孟之旭的回应，安常立即掏出了手机，翻找尤许的微信：“昨晚尤许跟我说过，她今天来她姐那儿的，我问问。”

一分钟不到，安常朝他摆摆手机，露出憨厚笑容：“说好了，她俩中午都来。”

孟之旭听到这个结果，挑了下眉，乐了。

安常：“怎么了？两个人都来不行吗？”

“没事，”他随手在旁边货架拿了个带吸管的杯子，里面装着不知名饮料，“可以。”

几人不到十点回到小区，下了电梯，门还没打开，就听到隔壁门开的声音。

许锦嘉和安常正聊天，听到动静回头，隔壁门内伸出一颗脑袋，脑袋的主人笑眯眯地看着他们。

“三位老板，需要请小工帮忙吗？”尤许眼睛在三人身上转了下，与安常对视，“包一顿饭就行。”

安常提了下手中两个大袋子，乐道：“求之不得啊，我们正愁弄不完呢。”话落，就见尤许冲了出来，身后拉上一人。

着急忙慌的，她身后的人还在扎头发就被拉了出来。

周窈在家穿着睡衣，白色的。她应该刚起来没多久，睡眼惺忪，跟旁边的尤许相比，脸颊苍白许多。

她没化妆。

孟之旭伸手摁指纹，声音冷冷的：“中午吃火锅。”

刚才尤许开门跟他们讲话，周窈还不觉得什么，这会儿一听到他的声音，周窈尴尬得恨不得立马回家躲起来。

她都说了不去吃，尤许非要拉着，还说她要是不过去，就站在门口一直喊到她过去为止。

周窈拉了下尤许：“我回家换个衣服。”

“换衣服可以，”尤许脸上挂笑，话里带刀，“不过我已经跟他们说好你也一块儿来了，不来的话那就可能是我们四个人轮流来请你。”

无情。

周窈换了条深蓝色的吊带长裙，想着就在隔壁，直接穿拖鞋过来了。

隔壁门开着，隐约听到里面传来切菜的声响，倒是没听到讲话声。

她走了进去，发现客厅空无一人，就连那头猪也不在，而厨房里只有一个瘦瘦高高的背影。

她轻手轻脚地进了厨房，没说话，在靠近冰箱的位置站着，正好可以全方位观看孟之旭的备菜过程。

他的手指修长有力，切菜又快又齐。各种菜品分类有序，料理台上已经大大小小摆好几样。

周窈看着还没清洗的蔬菜，上前去拿，殊不知她这么一动，惊到了料理台前的人，孟之旭猝不及防转头与她对视。

“那个……”周窈也被他的突然回头吓了一跳，来不及思考就说，“他们人呢？”

“下去买酒了。”他在水龙头下冲了下手，而后朝着周窈走来，“顺便遛一下猪。”

他走到她身旁的冰箱前，周窈让开。

“喝什么？”

周窈犹豫了下，她不渴。

没等她回答，孟之旭已经从冰箱里拿了东西出来：“冷的可以？”

“可以。”

刚回答完，一个圆柱形的瓶子递到了她眼前，周窈愣了下，这瓶子还带吸管，分明就是小孩喝的。

“家里没其他小瓶饮料了。”孟之旭给完，又回身去料理台前。

周窈手捧着吸管瓶，没打开。她看到冰箱里有大瓶椰汁和可乐。

“大瓶的倒是有，就是家里杯子不够。”他好像察觉到她在想什么。

周窈朝客厅茶几上几个杯子看了眼，就又听到孟之旭说：“桌上杯子他们用过。”

“哦。”

她没说什么。

其实倒是可以回家拿杯子的，可毕竟在别人家吃饭，客随主便，别那么多讲究。

周窈打开饮料吸了两口，很甜，不是普通的甜，就像是糖精放多了的那种。

她又盖上瓶盖。

发现瓶身上两遍有两个空心小耳朵，她猜原本应该有根长带子串在耳朵里。这是个可以背的杯子，还真是小孩用品。

她将瓶子放到一旁，过去帮忙洗菜。

周窈小声询问哪些东西需要清洗，他没拒绝，一一说了。

两人没有过多交流，水声和刀具刻在木板上的声音充斥整个厨房。

洗菜的过程中，周窈犹豫着要不要向他解释上午回绝他邀请的事。可又觉得她也没必要一定向他解释。

她来是因为尤许，仅此而已。

今天的火锅做的红汤锅底，主料是牛肉。

听许锦嘉讲，牛肉是孟之旭一早去牛肉店买回来的黄牛肉。他对食材很讲究，买的牛肉也是要的未曾冷藏过的。

周窈了然，怪不得她刚才清洗完西蓝花，他还拿过去用盐水浸泡，讲究人。

锅底烧开时厨房里弥漫着香辣气息，闻着就令人食欲大开。牛肉是孟之旭自己改刀的，片片切薄，层叠一起放在盘中。

周窈虽然是无锡人，但也嗜辣，蘸料加了小米椒和花椒油。

除了周窈，其他四人面前都放了啤酒。

许锦嘉顺手拎了罐啤酒到周窈面前：“嫂子，喝一点？”他嘴快，一开始还规规矩矩叫周窈的名字，喝了两口酒就飘了。

周窈奇怪地看着他，等许锦嘉解释。

正端着码好的蔬菜过来的孟之旭突然将吸管瓶放到她面前，挤开啤酒。他什么都没说，放下菜落座。

许锦嘉瞅瞅桌上的饮料，瞅瞅他，再瞅瞅周窈。他挑挑眉说："九爷，你不是说这个奶嘴瓶是给我买的吗？"

孟之旭在调蘸料，看也不看他一眼："你多大了，还用奶嘴瓶。"

"那嫂子也比我大。"

"好好说话。"孟之旭抬眸看他一眼，不轻不重地警告。

许锦嘉拍了下嘴巴："周姐。"

周窈瞬间想起"嫂子"的来源，有些尴尬，面上却维持着淡定，假装没听到。她对许锦嘉说："其实我觉得这个饮料太甜了，要不我倒了把杯子洗洗，你用？"

许锦嘉看了下孟之旭，把头摇得跟拨浪鼓似的："不了，你用吧。"

他肯定！

他确定！

九爷就是对周窈，不，是对嫂子有意思！

九馆里天天播放周窈的节目，他还哄骗店里员工，说那是因为他们店不久要上节目。

上节目什么的都是幌子，看周窈才是真。

许锦嘉有些搞不懂了，按照九爷的性格，他如果喜欢谁了，不应该一点动静都没有的啊。难道是……他自己都没意识到对周窈有意思？

一顿饭，许锦嘉很少说话，除了吃就是观察桌上其他几人。

周窈吃饭时总觉得有人在看自己，一抬头就看到许锦嘉匆匆收回视线。

旁边尤许凑过来道："我观察你好久了，你老看人小男孩干吗？对面的大帅哥不好看吗？"

周窈说："我不配看大帅哥。"

"那你的意思是人许锦嘉不帅了？"

周窈白她一眼。

对面许锦嘉问："你们俩讲什么悄悄话呢？"

尤许见安常也看了过来，眨眨眼笑着说："没什么，就在猜你们这样的帅哥有没有谈过恋爱。"

许锦嘉信息接受得很快，消化得也快："小主哥谈过一次，九爷没谈过。"

安常那性格还谈过一次着实令尤许惊讶，但更惊讶的是看上去花花肠子的孟之旭居然没谈过？

尤许道："我不信孟老板没谈过。"

孟之旭背靠在椅子上，嘴唇沾了红色酱汁，他拎了罐啤酒，隔着袅袅烟气好整以暇地望过来。

他的目光隐在水汽中，叫人瞧不清在看谁。

周窈也将头抬起，听他们聊天。她听到孟之旭没恋爱过，也挺吃惊的。

许锦嘉帮孟之旭解释："我们九爷将别人对美女的爱都放在了车和吃上。"

"真的假的啊，"尤许半信半疑，"我们家周周也没恋爱过，不过我觉得这很正常，她从小性格耿直，高中有个学长追她，她还是到毕业才知道那个人在追她，而不是在找她麻烦。"

桌上几人都乐了，许锦嘉和安常纷纷朝周窈举杯。

尤许拿起杯子时不经意看一眼安常："我还以为你也没谈过呢。"

安常实话实说："大学有过一段。"

"那是你追她，还是她追你？"尤许问得自然，不忘捞菜。

周窈起身，不小心撞到尤许胳膊，她刚捞起的肉啪嗒落回去，溅出来汤汁迸到周窈眼皮，烫得她小小惊呼一声。

几人匆忙起身。

周窈一只眼闭着，嘴里讲着没事，伸手接来不知是谁递过的湿巾。

她听到孟之旭的声音在头顶响起："去卫生间洗一下，里面有没拆的洗眼液。"

"谢谢。"周窈起身，一只手拿湿巾轻轻揉擦眼睛。

听到谁的手机铃声响了，接着她感觉有人跟在身后出了厨房。

"前面左拐。"身后传来孟之旭提醒的声音，周窈"嗯"一声，而后听到他在客厅接起电话。

她左拐，进了卫生间。

来电人是孟申。

电话接通，孟之旭没出声，对面也没出声。

沉默持续了四五秒，孟申冷冷道："你知不知道家里老接到一些莫名其妙的电话？”

“不知道。”孟之旭声音懒洋洋的，朝卫生间方向看了下。

那边又沉默了，而后对方似是深深吸了口气，道：“我不清楚那些记者从哪里搞来家里电话的，你有时间回家自己接，别老让妈帮你接这些无聊的电话。”

孟之旭淡淡“哦”了声：“对方有说是哪家的记者？”

“自己打电话去问，没人管你的事。”

“哦。”孟之旭问，“所以孟大老板今天有空打电话过来，就是为了告诉我这件事？”

孟申声音依旧冷冷的：“八月二十五号，小清她爷爷生日，回来一趟。”

上次关荣清过来，应该把他的情况“偷偷”告诉孟申了。孟之旭以为他哥打电话过来要说什么，没想到重点在这儿。

关荣清爷爷生日，他还真忘了。

挂了电话，孟之旭就给关荣清拨了过去。

周窈从洗手间整理完出来，沙发上的人还在打电话。

她不想让别人误会偷听，故意放慢脚步。快到沙发前了，他还是没打完。周窈又加速，目不斜视地从沙发旁过去。

她没想听，可孟之旭的话还是清晰无比地传入耳里。他对电话那头的人说：“关荣清，家里要撺掇我俩定亲了，你早点行动。”

……

周窈心想：原来没谈恋爱也可以定亲啊。

又一想，相亲的确实是这样。

那个加她微信，自称是孟之旭嫂子的关荣清，原来是他未婚妻啊。

孟之旭手机贴在耳边，视线从周窈出来就跟着她。他看到她步伐一会儿慢，一会儿快，假装没看到沙发上还有人一样。

回到桌上，不知尤许他们三人在聊什么，许锦嘉一直被安常灌酒。

安常北方人，体形大酒量也大，灌酒时他陪着一块儿喝，喝得急，许锦嘉脸都涨红了，他还跟没事人似的。

一旁的尤许也不吱声，埋头喝酒。

周窈拿下她手里的杯子，问她："怎么了？"

尤许眼眸垂着，脸上带笑，可周窈直觉她不开心。

"没什么，觉得孟老板买的牛肉挺好吃的，就多喝了点。"

周窈并不信她的话，她脸颊已经开始泛红了，眼圈也微微湿润。

不知道发生了什么，周窈轻拍她肩膀，就这么一下，尤许像断了线的提线木偶，一头栽进她怀里。

周窈蒙了几秒，听到她轻轻叹了口气。

尤许手臂环抱着她腰，一动不动，仿佛睡着了。

安常和快醉了的许锦嘉发现，许锦嘉推搡安常："小主哥，你看你光顾着灌我酒，也不照顾照顾尤许。"

安常给他推搡回去："别找借口赖酒啊。"

许锦嘉实在是喝不下了，手薅了薅一头红毛，脑袋慢慢下垂，闭上眼睛假寐。

"喂，喝多了？"安常奇怪，"不能啊，你平时也不是这个量啊。"

无论他怎么说，许锦嘉都不吭声。

"真醉了？"

周窈见许锦嘉不动了，低头在尤许耳边说了"回家"俩字。然后搀扶起她，对安常轻声说："小许好像也喝多了，我先带她回去。"

安常立马起身："需要我帮忙吗？"

尤许掐了她一下，周窈意会："不用了。"

离开孟之旭家，一进周窈家，尤许就松开她的腰，不再将身体重量压在她身上。

尤许到沙发瘫坐，长长地叹了口气。

周窈在后边关门，问："说吧，发生什么事了？"

"你觉得安常这个人怎么样？"尤许躺着不动，脸转到她这边看。

周窈去冰箱拿了两瓶冰水过来，拧开一瓶给她："很壮。"

"性格呢？"

"憨厚吧？"周窈不太确定地回答。她跟安常接触不多，了解也不多。

"憨厚。"尤许默默重复了一遍，笑了，"他是不是憨厚过头了？"

周窈喝水："怎么了？"

"刚才你不在，我们不是谈到是安常追他前女友，还是他前女友追安常的吗？"尤许手里拿着水，没喝，"许锦嘉说是他前女友追的他，可安常却说是他追的他前女友，许锦嘉跟他犟，他就拿出手机翻出前女友的联系方式问了。"

周窈听到这儿，不知道该说什么。安常确实有点憨过头了。

"那结果呢？"周窈问，"谁追的谁？"

尤许瞬间坐直，幽怨地看过来。

周窈摆手笑道："好了不开玩笑。所以你现在是怎么想的？"

"我也不知道。"尤许叹气，"你说怎么会有这么耿直的人？我几乎天天约他去健身，他就认为我是真的去健身的。"

说完，她看一眼认真听她讲话的周窈，放弃似的喝口水："算了。"

周窈虽然比安常好点，但也耿直。

周窈是将尤许安慰完才发现手机还落在隔壁的。

原本她想微信上问下安常他们要不要过去帮忙收拾桌子，然后发现手机不在。

周窈按了一下门铃，等几秒，再抬手隐约听到门内有人过来的动静。

她停止动作，站在原地等候。

门内的动静也停了。

难道人走了？

周窈又摁了下门铃，咯哒一声，门缓缓开了，对上的是孟之旭那张脸。

见门开，周窈想客套下，询问收拾桌子的事。

孟之旭先开口了："手机在客厅茶几上。"

她愣怔了小会儿，笑着应下。

她这笑以前瞧着觉得和善，现在看只觉得哪里不对。孟之旭将门完全推开，等人进屋才拔腿跟上。

她步子小，速度却不慢，很快来到客厅。

身后的人慢吞吞地跟着，眼神微微下垂，盯着她披在背部的长发。

一直跟到了客厅，周窈找到手机，起身看了下正在播放《三餐四季》的电视机，笑着说：“你在看这个啊。”

他没进客厅，倚在过道边的博古架旁。

听到周窈的问话，抬眼看了下电视：“嗯。”他没解释为什么看，周窈猜测大概是后面会上他们节目的缘故。

周窈也没问安常和许锦嘉二人，出去时瞄了下厨房方向：“需要我帮忙收拾吗？”说这话时已经经过孟之旭身旁。

电视里正在介绍无锡酱排骨。做菜的师傅边忙活边给采访的周窈介绍酱排骨的选料和烹饪方式。

屏幕上的周窈，脸微微圆了一圈，她目不转睛地盯着锅里的排骨，排骨色泽酱红，肉质酥烂，就算隔着屏幕，似乎也能感受到那浓郁鲜美的酱汁。等排骨上盘她才将目光重新转向厨师，脸上带笑。

那个笑容，孟之旭突然明白了——

职业假笑。

只不过她假得很有水平。就好比眼前的她，用最真诚的假笑，说着违心的客套话。

“那麻烦了。”孟之旭收脚，往厨房走。

周窈原地怔了怔，怀疑听错了。她以为他会拒绝的。

不过帮忙也好，免得她白吃别人一顿饭心里有负担。

许锦嘉假装喝多了去睡觉，谁料真睡着了。也不知睡了多久，也可能刚眯一分钟，就被渴醒了。

他睡在客房，叫了两声安常的名字没人应。

找到手机问对方在哪儿，安常说先回宿舍了，晚上还要去健身。

他呸了声。天天健身，媳妇早晚健没。

吃饭那会儿在尤许面前，他帮忙谎称安常前女友追的安常，谁知道这傻大个带不动，耿直得要死。

许锦嘉气得口干舌燥，两位大哥没一个省心的。

他起身去找水。

下楼到客厅，听到电视里传来周窈的声音，再一抬头，对面厨房里，有两个身影在来回走动。

他们脚底下，是平趴在地上睡着的小猪。画面温馨安然。

许锦嘉没上前，拿出手机拍下了这一幕。而后发了朋友圈：在线配对，我最快！

七月初，公益活动如期举行。

一早，周窈跟着台里的车去敬老院。

七月天气渐渐热了，上午就已烈日当空。

敬老院在一处景区附近，正巧赶上周末，来景区的游客多，车道堵，三步一停，加上天气又热，晕得周窈差点吐了。

到了景区，工作人员都下车步行进去。

这个季节不是樱花盛开的时候，周围一圈绿油油的树木，遮掩住炎热。

周窈提前来过，熟门熟路。

到了敬老院，先是拍摄了老人们的上午生活，再进行个人采访。

午饭是在敬老院食堂吃的。据院长说，为了这次活动，他们特意请了几位外面的厨师过来。院长还特意让几位厨师出来露面。

见到厨师的那一刻，周窈默了。

个个不是美女就是帅哥，而且还有一位她认识的——孟之旭。

周窈的几位同事笑了，暗地调侃，院长不是在找厨师，而是在选美。

院长笑着对周窈说："没办法，多找几个好看的，志愿者可能也多一点嘛。"

此话不假。

饭后闲聊时间。

周窈跟同事坐在一块儿讨论下午的拍摄内容，有奶奶过来给他们塞奶糖，目光在众人身上转了一圈，看到周窈时眸光闪了下。

奶奶伸手拉她："哎呀我可喜欢你了。"

将她小心翼翼地拉过来，奶奶还轻轻拍她肚子："孩子没了就没了，咱们下次再要。"

旁边同事一头雾水，周窈却明白了。她曾饰演过《生活空间》里一位流产的孕妇。

周窈在她身旁坐下，笑着说："奶奶，电视里是假的，孩子也是假的。"她揉揉自己的腹部。

奶奶奇怪道："那你们今天拍的我们是真的啊。"

旁边有同事说："那不一样的。"

"哪里不一样欸。"奶奶不懂，非认为她流产了，苦口婆心道，"乖乖，离婚好，离婚了咱们找下一个，你还年轻，也不是我们这些老古董了。"

周窈哭笑不得，只好应下。"好，我马上就找下一个。"

奶奶一听她想开，喜笑颜开，眯眼在人群中寻找："今天来了好几个男娃娃，有个做饭好吃，奶奶给你介绍，以后家里就不用你做饭了。"

周窈刚要拒绝，就听奶奶忽然高声喊道："欸，小伙子，给你介绍女朋友了！"

她眯眼朝着奶奶呼唤的方向望，阳光下过来一个高大黑影，因为直视阳光，周窈看不清。

也不清楚什么原因，她忽然对来人有了些期待。

炙热阳光照在脸上，从温热转变至燥热。周窈一瞬屏住呼吸，拂了拂面。

那人慢慢走近，逆着光在她们面前蹲下。白色的光将他从虚影中腾出，渐渐显出本来冷峻面容。

奶奶在她耳边介绍道："这个小伙子我早上问过了，没结婚，也处对象。"而后又对来人说，"你看看这丫头，跟你的要求是不是一样？皮肤白大眼睛，笑起来还有酒窝。"

"是，她很符合。"孟之旭看她一眼，附和奶奶的话，口吻似认真又似敷衍。

周窈脸上的笑容没收，看着蹲下来与身旁的奶奶讲话的孟之旭，心中只觉好笑。

他是都要订婚的人了，还没对象？这个男人真是，老少皆骗。

奶奶给他俩互相介绍完，催促二人交换联系方式。

周窈不忍拂了奶奶的面，假装拿出手机要联系方式，暗暗捅了下孟之旭胳膊，示意他到一旁讲话。

孟之旭对奶奶说："那我们先去旁边聊聊。"

奶奶连连应声："好好处啊。"

两人到了阴凉处停下，周窈收起手机。与他面对面站着，余光瞥向奶奶那边。

她还没开口，对面的人先出声了："没想到你们公益节目还帮忙介绍对象。”

他的语气中隐隐带笑，等周窈抬眼去看，却见他已经低了头，在看手机。

周窈没有跟他生气，毕竟这事是奶奶误会的，奶奶找来的不是他，也会是另一个男人。起码她跟孟之旭认识，好讲话些。

“孟老板，不说你没这个需要，如果你有这个需要，我也是可以介绍你去我们台的《全城热恋》栏目。”周窈好声好气地说。

孟之旭脑袋低垂，眼睛半抬看她一眼，笑了。

周窈皱眉。

下一秒，口袋里的手机振动了。

录制节目时，她将手机调至振动模式。

拿出一看，是个陌生号码，也不是本地的。

周窈咽了口唾沫，点开接听：“喂，你好，哪位？”她的声音柔柔的，顺着微风传入耳中。

周窈觉得自己被热晕了，居然听到了回音。

她猝然抬头，与面前的孟之旭视线相撞。他唇角微扯，手机贴在耳边。

在她的注目下，慢慢启唇：“你好，我是你身前这位。”

他的声音又沉又稳，落在耳里像是从远处绵延而来的古钟声。周窈热昏了的脑袋仿佛被凉水激了下，瞬间清醒。

望着身前的人，周窈在这一秒几乎丧失了语言能力。仿佛坐过山车时的一个下冲，平缓心跳刹那提到嗓子眼，怦怦没完地跳。

她觉得这突来的情绪本不属于自己。

周窈羞怒，当着孟之旭的面挂掉电话：“无聊。”

她走后，孟之旭望着被挂断的手机，捏着鼻梁啧了声。

他闲得，逗她干吗。

急匆匆走了会儿，周窈也不知到了哪儿。天气热，又走得急，热得脸颊扑红。

有同事路过：“怎么不进去吹空调？”

周窈忙回头笑：“一会儿就去。”

“看把你热得。”

她笑笑，没再说话。

其实仔细想，孟之旭并没有干什么，只是当面给她打了个电话，可能是想给她留一个电话号码而已。作为邻居来讲，留个号码没什么事，她电话簿里就有几位小区同一栋的业主电话。

冷静下来，周窈后知后觉。

那一刻突来的情绪复杂又陌生，完全出乎她的意料。

她脑袋宕机，似乎什么都没想，可又须臾被迫塞进某些未知名的东西，令人招架不住。耳边听到的，仅有自己的呼吸和心跳声，眼前所见，是那个男人。

但也只有几秒。

虽说只有几秒，周窈也觉得羞愧，羞愧毫无预兆地对一个将要结婚的男士有了异样情绪。

她排斥，并且非常不喜欢这种感觉。

之后的一下午，周窈都没再看到孟之旭。

晚上也有拍摄，周窈晚饭没在食堂吃，吃饭时间跟同事去景区逛了下，顺便买了点小吃充饥。

直到晚上九点，才收工。

一天的拍摄没什么大的问题，比较顺利。

跟台里的车先回电视台，再开车回去。台里也有不少加班的人，去停车场时遇到了刚下班的李吉几人。周窈熟悉的也就李吉一人，其他的，知道名字但不熟。

见周窈才下班，李吉问："白天辛苦吗？"

"还好，"周窈笑着说，"你们也刚下班啊。"

李吉没来得及说话，身后有个女同事开口道："听说你那个公益节目是上面领导批下来的，真的假的？"

周窈手里捏着车钥匙，依然笑道："这事我也不清楚。"

"你运气可真好呀，据说台里要出两位主持去参加央视那个什么主持人比赛，你这个公益节目一搞，名声就上去了，参加比赛的名单应该也会加你的。"

这件事周窈还真不知道。

她仿佛听不懂别人话里有话，没有接茬，而是笑着看向李吉："那个李哥，我就先走了，你们路上小心。"

朱欣晔站在李吉身后，听女同事小声嘀咕："哟，车还是雷克萨斯的呢。"

朱欣晔本能朝右前方的李吉看，他左手拿手机，右手对着周窈离开的方向挥两下。可能是左手拇指碰到了手机屏幕指纹解锁，屏幕一下亮了，屏保是一张女人的照片。笑眼弯弯，酒窝浅浅。

李吉也察觉到了，立马换右手拿手机，故作镇定般，假意看时间开了指纹锁。

这一次的屏保，是一张全家福，三个人。李吉，他老婆，还有他年仅五岁的女儿。

这一幕谁都没看到，除了朱欣晔。

女同事今天又要搭李吉的车，回头问一直不说话的朱欣晔："小朱，你跟我们一起吧，女孩子大晚上一个人打车不安全的。"

放在平时，朱欣晔都是拒绝，今天她反而没拒绝。

看了看正收了手机朝自己望过来李吉，朱欣晔扬唇一笑："那就辛苦李哥了。"

李吉脸圆圆的，个头跟她差不多高，笑起来老实又憨厚："小事，客气了。"

上了车，女同事悄声跟朱欣晔说："小朱你知道吗，台里有人说你这个位置本来是周窈的呢。"

朱欣晔目光从手机上抬起，盯着车前的后视镜，漫不经心道："哦，是吗？"她的发音字正腔圆，声线偏低，在密闭的空间听来很有磁性。

李吉瞥了眼后视镜，不经意对视上她的目光。

后者不惊不慌，冲他一笑，李吉颔首回应。

逃避问题的唯一办法，就是忙碌起来。

周窈已经习惯了用这种方法来麻痹自己。从小到大，一旦遇到她不想面对的，没有把握决定的事，她都选择去忙另一件事，暂时忘却烦恼。

忙着忙着，或许就能灵光一闪，想到解决方案。

就像现在，她将对孟之旭的片刻心动归因于长年未曾恋爱。

她今年二十五岁，是时候恋爱了，也已到了规划中恋爱的年纪。

在周窈的生活规划里，二十二岁前好好学习，毕业后三年里努力工作，最好二十五六岁时找到一位合眼缘，同时也符合父母要求的男人相恋，三十岁之前结婚生子。

一切刚刚好。

规划之外的事情，她没把握能处理好。

周五晚上，周窈回了趟家，饭桌上苗叶跟周南铭犹犹豫豫的，像是有什么话要说，等她吃完都没能寻到机会开口。

睡觉前，苗叶敲门进屋，把在饭桌上没讲的事给说了——

相亲。

怕之前那次糟心的相亲影响到周窈，二老一时没敢说，已经憋了两个星期。

周窈趴在枕头上，拿来手机，带着些困意："妈，你微信推我吧，我加他。"

苗叶把手机号报给她，观察她脸色："妈妈保证啊，这次这个人品和家境都很不错的。"

她看着周窈输入手机号搜索微信，出现一个蓝色哆啦A梦头像的微信号。对方昵称叫"庄毅"。

苗叶看到，说："就这个，他叫庄毅，是个骨科医生，比你大一岁，小伙子很帅的。"

"上次你爸跟他老同学聚会，听说你还单身，就把他科里单身的帅小伙给介绍过来了，你爸同学说庄毅在学校时成绩就好，也是无锡本地的。"

苗叶拿手机调出两张庄毅的生活照，都是在医院被偷拍的，对方穿着白大褂。看着挺端正的，五官立体，浓眉大眼，是父母一辈喜欢的长相。

对方还没同意她的好友申请，苗叶说："我跟你爸同学说说，可能庄毅今晚值班，没时间看手机。"

"嗯，不急。"周窈加完，没说别的。见妈妈高兴，她也跟着高兴。

直到第二天中午，周窈跟尤许一块儿吃饭时，庄毅才同意了她的好友申请。

对方知道她是科长介绍的人，聊了两句，几乎都是围绕工作和无锡生活。

这家店尤许没来过，口味如何也不知晓。她在菜单里左挑右拣，才选好几道。

因为人少，上菜速度也快。

她们点了四道菜，分别是：香辣竹笋鸡、青红椒炒虾仁、蒜蓉粉丝娃娃菜和牡蛎瘦肉汤。

尤许先夹了块虾仁，口感偏淡，咬起来劲道一般。

她随口道：“下次我们还是去九馆吃饭吧，我看你在他们那吃还能吃下一碗饭呢。”

周窈手机打字回庄毅，听到尤许的话，不答反问：“怎么，又燃起对安常的信心了？”

“他就是那么耿直一人，谁让我喜欢的就是他的直呢。”尤许道，“要怪吧，就怪我贱，喜欢不喜欢我的。”

周窈发送完信息，等了会儿没见对方回，收起手机。

尤许揶揄道：“跟谁聊天呢，打字这么勤，男的？帅哥？”

桌上菜已上齐，周窈先舀了碗汤，尝了小口。汤色奶白，味道浓郁中还带有一点鲜味，不难入口。

她夹了块碗中不知是什么肉，入口嫩滑。

“这是什么汤？”周窈朝大碗里看。

“什么牡蛎瘦肉汤，”尤许看了眼下单小票，又道，“别扯开话题。”

周窈抿了下嘴。

尤许“哎哟”起来：“猜中了？还是个帅哥？不会是你那个邻居吧。”

很长时间没见孟之旭，也很长时间没人在她面前提过他。可能是那天的事在她心里留了颗种子，猛然想起他，心里还是会忍不住咯噔下。

不过她清楚地明白，不是什么乱七八糟的情绪，纯属做了亏心事般的不舒服。

“别乱讲，”她轻声轻气地说，“我爸同学介绍的，一个医生。”

“又相亲？”尤许现在对相亲这个事头疼，一秒也不想聊这个话题。

不仅因为周窈上次失败的相亲，还因为她爸妈最近也在催促她去相亲，甚至扬言称她再找不着对象，就要给她报名《全城热恋》。

尤许趁势问周窈：“你们台里那个什么恋的节目，真的假的？”

周窈说：“真的有，托儿也有。”

“那行吧，”尤许找到了一丝生机，“下次我爸妈再催我，我就报名，去当个托儿。”

周窈目光不动声色地将她从头看到下：“可能全场主持人最帅。”

尤许语塞半晌：“行吧，那我就牵手主持人。”

“不过话说回来了，”尤许问，“你真打算再去相亲一次？”她担忧会发生类似上次的事。

周窈又舀了碗汤：“去吧，我跟对方约好了，这周四晚见一面，他那天调班。”

尤许也舀了碗汤，与她撞了下碗：“那就去吧，实在不行，我陪你孤独到老。”

周窈收回碗，白她一眼。

晚上八点，五颜六色的灯光将这座城市染得绚烂。

周窈从家里打车去市中心苏宁广场，她跟庄毅约在凯悦意厨。

平时忙于工作，太久没来市中心瞄一瞄灯红酒绿的生活。今晚吃饭的地方是庄毅定的，据他说那儿的夜景好。

这家餐厅在凯悦酒店的 65 层，周窈被服务员领了进去。

透过店内硕大的落地窗，可以看到深蓝夜幕，以及附近映在灯光下的街道大厦。俯瞰下去，美不胜收。

周窈没提前跟庄毅发过照片，她跟在服务员后，还没到达卡座，已经有人起身朝这边招手。

她的目光跟了过去。

男人个头不矮，在店内柔和的灯光下，对方那双大眼睛里仿佛盛满星光。

没等周窈过来，庄毅主动帮她拉开椅子，礼貌又疏离：“路上堵车吗？”

他们的座位是窗台口二人位的小卡座，桌上有一根点燃的白色蜡烛，光圈柔美。

“抱歉，是我来晚了。”周窈顺应他的动作落座。

庄毅笑着坐下：“没有，我刚在看新闻，有个地方撞车了，以为你会经过那儿。”

“哦，这样啊。”

庄毅和照片里的一样，只是换了身常服。

他待周窈的态度自然不拘谨，就像在跟一位普通朋友聊天吃饭，将菜单给她推去，说了几样自己的推荐菜。

这家餐厅取名意厨，菜系实际是地中海菜系。

周窈点了一道土豆鳕鱼烙，一份法式奶油牛肝菌汤，还有一份招牌牛腱。

庄毅点菜时抬眼询问："可以吃海鲜吗？"

"可以的。"

店内环境优雅安静，在等菜的过程中两人也没有尴尬地沉默。

庄毅轻声问起她的初高中，然后发现两人除了小学，初高中都在同一所学校。

前菜很快上来。

周窈尝了下土豆鳕鱼烙，这道菜在土豆泥的基础上加入了鳕鱼肉，原本稀松平常的口感中多了海鲜的鲜味。

招牌牛腱上来时，意大利主厨十分贴心地过来讲解。

这道菜需要将牛腱用葡萄酒煨八个小时，但葡萄酒在加热时会产生苦味，想要肉汁与酒的味道达成平衡，就十分考验主厨的烹饪技术。

主厨介绍完，周窈切开小块咬了口，肉质柔软细腻，葡萄酒的口感不重，却香气扑鼻。

庄毅点的也上来了。

他点了份海鲜拼盘和一份战斧牛排。

主厨帮忙切块。

庄毅问周窈："不需要甜点吗？"

周窈摇头。

接过主厨切好的牛排，庄毅想起件事："我有个朋友，也在电视台工作，说不定你俩还认识。"

周窈没有问是谁，疑问地"哦"了下。

庄毅见她一心放在菜上，笑了："叫朱欣晔，听她说现在在新闻频道。"

"是认识。"周窈舀了小半勺牛肝菌汤，奶香味和菌味融合，口感浓郁，"但是不太熟。"

庄毅"嗯"了下，转移话题。

饭后庄毅提出送她回家，周窈拒绝了，他也没再强求，陪她在路边等车。

此刻不到十点，街上依然人来人往。四周高楼大厦将街道圈围起来，感受不到一丝微风，这个夏夜愈加令人燥热。

庄毅安静站在她身后，好像是有事，频频看手机。

打车软件里，周窈约的车还堵在马路对面，相距只有一公里。她百无聊赖地四处随意瞟着，来往人群形形色色，或着急或惬意地从她身旁经过。

周窈看到了自己约的那辆车，在她正对面的马路上。

蓦然，视线被网约车后面的一辆吸引。

一辆黑色大 G。

车窗闭得严实，从外面往里看，看不清任何东西。唯能从车前的挡风玻璃隐约瞧见前排坐了两个人。

周窈正要撇开视线，那辆车后排的窗户忽然缓缓打开，露出一颗红头发脑袋。

许锦嘉原本是伸出头来查看下前面堵车的状况，无意间瞥到对面穿得跟朵小白花似的周窈。

夜色中，素净纤瘦的她很显眼。她好像看到了他，又好像没看到。因为她没有回应他的招手，而是转开脸听身后的男人讲话。

车子开始动了。

副驾驶上的安常瞥了一眼后座的人："你刚跟谁挥手呢。"

许锦嘉确定自己没认错："嫂子啊。"然后呸了下，改口，"周窈，我看到周窈在对面。"

驾驶座上的人闻言毫无所动，胳膊肘撑在窗沿上，目视前方。

许锦嘉从后面趴到前面来，格外小心地观察孟之旭："她好像在跟一个男的约会。"

前面的车又停了。

孟之旭伸手掏储物格里的口香糖，余光不经意瞥向窗外。

离得远了些，他根本看不清，只瞥到路边的一抹白裙，直觉确定那人就是周窈。

她身旁确实是站着一个男人。

男的很殷勤，路人经过时主动伸手为她挡开。

多久没见周窈了？

孟之旭记不清了。明明两人是邻居，那天公益活动结束后，就再没见过。

今晚的偶然一瞥恍如隔世，几乎要记不起这个人来，可她一出现，那些与她相关的记忆再次纷纷冒出头，就好像获得了再一次的新生。

这种感觉令人新奇又烦躁。

许锦嘉欠揍的声音从身后传来："几天不见，周窈都有对象了啊。"

窗户已经关上，他脸贴在玻璃上，还在看。

"哟，还搂上了。"语音方落，车内音乐声忽地调大，震得许锦嘉耳朵疼。他微信私聊坐同一辆车的安常：小主哥我们来打个赌。

安常没听到手机响，侧目看孟之旭，试图从他脸上看出些什么。

直到手机微信语音响了。许锦嘉给他发的，安常给挂了。

许锦嘉又连续发了几条微信消息，他这才听到声响。

安常回他：不赌，赌输了你又不喝酒。

许锦嘉：那算了。

许锦嘉又发：我不赌了，你有没有发现九爷最近几天很消沉？

安常：我每天上班，发现不了。

许锦嘉自说自话：因为周窈好久不来店里吃饭了。

安常：然后？

许锦嘉：我觉得九爷喜欢她。

刚才孟之旭表现得那么明显，安常多少能感受到他在生气。

安常：那也晚了，你不说刚周窈在跟别的男人约会吗？都搂上了。

许锦嘉：我瞎说的，我只看到那男的帮她开车门，激一下九爷。

安常：……

下个路口，车子突然停下。

车锁开了，孟之旭朝后视镜里瞥了眼："许锦嘉，下车。"

许锦嘉还在玩手机。不过他这次不是跟安常聊天，而是前两天强制性加他的封景。

封景在微信里问他：你六月二十号那天的朋友圈在孟之旭家拍的？

许锦嘉看到她的消息愣了下。他一天发三五条朋友圈，哪里记得上个月的几号在哪儿拍的照。

还没回她，就听到九爷让他下车的声音。

许锦嘉眼睛黏在手机屏幕上，没看外边，以为到了他住的地方，直接推开车门下来。

车门一关，身前的车子瞬间飞驰而去。

许锦嘉被喷了一脸尾气，怔怔地抬头，发现还在市中心。

他冲着车子离开的方向喊了几声，最后作罢，在群里委屈巴巴地发了顿牢骚，收到安常发来的安慰红包。

没回信息，封景那边直接一个电话弹了过来。

许锦嘉刚点开红包，还未看清多少，被电话吓了一跳。

封景的声音凶巴巴的："问你话怎么不回？"

许锦嘉觉得这个小女生挺好笑的，微信是她非要加的，不回信息她也要管，他又不是她的谁。

"我乐意，你管得着？"

封景说："别的我不管，就问你二十号那天的照片是不是在孟之旭家拍的？周窈为什么也在那儿？"

许锦嘉气她："他俩住一起不行吗？"

"孟之旭住哪儿？"

许锦嘉走到路边拦车："怎么，你现在要去找他们啊？"

他并不愿意告诉她，又一想，现在还不清楚周窈对九爷是什么个意思，也许让封景去闹一下，能激发一下周窈内心真实的想法。上次她俩不就在九馆里自称都是九爷女朋友吗。

许锦嘉觉着周窈多少对九爷有那点意思的。

"紫金英郡 15 栋 601 室。"

许锦嘉突然的松口让对面沉默了几秒，而后她说："谢了。"

许锦嘉等来了出租车，拍了张夜景发朋友圈：今晚几家欢喜几家愁啊。

将安常送回宿舍，孟之旭回到小区快十一点了。地下车库没信号，出来才接到申女士的电话。

电话的主要内容，提醒他别忘了下个月关荣清爷爷的生日，再者抱怨了下独自在家的寂寞，希望他能在上海开家分店。

孟之旭听老妈话里话外的意思，就知道关荣清还没开始对孟申下手。

到了楼下，掏卡刷门。

旁边树丛里突然窜出来一人，没等他看清就拦在身前。

孟之旭开了好一会儿车，眼睛疼，眼圈微微发红，定了一瞬才看清拦在身前的人是谁。

封景跟她哥一样，都是犟脾气。

“你们在一起了？”她横在他与门之间，说完就抿上了嘴，好似再多说一个字情绪就压制不住了。

孟之旭后退几步，实在是头疼。“你说什么？”他确实没听清。

“我说你，”封景说完三字，眼睛瞬间一酸，又紧紧闭上，深吸口气才说，“你和周窈，是不是在一起了？”

后面几个字被开门声淹没。封景身后的门开了，有人正出来。

孟之旭抬头，看向穿着运动背心短裤的周窈。

她将长发扎高，脸颊白净，修长的脖子不加掩盖地露出来。

“抱歉，让一下。”周窈目光低垂着，并没有看他，或封景。

封景身体一僵，身后的人已经从她身旁绕开，空气中弥留下淡淡的香水味。

周窈似乎一点都不关心周围发生了什么，脸上面无表情，仿佛他们是陌生人一样目不斜视地离去。

孟之旭指间夹着门卡，忽然垂眸笑了。

封景认出那人是周窈，憋住眼泪，肯定道：“你们没在一起。”

“封景。”他似是叹了口气，抬眼时目光中隐约多了些怒意，“你到底想干什么？”

这句质问的话就像一把剪刀，剪断她所有伪装，蓄在眼眶里的泪水断了线一样往下掉。她微微喘息着，无法回答他这个问题。因为有时候她自己都不知道想干什么。

她可以接受不跟他在一起，但接受不了他跟别人在一起。一旦得知他与别人有瓜葛，难受得就跟丢了珍藏多年的宝贝一样。

“我没想干什么。”封景倔强地扬起下巴看他。

孟之旭烦躁地按了按太阳穴：“封景，这句话我以前对你说过，现在再说一遍。我跟你，不可能。”

被拒绝多了，封景听到这话倒没那么伤心：“反正我知道你们没在一起就行了。”

“快了。”他随口道。

“什么？”她现在满脑子都是他们没在一起这事，听不进别的。

意识到刚才说了什么，孟之旭也顿了下。

他没耐心陪小女孩大半夜地讨论什么感情问题，直接微信给她发了个红包让她打车回去：“累了，你也回吧。”发完，直接避开她刷卡进去，也不管她走不走。

进了电梯，孟之旭摁下楼层数，肩膀倚着墙站立。

刚才周窈从门内出来的一幕仍然在他脑中重复播放。

他承认见到她的那一刻，莫名地慌了下，也不知道慌什么。对方漠视的态度，加上先前在街上看到她跟别的男人在一起的画面，令孟之旭更加心烦。心里像被石头堵着，想搬开却无从下手。

孟之旭闭了闭眼，缓解眼部的酸疼。

“叮”一声，电梯门开，先映入眼帘的，是602室的门牌号。

他静静望着那三个数字，门开了又合。按下开门键，电梯门再次慢慢打开。

他可能真的喜欢上602的小朋友了。

《三餐四季》录制九馆的那一期，在八月中旬。

周窈和几位同事提前来店里讨论拍摄内容，孟之旭那会儿刚好不在。店里的员工说他和许锦嘉带着小猪去敬老院了。

等了会儿，他们才回来，只是不见那头小猪。

九馆非营业时间，店里突然聚集很多人，许锦嘉推开门怔了几秒，看到人群里的周窈时才露出笑容。

“嫂——”他顿了下，视线在周围扫了一圈，改口，“周窈，你好久没来我们店了啊。”

周窈闻言抬眸。

许锦嘉身后，是穿着白T黑裤的孟之旭，戴着一顶黑色鸭舌帽，手上叠着一副黑色墨镜。

周窈的目光匆匆从他身上掠过，笑着看向许锦嘉："工作忙，没什么时间来。"

"这样啊。"许锦嘉了然。他还以为那天封景去闹了之后，三人之间发生了什么呢。

那天的事问封景，封景嘴巴跟抹了520胶水一样，而他又不能去问九爷，开口不就暴露是他把住址告知封景了嘛。

周窈等孟之旭走近，将此行的目的说明。

他没看众人，径直到收银台处放下墨镜，而后才找了张靠近他们的桌子倚着。

"坐吧。"孟之旭垂眸捏了捏耳垂，声音里夹着些倦意，"你们有什么要求，我尽量配合。"

跟着一块儿来的周学勤看了眼周窈，直觉这个年轻老板不太好相处。

冷冰冰的。

孟之旭的名字他在网上见过，还归因于上次的摔倒事件。经过网友的"科普"，得知孟之旭曾是一名职业赛车手，年少成名。周学勤闲暇看了他几个赛车视频，看不大懂，但看到他站上领奖台的那一刻，会控制不住地心潮澎湃。

站在男人的角度来评价他的外貌，周学勤承认孟之旭是他认识的男人中为数不多的帅哥之一。

孟之旭的长相具有攻击性，吸引别人目光的同时，也令人莫名发怵。

他不知道别人怎么想的，反正他站在孟之旭面前，是不太敢与对方对视的。这方面，周学勤就比较佩服周姐了，面对孟之旭冷冷的表情，还能保持一贯的微笑。

周窈跟几位同事坐下后，她对靠在桌边的孟之旭说："孟老板也坐着聊吧。"

孟之旭正低头嘱咐许锦嘉什么，听到她的声音抬眸看了过去，两人视线交会，周窈没移开，笑着冲他颔首。

他没吱声，离开倚着的桌子，迈开步伐过来。

许锦嘉和一个员工怀抱几瓶水过来，孟之旭顺手拿了一瓶半拧开，落座时将水推到对面。

坐在正对面的，是侧身跟同事谈事的周窈。

他的动作一气呵成，好像没觉得哪里不对劲。

孟之旭重新拿来一瓶拧开，察觉有人在看他。他本能抬头，捕捉到一道慌忙躲开的视线。

是周窈左侧戴眼镜的小男孩。

那人眼神躲开又重新看过来，孟之旭疑惑挑眉，举了下手里已经拧开的水。

小男孩赶紧拿了瓶桌上的水打开，猛灌一口。好像在害怕孟之旭把手里开了的这瓶给他。

就节目的拍摄流程、拍摄的大概内容跟孟之旭描述了一遍，然后跟他确认了那天要做的几样菜。

要做什么孟之旭没考虑好，谈话期间他顿了下，喝一口水说："要做什么我再想下，然后发给你？"

他用的询问的口吻，可能是刚喝水的原因，声线一下子柔了几分，说话时看着周窈。

桌面上其他几人没察觉到问题，周学勤却跟特务一样，立马发现线索一样视线在两人面上逡巡。

之前台里内网那个声明里，孟之旭的名字赫然其中，以及他自证的那句"暂时是邻居关系"曾引起小部分人的遐想。倘若两人真清清白白，他为何会特意加"暂时"二字？

周学勤开始也属于那小部分人，可又一想，声明是邱哥撰写的，说不定只是无意多加了两个字而已。

周学勤没能从二人脸上找出些什么，一直将这事挂心上。

离开九馆后，他趁别人不注意，小声问了句周窈："周姐，你跟孟老板很熟吗？"

"一般吧，我们是邻居。"周窈靠进车椅里，半闭着眼休憩，淡淡道。

周学勤"哦"了下，纠结半晌，又小声问："那……他现在是在追你吗？"又是帮忙拧瓶盖又是温声细语，很难不令人乱想。

闻言周窈骤然睁眼，仿佛听到了什么天大的玩笑。

她皱眉道："别乱说，孟老板有未婚妻。"

"啊？"周学勤吃了一惊。

孟之旭居然有未婚妻了？看着也不像是能早婚的啊？那些扒出他职业生涯的网友，也没说他有女朋友的啊。还有不少女网友得知他单身，嚷嚷着叫他老公呢。

拍摄就在两天后。

电视台的人一早来九馆布置场景。

周窈也来得早。

她早晨出门时，在路上遇见穿了一身运动装的孟之旭，这一次他没有牵那头小猪，停在路边跟一位遛狗的女生聊天。

她觉得很奇怪了，好几次都能碰见他跟女生在一起，上次在单元楼下也是，一开门就看到小姑娘将他拦在门前。

快八点半，孟之旭才到九馆。

拍摄前又大致对了下流程。

先前孟之旭将菜单发给她了，今天要做的一共四道菜：野蘑菇拌菜心，辣炒卤牛肉，鲜煎糯米鸭和排骨玉竹煲板栗。

怕煲汤时间不够，孟之旭昨晚提前买好煲汤所需食材，先拍摄的也是煲汤过程。

摄像镜头下，他与周窈，还有周学勤皆穿戴好围裙。孟之旭话不多，给排骨焯水时几乎靠周窈在解说。

周窈怕后期剪辑视频太过枯燥，与他就台本里的内容闲聊起来。

“孟老板这家店刚开不久吧？”

孟之旭给排骨焯完水，洗净，再控干水。下汤锅前先将排骨小煎一会儿，这样煲出来的汤成色更白。

“嗯，”孟之旭低头忙自己的事，“几个月吧。”

“孟老板不是无锡人？”周窈笑着看他。

孟之旭手上动作停了下，对视回去，镜头只能拍到他俩对视的侧面，没拍到正面。他看向她时，略略挑了下眉，那表情似乎在反问“你说呢”。

脸上这么表现，嘴上却道：“对，不是。”

“那怎么想到来无锡开店的？”周窈没回应他那个挑眉，将目光投放到已经煎好的排骨上。

周学勤在一旁附和："对啊，还有取名叫九馆有什么含义吗？"

"没有为什么，想来，就来了。"孟之旭面对镜头没有一丝平常人会有的紧张拘谨，说话依旧直来直往，"至于为什么取名叫九馆，也是我想取就取。"

他的回答乍一听觉得很不配合，周窈并未因此挂脸，而是笑着道："孟老板真是个行动派。"

孟之旭听到这话，忽然回眸看她。她垂眼望着刚下汤锅的排骨，两边脸颊酒窝很是明显。离得较近，垂眼时长长睫毛的阴影覆在下眼睑，头顶灯光照下来，将她白皙的皮肤映得偏暖色。

"是吗？"孟之旭只是撇头看她一眼，心里忽地起了情绪，说了什么也不清楚。

半小时后，将配菜加入汤中。

煲汤的过程拍摄结束。

下一环节是去菜场。

他们出门时天上飘了雨，雨势不大。菜场离得不远，十分钟就到。

尽管下着雨，上午九十点来菜场的人也多。

为了采访方便，孟之旭与周窈合撑一把伞。周窈手持麦，伞由他拿着。周学勤和拍摄人员紧随其后。

周窈穿着高跟鞋，步子比他小，走两步就得加速一下。孟之旭一开始步伐大，速度又快，渐渐就慢了下来，慢到后面的周学勤几次三番差点踩到他们后跟。

周窈实在看不下去，拿开麦低声道："我们可以走快点。"

孟之旭视线微微下垂，合撑的这把伞偏大了些，他们相隔并不是很近，加之伞面传来窸窸窣窣的雨声，他听不分清她说了什么。

然后周窈见他突然停下，朝着她这边倾俯，凝视着她，低低的声音扬了下："嗯？"

她什么防备都没有，猝不及防与他对视。

男人的眼睛又黑又亮，盯着她时稍微眯了下，离得很近，鼻息之间都是彼此淡淡的香水味。

周窈不禁屏住呼吸，脖子往后扬了扬。

突然靠这么近，孟之旭本身也惊了下，周窈比他预想的高了些。

原本想移开，可看到她脸颊迅速泛红，他忽然放弃原有念头，保持姿势说了句：“刚才没听清。”

周窈抬手，用手里的麦拂了拂飘到面颊的一缕发丝，借这个契机往旁边转了下，与他保持距离。

“没事，快到了。”她没再提。

她小半边身子露在伞外，自己没太在意，继续往前走。走了一会儿，才发现伞又倾斜到她这边。

周窈没讲什么，只是看了眼对方湿了小半的右肩。

中午，大家在九馆吃的饭，吃的就是孟之旭早上做的那几道。

尝菜环节拍下了，午餐时间就没再拍。

周窈跟同事们一桌，孟之旭不在。

野蘑菇是早上去菜场挑的，小棵又嫩。孟之旭挑菜龟毛，但付钱就很爽快。跟了他一早上，就没见他还过价，商家说多少给多少，一分不差。

不得不说，他的厨艺是真的不错。尤其是糯米鸭，很中她的口味，咸中带了一丝甜，味道中和得刚刚好。野蘑菇拌菜心是鲜，很普通的一道凉菜，十分下饭。

牛肉是他提前卤过的，没炒之前周窈也尝了口，牛肉并不柴，味道偏咸了点，可炒完的牛肉咸淡刚好。

中午周窈连喝了两碗排骨汤，里面的板栗煮得糯糯的，排骨肉酥烂，吃得她圆了肚皮。

同事打趣道：“周窈，你拍摄时就被喂不少，这会儿还跟我们抢。”他们说的喂，是指孟之旭喂她。

之前拍摄时也有厨师让她试菜众人没说什么，这一次见她跟孟之旭认识，就起了揶揄的心。

周窈假装没听懂，笑着道：“这顿午饭我埋单了，大家还想吃什么再点些。”

她刚说完，过来给他们杯中加水的服务员笑着说：“我们老板说这顿请你们的，反正也是上午拍摄用的菜。”

此话一出，众人皆暧昧地“哦”了起来，服务员一脸迷茫地走开。

周学勤没加入他们的起哄，低头啃鸭。周姐说过，孟老板有未婚妻了。但这种时候他不便谈论别人的八卦，而且职场上嘛，开一两个无关紧要的小玩笑没什么。

大家都是今天说、明天就忘的记性。

等电视台的人都离开，一直躲在休息室的许锦嘉频频开门冒出头。还没到打烊点，孟之旭已经收拾东西准备回家。

许锦嘉赶紧出来跟上，言辞凿凿："九爷，我觉得你变了。"

"犯病了？"孟之旭往外走，下午的时候雨就停了，天气闷热得仿佛没下过雨。

许锦嘉看他开了车锁，拉开车门坐上副驾驶："病的是你，相思病。"

跨上车，启动。孟之旭听了他的话并未生气，而是语气懒散地回："然后？"

然后？

许锦嘉一愣，接着瞬间激动。不反驳就说明他承认了！

许锦嘉下一秒几乎是咆哮出来的："九爷你终于承认喜欢嫂子了！"

车子启动，许锦嘉手忙脚乱扣好安全带，嘴里叭叭个没停："我今天还看到她趴桌上睡觉，你偷偷给她盖衣服来着。"

"我就知道，之前我就看出来了，只是你一直没承认。我看周窈好像有点迟钝啊，九爷，你要不再明显点追她，我知道怎么追女孩子。"

"偷偷？"孟之旭一手把着方向盘，自动略过他乱七八糟的话，只听到这个。

那不是光明正大地盖吗？

许锦嘉已经听不到他的话了，沉浸在如何追周窈的话题里。甚至打开手机，百度"如何获得女孩子的欢心"。

还没点开答案，手机屏幕突然黑下去，关机了。

找到充电线插上，许锦嘉向孟之旭借来手机："九爷，我查个东西。"

他的手机就在旁边放着，许锦嘉也没等他同意，说完就拿来了。

孟之旭没设置手机密码，找到浏览器，许锦嘉看到了他的搜索历史记录。

——喜欢女生是什么感觉？

——如何追小朋友？

——跟小朋友怎么恋爱？

许锦嘉默了几秒，心情复杂地看向一脸从容开车的人。

他张了张口，却始终什么都没说出来。

小朋友？

周窈？

上次跟庄毅见了一面，之后周窈就没再跟他见过。

回去后双方都没追问对彼此的印象如何，两人微信上也会偶尔聊天，就好像那只是一次普通朋友的约饭。

庄毅身为医生，工作自然忙碌，有时候他们的对话停在下午，第二天才能得到回答。

周窈并未因此觉得他们的相处模式不妥，在苗叶女士打电话来询问进展的时候，她如实相告。

苗叶在电话里有些恨铁不成钢的语气："所以这么多天你们就只见了一面，每天的聊天也都是'早上好'什么的？"

周窈收拾完家里，提着垃圾袋往门口走。她说："也不仅仅是早上好，有时也提两句工作上的事情。"

"就没有其他了？"苗叶想到女儿的性格，沉默几秒，没等到她的回答，又问，"那你觉得庄毅这个人怎么样？"

周窈开了门，语气软软的："他人蛮好的，我想你跟爸爸会喜欢。"

门开，将垃圾袋放到门旁，她正要转身回屋，余光瞥见鞋架上有只高跟鞋掉了下来。

周窈出来把鞋重新放上去。刚转身，一阵过堂风过，门在她面前重重拍上。更巧的是，身后的电梯在此时响起，"叮"一声，电梯门缓缓打开。

苗叶听到巨响，瞬间心提了起来："怎么了？"

周窈低垂着眼，指纹解锁："没事，我出来扔垃圾，门又被风关上了。"

"以后晚上不要出门，"苗叶松了口气，苦口婆心道，"明天再扔垃圾啊。还有，你找对象不是要我们喜欢，首先要你自己喜欢，怎么，是不喜欢庄毅吗？"

周窈手上沾了水，指纹解锁没解开，手指在衣服上揩两下，重新解锁。

正要开口，耳尖一动，听到身后的脚步声。

那脚步声分明不重，可她就是听到了。

这次解锁开了，周窈用腿隔住门，进屋："我对他没有什么喜不喜欢的，就是觉得挺合适结婚的。"

她的声音软绵绵的，像是根细细的针柔柔扎进耳里。站在门前开门的孟之旭，指腹按在指纹键上，门"咯哒"一响。

手指停了三四秒才拿开，按住把手推开门。

孟之旭二十二号晚回到上海。

他先回了趟家，见申岚芝女士。整天电话里抱怨孤独寂寞的申女士，正在麻将桌上，听到他叫妈的声音，先是表情夸张地扭头看他，而后淡定地将手里的牌打出去："白皮。"

他习惯了，站在申岚芝身后，俯下身撑着桌边给她看牌。

桌上另外三位阿姨边打量他边打牌："哎呀芝芝，你家小公子回来了呀。"

申岚芝笑得格外开心，对孟之旭说："阿旭，你回来怎么没跟妈妈提前讲一声。"

孟之旭眼睛看着牌，拿了块桌旁放的水果递给她，口吻懒散道："怎么，我提前说你要来接我？"

"那不可能呢，妈妈还约了你阿姨们叙旧呢。"申岚芝看着桌面上的牌，犹豫打哪个，孟之旭给她扔出去一个八条。

对面的阿姨碰八条，抬眼看了一眼他，笑着道："哎哟，小公子打牌就是会照顾人，听说小公子现在也当老板啦，找小姑娘没呢？"

不待孟之旭出声，申岚芝抢着说："什么当老板，小孩子家家瞎搞嘛。"

然后她又说："不过对象我们阿旭不愁的，过两天就去女娃娃家给她爷爷祝寿呢。"

孟之旭知道他妈说的是关荣清。放在以前，他压根不会在乎申女士如何想，可这次，他的心境却不大一样了。

有位阿姨附和申岚芝的话，问："跟女娃娃怎么认识的？"

申岚芝笑道："我们阿旭性子闷，认识不了几个女孩子的，只不过这个是从小一块儿长大的，才抢了先机。"

“哦——青梅竹马呀。”

“什么时候定亲啊，我们也来蹭蹭光。”

申岚芝和众人聊得正开心，孟之旭硬邦邦的声音突然插了进来：“妈，关荣清没跟你说吗？”

“嗯？”申岚芝疑惑扭头看他，“说什么，说你今天回来吗？”

他头又往下低了些，看似在帮她看牌，低声道：“我跟她没关系。”

申岚芝小小惊讶了下，也小声问：“崽崽，你们俩吵架了吗？在闹分手？”

然后左右找手机：“我给她打个电话，小情侣吵吵闹闹正常的，哄一哄就好啦。”

孟之旭直起身：“你打吧，让她跟你说。”

孟之旭在上海有一套自己的小屋，还是当初在车队时买的，今年他几乎没回过那边。

当晚他住在家里，孟申出差在外，孟光律也参加酒席没回来。家里就剩他和申岚芝，以及一个做饭的保姆。

饭桌上，申岚芝边给他夹菜，边小心翼翼地观察他。话到嘴边又咽下，只得随口道：“多吃点，长时间不见，你都瘦了。”

孟之旭听出他妈语气里的敷衍：“有什么事你就说。”

申岚芝笑笑：“没什么的。”然后夹了一口菜，食之无味。

最终忍不住了，不禁皱眉道：“阿旭啊，小清说的都是真的吗？”

怪不得她下午给关荣清打完电话一直闷闷不乐，牌桌上赢了钱也没见多开心，原来关键在这儿。

想必关荣清已经告诉她事情的真相了。孟之旭道：“真的。”

申岚芝拍了下他后脑勺：“崽崽，你就算现在看上了别的姑娘，也应该先跟小清说清楚分手啊。”

孟之旭愣了下，几秒后，他反应过来了。果然不能信关荣清那张会添油加醋的嘴。

申岚芝又问：“真的跟小清没机会了？”

孟之旭放下筷子，抽了张面纸擦嘴：“本来我跟她就没关系，都是你们一厢情愿以为的。”

“什么？”申岚芝疑惑，“可小清不是这样讲的啊，她说上次去无锡发现你喜欢上了另一个女孩子，才怀着难过的心情选择退出的。”

听关荣清这废话，她还是没勇气将她暗恋孟申的事说出来。

孟之旭道：“你再问问她加那个小姑娘微信时难不难过。”

“小姑娘？”申岚芝问，“你新看上的？”

他想到周窈那张总爱挂上官方微笑的脸，笑了：“是蛮新的，第一次。”

“什么第一次？”申岚芝满头雾水。

孟之旭夹了块排骨放她碗里，声音里带着一丝不易察觉的愉悦：“她是你儿子第一次看上的小姑娘。”

申岚芝听明白了：“那小清呢，你们俩……”

“不要理她。”孟之旭淡淡道，“她戏多。”

申岚芝听后消化了会儿，后知后觉：“怪不得小清以前总说她的理想是当个演员。”

“欸，对了，”申岚芝两眼放光地重新提起精神，“那个你的小姑娘，什么时候能带回家？”

孟之旭低头吃饭，垂下的眼睫毛动了动。他轻声笑了：“我也在等。”

二十六号上午，上海高铁站。

周窈出了站台，寻到候在站台口打趣聊天的二人——姜舒佳和仲球。

她的大学舍友。这次来上海是她们宿舍之前约好了的一年一小聚。

姜舒佳在上海体育频道当外场记者，小身板的她在大学期间就酷爱各类体育项目，也因此结缘了现在的先生。

她跟丈夫刚毕业就成了家，也是周窈宿舍最早结婚的一对。

站在姜舒佳身旁，比她高出半个头的女生叫仲球。仲球如今转行当了一名配音演员，主动漫。外表御姐的她，配的常是萝莉一类的角色。

而另一位未出现的舍友，叫薛淑儿，现在是一名演员。她现在也在上海拍戏，不过暂时走不开，晚上最早也得八点才能出来跟她们碰面。

一见到周窈，仲球和姜舒佳立马上前。两人各自挽住她一边胳膊，伸手接过她拎着的东西。

姜舒佳故意打趣道：“哎呀小周，来就来嘛，还带什么礼物。”

周窈带了几盒桃子，有些重。

仲球捏了下她脸，道："小周周还是这么客气，越大越客气。"

周窈说："不是买的，家里亲戚种的，正好就带来给你们尝尝。"

还真不是买的，是尤许他们家种的，前段时间在卖。周窈没什么时间去尤许家，这次还是让尤许挑了些晚桃。

姜舒佳车在停车场，出站还有段距离。

三人谈笑着过去。

太阳正烈，个头最高的仲球撑了把伞，堪堪遮在三人头顶。

仲球这次是从杭州过来的，聊天时说想重新回上海，毕竟大学四年都在这座城市，一看到那些熟悉的场景就舍不得。

几人上了车，姜舒佳故意逗她："怎么，回到这是不是想起前男友了？"

仲球跟周窈一块儿在后座，白了姜舒佳一眼："我脑子有坑才会想他。"

车子启动，缓缓驶出停车场。

周窈含笑着听她俩拌嘴，就像回到了大学时代。

姜舒佳嘴角翘起，边观察倒车镜，边说仲球："当年你可不是脑子有坑嘛，跟那么一个渣男分手，你差点哭瞎那双五万都割不好的双眼皮大眼睛。"

仲球冷笑："呵呵，我谢谢你夸我眼睛。"

姜舒佳："一家人，不客气。"

两人几乎互相吐槽了一路。

仲球将话题转到周窈身上："上次听你说相亲了，怎么样？"

姜舒佳看着后视镜里的周窈，感慨："相亲确实是符合周周性格的常规操作。"

周窈跟她们提起的是于然那次，至于这次的庄毅，她没提。

"见过一次，还行。"

"一次？"仲球惊讶，"认识好久了啊，就只见过一次？"

周窈笑着道："没有好久，我现在是在相第二个。"

姜舒佳笑道："这相亲效率也很符合周周性格，不行就换。"

中午在世纪大道的望湘园订了一桌，薛淑儿没来，就她们三位。

这是一家湘菜餐厅，里面装修也很有"湘"味。进门就看到一座雾气缭绕的冰雕江山景。

这家店姜舒佳常来，还没看菜单先点了道霸王牛蛙。点完对周窈说："周周，我记得你是不怎么吃牛蛙的，但这家的味道还可以，一会儿你可以尝一小块，尝个味道就行。”说完将服务员递来的菜单给她俩。

周窈有些饿，点了道农家小炒肉，一道鸳鸯鱼头王，然后将菜单给仲球。

姜舒佳喝水润唇，看着她，忽然道：“周周，你跟我家偶像熟吗？”

周窈摆好身前碗筷，怔了几秒，疑问脱口而出：“谁？”

“孟之旭啊。”她说，“我记得之前你说你俩是邻居来着。”

“不太熟。”忽然间提起孟之旭，周窈心跳莫名加快了几秒，又缓缓平静。她也不懂怎么了，霎时出现在脑海的，竟然是某次跟孟之旭同待一辆电梯的画面。

姜舒佳凑近小声问：“怎么样，真人帅不帅？”

周窈眯着眼笑道：“帅。”

“你说你俩这么近的距离，怎么就没发展点什么呢？”姜舒佳叹气，“不过你俩性格似乎不太合，不像是能在一起的。”

仲球点完菜，菜单在她脑门拍了下：“天天八卦这个那个的，说不定你那偶像暗恋咱们周周呢。”

姜舒佳捂着脑袋嘶了声：“大球你淑女点。”

二人吵吵闹闹，周窈撑着下巴看她俩，见她没吱声，两人又聊起工作，带上她。

霸王牛蛙上桌时，扑鼻而来一阵辣味。

周窈嗅嗅鼻子，夹了一小块肉。

入口先是感受到了辣意，紧接着舌部有轻微的麻感，这道菜是越吃越麻，越麻就越想再尝一口。辣意不是特别重，她能接受。怪不得姜舒佳上来就点这道菜。

下午三人去逛了会儿街，傍晚才回提前订好的酒店。

为了方便晚上与薛淑儿会合，酒店与她订在了同一家。

薛淑儿微信语音发了过来：“晚上我们去九重天坐坐，那家酒吧有个大大的落地窗，能看到外滩。”

九重天酒吧就在酒店的八十七层，消费不贵，环境不同于嗨吧比较安静。晚上七八点还没等到薛淑儿，三人在外面简单吃了点，提前去了酒吧。

周窈不大能喝酒，点了杯气泡鸡尾酒，名字就叫“九重天”。这家酒吧的装修很特别，整个环境给人制造了一种超现实的虚幻感。

三人临窗而坐，华灯初上，窗外景色一览无余。

她们在并不过亮的暖色灯光下轻声谈笑，聊生活，聊工作。三人脸颊都淡淡泛起了红。

明明没喝多少，周窈却觉得有些晕。可能是太久没见，心情激动使然。

她起身去洗手间，却蓦然驻足。

肯定是喝多了，不然怎么会出现幻觉。

对面桌上正跟一男一女交谈的男人，是孟之旭。

周窈拍了下脸颊，确认她是清醒的，没看错人。

孟之旭侧对她坐着，挂在耳垂的十字架耳坠在灯光下忽闪，她眯了眯眼。

坐在孟之旭对面的女人她也见过，尤其朋友圈经常看到对方的自拍——关荣清。

而关荣清身旁的男人，周窈不认识，却又觉得有些眼熟，像在哪里见过。

他们聊天的声音不算很大，但也不属于窃窃私语，周窈听得迷糊。

什么“相亲”“出轨”一类的词。对面那个男人似乎很生气，腾地站起，怒目盯了孟之旭半晌，而后拔脚离去。

关荣清也立马跟着起身，着急地朝男人离开的方向看，又回头对孟之旭说了什么。

悠然坐在原位的孟之旭，端起酒，懒懒说了句：“还不去追你心上人？”

这句话周窈听清楚了，因为她走近几步，朝着洗手间方向。

没走两步，身旁冲过去一人。

对方轻撞到她肩膀，又匆忙扶起她道：“不好意思。”

周窈摇头：“没事。”

两人在仓促间对视了一眼，关荣清“咦”了声，视线越过她看向后方，又挑转回来：“不好意思啊，我赶时间，下次聊。”

周窈虽然清楚她们没熟络到能“下次聊”的地步，但也还是好脾气地说了声“好”。

说完话，关荣清就冲着刚才男人离开的方向跑，口中还低呼一声：“申哥，等我一下！”

周窈望着她的背影，脑中一片混乱。

鬼使神差地，她又掉头看了眼还在原位的孟之旭，预料之外地撞见他正投过来的眼神。

他人坐在暖光下，身上罩了一层毛绒绒的暖光，抬手朝她举杯。男人的唇角微微上翘，眸中映入灯光，星星一般明耀。

周窈又猛地转回头。

孟之旭被女人抛弃了？可他怎么一点都没有失恋的模样？莫非是强颜欢笑？

从洗手间出来，原来座位上的人已经离开。

薛淑儿也已经到了。

薛淑儿一来就告诉她们一个好消息，她下一个角色是主角了，不过只是部网剧。

薛淑儿模样清纯甜美，五官也精致，很适合在镜头下生活。

见周窈回来，薛淑儿特意道："拍摄地就在无锡，到时候我就有时间去找周周玩了。"

姜舒佳问："网剧叫什么名啊，到时候我拉着我老公一起看。"

仲球："又撒狗粮。"

薛淑儿说："叫《与你相邻好》，估计得明年才能播呢。"

周窈本来静静听她们聊天，突然一震，问："《与你相邻好》？"

"对啊。"薛淑儿奇怪，"怎么了？"

前两天她妈刚给了她一个号码，说是租他们家房子的剧组。那个工作人员给她发短信时，就自称是《与你相邻好》这个剧组的人。

周窈说："你们剧组租了我家房子。"

薛淑儿听了不免惊讶："这么巧。"

周窈也没想到会这么巧，薛淑儿哭笑不得问："租的不是会我们大二暑假去无锡玩时，住的那个别墅吧？"

周窈看着她沉默。

薛淑儿差点没憋住大笑。

"妥了，到时候进组我就跟他们说，这是我闺密的房子。"

当晚，四人合住一间套房。

大家买了些酒回去，又带了副牌，边喝边玩。

薛淑儿第二天下午有拍摄，周窈酒量不好，只有姜舒佳和仲球二人在喝。

本来都挺高兴，姜舒佳喝了两口突然一头栽到了地上，吓得三人赶紧去扶她。

姜舒佳眼镜都不知摔哪儿去了，抱住离得最近的仲球，扯开嗓子猝不及防地哭号起来，仲球顿时捂住耳朵。

一改白天活泼乐观的模样，姜舒佳恨不得将嗓子号干。

周窈拍着她背小声问怎么了。

姜舒佳的泪水沾湿仲球肩膀，又撇开她去抱周窈，哑着嗓音断断续续道："周周你听我的，谈个恋爱吧，别那么早结婚。"

仲球嫌弃地闻了下衣服："跟你老公吵架了？"她的语气也比白天柔不少。

姜舒佳撒开手，瘪嘴委屈巴巴看着仲球，仲球立马转开脸，伸手无奈道："抱吧抱吧，说怎么了。"

薛淑儿抱着纸巾和薯片过来。

姜舒佳抽泣着说："我怀疑我老公不爱我了。"

"怎么能不爱你呢，"周窈安慰她，"你们恋爱时对你多贴心啊。"

薛淑儿给她递纸，吃一片薯片，在咔嚓声中点头："对啊，又是送饭送零食，又是帮你写报告什么的，这得是多爱啊。"

她吃薯片的声音有点大，周窈给她使眼色，薛淑儿了然，立马放慢咀嚼的动作。

姜舒佳以前就容易哭，现在看来没变。

"他现在老加班加班，都没时间陪我了，我一个人吃饭一个人去上班。"说着看了下手机，"你看，今天从早上到现在，就只给我发了一条短信。"

仲球借着她手看到那条短信的内容：宝宝，花钱刷我的卡。

仲球心里顿时一阵无语。她瞬间将怀里的姜舒佳推出去。

晚上，几人都睡着后，周窈起身来到阳台，坐着看了会儿外面的景色。

好久没玩到这么晚了，以至于她还没有睡意。

她趴在阳台的小桌上，望着玻璃外只有一枚弯月的天空。

不知何时，姜舒佳醒了，轻手轻脚在她身旁坐下。她拿了两瓶水，给周窈一瓶。

刚睡醒，姜舒佳眼圈还红红的，两人相视一笑，谁都没有讲话。

良久，周窈忽然听到她低低叹了口气：“周周，我说真的，别那么早结婚。”语气十分悲凉。

窗外是宽阔暗沉的天空，天空下是灯火通明的城市。她们如两只渺小的昆虫，困在玻璃内瞻望着外边偌大的世界。

周窈喝了口水，嘴皮子上下翕合，却没发出声音。

就又听到姜舒佳说：“最起码你先谈个恋爱。”

“跟帅哥。”

周窈起身回去：“我睡了。”

回去路上周窈接到尤许的电话，对方问她需不需要迎驾。

周窈反问：“今天这么闲，没工作也没打游戏？”

尤许嘿嘿笑道：“游戏当然没有你重要。”

周窈昨晚没怎么睡，身心疲惫，不疑有他，将到达无锡的大概时间告诉了她。

到了出站口，没找到尤许的身影，却看到了鹤立鸡群的孟之旭。

她奇怪他怎么也在这儿。

昨天撞见他的事情，周窈还有印象，这会儿见到他一时不免恍惚起来。

人群里的孟之旭与旁人不同，他没有四处张望，也没有扬手拉客，只是安静地站在一旁，低头看手机。

那么安静一个人，却吸引了众多视线。

周窈随着人潮往出口走，犹豫一会儿跟不跟他打招呼。

算了，他反正也没抬头，就当作没看到他吧。这么想着，周窈小步快速往前走。

五米、三米……

距离越来越近，她特意走在另一边，不会经过他身旁。刚要撤回放在他身上的视线，那人跟早有预料一般，收起手机，不经意抬眼望了过来。

隔着人群，那道视线遥遥地又稳稳地落在她身上。

而后男人直起身，迈步走来。

周窈瞬间止步。

她没会错意的话，孟之旭是朝着她的方向过来。

他的步伐很大，两人的距离逐渐拉近，对方那张脸也越来越清晰。

周遭仿佛阒然无声，周窈魔怔一般看着他，愣了几秒才反应过来。像是溺水的人忽然涌出水面，周围的声音再次回来。

周窈看着已到身前的孟之旭，眯眼笑道："好巧。"

"巧。"他颔首，低低的声音在嘈杂环境里响起。顺手将手里拎着的星巴克纸袋递给她。

周窈盯着眼前的纸袋，面露疑惑。

孟之旭唇角扯了下，像是在笑，可语气里又没有笑意："做好人好事，接了个顺风单。"

"尤许请你来的？"她反应很快。

见她不拿喝的，孟之旭又将袋子往上提了下："需要我帮你拿吗？加钱。"

周窈沉默着接过纸袋。

"走了。"孟之旭转身就走，走两步想起身后还有人，又回头。

周窈还在原地，垂着脑袋在手机上打字，应该是在问尤许。

他不着急，好整以暇地站在原处等她。

周窈问尤许：你花钱让孟之旭来接我？？？

她一连发了几个问号，实在震惊。

尤许立马回：哎呀忘了告诉你了，我突然有事，朋友圈里问了下有没有人在高铁站附近的，正好许锦嘉告诉我他在那儿。

周窈还是震惊：所以你花钱让他来接我？

尤许：我想着你俩家在一个地，又方便又省钱。

周窈：……

尤许：好周周，我下次一定不放鸽子了，孟老板人不错的，我还让他给你买了杯喝的，你平时爱喝的那种。

周窈：好吧。

她坐了将近两小时的车，现在就想立刻到家躺下。尤许既然已经花了钱，不搭白费了。

收起手机，周窈抬步。

一抬头，就看到不远处的孟之旭。

在他身前站着两位女生，不知女生说了什么，她就看到孟之旭忽然朝着她的方向一指，两位女生顺着看过来，脸上表情带着些遗憾。

周窈跟在他身后去停车场。

这么热的天，孟之旭还穿了一身黑，也不知道热不热。

她视线垂到他手腕上。

对方左手戴了一只表，她定睛观察，发现那只表与她手上的是同个品牌的。父亲节周窈曾给她爸买过一只同款式的，比较熟悉，所以一眼就认出。

找到车，周窈本想既然花了钱，那她作为乘客坐后座应该不过分。到后座一看，上面大大小小摆了几个纸箱，再容不下一人。

孟之旭上了车，车子启动，打开车窗和空调。

周窈只好上了副驾驶，车内闷热，看来他离开车有一段时间。

两人就像普通的司机与乘客关系，一路无言。

周窈手捧抹茶星冰乐，轻轻吸一口，随即冰得她眯起眼。抹茶的味道在舌尖迸发，又冰又甜，她的夏日必备。

车内播放着舒缓的轻音乐，温度也已经降了下来，周窈舒服得眼皮打架。身旁人一直没说话，其间他电话响了也关掉不接。

周窈的睡意被电话铃声惊跑。

看他冷冰冰的脸色，想起他失恋的事。她舌尖舔了下上唇，开口道："昨晚我看到你了。"

孟之旭目视前方，一手握着方向盘，另一手在腿上轻敲。他没什么情绪地"嗯"了一声："我知道。"

周窈开了口又后悔，她不该提这个的。"抱歉。"她说。

孟之旭听到她冒出一句抱歉，唇角轻扯，笑了一下："对不起我什么？"

周窈不知道他是故作乐观，还是他压根没因失恋难过。

"反正我刚才不该提昨晚的事。"

"昨晚？"他真不懂似的，"昨晚有什么事吗？"

周窈听他语气实在是一丝悲伤都没有，索性闭嘴不再说话。

孟之旭趁等绿灯时看她一眼，看完又扭回头继续看路。

望着车流，他又笑了。轻轻的一声，打破音乐停了的安静氛围。

周窈下意识问了句：“笑什么？”

“你是不是觉得我被人甩了？”他沉声问。

周窈默然，没反驳。

绿灯亮，车子缓缓加速。

孟之旭突如其来叹口气：“你猜得没错，确实失恋了。”

周窈张张嘴，安慰的话不经思索信手拈来：“没事，你还会遇到下一个。”说这话时她朝孟之旭的方向看去，对方也望了过来。

两人的视线在空气重交融一秒，他先移开了。

“所以下一个在哪儿？”

孟之旭这句话像是意有所指，周窈又找不出破绽。

她轻声回：“用心就能遇到下一个。”

孟之旭抠了块口香糖扔嘴里，轻声啧了一下：“借你吉言。”

回家后，尤许给她发了条短信确认平安，周窈立即拨了个电话过去质问。

尤许连连讨好道：“哎呀刚好一局游戏开始，巅峰赛。更何况，帅哥去接你，那我们周周岂不是很有面子。”

“对，托你的福。”周窈被她气笑。

累得很，周窈回了家饭也没吃直接去冲了个澡补觉。

另一边，尤许挂了电话后立即回到跟安常、许锦嘉的三人聊天群里。

她问：你们确定孟老板喜欢我姐？

许锦嘉：我拿人头担保！

尤许问安常：是吗？

安常：应该是真的，之前就有点苗头。

尤许发了个小人跳舞的表情包：怪不得，我就觉得之前孟老板看我们家周周眼神不对，原来是暗恋她啊。

尤许又发：不过这事得先瞒着周周，她的性格我了解，她要是知道了保准立马离孟老板远远的。

许锦嘉：为什么？九爷又帅又专一。

尤许大笑：帅我认了，专一？他身边的花蝴蝶我都见过几个了好吗。

尤许：而且周周也认为他花心。

许锦嘉：完了，九爷清誉毁了。

安常诈尸般出现：九爷没谈过恋爱，周窈算是他第一个喜欢的姑娘。

尤许：？？？

许锦嘉：怎么，不信我们家九爷这么单纯？除了车和美食，他现在感兴趣的，还有周窈。

尤许：……我越来越怀疑你俩干过销售。

许锦嘉：小生不才，确实卖过几辆车。

安常：卖过健身卡。

尤许：……大意了。

尤许最后提醒他俩：不过你们孟老板想追我姐可得快点了，周周她现在这个相亲对象是我小姨、姨丈喜欢的类型。

《三餐四季》节目的收视率不错，尤其是有徐敬陵和孟之旭的那两期。

一个有明星效应，一个有颜值加持。

主任考虑接下来几期不出外景，在棚里录制，同时请来往期几位收视率较高的厨师。

孟之旭就在其中。

通知的事周学勤去办，他给厨师们一一发去短信，只有孟之旭没回。周学勤拿不准这位老板的想法，忐忑地去找周窈。

周窈想着他可能在忙，让周学勤把短信内容发给她，她再复制发到对方微信。

发完一秒，那边就回了。

孟之旭：好。

周学勤沉默以对。

是他无能。

薛淑儿的戏正式开拍，来无锡的那天就给周窈发了消息，还拍了张跟别墅的合影给她。

周末的时候，周窈收到来自剧组的短信，说房子电路有些问题。

周窈将问题反馈给老妈。

苗叶请了个电工，她没时间过去，就让周窈顺便跟电工走一趟。

反正也没事，周窈正好去见见薛淑儿。

找到对接人，那人一见房主是个十分年轻的女生，惊讶了下，随后带着电工去检查房子的电路。

周窈被剧组工作人员领了进去。

拍摄还在进行中，她坐在给薛淑儿安排的椅子上，身后是硕大的电风扇，呼呼直往身上吹。

风力再大，也吹不散热。屋内其实有空调，但这儿长久没人住，电路老化，用的电器一多就容易短路。

周窈坐下没一会儿，跑过来一个扎马尾的小姑娘，脸圆圆的，戴着一副圆框眼镜。她递了杯果汁给周窈，笑起来憨憨的："你好，这是淑儿姐让我给你买的。"

周窈笑着接下："谢谢。"

小姑娘听完很高兴似的，原地踌躇两秒又跑开。

路上被人拦下。

"你刚给谁送喝的啊？"问的人是这部剧男主的助理，胖胖的，叫王岭。

李裳道："是淑儿姐的闺密。"说着，她又扭头小心翼翼朝周窈方向看，得到对方的笑容时又害羞转过脸，小声告诉王岭，"淑儿姐还说，这栋别墅就是她家的。"

"谁？"王岭惊了下，"你说拍戏租的这个别墅？"

"对啊。"

王岭感慨："求求淑儿姐把这位富婆的联系方式卖给我吧。"

"你死心吧，人家生活里应该大把人追呢。"

"那倒也是。"

还没到徐敬陵的戏，他刚从卫生间回来，路过随口问了王岭一句："聊什么呢？"

徐敬陵是这部网剧的男主角，见到他，李裳笑着喊："徐老师好。"

他含笑回应。

王岭跟着他回座位，望着前方不远处的女人背影小声道："那个坐在薛淑儿位子上的女人，是这栋别墅的主人。”

徐敬陵从他怀里拿过剧本，抬眸瞥了下：“哦。”

到了座位，王岭特意从前面绕了下，然后回头快速看了一眼那个女人的长相，奇怪地“咦”了声。

徐敬陵抬头，闻声的周窈也抬了头。

王岭看着她皱眉道：“你不是那个……”一时记不起名字来了。

周窈看着王岭，似乎见过这人，可不记得了。

“周窈？”身旁响起男人的声音。

周窈扭头，看到了一张熟悉的脸。

徐敬陵。

这个人她还是记得的，毕竟共事过几天。

“是你啊。”周窈笑道。

徐敬陵看着她的笑，顿了几秒，也笑了：“你来这里是？”

她指指拍摄方向：“找我朋友。”

“哦，原来你是薛老师的朋友。”

两人之后再无交谈，直到薛淑儿这场戏结束。

她过来后直接给二人做了介绍，徐敬陵笑着道：“我认识她。”

薛淑儿喝着水大吃一惊：“你俩认识？”

周窈说：“之前他参加过我的节目。”

薛淑儿立马抱住她胳膊：“宝贝对不起，我太忙了都没看你节目。”

周窈故意板起脸：“所以我也没看你的剧。”

薛淑儿凑近她耳旁小声道：“那还是别看了，有些剧我自己都看不下去，看这一部就好。”

二人边聊边往别墅内走。

徐敬陵望着她们离去的背影，眸光暗了暗。

王岭凑上前嘀咕道：“看来这个主持人家里还挺有钱的。”

自从与关荣清撇清关系，申岚芝三天两头给孟之旭打电话，探问他与他那个小姑娘的进展。

一听孟之旭还没行动，申岚芝唉声叹气：“你什么时候再回来一趟，上次对面桌那个阿姨你不是也见过嘛，她有个侄女长得可水灵了呢。”

接下来的话不等她说完，孟之旭就挂了电话。想想又给申女士发过去一条短信：国庆店里忙，不回家，生日自己过。

申岚芝回：你生日最好跟小姑娘一起过。

孟之旭：我尽量。

他生日是十月五号，在国庆假期内。

临近国庆，店里生意确实比往常更忙碌了些。孟之旭没什么时间出门，也鲜少再见到周窈。

听许锦嘉透露，周窈前段时间相亲了，这次的相亲对象是名医生，她父母很是中意。尤许还说，说不定这次的相亲对象，就是周窈的结婚对象。

结婚？

这个词对孟之旭来说很遥远陌生。

周窈那个小朋友要结婚对他而言更是件不可思议的事情。他总觉着她小，还不是结婚的时候。可念头又一转，她只比自己小一岁，很多女生在周窈这个年纪已经成婚。

出了休息室，有员工提醒孟之旭前台有他的快递。

将小猪送去敬老院后，他就没再网购过。孟之旭以为是许锦嘉或安常买的，拿了快递就扔在休息室，没去拆。

晚上回家，突然收到消失很久的封景的微信。

封景：快递收到了？

孟之旭：？

封景：国庆我回家，提前送你的生日礼物。

孟之旭：谢了。

而后，转了笔钱给她。

封景：？？？你就拿钱骂我？送个礼物都不行？

孟之旭诚恳回：没骂你，你还是学生，别乱花钱。

封景一气之下把钱收了，发：以后再也不给你送礼物了！

孟之旭：那样最好。

封景：……

他没再回。

在他心中，封景一直是个还没长大的孩子，情绪不稳定，今天想这个明天想那个的。说喜欢他，也不过是想找回失去的哥哥宠爱。就算封景对他真是男女情爱，他也不会接受。没别的，纯粹对小孩没兴趣。

下了班，周窈去停车场取车时突然接到庄毅的电话。

这些日子他们只在微信偶尔聊天，两三天一个循环，打电话还是头一次。

周窈按了接听键："喂？"

庄毅在电话那头笑道："你现在是下班时间吧？"

"嗯，刚下班。"找到车，按下解锁。

刚要上车，瞥见李吉几人，李吉看到她伸手招了一下。

周窈挥手回应。

庄毅说："是这样的，我国庆有假期，想着五号那天一起吃个饭。"

她进入驾驶座："五号啊，那天我可能没时间。"

也是巧合，尤许前两天刚约了她五号一起吃饭。四号不行，六号也不行，必须是五号。

庄毅："这样啊，那下次有机会我们再约吧。"他的语气里并没有失落，好像约不约得成都无所谓。

挂了电话，周窈启动车子，从李吉那辆车前缓缓驶过。

她无意间瞥了眼后视镜。

后视镜中，有个女人站在李吉的车旁，静静望着她离开的方向。周窈记得她，朱欣晔——是庄毅那个在电视台工作的朋友。

初秋的早晨和傍晚清凉，周窈回家路上开着车窗，让路边的桂花香飘进来。

周窈跟尤许约了晚饭，在东来顺。

尤许提前去了，周窈犹豫了下，从家里打车过去。饭店离她家不远，车程不到十分钟。

进入店内，她找了一圈，才在大桌上看到尤许的身影。

跟她同桌的，还有孟之旭、许锦嘉和安常。

周窈带着疑惑过去，尤许一眼瞧见她，起身拉她入座，解释道："周周，你说也是巧了，今天居然是孟老板生日，我刚才一进来就看到他们了。”

许锦嘉和安常纷纷跟周窈打招呼。

许锦嘉附和道：“反正你们也就两人吃饭，要不我们拼个桌，人多也热闹点。”他们自说自话地做了决定，完全不给周窈反驳的机会。

今晚的寿星只字未言，端坐在她身旁，把玩桌上的圆杯。

大家点了菜，店员又送来大碗桂花圆子汤，说是送的。

桌上渐渐飘来淡淡的桂花香气。

主人公是孟之旭，周窈不好先动筷，只能安静等着。对面三人仿佛多年未见的老友，从她进来到现在，都没停下聊天。

这是周窈今年第二次来东来顺，上次在这儿也遇到了孟之旭。

周窈起身去调料区，过去途中被跟着一块儿过来的尤许拽着往外走。

“干吗去？”

尤许拉着她往外走：“去买个东西。”

出门左拐，没走几步从南门进入万达。尤许找了家面包店，径直朝蛋糕区过去。

周窈这才明白她的用意。

晚上才来买蛋糕，展览柜里所剩无几。尤许让她来挑，周窈分不出好坏，选了个没那么可爱的蛋糕。

付了钱，尤许拎着蛋糕对她说：“谁知道今晚吃饭能碰见他们呢，我们一个蛋糕换一顿饭，也不算亏。”

周窈没说话，淡淡地看了她一眼，看破她的小心思。一个蛋糕换一次跟安常吃饭的机会，对她而言确实不亏。

回到桌上，周窈去了调料区，尤许将蛋糕放到孟之旭面前：“孟老板，我姐送你的。”

他看着透明包装盒里的黑巧克力蛋糕，唇角扬了下：“谢了。”

“谢周周吧，她买的。”

端着油碟从调料区回来，周窈坐下才发现面前的小碗里盛了桂花圆子汤，阵阵香气扑鼻。

看到尤许面前也有一碗，了然地笑了下。

身旁的男人望着她颊边的酒窝，莫名其妙地跟着也勾起嘴角。

饭桌上，大家聊了不少。

周窈发现话题都是围绕着孟之旭展开的。主旨只有一个：他单身。

周窈不觉得奇怪，前段时间刚目睹他失恋全过程。

但没多久话题又转到了她身上。

席间周窈也配合地喝了点清酒，许锦嘉问她话时，她透过袅袅烟气望过去视线模糊。

许锦嘉："周姐，你也单身吗？"

周窈想了想："我正在相亲。"

"确认关系了？"这个声音是从她身旁传来的，带着一丝慵懒的声线，很抓耳。

周窈扭头朝孟之旭望去，脸颊微红。

她诚实摇头："没有。"

"嗯。"孟之旭垂了眸，淡淡出声。

周窈听到他"嗯"了一下，觉得哪里怪怪的。很快，对面的许锦嘉又吸引了她的注意力。

许锦嘉问："这段时间周姐你很忙啊，也不来店里吃饭，不过我看到你有订外卖。"

"对啊，是挺忙的。"

安常说："下次别订外卖了，直接告诉我们，我们给你送。九爷说了，别给外卖平台一丝赚钱的机会。"

周窈被安常一本正经的模样逗笑。她转脸看向话里抠门的老板，却看到这位老板正半撑着脸也朝她看来。

他的眼神比之前所见锐减了一丝犀利，柔和许多。

面对她的询问目光，孟之旭扬了扬下巴，神情里似是还带了丝骄傲："嗯，确实是我说的。"

周窈点点头："你还确实蛮抠的。"她讲这句话时语气稍稍软了些，也不知是不是喝了酒的缘故，完全是一副小女儿家娇憨的模样。

孟之旭望着跟众人渐渐聊开的周窈，闭眼按了按鼻梁。

也好。

以后她相她的亲，他追他的"小朋友"。

第八章　坐上九爷的摩托车

周窈的国庆算是没放假，放假那两天后期也都补了回去。大家的假期结束后，她休息日还在台里加班。

休息日的下班时间比平常早些，周窈跟周学勤往外走。

一起工作这么久，他们总共就聚过一次，周学勤跟她商量着过两天没那么忙了，大家要不要一块儿吃个饭什么的。

周窈没意见：“去问过廖姐了吗？”

一提廖姐，他就蔫了。周学勤很怕廖波，哪怕工作这么久了，他面对廖波还是会紧张。

周学勤问她：“周姐，你不觉得廖姐有点像高中班主任吗？”

周窈将廖波和她妈在脑海中对比了下：“不太像。”

周学勤还要说什么，周窈笑着道：“就算不当面问她，也要发短信问她有没有时间。”

他还是一脸纠结。

周窈帮过他多次，这次想让他自己去面对。

“面对镜头你都不紧张，这会儿紧张什么？”周窈有些搞不明白，“以后你会遇到更多看起来很严肃的人，不可能每次都能躲开。”

周学勤嘀咕道：“别，我想多遇到像你这样的。”

周窈没听清他的话，在看到停在电梯口两人时愣了两秒，而后又扬起笑容，不急不缓地上前。

站在电梯旁的，是庄毅和朱欣晔。两人正聊着天，庄毅说了什么，朱欣晔捂唇在笑。

察觉到有人过来，庄毅转身，看到了周窈。他脸上淡淡笑意一直没收敛："下班了？"

周窈"嗯"了声。

落后半步的周学勤看看这个，又看看那个。

庄毅道："我刚从外地回来，正好经过电视台，顺便过来找你吃个饭。"

周窈正要问为什么没提前说。

庄毅又道："刚才打你电话没人接，想着你们快下班了我就过来了。正好碰见小朱，她帮忙领我过来的。"

周窈闻言看了眼朱欣晔，后者没看她，而是收起笑容对庄毅说："师哥，你既然等到人了，我就先回去了。"

"嗯，有空下次聊。"

二人离开电视台去了一家湘菜馆。

她跟庄毅这是第二次见面，还是比较生疏。不比第一次，这次聊天的话题几乎枯竭，好像都在第一次里用尽。

等菜的空闲里，庄毅从包里拿出一个小盒子，递了过来："在外地看到顺手买下的，觉得挺配你。"

盒子不过掌心大小，能放下的东西不多。

周窈没接，他考虑到她的顾忌，当面拆开盒子。

是一个小号蓝色哆啦 A 梦。

庄毅说："不值几个钱，就当个纪念品。"

她这才接过："谢谢。"

周窈对这类玩具木偶没什么感觉，她几乎没有特别的兴趣爱好。做一条不愁吃穿的咸鱼，过安稳生活，好像就是她的生活目标。

周窈有时都无法理解别人对某一事物的热爱。

她将玩偶重新装回盒子，随口问了句："你很喜欢机器猫吗？"

她记得他的微信头像也是这个猫。

庄毅神情晃了下，周窈再抬眼时他才笑着回：“小时候挺爱看这个动画片，就记到现在了。”

“那还挺长情的。”

庄毅垂下眼倒水，提杯喝一口：“还行。”

这家菜的味道并不十分中周窈的口味，唯有一道小炒黄牛肉还说得过去。牛肉火候掌握得刚好，肉质嫩滑不老，味道微辣。牛肉最下层，有几片烤得金黄的锅巴。酥脆的锅巴蘸上咸辣汤汁，再咬上一口，香到极致。

碍于庄毅在前，周窈克制住将碗中最后一片锅巴夹走。

饭后，周窈礼貌询问庄毅：“需要我送你吗？”

庄毅没开车，他笑着道：“哪里有让女生送我的道理。”

他不需要，周窈也没再客气。

分别前，庄毅忽然叫住她。周窈转身，眼神疑惑地望着他。

他依然微微笑着，那笑容隐在灯光下，让人觉得不真实。

他说：“周窈，要不我们以男女朋友的身份，处着试试吧？”

“啊？”

这句话完全出乎意料。

周窈大脑瞬间空白，想不出一句话来回答他。

很奇怪，她应该同意的不是吗？可总觉得心里慌了下，好像一松口应下，她就失去了什么。周窈没有恋爱过，想着面临这种情况突然有此刻的心情应属正常。

良久，庄毅又笑道：“不好意思，是我太着急了，要不你再回去考虑下？”他像是也松了口气。

周窈这次立马应下：“好。”

她浑浑噩噩地回到家，手里拎了一袋刚从超市买回来的啤酒。周窈不大喝酒的，今晚经过超市，突发奇想地进去买了几罐。

庄毅留给她的问题她没去麻烦任何人，一个人抱着电脑窝在沙发上网。

电脑屏幕停在百度网页界面。

搜索内容是：和医生的婚后生活如何？

结果出来一大堆答案，可那些答案她一条都看不下去。

庄毅的性格、工作、家庭等都非常符合她心中那个丈夫的人选，可真当对方开了口，她却退缩了。

不知不觉，袋中几瓶啤酒已然下肚。

周窈头一次觉得自己酒量还行。

电脑的光过分亮着，刺得人眼睛疼。“啪”的一声，合上电脑。

窝着时还不觉得，起身收拾啤酒罐时，她才察觉喝多了。

脑袋晕，步伐也不稳，可意识还是清醒的，记着要把垃圾收完扔垃圾袋里，而后扣紧垃圾袋口，拎去门外。

周窈浑身发热，似乎还有热蒸汽在她头顶喷薄，已经秋天了还觉得热得黏糊。

她步伐很慢，勉强自己站直，身体微微晃动着往门口走。

开门，伸出脑袋，然后将手里的垃圾袋放到门外。她扶着门框起身，还没完全起来，一道黑色阴影罩了下来。

周窈双手扶墙，抬眸朝上看，对上了男人一双深邃的眸子。

她认出这个人，笑着抬手：“嗨，孟老板。”话是脱口而出的，没受任何束缚。她脸蛋扑红，扑鼻而来的浓重酒气。

孟之旭看了眼门旁没扣紧的垃圾袋，又望着她：“喝酒了？”

“嗯。”她一手扶门框，一手去拉门，一副准备关门的姿态，“喝了点。”

看她都这样了，还想着将他关在门外。

孟之旭笑了下：“怎么，跟我一样失恋了？”

周窈偏头，点了下，又摇摇：“我跟你不一样，我是要恋爱了。”

“是吗？”他的声音轻飘飘的，没有一点疑问的语气。

今晚的周窈放开很多，在酒精作用下，她忽然鼓起勇气，脑袋往前一伸，盯着他问：“孟之旭，以前你的恋爱都是怎么谈的，为什么没谈到结婚呢？”

她穿着吊带裙，一倾身领口微微敞开。

门口灯光暗柔，将她通体包裹住。纤细的脖颈处有一颗极淡的痣，明明很容易被忽略，此刻却吸引了他全部的注意力。

孟之旭眸光一暗：“周窈，你喝多了。”

“嗯，我喝多了。”她附和地点头。说着，手上缓缓将门合上。

孟之旭的手掌一下撑住门，冲击力击得她向后踉跄几步。

“你准备跟谁恋爱？”

周窈有些疑惑看他，想了想，不太确定道：“我不知道。我应该答应的，可是我又有点不想答应。”

他隐约猜出几分：“但凡有一点不想，那就不答应。”

“这样吗？”

“还有，”孟之旭一手慢慢推开门，“周窈，我没谈过，正在等一次能谈到结婚的恋爱。”

次日一早，周窈醒来时口干舌燥，喉咙像是有把火在烧。

卧室里弥漫着酒气。

她坐在床上缓了会儿，大概记起昨晚酒后的事。

她记得将垃圾袋放到门外，记得见到了孟之旭，还想着与他保持距离不让他进屋。别的记忆就模糊不清了，具体说了什么也忘了。

这是她第一次断片，之前喝完酒晕乎乎的状态下也不见得会忘事。

洗漱完，周窈又将屋内窗户打开通风，卧室的被单被套换下扔进洗衣机，心里才觉得舒服了些。

嗓子疼，她带了盒润喉糖出门。

一开门，发现门旁的垃圾袋已经不见了。

她明明记得放了垃圾袋的，难道昨晚还下楼了？

匆匆弯腰换鞋，看到鞋架上有一个保温饭盒，饭盒上贴了张纸条，写着“皮蛋瘦肉粥”。

她本能地朝旁边的602看。

换好鞋，周窈拎起保温盒，放回隔壁门口。

《三餐四季》请回的往期厨师中，孟之旭是第一个参与拍摄的。

不同于上次，这次拍摄地在电视台，台里会准备好一切他需要的食材，他本人到场即可。

拍摄当天，邱亚良让周窈去停车场接一下孟之旭，他不认路。

周窈转头将这个任务交给周学勤，并道：“比廖姐更冷的人来了，你去感受下。”

周学勤简直要哭了："周姐你变了。"

周窈笑着回："是吗？"

原本笑容和煦的周姐，现在也学会笑里藏刀了。

周学勤拖着沉重步伐，往停车场去。

人很好找，就候在电梯门外没进来。

见到来人是他，周学勤貌似看到他脸上闪过一丝失望的神情。再大着胆子看一眼，孟老板依然是那副冷酷拒人千里的脸色。

周学勤笑道："不好意思啊，上面事多，来晚了。"

对方微微颔首，并未吱声，大步踏入电梯。

并肩而立，周学勤压力倍增。身旁的人腿长肩宽，足足高了他半个脑袋。他努力挺腰，余光瞄着身旁人的肩膀，再对比自己肩膀线。

"你们周主持人气不错。"

沉浸在个人比拼赛中的周学勤骤然听到这么一句话，"啊"了一声。

孟之旭目视前方，口吻懒散："应该不少人追她吧。"

周学勤被问得一脸蒙。

点头又摇头。

几秒后，他才反应过来，孟老板在问有没有人追周姐。

他居然问这个问题……不怀好意。

周学勤顿时觉得这位孟老板面冷心恶，有了未婚妻还惦记别人。

"有啊。"一时英雄主义作祟，果敢战胜拘谨。他随口道，"上次还有个男的追来电视台请周姐吃饭呢。"

孟之旭听出他语气里的敌意。忽然扭头看着他："你好像对我有意见。"

被看破，周学勤立马转开脸："没有。"

孟之旭淡淡地"呵"了声，没信。

"孟老板，你既然已经有了未婚妻，还惦记周姐干什么？"实在没忍住，周学勤憋红了脸怒问。

"你都看出来了？"

周学勤觉得他的态度奇怪："这么明显，我又不是瞎子聋子。"

孟之旭轻轻"唔"了一声，根本不因他的怒意生气："谁跟你说我有未婚妻的？"

"周姐啊。"

"这样啊。"

周学勤警惕地看着他，总觉得孟之旭没憋着什么好。

到了拍摄现场，在工作人员的配合下，孟之旭穿上围裙，提先熟悉环境。

周窈在另一边看台本，全程没朝他这边看。

孟之旭站在料理台前，垂眸失笑。小姑娘酒醒就忘了，粥也不喝。

正式录制前几分钟，周窈才过来站到他身旁，对着镜头方向深吸一口气。

"周窈。"他低低地唤了声。

周窈那口气没吸完就吐了出来，蹙眉偏头盯他。

他跟个没事人一样，仿佛不是他喊的，见周窈望过来还单挑了下眉。那神情就像在问——有事？

周窈敛眉笑笑："没什么，别紧张。"

"嗯，我不紧张。"

拍摄工作进行得有条不紊。

临近结束，场外忽然传来一道尖锐刺耳的女声："周窈！"

正在录制的周窈听到了，脸上没有丝毫慌张，依然保持笑容看孟之旭做饭，顺便问他一些注意事项。

她没反应，身旁的孟之旭已经抬眸朝场外看去。

那道女声越来越近，也喊得愈加迫切愤怒："周窈呢？！给我出来！"

场内众多人闻声朝外看。

只见一位穿着白色连衣裙的中年女子在有人拦截的情况下依然闯了进来，女子身材微微发福，一头卷发保养得光滑锃亮。

她手臂格在拦她的人身前，尖着嗓子道："再拦我一下试试！你们是不是都跟那个小三一伙的？！"

"小三"二字一出口，众人皆震惊地朝周窈望去，几分疑惑几分八卦。

周窈看向来人，她并不认识。可对方似乎认识她，推开众人大步过来，来势汹汹。

周窈觉得是误会，准备上前理论。无论有什么事，等他们拍摄完再聊。

她刚踏出一步，胳膊猝然被人往后一拽。

身前，中年女子也疾步过来，压根不等她反应，扬手就是一掌。

只不过这一掌没打在周窈身上，也没成功落下。

被人擒住手腕，张莹莹手腕一痛，想收回又无法动弹，顿时眼眶一红，哭闹起来。

“好啊，你们电视台就是这么做人的！”她另一手砸出个手机，砸进料理台上的蔬菜中，“个个都护着小三！平时还宣扬什么正义呢，屁！”

孟之旭皱眉，松了手。

周窈两指拣来手机，手机还亮着，屏幕上的照片是她。

张莹莹抬头看孟之旭时愣了下，而后愤怒又占了上风，想要绕开他拖出周窈。

孟之旭察觉到了，一手撑料理台，懒懒地倚站着，完全将她隔开。

张莹莹口水几乎喷了出来，气愤道：“周窈，你别躲在男人身后，你平时怎么勾引别人我不管，但别把主意打到我老公头上！”

周窈透过孟之旭腋下，望着她喃喃：“你老公？”她听得云里雾里，不过手机照片里的人，确实是她。

“麻烦说话客气点。”张莹莹还想再骂，横在她与周窈中间的男人忽然低低出声，拧眉看着她，一双眼中满是寒意。

他人高马大，耳朵上还戴了个耳坠，跟混混无异。张莹莹往后缩了两步。

围观人群中有人窃窃私语。

周学勤也跑到了周窈身旁，小声告诉她：“他们说这女的是李吉老婆。”

李吉？

周窈更奇怪了，她跟李吉又有什么关系？

没一会儿，李吉果然跑来了。

他完全不敢朝周窈方向看，拉着张莹莹胳膊往下拽。

张莹莹一把甩开：“别拉我！你来得正好，来，看看你那个小狐狸精，这会儿正躲在别的男人身后呢，说不定晚上还躲在他们被窝里呢。”

她讲话越来越难听，周窈没有遭受过这种侮辱，一时无法淡定。她主动从孟之旭身后出来，后者没拉她，只是往前进一步，离她近了些。

周窈盯着张莹莹和李吉二人：“你自己问问你的丈夫，这些照片是偷拍还是我给的。”

张莹莹才不听："就算是偷拍怎么了，你不勾引他，他怎么会想到偷拍你？电视台那么多女的，怎么偏偏就偷拍你呢？"

周窈气极反笑："完全是受害者有罪论。"

"什么什么受害者，"张莹莹压根蛮不讲理，"我才是受害者好吧，我跟李吉结婚多年，我们还有个女儿，本来生活得很幸福。你知不知道你的介入破坏了一个美满的家庭？！"

她讲这话时，周窈全程看向一旁低头无措的李吉。

李吉没解释没否认也没承认。

砰！

身后传来的巨响打断几人对话。

周窈转身，孟之旭正将砸在菜板上的刀拔下，两指轻轻拎着，有一下无一下地往菜板上凿。

周学勤在他身后看得心惊胆战，孟之旭那拎刀的架势，感觉下一秒就要朝对面砸去。

这时围观的工作人员纷纷上前解围。

张莹莹刚才被吓了一跳，见拿菜刀的男人没有后续，气焰又上来了。

"抱歉，打断一下。"孟之旭眉目低垂，菜板上多了个青椒，被他切得四分五裂。

张莹莹没听，又一下巨响传来。

这次，孟之旭已然扔了刀，力道比之前还大，震得周窈都忍不住想拉住他。

张莹莹这次看过来了。

孟之旭甩了甩手："你说周窈勾引你老公，请问你丈夫有什么地方值得她去勾引？"

张莹莹看看李吉，又回头打量他："小三的想法我怎么知道，或许她就是想破坏别人感情。"

"这样啊。"孟之旭低头朝身前的周窈看，轻笑，"那她为什么不破坏别人的，就破坏你的呢？是不是你老公不守夫道勾引小姑娘呢？"

他脸上带着笑，语气却凉薄。周窈听了这话只觉得好笑。周学勤是没忍住，笑了。

张莹莹的愤怒显得格外苍白："那说不定是她看上李吉的人品，爱上他呢！”

“人品？都结婚了还偷拍小姑娘，还有人品？”

周学勤不可思议地看向孟之旭。没想到不大爱讲话的孟老板，撤起人来这么毒辣。

孟之旭轻声道：“周窈。”

周窈好不容易平静了心情，听到他扬着尾音叫自己，又骤然怔住。

两人静静地对视，他要说的话忽然不决定说了。小姑娘受了惊吓，不能再受惊吓了。

就在两人对望的几秒，张莹莹见缝插针找到机会，保安刚跑进场内，就见张莹莹疯了一样手上挥舞着什么朝周窈扑去：“看你脸花了还怎么勾引别人！”

身后的李吉也没能来得及拉住她。

周窈看着孟之旭，却见他眉头一拧，伸手将她拦抱过来。

男人的胸膛迎面扑来，周窈在这一瞬间想到了醉酒的晚上。

某些暂时忘却的记忆忽然袭上心头。

她记得他说：我正在等一次能谈到结婚的恋爱。

背后袭来重重撞击，周窈在撞击下再次往男人胸膛撞去，她目光往上，望着男人轮廓分明的脸庞，忽然间想通要如何回答庄毅那个问题了。

一切来得又快又突兀。

她安稳的心跳在周围一众惊呼声中越渐加快。

好像做了一个了不起的决定，她觉得自己正忐忑又新奇地往另一条不属于自己的道路上试探性踏了一脚。

孟之旭松开搂住周窈后背的手，看了眼被美工刀划伤的胳膊，再低头，周窈还是刚才那副神情，愣住了一般。

他伸手在她面前挥挥：“小朋友，看傻了？”

周窈瞬间回神，在意识到他说了什么后脸腾地转红。

孟之旭小臂被划了道五厘米左右的血痕，还好对方手持的是美工刀，血痕不深，却也渗了不少血。

邱亚良听闻赶到现场，拉着他就要去附近医院检查，孟之旭觉得他小题大做，甩甩手臂说：“没什么大碍，血迹擦擦得了。”

邱亚良担忧地看着那道血痕："真不碍事？"

"没事。"他眼下担心的不是自己，而是突然被人叫走的周窈。

邱亚良忍不住胳膊肘捅他一下："给你能的，都学会英雄救美了哈。"

"你们准备怎么处理？"孟之旭收回视线，抽了张纸擦拭血渍。

邱亚良思来想去，还是领他去附近的药房买点药擦擦："其实对付这种胡搅蛮缠的人，你做什么都没用，得涉及他们的利益时，对方才肯让步。"

"刚才那个女人，就李吉老婆，"邱亚良左右看了下附近有没有人，小声道，"你以为凭李吉的本事是怎么混到新闻频道的？还不是靠他岳丈家的关系。"

这些事孟之旭不想打听，也不感兴趣。

"所以周窈怎么办？"

"你放心，她吃不了亏的。"邱亚良拍拍他肩膀，"这事台里会处理的，台里虽然还没发声明，但私底下已经明确定下她去当那个关爱老人公益活动的形象大使，怎么可能搬起石头砸自己脚呢。"

孟之旭鼻哼一声。

难怪小姑娘天天假笑，在这种虚假利己的环境下生活，对外真实才是异类。

周窈没选择报警。

她清楚地知道这件事报警没用，对方只会更加无理取闹。

现在事情的真相一目了然。

李吉偷拍她并设为屏保，张莹莹发现异端，将气撒到周窈身上。张莹莹的做法并非一时冲动，她或许早就发现只是隐忍不发。如果是真的想要解决问题，张莹莹大可私下找她，先了解事情的原委。可她没有，她直截了当地闯进拍摄场地，为的就是要将事情闹大。

她不想让周窈继续干下去。她将事情的过错强行按在周窈身上，李吉就算是稍微动了异心，她也觉得能抢救。

但是周窈，不能再出现在李吉面前。

在台里领导的安抚下，周窈与李吉张莹莹二人当堂对质。

周窈坐在他们对面，身旁是生活频道的主任。

对面的张莹莹一口一个舅舅，在向她右侧的中年男人哭诉。而左侧的李吉低垂着脑袋，一声不吭。

周窈顿悟，怪不得她单枪匹马的就能轻松闯进来。

中年男人拍拍张莹莹，朝周窈望过来：“小周，这件事呢是个误会，咱们大事化小，小事化无怎么样？当然，莹莹回去了，我也一定好好说她。”

“舅舅，你怎么帮她！”

男人怒目瞪她，沉声道：“还觉得不够丢人吗！”

张莹莹扁扁嘴，再看旁边沉默的李吉，更是气不打一处来，暗暗掐他一把。

李吉忍痛皱眉，却还是只字不言。

她知道那些照片是李吉偷拍的，李吉在家里也已承认，其间没提周窈一句不是。张莹莹见他犯了错还维护别的女人，更觉得心里不舒服。

周窈冷着脸道：“所以以后任何人跑来骂我一顿，我都要大发慈悲地大事化小，小事化无？”

“这件事确实是莹莹的不对，这样吧，我让她给你道个歉，行吧？”

周窈扬了扬下巴，朝着张莹莹方向看。

张莹莹一脸不情愿。

可舅舅说她如果不道歉，周窈可能会将事情闹得更大，李吉工作不保是小事，后续会闹成什么样子，他不敢保证。

张莹莹性格欺软怕硬，本以为周窈只是个小姑娘，被她骂两句就会哭着离职。听舅舅介绍才知，对方并不是个软柿子，更重要的是，周窈家里似乎还有亲戚在公安局任职。

咬咬牙，张莹莹白了眼身旁与鹌鹑无异的李吉，低骂：“都是你一厢情愿偷拍别人闹出来的！”

李吉打跟她恋爱，就一直让着她，十几年来打不还手骂不还口，张莹莹说东他绝不敢往西。

得知他有出轨意向，张莹莹第一个不相信。

可她又深知，李吉要长相没长相，才华也不是很好，家境更一般。周窈那般年轻女人正常情况下不会看上他。

来电视台之前，张莹莹已经在家闹过一次，越想越气，又来电视台闹。谁知就碰上了周窈这个“硬茬”。

骂完李吉，张莹莹心不甘情不愿地快速说了句：“对不起。”

周窈扬了扬眉。

坐在她身旁的频道主任从没见过周窈如此趾高气扬，得理不饶人。

主任笑呵呵道：“年轻人火气大能理解，不过你这个道歉是不是太敷衍咧？我们小周可是莫名其妙被骂那个什么什么。”他年纪大了，觉得这个词说不出口。

听主任用的无锡方言，张莹莹也拿方言回：“对不起都对不起了，还要怎么样嘛。”

周窈静静望着她，字正腔圆道：“道歉我接受，但必须用我的方法道歉。”

张莹莹呛她：“那你要是让我跪着给你磕头，我也照做吗？”

“那倒不至于。”周窈道，“三个方法，你自己选一个喜欢的。一，回到刚才的拍摄场地，你戴麦亲口承认诬陷我；二，你回去自己录个视频，诚恳地向我道歉，视频原件发我；三，书面形式的道歉，你亲自写，原稿发我。”

张莹莹听得眉头皱老高。

主任掀开茶杯盖，拂了拂水面的茶叶，小声对周窈道：“小周，你挺爱让别人写书面检查的啊，以后老公有得受苦了。”

周窈默默看他一眼。这种时候，主任还有心情开玩笑。

周窈要求的道歉并不过分，只不过张莹莹会有些许丢面罢了。

张莹莹还没同意，舅舅就先替她应下。

张莹莹着急拉舅舅胳膊，舅舅厉声道：“多大了，别任性，选一个！”

纠结良久，她选了方案一。

周窈跟着主任起身：“好，我等你来。”

回到拍摄场地，周窈没见到孟之旭人。

周学勤上前来问：“怎么样了，周姐？”她离开后，周围的人说什么的都有，他才不信那些子虚乌有的八卦。

“没事。”周窈问，“孟老板呢？”

周学勤环视四周：“刚才看到邱哥跟他在一块儿的。”

周窈点头，拿手机给他发微信。刚打了“谢谢”二字，停了，又删掉。

平复下来的心忽然又有些忐忑起来，她最终还是没有给孟之旭发消息，让周学勤去找一下邱哥，顺便将孟之旭请回来接着拍摄。

张莹莹当着众人的面向她道歉完，孟之旭还是没回。

周学勤说："给邱哥打过电话了，邱哥非要带他去打破伤风，说晚点回。"

"嗯，行。"

周窈跟工作人员先将现场收拾一通，案板上有几滴并不明显的红色。

整理完，她又拿出手机，翻出孟之旭的微信，发"谢谢"两字过去。

过了几秒，对方回了一张在医院的照片。

并发：这护士扎针比伤口疼多了。

周窈失笑。

当晚，尤许从安常那边得知了孟之旭受伤的消息。她跑到周窈小区，缠着对方打听事情的经过。

听完周窈的简单复述，尤许脑洞大开："孟老板怎么抱你的？是不是像偶像剧里那样一把搂着你，然后将背露给别人？你当时什么感觉？有没有一点点……"

周窈适时打断她的话："你晚上没事？"

尤许抱着抱枕坐过来："你都发生这种事了，我还能去干别的事？当然第一时间来看你！"

"谢谢你啊。"

"不客气，"尤许道，"你要早点告诉我，我立马过去削她！"

"你得了，歇一歇吧。"

尤许眨眨眼，八卦问："那孟老板救了你，你没有对他表示点感谢吗？"

周窈说："发了短信。"

"说啥了？"

"谢谢。"

尤许恨铁不成钢："你好歹也客气下说请他吃饭什么的啊，人家是救你欸，你不给他做个汤什么的补补血？"

周窈看白痴一般看着她。

"看我干吗？"尤许振振有词，"不会可以学啊，你看你为了感谢他，特意为他学习做饭，这样做看起来才诚恳。"

周窈没听她的瞎建议。不过她也有地方说得对，光是文字感谢显得她没什么诚意。

于是她起身要出门，尤许问她大晚上去哪儿，周窈脚步顿住，又坐回沙发，找来手机。

已经晚上九点。

翻出孟之旭的微信，问：在家？

几秒后，他回：有事？

周窈：没事。

然后她登上外卖平台，搜索猪肝。

凑过来看的尤许问："干吗？你饿了？"

她头也不抬地回："听你的话，给隔壁补补血。"

尤许出谋划策的心一下冷静下来。

失策，没见过这么不开窍的。

一连贯下来，周窈看中了九馆的"猪肝菠菜粥"。既然是他自己餐厅的饭，应该会合他口味。

下单，不忘将地址联系方式改成隔壁的。

外卖到楼下时，周窈给对方打了个电话，解了门禁锁，在六楼摁了楼层按钮让对方上电梯。

九点半，正给伤口擦药水的孟之旭听到门铃响了。想起方才周窈问他在不在家，以为门外是她。

孟之旭开门前先去盥洗室洗了把脸，而后才去开门。

门缓缓打开。

身穿黄衣的外卖小哥扬笑将手中外卖递上："您好，您的外卖。"

在看到一手撑门框，微微倾身过来几乎将他笼罩住的男人时，外卖小哥愣了愣。他抬头，对上对方那张冷酷英俊的脸。

听到男声时孟之旭还诧异了下，门大开，他已经俯身过来，来不及收回，只能保持姿势不动。

沉默。

外卖员奇怪，后退两步，看了眼订单："是孟老板吗？"

他声音如人一般冷酷："对，我是。"

周窈晚些时候收到了孟之旭发来的微信。

他只发了一张外卖的照片，并未说其他。

周窈正蜷腿坐在阳台，窗外大雨倾盆，雨珠啪嗒啪嗒地拍打在玻璃上。雨夜总是奇怪的，扰人清梦，却又莫名催人入梦。

周窈看着孟之旭发来的那张粥的照片，回他：收到就好。

雨势过大，窗外夜色迷蒙，光线也都似水晕成了一摊摊。

隔壁阳台映出来的光像是渺小的萤火，越夜越淡。被裹在萤火中的男人仰躺在沙发椅上，闭眸静静听着外边的雨声。

屋内只开了阳台的灯，光线暗，除了雷雨声，周遭寂静。

忽然，手机煞白的光亮闪了下。

不知过了多久，他可能是睡着又醒，也可能压根没睡，随手将手机拿来，看到的是周窈给他发的微信。

周窈：多吃点。

他手指在鼻尖轻拂而过，蓦地一声轻笑。

之后的几天里，孟之旭无论在家还是在九馆，陆续收到不同的外卖，其中也有九馆的订单。

许锦嘉几次看到订单，甚觉奇怪："九爷想吃就自己做啊，为什么还那么麻烦通过外卖平台订？"

员工也不解。

他把这事在三人群里一提，尤许冒出来将事情原委说了。

许锦嘉这才解惑：原来是嫂子订的啊，尤许你告诉她不用这么麻烦，想要送九爷什么吃的就直接告诉九爷，他肯定喜滋滋地自给自足。

尤许：别叫那么亲，周周还不一定是你嫂子呢。

许锦嘉：我不管，我内定了。

安常：……你们俩一天天的能不能有个正事?

尤许：上班了，再会。

许锦嘉：现在九爷的终身大事就是我的正事。

周五下班的时候，周窈整理材料晚了些才下楼。

刚下电梯，就见电梯门外站着一人。

周窈与对方并不熟络，连话几乎都没讲过，于是绕开此人往外走。

走了两步，身后人叫住她："周窈，我在等你。"

周窈闻声停下，回头疑惑地看向朱欣晔。朱欣晔看出她的疑问，瞥她一眼又转开视线，径直往前走："不是我找你，有人找你。"

周窈没跟上。

朱欣晔察觉，回头说："庄毅他妈找你。"

餐厅内，周窈对面坐着两个女人。

一位是妆容精致的朱欣晔，另一位女性，年纪大概跟周窈母亲相仿，体态圆润。二人正在看菜单，言语亲昵。

点完菜，庄太太才抬头朝周窈看来："周小姐没有忌口的吧？"

她笑着摇头。

庄太太又道："你别紧张，我是刚得知你跟庄毅在接触中，正好呢欣晔跟你又是同事，所以我就想着咱们一块儿吃个饭，聊聊天什么的。"

旁边朱欣晔帮她倒水，再往自己杯里倒满。

倒完问周窈："需要喝水吗？"

周窈一直保持笑容："不用了，谢谢。"

她重新看向庄太太："您有什么话直接说吧，我一会儿约了人吃饭，恐怕不能跟你们一起吃了。"

"这样啊，"庄太太脸上并无失望的表情，只是停顿几秒喝了口水，才慢悠悠道，"前几天你在电视台里的事情我也听说过了，我虽然比较希望庄毅能早点结婚，但是不希望他的妻子一会儿出这个事，一会儿闹那个绯闻的，传出去不好听。"说完，她深深地看了眼周窈，"我的意思，你能明白吧？"

周窈轻轻"唔"了下，笑出了声，说话时视线在旁边朱欣晔脸上一扫："庄毅之前有向我提出过正式相处的邀请，我还在考虑中。不过既然庄太太您已经有了儿媳的人选，最好跟您儿子说一声。"

朱欣晔原本只想把自己当个背景板，没承想周窈言语犀利地指出她内心所想，一时脸热，只是垂眸喝水。

庄太太愣了下，而后一笑："我确实觉得欣晔人不错。"

周窈已经背上包准备起身："其实您今天一早就说不同意我跟您儿子在一起就得了，没必要说这么多。抱歉，我时间来不及了，先走一步。"她说后面的话时依然不急不躁，仿佛压根不在乎对方的要求。

朱欣晔起身目送她离开。

今天的小心思得到了满足，可听完周窈的话，朱欣晔怎么都觉得心里不舒服。

周窈没约人，出来后上了车，在车里待了会儿才发信息给庄毅。

上次庄毅留下的问题她还没给答案，对方也没再催促，经他母亲这么一找，记起来了。

庄毅收到她的拒绝，这次没再像以往那样隔个半天才回。

他立马就回：方便见一面吗？

周窈：不好意思，不方便。

庄毅：没别的事，我妈去找你是我们不对，我也不想挽留，就想给你当面道个歉。

周窈：没必要，有什么事微信说也一样。

车旁忽然有车快速驶过，低重的引擎声沉沉响起。

周窈抬了下眸，是一辆黑色摩托。

庄毅回：抱歉，我妈这是第二次干预我的生活了，上一次是我前女友。

周窈并不想过多得知他的过往，快刀斩乱麻似的结束了与他的聊天。

关掉手机，她就像全身通体来了次 spa，觉得轻松无比。可轻松中又夹着一缕不可忽视的烦躁。

她自知，烦躁不来源于其他任何人，只与她自己有关。

良久，坐在车里，望着车前的熟悉街道，又一次觉得前路未知。可那又怎样呢。

心血来潮，她想到了一个去处，驱车前往。

卡丁车俱乐部。

周窈买了两次，一次八圈。

她的心情跟着飞驰的车上扬，绕着车道一圈圈驶过，急躁又享受地宣泄着情绪。

十六圈下来，已是大汗淋漓，心情却莫名愉悦起来。剧烈运动果然是使人快乐的一大良药。

周窈抱着蓝色头盔去往换衣间，激昂的心情在看到熟悉的面庞时也没能平静下来。

孟之旭如往常那般穿了一身黑，只不过手中持有一顶黑色头盔。他安安静静地倚站在过道旁，像是等了很久，又像是刚看到她。

“孟老板，”周窈已经来到他的面前，加快的心跳还没得到平缓，仰头笑道，“今天有按时喝粥吗？”

孟之旭看着她，嘴角噙着一抹笑，那笑里带着一丝桀骜不羁的冷酷：“有人每天按时送饭，孟老板哪敢不吃完。”

她又笑了下，这次的笑不同于往常。同样是眉眼弯弯，酒窝浅浅，但是这一次，她的表情和语言就生动了许多。

她轻声道：“那就好。”

他眸光闪了下，站直道：“准备回去了？”

“嗯，刚跟尤许约好了去吃饭。”

今天的周窈似乎哪里不同，他又说不上来。

而后她又笑着问：“你呢？”

孟之旭个子高，她又穿了平底鞋，微微仰头望着他，鬓间发丝凌乱，鼻尖细细渗出一层汗来，脸颊扑红的，令他瞬间联想到小猪讨食的傻样。

他笑了下：“刚要跑几圈。”

“这样啊，”不待他说完，周窈已然挥手道，“那先再见了。”

他唇角微扬，淡淡凝视她几秒，轻启薄唇，发出了一个音：“好。”

眼前的娇倩身影已经走远，孟之旭抬手，莹白牙齿轻轻撕咬黑色手套上的魔术贴，慢条斯理地扯下手套。

正要离开，身后有人重重在他肩上一拍，而后一只胳膊搭了上来，望着不远处调侃道：“她是上次那个小姑娘？”

孟之旭没回答他的问题，扭身时撇开他的手：“钟老板今天这么闲？”

“哪有孟老板你闲啊。”钟锋笑着跟上去，“你不玩了？要不咱俩再跑几圈？”

孟之旭早周窈半小时到这儿，她来时他已经下了赛道。

休息得够久，额间的汗也已蒸发。他大拇指快速蹭了下鼻尖，懒洋洋道："不玩了，吃饭去。"

"等我会儿，我也去。"钟锋快速两步，勾上他肩膀。

隔天，孟之旭仍然收到了周窈点的外卖。安常周六中午来紫金英郡，顺便在楼下带了上来。

周窈这次点的猪肝和鱼，不是九馆家的。

站在门口刚要敲门，门就被人从里面推开，许锦嘉头伸了出来："咦，小主哥你这么快就到了。"说着拎过他手里的外卖，笑嘻嘻地道，"来就来嘛，还带什么东西呢。"

打眼一看，外卖订单上只有一份米饭，收货人写着"孟老板"。

许锦嘉顿时明白过来，这外卖，估计又是周窈给九爷订的。

安常已经进了屋，反身关门："你头发舍得染回来了啊。"

许锦嘉那半黑半红的头发不仅染成全黑，还剃短了。

许锦嘉望着他故意道："对啊，前两天跟尤许一块儿去的，我还发朋友圈了你没看到吗？"

安常嘁一声："谁天天没事关注你朋友圈。"

而且他一天恨不得发上八九条，等同于微商打广告的频率。

许锦嘉小声嘀咕："不关注我就算了，尤许也不关注啊。"

安常虽然近视，但并不耳背，奇怪反问："我关注她干吗？"

"没事，"许锦嘉没说别的，开门往外走，"我去看看嫂子在不在，今天周末，叫她一起来吃个饭。"

不到几分钟，许锦嘉落寞而归。

厨房里孟之旭正在将菜出锅，安常也已将外卖拆开放到餐桌上。

许锦嘉边往厨房走边道："九爷，你跟嫂子联系过没，她是不是不在家？"

孟之旭将盘子递给他，瞥他一眼："找她有事？"

"叫她一起吃饭啊，感觉好久没见了。"

孟之旭没回，许锦嘉端着盘子，注意力被料理台上摆放的杯子吸引过去，随口吐槽了一句："九爷，你那个奶嘴瓶还留着呢。"

这次孟之旭眼神都没给他，语气散漫：“我乐意。”

“没想到你居然乐意用这玩意儿。”许锦嘉撇嘴往外走，跟安常交谈的声音从餐桌那飘来，“嫂子都点好几天外卖了，你说她是不是喜欢九爷？”

厨房里，锅中金黄的花生油滋滋作响，空气中弥漫着菜香油味。

手撑在料理台边沿的人阒然扯了下唇，稍微懈怠下去的心情像是被一根无形的线高高提起，居高不下。

宜宾市。

下完单，周窈肩膀被人猝不及防一拍，她转头，看到周学勤一脸八卦地过来，小声道：“周姐，你知道这次活动的宣传大使是谁吗？”

之前那期关爱老人的公益节目反响不错，台里再次将周窈定为这次公益活动的主持人，共五期节目，地点为无锡周边县城，具体位置不局限于当地敬老院。

不同于上次，这次节目的宣传推广十分给力，请了明星来作为宣传大使。

周窈早就得知这位明星是谁，见周学勤那副惊讶的模样，她假意不知晓，好整以暇地反问：“你知道？”

“徐敬陵啊！”周学勤左右环视，看到后侧方黑压压一群人过来，“听说他最近在无锡拍戏，新戏好像原著还比较火，估计戏开播之后就火了。”

周窈顺着他视线看过去，徐敬陵被助理保镖围得水泄不通，压根看不到他一缕衣裳。

手机振了下，周窈撤回视线低头，有人给她发了条微信。

孟之旭：不在家？

周窈耳朵听身旁的周学勤叽叽喳喳，心不在焉，手指顿在屏幕键盘上，胡乱打出一串毫无规律的字。

她一一删除，重新打字：加班。

孟之旭开玩笑：你那工作这么辛苦，还不如来我店里。

周窈笑着回：你店里的员工我看也不怎么悠闲，除非当老板。

对话框上没有显示“对方正在输入”的字眼，周窈没等，刚合上手机，人就被导演叫走。

十几分钟后才得了空，想起来看外卖到哪儿，先看到了孟之旭的回复。

孟之旭：当老板哪有当老板娘悠闲。

看到这几个字，周窈心莫名咯噔一跳。她打开九宫格键盘，打开又收回，最终还是什么都没回。

心里有团乱麻似的，乱糟糟的，一个来电铃声突然响了，猛地将她吓一跳。

匆忙间接了，是外卖员打来的。

“您好，我是送外卖的，你们小区需要刷卡才能进去吗？”

周窈回：“可以进去的，你在小区门口保安那儿登记下就行。”

“好的，谢谢。”

中午，周窈他们在敬老院外吃的饭。她跟周学勤几人随便在附近找了家沙县小吃，回去路上经过徐敬陵的车，人还没靠近，就有保安挡着。

周学勤在身旁小声嘟囔：“明星就是不一样，还没火呢就开始摆火的架势了。”

周窈小声提醒他：“别乱讲话。”

周学勤做了个将嘴巴缝起来的动作。

他们转脚要走，徐敬陵从车内出来，眼一抬看到几人。

隔着一段距离，徐敬陵蓦然颔首一笑。

周学勤凑近周窈问：“周姐，他是不是在跟你打招呼？”

周窈没回他，也面色淡淡地朝对面的徐敬陵颔首。

这次在宜宾市，加上来回路程，一共耗费三天时间。

周窈是第三天晚上才到家的，到家时又累又困，什么都懒得去管，直接倒进沙发补了一觉。

醒来客厅和阳台外都黑漆漆的，她抓来手机看了眼，凌晨两点多了，仿佛过了几个世纪，脑袋晕乎乎的。

这么晚，没什么吃的，周窈先去洗了个热水澡，再将晚上打包回来的剩饭剩菜热了下。

等饭的时间，去冰箱翻出夏天没吃完的冰棒。

她挑了根东北大板，纯正牛奶味。冰棍刚碰唇就冰得人一激灵，从头到脚打了个冷战。

秋天了，几场雨后，气温迅速降了下来。

她穿着长袖长裤在屋里还觉得有些凉，又披了件外套。轰隆一声巨响，将周窈的注意力吸引过去，打雷了。

这会儿才发现阳台窗户还开了小扇，她端着碗去关窗，偶有几滴细雨飘下。隔壁的光从窗口照出来，映亮窗前的细细雨幕。

周窈突然想到他那天的那句话，明知对方是玩笑话，可一想起心情就忍不住泛起涟漪。

挺好笑的，本属于她十七八岁时的少女心迟迟才来。

最后还是将两人的聊天记录删除，心里才好受些。

周日下午，周窈从爸妈那儿回来。

到了六楼一下电梯，迎面二人撞了上来。

等瞧清对方样貌，关荣清已经先一步喊出她的名字："周窈，回来了啊。"

周窈愣了下，还没反应过来，笑容已经提前显在脸上。旁边的孟之旭按着电梯开门键，只静静站着，没有出声。

周窈朝他看了一眼，他今天戴了一顶黑色的毛线帽，身穿深绿色卫衣、黑色裤子。一手插兜，一手按在电梯按钮上。见她望过去，孟之旭下意识地眉梢一扬，似是对她的视线抱有疑问。

悄然站在他身旁的，是穿着同色连衣裙的关荣清。

周窈内心在那一刻生出些异样来，心里似是有块大石落地，又有些不可忽视地泄气。

关荣清先一步进了电梯，站在里面朝她盈盈挥手："小酒窝，你晚上有空吧，我一会儿回来找你。"

周窈没有拒绝。

落后的男人与她擦肩进了电梯，周窈后退小步，隐约听到男人低沉的一声："回见。"

晚上关荣清来敲门时，周窈也刚从外面吃饭回来不久。

开了门，只有她一人，还拖着一个白色的小行李箱。

关荣清穿着一双大几码的男式拖鞋，脸上挂着明媚的笑，朝她挥手："嗨，不介意我在你这儿住一晚吧？"

她没提前讲，周窈着实有些愕然。

关荣清也不着急，就候在门口："没关系，你要是不方便的话我也不会勉强的。"她说着，往前一凑，朝隔壁门指一下，说悄悄话般道，"主要是我跟他男女有别，不好住他家，这么晚出去又不太乐意，所以想问问你方不方便，我可以给房费的。"

"不用了，"周窈笑着偏开身，让她进屋，"进来吧，我一个人住，没什么不方便的。"

关荣清拎起箱子进屋，先四周环视了下："你这里的风格比孟之旭那儿温馨多了。"

周窈笑笑，没说什么。将她引到客卧，又介绍了下盥洗室的位置。

洗完澡，关荣清将头发吹到半干，出来看到周窈抱着笔记本电脑蜷在沙发，沙发前的茶几上摆着洗好的葡萄。她手指在笔电触摸板上移动，另一只手准确无误地去拿果盘里的葡萄。

察觉到动静，才堪堪从屏幕上抬起脸。

看到关荣清，她眼神无故愣怔了下，似乎对关荣清的出现感到惊讶。随即才反应过来，合上笔电，将人招呼过来吃葡萄。

关荣清边坐边拿起一个抱枕放腿上，倾身拣来一颗葡萄："周周。"她笑着看向周窈，"我可以这样叫你吗？"

周窈的诧异稍纵即逝："可以。"

关荣清吃着葡萄，含糊道："你这么晚还看工作资料啊。"

周窈说："习惯了，其实也没什么可看的。"

关荣清在沙发附近找了一圈，没看到电视遥控器，周窈起身去电视柜下方给她拿来。

关荣清失笑："你不经常看电视吗？"

"偶尔也看的。"

关荣清调着频道，未施粉黛的脸上满是笑意："你跟别的小姑娘都不太一样，怪不得他喜欢你。"

周窈前往厨房的吧台前倒水，没听清，也没问。

关荣清回头看她一眼，她清清瘦瘦站着，低垂着脑袋，半绾在脑后的头发松松垮垮的，几丝头发凌乱地落在颊旁。头顶暖黄的光映下来将她包裹住，浑身发出一圈毛绒的光芒。

她身上很有江南女子的味道，一颦一笑，一举一动都温温柔柔的，好似对什么都没有攻击力。

就是这样一个人，成了孟之旭的初恋。

从高中开始，关荣清猜想过孟之旭那样傲娇又不羁的人以后会喜欢怎样一个人，她想过或许是霸道野蛮的富二代，或许是娇艳可人的小明星，也可能是软萌做作的小女孩。

最后却是一个特别简单的周窈。

可她仔细打量对方，又觉得周窈并不普通。

不是都说温柔乡，英雄冢吗？周窈身上那份平淡却不普通的温柔，就是孟之旭自愿沉进去的避风港。

这么想，关荣清觉得他的喜欢情有可原。

“周窈。”关荣清趴在沙发背上，突然出声。

周窈目光灼灼，端着两杯水疑惑地看过来。

她笑道：“你是不是以为我之前骗你的，我不是孟之旭的嫂子，是他女朋友？”

周窈奇怪她怎么突然提起这个。

不过她后来确实以为关荣清是他未婚妻，今天下午看到二人在一起，还惊讶了下。

“上次我们在上海遇到，你看到的另一个男人，是孟之旭的大哥，也是我未来的老公。”关荣清这番话讲得理所当然，周窈也不知该作何表态，毕竟她突然讲这么亲密的事，令人无法接话。

接过周窈端来的水，关荣清歪头打量她，扑哧一声笑出来：“真的，没骗你，我真是孟之旭的未来大嫂。”

周窈喝了口水“唔”了一声，点头道：“嗯，你之前有讲过。”

她眼睫垂着，淡淡阴影落在压在鼻梁的杯沿上。

关荣清唇角带笑，起了打探她的心思：“其实我这次来无锡主要是帮孟之旭他大哥来督促他的，家里边催他早点结婚。”

“欸小酒窝，你身边有认识的单身女性吗？”关荣清道，“孟之旭他的择偶标准是胸大腿长的。”

周窈安静地捧着杯子，沉默了会儿。好像是在考虑身边合适的朋友，而后才慢条斯理道："我妹妹符合他的标准，不过，我妹妹有喜欢的人了。"

关荣清看着她没什么异样的脸，泄了气："这样啊，可惜了。"

上午周窈在台里度过，跟周学勤拍完新一期的《三餐四季》，下午她也不用出去，中午准备留在台里吃饭。

还没去食堂，周学勤跟几个同事抱怨着："今天不想去食堂吃了，来来回回就那几个菜，我们去外边吧？"

几个同事不谋而合。

周学勤回身问周窈，周窈忽然想起昨晚在朋友圈刷到的几张照片，摇头道："我点外卖吧，就不出去了。"

"那行吧。"周学勤说，"不过外卖也要等一会儿的，你不饿吗？"

"还好。"

周学勤几人没再劝诫，谈笑着出门。

她点开九馆的外卖，点了两道菜，干煎柠檬虾和糯米蒸排骨。这两道菜昨晚刚在孟之旭朋友圈看到过。

办公室人走得差不多，四周寂静。

周窈鬼使神差地，再次点开了朋友圈，从上滑到下。

这一次，她才发现昨晚跟在孟之旭那个晒美食的朋友圈下，安常也发了个视频，配文：小垃圾生日快乐。

尤许在下面评论：祝小垃圾明年依旧垃圾得这么可爱。

视频封面昏暗，看不出什么。

周窈点开视频，顿时震耳欲聋的嘈杂声从视频里传来，她连忙又调小音量。

视频里应该是在一间 KTV 包厢，五颜六色的光线迷蒙。

背景音在放一首生日儿歌，戴着生日纸冠的许锦嘉背对电视屏幕，面前桌上摆放了一排啤酒和一个已经点燃蜡烛的蛋糕。

他合掌闭眸两三秒，一睁眼就扭头冲旁边喊："九爷，过来帮我吹个蜡烛！"

拍视频的人跟着将镜头转过去。

点歌台前的高椅上，戴着鸭舌帽的男人单脚撑地，垂下的手中拎着一瓶酒。

嘈杂歌声中，孟之旭懒懒的声音十分有穿透力地传来：“帮你吹个屁。”

许锦嘉笑道：“那也行啊，过来放个屁。”

镜头再次转回。

转回的那一瞬间，包厢内光线忽明，孟之旭抬头，光一瞬间照亮他笔挺的鼻梁，唇色暗红。

他嘴角突然噙起一抹淡笑，跟着迅速消失于镜头外。

视频结束。

周窈愣了下，不受控制地，再一次点开视频。

前面的内容一成不变，镜头转移时，她又莫名其妙退出视频，手指快速在屏幕上往下刷。

其他人发的内容五花八门，点开退出，点开退出，内容讲了什么一个都没记住。

她逃避猛兽一般直到刷到前天的朋友圈，才作罢退出。

揉了揉酸涩的眼睛，周窈像个泄了气的气球，毫无支撑力地瘫趴在桌上。

最近她真的太累了，不是工作身体上的累，是心理上的。

这种无法控制的心理令她惶恐害怕，可忽隐忽现的陌生情愫又拉扯着她的新鲜好奇感。

她害怕失控的感觉，害怕事情刹不住脚地往与她平稳生活相悖的方向发展。

庄毅的事她已告知父母，苗叶对这个结果感到惊讶。

惊讶的不是她与庄毅一事黄了，而是庄毅母亲的行为。苗叶虽然催促周窈相亲，但并不会妨碍她与对方的相处，是好是坏全凭她个人决定。

苗叶曾问她：“如果庄毅母亲没去找你，你会不会就跟他成了？”

周窈含糊地转移话题。

她的态度说明一切。

最终，苗叶彻底灭了帮她相亲的念头，而是告诉她：“你自己在同学同事里找吧，先找个男孩谈恋爱也行。”

周窈失笑着反驳。相亲她可以接受，找人谈恋爱，她没把握。

“咚咚”两声响，将周窈的神思拉回。

她猛地从胳膊里抬起脑袋，看向倚在桌前的廖波：“这么累啊，饭都不吃了？”

周窈木愣了几秒，随即展开笑颜：“点了外卖。”

提起外卖，周窈看了眼下外卖平台，灵光一闪，突然想到她刚才点外卖好像没改地址。

点开一看，地址果然是孟之旭家。

自打她从宜宾市回来，就没再给孟之旭点过外卖了，平日不是在食堂就是在外边吃，今天是她回来后首次点外卖。

她愣了足足三秒，看到九馆已经接了单，想想算了，不如还当是送给孟之旭的，她走两步去食堂吃。

周窈起身，廖波投来疑惑的视线，她耸了下肩，无奈道：“外卖地址给错了，我跟你一块儿去食堂。”

“换一下啊，多大点事。”廖波道。

这事不太好解释，周窈就没说，摸摸肚子道：“就算改了也要等好久，我这会儿已经有点饿了。”

廖波以为她退了单，没再说什么。

两人并肩往食堂走。

途中，廖波突然道：“小周，李吉的事你知道吗？”

“听说了点。”工作群那么多，多多少少透露些消息。

“这个季度结束，他就会从新闻频道下来了。”廖波淡淡道。

周窈没什么情绪地“嗯”了一声。

“你小心点他，一般老实过头的人，更容易干出让人意想不到的事。”

周窈摸了下耳垂，笑了：“嗯，我知道了。”

到食堂跟廖波买好饭坐下，邱亚良一个电话突然打了过来。

周窈以为他有急事，捂着手机隔开吵闹声，问他何事。

邱亚良反问：“你在哪儿？”

周窈道：“在食堂，跟廖姐一块儿吃饭。”

邱亚良好像在走，然后她听到电梯门开的声音。

邱亚良问：“几楼？”

“二楼。”周窈疑惑道，“什么事啊？”

邱亚良走得急，有些喘，忽然笑了下：“没事，有人托我给你送个饭。”

“啊？”她发出一声短促的疑问。疑问刚出，一个名字瞬间钻入脑内，“孟之旭？”

通话那头的邱亚良笑得略微暧昧：“没想到你们邻里关系搞得不错啊。”

周窈哑了哑口。

不待她解释，邱亚良又说：“好了不逗你了，他说这几个菜是为了感谢你上次收留那个谁，那个关荣清来着。”

“哦。”周窈兀自缓缓点头，像是在肯定他的说法，“这样啊。”

“不说了，我一会儿就到。”

邱亚良的速度确实快，十分钟之内找到了她们。将饭盒往她面前一放：“小周，专属外卖来了。”

对面的廖波望了一眼满面春风的邱亚良，又看看道了声“谢”、准备拆饭盒的周窈，目光存疑。

邱亚良注意到，忙解释撇清：“廖姐，你可别乱想，我只是个跑腿的。”

饭盒里一共三道菜，份量不多。其中两份是周窈点的，另外一份上贴了张纸条，写着：红豆软骨瘦肉羹。

字迹潦草，笔锋犀利。宛如其人。

廖波只是扫了眼，并未询问。

周窈也没有主动解释，推过饭盒邀请她一块儿吃，而后扭头问邱亚良：“邱哥，吃饭没？”

“吃过，”他说，“刚从九馆回来。”

廖波轻哼了声：“真是个大闲人。”

邱亚良赶忙诉苦：“我跑了一上午赞助了，你是不知道我多羡慕你们坐办公室喝茶聊天的呢。”

廖波乜他一眼。

邱亚良摸着鼻头笑笑：“行了，不打扰你们吃饭了，我下午两点在新区还约了人。”说完跟二人挥手道别，来得匆匆，去也匆匆。

周窈视线放回饭盒，她撕下纸条，顺手对半叠起，刚要放下纸条，忽而又手指轻轻一揉，将叠好的纸条揉成小团，置之一旁。

对面的廖波观察到她的小动作，只觉得小姑娘做事还挺较真。

掀开盒盖，一阵鸡汤的鲜香袭来，红豆软骨瘦肉羹颜色很是不错。周窈舀了一小勺，里面零星几粒红腰豆煮得软烂，细长条的瘦肉入口酥烂，鸡软骨也很有嚼劲。最主要的是，汤汁微微带了点甜，她很喜欢这个味道。

廖波不是无锡本地人，尽管在无锡生活多年，也吃不了甜。瘦肉羹她尝了口就没再吃，见周窈频频下勺，不禁挑了下眉道：“看来这个厨师挺了解你的口味的。”

周窈闻言心里咯噔一下，肢体动作却未显露分毫。她不以为然笑道：“碰巧了吧。”

饭后，周窈回到工位。

思来想去，还是给孟之旭发了微信消息表示感谢。对方估计在忙，也估计看到了不以为意，没回。

傍晚下班拖了些时间，周窈他们有关下一期的公益活动开了个短暂会议。

会议结束，她拿手机时才发现孟之旭下午三点多回复了她。

对方回：客气，好吃的话麻烦周大主持帮忙宣传下。

九馆休息室内。

孟之旭跟活动组织者李萌通完电话，被对方拉进一个小群，群名：无锡志愿者。

里面一共六人，其中三名非无锡人。

孟之旭一进去，里面就有人问：新人是无锡本地人吗？

孟之旭没回。

他看到周窈的消息跳了出来。她发了个 OK 的表情。

志愿者群里有人问他：新人改一下名字和居住地区，我们商量下下周五在哪儿集合，会开车吗？

孟之旭返回群页面，回：滨湖，会。

组织者冒了出来：孟之旭不跟我们一起集合，他自己开车。

有人问：既然他开车，那不能顺便载一下我们吗？

孟之旭：不能。

组织者：恐怕不能，他开的摩托车，不方便。

其他人：……

组织者叫李萌，与孟之旭认识颇久，虽认识时间长，二人却并不熟络。

他们是在论坛相识的，那会儿二人都才十七八岁。不止他们二人，论坛里一群年纪相仿的少年纷纷聚集，抱着巨大的热情与激情，奉身于志愿服务。那时候的通讯和交通都没现在发达，偶然有一次成功举行的志愿者活动大家都兴奋不已。

他们服务的区域涉猎广，比如赞助留守儿童、看顾孤寡老人等。他们成群结队没有正式官方组织，因而很难令人信服，活动过程中也频频受挫。原本队伍里的人来了走，走了来，换了好几批。

那会儿绝大多活动的费用都来自志愿者本身，而孟之旭，是他们之中出手最大方的一个。

后来大家才得知，他还是个小有名气的赛车手。

早些年里，志愿者聚会孟之旭来过两三次，后来就没再见过他的身影。李萌总共也只见过他两面。

他们的队伍如今有了官方盖章，活动费用也得到各方资助，不复从前的穷酸样。成员换了一批又一批，唯有几个老人还记得孟之旭是谁。

推荐组织管理者时，孟之旭的名字曾被人提过，被他拒绝了。

这次关爱老人的公益活动是与无锡电视台合作的，孟之旭在大群里看到消息，这才给李萌打了电话。

退出群聊。

孟之旭躺回沙发，按了按酸胀的太阳穴。

微信主页面的“发现”一列冒了个红点。他顺手点过去，看到“朋友圈”一栏出现了周窈的头像。

她发朋友圈了。

孟之旭换了只手轻轻揉着左边太阳穴，好整以暇地点进去。

她发了三张图，配文：免费打广告，店名叫九馆。

图片和文字都一板一眼地透露着属于她的官方风格。

孟之旭点开图片，发觉有些熟悉。瞧清楚后，蓦然笑了——

她偷了他的图。

天逐渐转凉，秋天来得很快，一场雨一阵风就带走了残夏的余热。

这次的公益活动，周窈来之前就被告知活动期间会有社会志愿者的参加，她与志愿者组织者提前进行了沟通。

这一次的录制地点在无锡临边的一座小镇。小镇依山傍湖，景色宜人，附近不远就有旅游风景区。

他们去的地方栽种有大片竹林，秋风袭来，竹叶飒响，大家仿佛置身一片墨绿色的海洋之中。

周学勤背着包，仰着脑袋跟着风声竹叶声转了个圈，心间没来由地生出对大自然的感叹来。

他又忙不迭地跟上前面的周窈。

周窈正在跟志愿者的组织者对流程。

组织者叫李萌，看上去比她稍长些，穿着一身墨绿色的工装服，束着高马尾，精神又干练。

反观周窈，大衣长裙高跟鞋，活脱脱一个富家小姐模样。

李萌参加过很多次节目拍摄，娇小姐型的主持人她不是没见过，大家性格各异。但不管别人如何，她尽量配合工作就行。

李萌说："我们这还有六个人，已经提前去了镇上，他们的工作我也安排得差不多，你那边就不用担心了。"

周窈边走边将手头资料合上："嗯，你费心了。"

"不碍事。"李萌平时跟一群人在一块儿，经常需要高声讲话，声音自然粗犷些。面对周窈细细的嗓音，她自然而然地也跟着柔了下来。

而后才察觉不对，咳嗽了一声："对了，我们住在山上的一户人家，你们住哪儿？"

李萌不经意侧头看她，对方脸小小的，特别是脸颊上的一对酒窝尤其可爱。

周窈抿唇笑了下，说："我们应该住的同一个地方。"

山上人烟稀少，住的地方也是电视台临时安排出来的，一栋长久未住人的老旧别墅。

本来别墅是给这次活动的宣传大使徐敬陵安排的，但后来他经纪人又打电话过来，将此次行程缩短为半天，下午得回无锡参与电视剧的拍摄。

周窈几人先去了镇中心集合的地方。

徐敬陵那方也已到了现场，正与镇长他们寒暄。

这次走访的对象主要是镇里的孤寡老人，节目开拍期间常有抱有好奇心的小孩凑上前来。

被人打断说话，周窈并没有厉声呵斥，依然笑着看向镜头，另一手轻轻将小孩揽过，揉搓着对方的脑袋。

身旁的徐敬陵瞥到这一幕，想到前两天他跟薛淑儿的谈话。

从薛淑儿那边得知，周窈家境殷实，性格温和，大学期间几乎没跟人红过脖子。而且她大学期间没谈过一次恋爱。

薛淑儿见他明里暗里打听，禁不住逗问他："你是不是看上我家周周了？"

徐敬之不置可否。

不过，他确实对周窈多了些兴趣。

徐敬陵从小家境一般，也就是近两年有些名气手头才宽裕。做他这行的，成名永远是个玄学，或许一个角色就能名声大噪，也或许一生籍籍无名。

他当初进娱乐圈的初心，就是为了红，为了赚钱。热爱表演只是镜头前的说辞，他的热爱唯有金钱名利。

徐敬陵对周窈产生好奇，更多因为她身后的家庭。更何况周窈年轻、单纯，就算成为他的圈外女友，他也不吃亏。

周窈面对镜头介绍完小镇内孤寡老人的大致情况后，转眸看到徐敬陵正含笑望着她。

她稍愣了下，见对方眨了下眼，指着她的衣服下摆道："衣服脏了。"

周窈"哦"了声，低下头。

红棕色大衣口袋下方，沾湿了一小块，边缘还有未化开的乳白色液体。是刚才撞过来的小孩喝的酸奶。

周窈手伸进口袋掏面纸，身旁的人早一步递来纸巾。她刚要接过，那只修长的手轻飘飘地绕开她的手，微俯下身来帮忙擦拭。

周窈猛然后退，大衣下摆被扯平。

“不用了，我自己来吧。”她左右环顾，小声道。

徐敬陵察觉出她的紧张，垂下的眼睛弯了下，并没有松手，而是等擦完，才起身道：“好了。”

他静静地望着她，将那张用过的纸巾叠好放入外套口袋。

周窈低头看向暗了小块的衣服：“谢谢。”

“不客气。”

她又转身去找周学勤，周学勤小跑过来时眼神异样地扫了徐敬陵一眼，而后倾身去听她讲话。

跟周学勤交代完他接下来的工作，周窈不动声色地离徐敬陵远了几步。

身前的摄像师过来，跟她聊镜头的问题，周窈仔细听着，目光不聚焦地在路过的一行人身上掠过。

忽然，她快速眨了眨眼，定睛望着刚从身旁过去的那几个穿着志愿者衣服的人。

男人的黑色皮夹克上套了个红色背心，因为身形高大，窄小的背心显得很是突兀。

男人似乎也察觉到这个问题，驻足放下抱着的两箱牛奶，单手将背心下摆往上一撩，脱了下来。动作行云流水。

而后男人又突然回身，准确无误地回视过来，两人的视线在空中猝然相触。

对上的那一刹那，周窈插进口袋里的手指猛地与布料摩擦起电，她慌乱地握起拳头，目光也跟着无措地移开。

静电的后遗症颇大，周窈握起的拳头一直没能得到放松。

摄像师喊她：“周窈？”

“嗯？”周窈压制着加快的心跳，扬起笑容道，“我听着呢。”她边听着摄像师的话，边不露痕迹地朝男人刚才站的地方瞥了一眼。

孟之旭已经随队伍离开，他在人群末尾，挺拔的腰板很是出众。

周窈疑惑，他也是志愿者一员？

中午的时候，周窈才再次见到孟之旭。

外头阳光明媚，他脱了外套，里面剩一件白色长袖，站在人群外跟李萌讲话。

李萌并不矮，站在虚靠着木头围栏的孟之旭前也微微仰了头。二人看着似是相识已久。

周窈只看了几秒，就被周学勤叫去吃饭。

不远处的红色身影离开，孟之旭堪堪抬眼，若有所思似的，突然笑了下。

正在说话的李萌一怔，随即回身去看，没看到什么又转回头。她说："你家不是上海的吗？搬来无锡了？"

孟之旭闲闲道："在这做个小生意。"

李萌笑了："行啊你，都当老板了。"

孟之旭并未多言，手在身后的围栏轻轻一拍，直身道："吃饭去吧。"

李萌跟在他身后。

刚认识他的那会儿，说实话，李萌确实对他动过女生的小心思，但碍于工作和对方的身份，她一直没能将那份心思说出口。

如今李萌已然成家，少女时期的花痴不复存在，只是再见孟之旭，情绪偶有波动。毕竟这么大一帅哥放眼前，谁不想多看几眼。

李萌几步跟上他，笑道："我现在应该叫你孟老板了吧？"

孟之旭目不斜视，从鼻子里"嗯"了声。

李萌道："咱队伍里有俩小朋友跟我打听你呢，怎么样啊孟老板，谈对象没？"

"还没。"

她以为他不会直接回应，谁知孟之旭却回答了。不仅回答了她的问题，还有条不紊地继续道："不过现在正在准备追一'小朋友'。"

"小朋友？"李萌被他的话搞蒙。

孟之旭短暂沉默了下，而后道："这个人你也认识的。"

这下李萌更是一脸惊讶："谁啊？"

两人已经靠近吃饭的地方，电视台包下的一家小饭馆。

他停下，朝店内抬了抬下巴："她就在里边。"

李萌的目光顺着看过去。

饭馆里一群人坐着，有那个小明星，有电视台的人，还有他们的志愿者。

她的目光在这些人身上逡巡，一个显而易见的答案从她嘴里冒了出来："周窈？"

孟之旭这次没回答，而是抬脚进去了。

李萌当他默认，笑了下喃喃自语："你这个小朋友跟我那两个小朋友差别可大了。"

午间的饭菜普通，周窈跟徐敬陵、周学勤几人一桌。

周学勤觉得奇怪，一屁股在周窈身边坐下，在她耳边小声嘀咕："他怎么会跟我们一桌啊？而且不是说只来半天的吗？"

周窈一边倒水，一边悄声道："好好吃你的饭，他又不是女明星，影响不了你吃两大碗。"

周学勤一脸哀怨："周姐你变了，你都会调侃我了。"

"哦，是吗？"周窈一脸淡然地喝水。

旁边座的徐敬陵忽然插话道："你们同事间的感情还挺不错。"

此话一出，二人皆朝他望去。

周窈只捧着杯子笑了下，周学勤开口道："那当然，我们组就我跟周姐关系最好了，她是我师傅呢。"

"这样啊。"徐敬陵笑眯眯地颔首。

席间，徐敬陵提到了薛淑儿，周窈才问："你们这部戏只在无锡拍吗？"

徐敬陵知道她想问什么："别墅的戏大概小半个月吧，其他的是外景，不过也都在无锡，不出市。"

借着薛淑儿的名头，徐敬陵也聊了些拍戏时的趣事。周学勤听得云里雾里，不清楚徐敬陵怎么突然跟周姐这么熟了。

"抱歉，打扰一下。"

徐敬陵正说到薛淑儿某次雨中拍戏，一道冷硬的男声插了进来。

没待他回头，旁边周学勤条件反射第一个起身让座。

等人坐下，徐敬陵才想起来这人。孟之旭，他见过。

周学勤换到了另一边的椅上，方坐下，后知后觉自己刚才的让座行为属实明显。

一听到孟之旭的声音，他就下意识地起身了。

孟老板喜欢周姐，周学勤看出来了。

前两天他从邱哥那儿得知，孟老板是没有未婚妻的，所以周姐的道听途说并不准。而且经过李吉那场闹剧，孟老板在他心里的形象一下又高大威猛不少。

所以孟老板要是想追周姐，他乐意当第一个拥趸者。

身旁一个黑影压下来，周窈举筷的动作顿了几秒，继而扬笑看向身旁的人："孟老板，这么巧啊。"

对上他那双漆黑的眸子后，周窈又转开，眼睛盯着饭碗里的米粒。

"是挺巧的。"他沉沉的声音里带着笑意。

周窈知道他在笑什么，在笑她早晨就发现他了，现在却装成是初见。

孟之旭过来时手里拿着一个玻璃罐子，里面装着泡制的鸡爪。

他从店家那儿拿来个圆盘，将鸡爪倒出来，刚掀开瓶盖，靠得最近的周窈就闻见一阵泡椒的味道，瞬间弥漫空气的辣味令人禁不住咽了咽口水。

周窈停了吃饭的动作，视线盯着他手里的玻璃罐。

徐敬陵并没有吃多少东西，在孟之旭坐下后，他静默着打量二人，没一会儿就向周窈提出准备离开。

周窈的眼神一时没能从鸡爪上挪开，顿了三秒才反应过来："你要回去拍戏了是吗？"

"嗯。"徐敬陵笑得开朗，"下次见。"

周窈跟着他起身："好，再见。"

绕过孟之旭，徐敬陵又朝另一边的周学勤道别，而后转身，转身的一刹那，笑容顿失。

跟徐敬陵摆手道别，周学勤的注意力又回到鸡爪上："孟老板，你是不是来当志愿者的啊？怎么还带着鸡爪来？"

孟之旭懒懒道："别人送的，吃不完。"

他没回第一个问题，周学勤心里已有了数。可能是为了追周姐，孟老板才过来当志愿者的吧。

"那我们可以吃吗？"周学勤问。

孟之旭轻笑："不然我拿来当摆设？"

周学勤推了把眼镜，赶忙笑嘻嘻地夹起一只，边啃鸡爪边瞄周窈。

见周窈只望着不下筷，周学勤又催促："周姐你怎么不吃？"

孟之旭也侧眸看过来。

周窈正纠结着，经周学勤提醒，也跟着伸去筷子。

"孟老板，是不是你追求者送的啊？"周学勤吃人嘴软短，想着讲些什么让桌上气氛活跃起来，谁知他这一开口，周窈伸出去的筷子蓦地转了弯，去了旁边的香菇。

"早上去的那家老奶奶送的。"

孟之旭眼睁睁看着她的筷子夹起香菇送回碗里，靠在椅背上无声笑了。他盖上玻璃罐的盖子，起身离开。

周学勤诧异道："孟老板你不留下一块儿吃？"

"不了，"孟之旭看一眼没转头，坐得笔直的周窈，"不耽误你们吃饭了。"

莫名其妙的，周窈听到这话耳根一热，对方意有所指似的。

人走后，她才夹起鸡爪。鸡爪里放了几片柠檬和百香果，肉质很有嚼劲，味道辣中带了一丝酸甜，尤为爽口。

"周姐。"

"嗯？"周窈没抬头，听到周学勤疑惑的声音，"你是不是怕孟老板？"

周窈没吱声，眼睫动了动。

周学勤又坐了回来："我以前也挺怕他的，上次他帮了你之后我就不怎么怕了，觉得他这个人还不错。"说完，不忘盯着周窈追问一句，"你觉得呢？他这个人怎么样？"

周窈觉着他的话奇奇怪怪的。

周学勤没等来她的回答，又兀自感慨："算了，英雄多难嘛。"

什么意思？

周学勤望着她："姐，多吃点鸡爪吧。"

周窈对视回去，却只看到对方苦大仇深的表情。

晚上，镇上组织了一场露天电影，邀请老人们前来观看。

晚上的拍摄内容不多，几个看电影的镜头晃过就行。播的是一部老电影，名叫《刘三姐》，台下的老人们看得津津有味。

周窈白天衣服被弄脏，提前回住的地方。

拍摄人员跟他们不住一块儿，周窈回到车里拿了行李，步行去半山。

上山的路途并不是很远，不走大路有条小径，只不过道路泥泞。怕麻烦到他人，周窈独自过去。

天是墨蓝色的暗沉，林间的虫鸣声此起彼伏。

周窈换上了运动鞋，深一脚浅一脚地在小路上走。途中常被树枝刮到，裸露的脚脖有凉风嗖嗖地吹拂。

没一会儿，山上压平的水泥大路出现在小道尽头。

周窈一时高兴，快步疾行，小腿突然发软，人控制不住地往边上草丛摔。

她小小地低呼一声，划破皮的手掌传来火辣辣的痛意，脚踝处也隐隐作痛，应该是扭到了。

周窈扶着树干起身，前方一道强烈白光照过来，她下意识地蹲下遮眼。

“周窈？”

重重的引擎声熄灭，男人的声音从大路另一头传来。

周窈怦怦直跳的心脏瞬间安抚下来。她抬头，眯眼朝着光亮处望去。

白光中一个高大的黑影拨开树枝，正一步步朝着她的方向下来。

一切静得出奇，周窈恍若置身于深海之中，听不见外界的一丝声响，周遭突如其来的压迫感逼迫得她乱了呼吸。

直到孟之旭那张脸清楚地在她眼前出现，她短暂的失聪就此结束。

孟之旭没伸手拉她，而是陪她一同蹲了下来，白色光芒里他硬朗的下颌柔和了许多。

他上下扫视她，而后沉沉笑了：“躲在这儿干吗？”

听到他在笑，周窈心底没来由地生出一股闷气，起身道：“欣赏风景。”

她起身时没留意，险些被脚边的枯枝绊倒，扯到疼痛的脚踝，身体瞬间往一边倾斜。

下一秒，肩膀被人撑住，将身形缓了回来。

孟之旭抱臂靠着身后的树干，好整以暇地看她艰难挪步。“小朋友”不知在气什么，一股脑儿地往前走，一瘸一拐的，像个小企鹅。

“喂。”他淡淡地出声。

周窈闻言顿了下，深吸一口气继续往前走。

过了几秒，又听到身后男人的声音：“要不要帮忙？”

她没回头，步伐缓慢。

孟之旭三两步跟了过来，在她身后慢悠悠道：“你放心，我收钱的，价格童叟无欺，你要是想先赊账也行。”

就这么一句吊儿郎当的话，周窈突然觉得刚才的闷气顿时消失。

她停下脚步回头，与他在明亮的车灯下对视，对方的脸部轮廓却只能看个大概。

她气得笑了：“孟老板经常做这种生意吗？”

“也没有经常。”他静静地站着，低低的嗓音牵引着人的心智，“在我这儿，赊账这种事，你还是第一个。”

周遭寂静，分明是看不清他此刻的样貌，周窈却总觉得瞧见了他嘴角的笑意。

那句话像个炸弹，敌方轻飘飘地掷来，还没落地就已炸得四分五裂。

砰——

震耳欲聋的响声由树林低处响起，周窈蓦然抬眼，影影绰绰的林间，不远处的墨色夜幕中，亮起了五颜六色的烟火。

烟火的动静掩盖住一切躁动。

周窈安静地望着，眼底映出璀璨烟花。

她身前的男人突然靠近，周窈没来得及反应，只略略看到他动了动嘴皮子，没听清讲了什么，然后男人倾身，在她的惊呼下将人环抱起。

周窈刚要在他怀里挣扎，孟之旭已经将她抱出林间，旋身将人侧放到路边停靠的摩托车上。

她还未出口的“不用”霎时吞咽回去。

周窈侧坐在车上，脑袋又猝不及防被他套上一顶头盔，外界的烟花声隔绝大半。

头盔很重很大，鬓间的发被挑至眼前，遮了视线。她怀里抱着放衣服的包，刚要伸手去弄头发，头盔又再次被人拿开。

车灯已关，他俯身凑近，戴着黑色手套的手指快速又精准地将她头发别至耳后。

粗糙的手套轻轻在耳垂擦过，周窈敏感地往后一让，浑身起了个颤。

没几秒，她再次被戴上头盔，就仿佛多了层防护罩，周窈的紧张在这一刻消弭许多。

孟之旭跨步上车，启动引擎，又突然想起来似的问她："你也住竹间别墅？"

"嗯。"她闷闷地回答。她觉得好笑，把人抱上车才想起问目的地。

周窈完全不知这时该作何想法。她觉得应该拒绝孟之旭，可内心有根绳索拉扯着她想要退缩的脚步。踏出这一步，好像正在通往一个完全陌生的世界。

好奇、紧张，充满无限想象。

伴着车子起步，她闭上双眸，身子微压，将头盔轻轻顶在身前人的背部。

他们左侧林下，燃着耀目烟火，右侧是高耸的青黛环山。秋夜的凉风从脚边飞速溜走，山中雨露加重。

周窈听到山里的风啸，像孩童的欢呼。她两根手指从袖中慢慢伸出，轻轻地，又紧紧地抓住男人的衣服下摆。

他们回来时动静挺大，别墅外的灯亮着，里面没人。

这是一栋二层别墅，里面共五个房间。周窈被分到二层，是一个小单间。

跟孟之旭道了谢，她抱着包慢吞吞地上楼。

"周窈。"楼下人叫她。

周窈回头，刚转身就想到了什么，赶紧把脑袋上的头盔除下递给台阶下的男人："不好意思，忘了。"

"没事。"他单手接过，垂眸时似乎笑了，"别忘了在我这儿赊了账就行。"

不知是不是刚才吹风冻的，周窈手脚冰凉，控制不住地微微战栗。她舔了下唇笑道："忘不了，下次请你吃饭。"

周窈话落，又在心里嘀咕一番。她这么说，是不是在约他？会不会显得她很主动？

孟之旭手提着头盔，暗下去的眸子凝视着她，楼梯间的感应灯忽然熄灭。他轻声一笑，嗓音很低，灯瞬间又亮。

周窈看到他脑袋微垂，在盘手里的头盔，道："行。"

洗漱完，别墅已经有人回来，热闹不少。

周窈查看手机，发现孟之旭在她洗澡的时候发了微信。

孟之旭：药在门口。

周窈心里像撞进了一头小鹿，看到他的名字就开始心跳加速，从回来到现在都没能平静下来。

她跳着一只脚去门口，拉开门左右探看，没人，唯有一瓶药酒和几个创可贴放在门垫上。

周窈将东西拿进屋，坐回床上准备揉脚。

她拿药酒搓脚踝，边看手机，给孟之旭回了：收到。

鬼使神差地点开对方的朋友圈。最新一条是十分钟前发的，一张夜景图，从照片里看，拍的是一片小树林。

配文：途中听闻小老鼠的动静？

她放大图片，照片右下角有一抹暗红色的衣角。

周窈脑袋一嗡，脸上迅速腾上热度。逃避似的快速撤开照片，往他下一条朋友圈翻。

下一条的照片是一头粉色的猪与老奶奶的合照，猪的体型颇壮，面对镜头微张的嘴巴像是在笑。

配文：到了能上菜场的年纪了。

她没记错的话，这头猪应该就是那头叫小宝的小猪吧，已经长这么大了。怪不得很长时间没见他溜猪了，原来是送人了。

周窈刷着刷着，伸手将药酒瓶子盖上。不经意瞥到挂在床右侧的圆镜，与镜中的自己对上视线。

她嘴角挂着没敛下去的微笑。

如同被人拆穿了心事，周窈一瞬扑进被子里，长长叹了口气。

完了，她真的喜欢上孟之旭了。

次日一早，周窈就听到楼下的轰鸣声。

她拨开窗帘一角，穿着一身黑衣的男人正骑着一辆蓝白色的摩托车离去。车速很快，迅速消失于视界。

今天的任务较重，周窈早上跟摄像就没能得到喘息的机会。午饭时间延到了一点，她到了吃饭的地方才意识到一早上都没见孟之旭。

李萌跟她同桌吃饭，吃饭期间时不时瞥她。

周窈疑惑地回看，李萌又笑了笑低下头。

回来的那天，周窈觉着她都瘦了一圈。

她直接让司机送她回爸妈那儿，回到家倒头就睡，晚上苗叶回来才把人叫醒吃饭。

苗叶刚叫醒她，周窈一个鲤鱼打挺，拍了下脑袋道："忘了，今晚跟同事们还有聚餐。"

工作原因，大家把聚餐延迟到了现在。不过也只是小聚，就她、周学勤、廖波，还有邱亚良，四人。

苗叶被她吓一跳："大惊小怪的，怎么出去了一趟还毛毛躁躁的。"

周窈拾掇衣服去洗漱，苗叶跟在她身后唠叨："今天一块儿吃饭的有男同事吗？"

周窈无奈道："有，不过一个刚毕业，一个你们可能觉得比我大。"

"那没关系的呀，"苗叶目送她进浴室，靠在门边道，"小的老的都没问题的，只要你喜欢就行。"顿了顿，又说，"那可不能比你堂弟小啊，大的也不能比你爸大啊。"

里面的周窈沉沉地叹气。她喜欢的那个，估计并不喜欢她。

不再多想，周窈冲着外面喊："妈，一会儿我吃完饭就回我自己那儿了，那边离得近。"

吃饭地在万达里面，一家叫炉匠的日式烤肉店。

周窈套上鞋套进去，他们三人已经点好了肉。店里人多，包厢已被订出去，四人只能坐在外面的隔间。

廖波向服务员要来菜单，递给周窈。周窈看他们点得差不多，只点了一份土豆沙拉。

桌上摆了两瓶清酒，周窈瞥见就求饶："廖姐，一会儿我能不能不喝酒？"

廖波给她倒了一杯："行，你这一杯混到饭局结束。"

周学勤在对面笑："周姐，你不喝的我今天帮你喝。"

邱亚良在旁边唉声叹气地给自己斟酒："还是有个小跟班好啊。"

周学勤立马又道："邱哥，你要不想喝我也帮你喝。"

话落，瞥见廖波过来帮他倒酒，周学勤一惊，立马起身，因为是嵌入式的座位，他一起身就被桌沿撞回去，险些没将眼镜撞落。

廖波不轻不重瞥他一眼："这么怕我？"

周学勤举杯凑在唇边，眼神乱转，小声道："没有。"

土豆沙拉很快上了桌。

跟周窈想象中的不太一样，土豆丝刨得很细，再油炸成酥酥脆脆，与其他配料调拌。这里的烤肉蘸料味道也不错，将熟了的烤肉沾上蘸料，再包上生菜，一口下去也不觉得腻。

可能是前两天吃得少，周窈胃口大开。

饭后，几人分别。

邱亚良比那俩人后走，周窈陪他等了会儿车，一边闲聊。

临上车前，邱亚良突然说："你跟小九怎么样了？"

"啊？"

邱亚良一笑，却什么都没说，摆摆手上了车。

听到路人的聊天，周窈后知后觉，今天是光棍节。路上却有很多卖花的。

到了小区，周窈进电梯前还想着孟之旭会不会突然出现，想着想着就被自己可笑的念头逗笑。

她还真跟个小姑娘似的。

"叮"一声，电梯门开。

周窈出来下意识朝隔壁门看了眼，门关着。她到自家门前按指纹，忽然耳尖一动，咯噔一声，隔壁门开了。

随即传入耳中的，是一个陌生女人的声音："你家那张床没问题吧？"

"没问题。"这是孟之旭的声音。

女人盈盈笑道："那就好，我还怕刚才弄坏了。"

周窈这边门开的声音响起，身后二人似是听到停了谈话。她没有回头，心里一团乱麻，落荒而逃一样开门进屋。

进了屋，周窈静静地靠在门上，急促地呼吸。

刚才那个女人的声音，不是关荣清的，她也没听过。

站了几秒，又蓦然笑了。

她在气什么，气孟之旭带别的女人回家？不是早就知道，他并不是适合自己的那一个吗？

更何况，对方没对她表示过什么吧？

那还气什么？

一厢情愿罢了。

目送宋允上了电梯，孟之旭回身，往周窈门口看了一眼。

她今天回来了，看进屋的速度，脚应该是好了。

回到屋内，孟之旭顺手倒了两杯水，一杯自己喝着，另一杯端去了客卧。

客卧内，正呼声滔天睡着的男人，是安常。他将杯子搁在床头，视线在微微陷下去的床尾瞄了眼，出去顺便关门。

回到主卧，孟之旭躺下揉着太阳穴。

今天是安常生日，刚在外边喝了点酒，脑袋不是很清醒。

枕头旁的手机亮了下，孟之旭扒拉来手机，看到关荣清发的消息，祝他光棍节快乐。

孟之旭回了个：同乐。

随后，他将聊天屏幕往下翻，看到了周窈的。

点进去，两人的聊天停留在那晚。

打开输入法，默了几秒关掉。又点开她朋友圈，看到她发的烤肉照。顺手点了个赞。

继续往下翻，他突然发现，周窈很少发她的照片，大多是吃的。

再回到顶部，看到什么，孟之旭蹙眉，退出再点进她朋友圈，结果还是一样——

他点赞的那条删除了。

怎么了？那几张照片拍得不好吗？

他觉得挺好的啊。

第九章　再次英雄救美

回到电视台，周窈又恢复了往常的工作节奏。

近日薛淑儿的戏快杀青了，两人一直没能见面，只能通过网络联系。

薛淑儿告诉她，徐敬陵打听过她好几次，问她有没有要跟小明星恋爱的打算。

周窈拒绝了。

她跟徐敬陵只不过合作几次而已，虽然互加了联系方式，联络得也不多。她把薛淑儿的话只当作是调侃，并无再理会。

尤许前两天去了广州漫展，今晚回来。周窈下了班去机场接她，两人顺便出去吃了顿饭。

尤许跟她回了家。

见尤许边手机聊天边走路，周窈故意落她几步。尤许半天才察觉人丢了，忙回头拽上她和行李箱。

她一边挽着周窈胳膊，笑嘻嘻道："我不在的时候，你有没有什么好消息？"她眨眨眼，长长的假睫毛一扇一扇，面上似有窥探之意。

周窈反问："什么好消息？加薪？"

"不是这个，"尤许道，"有没有什么男人追你？"

"没有。"

周窈点了下她脑袋："别一回来就犯病。"

尤许望着她背影瘪了瘪嘴，又拖着行李追上来，道：“那你有没有看到我们家安常被什么女人勾引？我问许锦嘉，许锦嘉说没有。”

“我怎么会清楚？”周窈奇怪。

尤许说：“上次他过生日，我给他打电话来着，是个女的接的。本来我准备那天表白的，突然就不想表白了。”

“女朋友？”

“不知道，我没问。”尤许跟着她进电梯，下电梯，“不过我今天回来我告诉他了，他说明天请我吃饭。”

周窈：“那他就没有女朋友。”

“那万一他已经有了女朋友，还来请我呢？”

“……那可能只是把你当普通朋友。”

“那为什么非要请一个普通异性朋友吃饭呢？他要是有了女朋友，女朋友不生气？”

周窈开了长时间的车，头昏脑涨。

“小许，究竟是安常要请你去吃饭，还是你主要要求去蹭饭？”

尤许耸肩：“好吧，是我要去蹭饭。”

周窈乜她。

就见她攀上自己的胳膊，笑眯眯道：“周周，明天你陪我一块儿去吧，我请你吃。”

“……谢谢你了。”

次日是周六。

下午周窈被尤许拉着出门，见到孟之旭的那一刻就后悔了。说是去蹭安常的饭，其实是三人去蹭孟之旭的。

尤许似乎早就对他们讲过，见到周窈时，两位男士都未面露异样。

孟之旭的车送去保养了，周窈去地下室把车开出来。

与她隔了两个车位上，停着一辆蓝白色的摩托。周窈闲暇时搜过，这是宝马的一款，价格够得上一辆普通轿车。

周窈的车是白色的，一出地库，地面上三人投来视线。

尤许习惯性地拉开副驾驶的门，原地顿了几秒，就见安常已经进了后座，而孟之旭也从另一边进去，她只好坐进副驾驶。

车内宽敞，装饰低调，并没有一般少女装饰的粉色。孟之旭只环视一眼，就觉得这风格很周窈。

尤许发了目的地，周窈按着导航走，发现目的地定在市区的一所老小区，扬北新村。

尤许在旁边说："之前你在孟之旭朋友圈看到安常吃的那十几个鸡蛋，就是在那家吃的，据说还是个网红小摊呢。"

周窈"嗯"了下，一路无言。

尤许时不时跟后座的人聊天。

周窈目不斜视，车内放着尤许钟爱的劲爆音乐，十分提神。

到了小区门口，道路狭窄，堪堪两辆车能并行通过，前提还是技术过关。尤许提出让孟之旭来开。

周窈朝后视镜看了眼，这一眼与后座的人对上。

那人也不挪开视线，胳膊撑在车窗边，唇角扯了下："行，我来开。"

条件反射一样，周窈觉得他下一句就会说"价钱童叟无欺"。

但他没说。

周窈撤了视线下车，离远了些，好让孟之旭将车开进小区，又找了个临时停车位卡进去。

车上另外两人也下了车。

安常边捶着腰边吐槽："前两天睡九爷家的床，腰睡出毛病了。"

尤许在旁边问："光棍节那天？就你生日那天？"

"嗯，"他活动了下四肢，"他家床太软了，要不是我喝多了我同事给送来，我肯定不会睡那张床，还给压塌了。"

尤许沉默几秒，继而又笑了："那天我还给你打电话来着，是个女的接的。"

"哦，我同事吧，大家都喝多了，就她没喝多，大家电话都帮忙接了。"安常说。

"这样啊。"

"怎么，你那会儿打电话给我有事吗？"安常想起来问。

尤许眯着一双眼道："没事，就是看许锦嘉朋友圈，想打个电话祝你生日快乐。"

"生日嘛，什么时候祝都一样，不用非赶上那一两分钟。"

尤许噎了下。

见孟之旭停好车，安常跟他一块儿往馄饨小摊走，又回身喊道："尤许，在这儿。"

吃饭的地方是一个只摆有几张小矮桌的小摊，主卖馄饨。他们来时人还不多，点完东西坐下，人就多了起来，大多是外带。

周窈点了份拌馄饨。

馄饨需要现包，先上桌的是尤许和安常点的咖喱牛肉砂锅粉丝，安常又点了八个鸡蛋。

老板见到他就问："上次是不是也是你？"

安常哈哈笑道："看来只有我一个人买这么多鸡蛋了。"

老板是一对中年夫妻，摊头很忙。

周窈的拌馄饨不多时也上来了。

桌上摆放的辣椒很辣，她只加了一点。拌馄饨的酱汁是无锡人的口味，辣中带甜，开胃又过瘾。馄饨一口咬下，皮薄肉多，肉汁满满。

正吃到兴头，桌边的手机响了，拿来一看，是从未主动联系过她的徐敬陵。对方发了张电视台的照片，什么文字都没有。

周窈一只手打字回他，速度很慢：去电视台拍戏啊。

徐敬陵：今天你放假？

周窈：嗯。

徐敬陵：那真不巧（哭笑不得），还想着请你吃个饭的。

周窈望着这几个字，没再回。

她想起淑儿的那个玩笑话。工作之余，周窈与徐敬陵实在没什么联系的必要，普通朋友二人也称不上。

她不免多想。

"周周，这谁啊？"旁边的尤许突然凑了过来，瞟到名字，一字一顿，"徐敬陵？"

周窈关掉手机，面不红耳不赤："工作的事。"

"他是那个小明星吧，我看到他约你吃饭了。"尤许暗暗地笑，"怎么，他对你……嗯？"

“别乱说。”周窈轻轻揪了下她耳朵。

两人大闹，周窈笑着扭头，不经意与对面一双眼睛对上，顿住了。

孟之旭手拿筷子拌着馄饨，姿态从容地坐在路边摊头，面对她的视线，眉梢微扬。

周窈忽然跟偷了什么东西一样心虚。

她露出个笑来。

看到他，又想起刚才安常的话。光棍节那晚，进电梯的那个女人应该就是送安常的同事。

思及此，压在心头的乌云瞬间飘散。周窈颊边的酒窝更深了几分。

临近傍晚，小摊前的人越发多了起来，几人出来时天色已暗。

先送安常回了宿舍，周窈原以为尤许会跟她一块儿回去，谁料尤许却说她晚上回家。

周窈不强求：“那我们先回去拿一下你的箱子。”

副驾驶上的尤许往后座的孟之旭看一眼，笑道：“不用，我早上下来跑步时顺便把行李搬到车上了。”

周窈一脸莫名。

她搞什么？回家也不急于一时啊。

趁驾驶员不注意，尤许给后座的人使眼色，还暗暗做了个加油的手势。孟之旭低头，无声地抿了抿唇。

将尤许安全送回她家小区后，周窈再上车，心一下提了起来。

她回头一看，后座人没了。“咚咚”两声，驾驶座车窗被人敲响。

周窈还没锁门，对方直接开了门，一手扶着门框，倾身道：“回去的路我来开。”

她开了一下午，确实疲惫。周窈没有拒绝，解开安全带。许是她下得急，与还未直起身的人猛然相撞，差点贴上他额头。

周窈没有后退，侧身躲开。心跳一瞬间提速，晚风涌来，吹散脸颊的微热。

她边往副驾驶走，边缓解尴尬般笑道：“孟老板这次应该不会再收我价钱了吧？”

上了车，他说：“不收，给你免费当司机。”

他低头调整车座距离，话是不经意出口的，落在周窈耳里却是别一番意味。

之后全程无言。

周窈手握着胸前的安全带，闭眸假寐。

车内不同于之前的音乐，这次播放着舒缓的纯音乐，听着就令人昏昏欲睡。

周窈怕他犯困，悄悄转头睁开一只眼观察。

对方目视前方，单手把在方向盘上，另一胳膊撑着床沿，修长手指按揉着太阳穴。

路上灯光飞驰而过，他的侧脸忽明忽暗，极短的黑发在暗光下仿佛一撮撮未长开的小绒毛。

周窈忽然忆起与他的初次见面，那时候的他后脑勺还扎了个小辫儿。

到了小区，周窈才假装从梦中醒来。

按照她的指挥，车子开回地下车库。

到电梯前，才发现电梯正在维修，只能爬楼梯。

明明出门时电梯还好好的，就几个小时就坏了。周窈无奈地朝身后人看一眼，对方耸了耸肩，表示也不知情。

楼梯空间狭小昏暗，长年没人去，某些楼层的感应灯反应不灵敏。

二人一前一后缓慢往六楼走。

四周安静，静得周窈都能听清自己的呼吸声，空荡的楼梯间仿佛一个密封的四角天地，将她闷得几乎喘不过气来。

心跳声，脚步声，一齐在耳边以不同节奏敲打着，压得人心烦意乱。

她与他很近，近得都能清楚闻见他身上的男士香水味。

“周窈，”身后的男人突然出声，“你是不是还欠我一顿饭？”

周窈疑惑地“啊”了声，一时没记起。心里头乱糟糟的，脚下也凌乱起来。她一个踩空，后脚跟着乱了章法，整个人往前扑。

下一秒，两只手撑在了一堵温热胸膛上。

孟之旭两手紧紧握住她双臂，悄然笑了：“忘了就忘了，你慌什么？”

“谢了。”周窈耳根一热，仓促地松开手站稳，“下次请你。”

她像个没头苍蝇，转身就往楼下走。

“去哪儿？”

周窈脚下一转，又闷声朝上走。

孟之旭搓了搓指腹，在不太明亮的灯光下抬眼看她：“周窈。”

她驻足，背对着他，纤细的背影盈盈而立，弱不禁风般晃了下。

他往前踏近一步，那些压在心底的情绪在感应灯忽灭的同时一齐迸发出来。

“没察觉出来吗？我在追你。”话落，犹如长箭呼啸着射进林间，群鸟齐飞。

“噔噔蹬……”一串急促的脚步声往上，楼层里的光亮了又灭。

他站在黑暗中，听着越来越远的脚步声，抬手摸一下鼻尖，垂眼笑了。

一路跑回家后，周窈的心跳还是没能平稳下来。

刚才孟之旭说了什么？

他在追她？

有吗？还是说，他只是在开玩笑？

周窈慌乱无比，压根不知道该做出何种反应。听到他那句话，最先的感受就是惊慌。

回过味来，才感到一丝欣喜。

靠在门上，周窈打开手机，找到孟之旭的号码，手指无意识拨出去又立马挂断。

她没打过去，对方打过来了。

看着亮起的屏幕，像是看着一道暗中的曙光，十几秒后，灯光灭了。扬起的心情跟着落了下去，一阵巨大的失落感袭来。

又过了几秒，手机再次响起。

周窈匆匆抓起手机，“孟之旭”三个字模糊又清晰地出现在视线中。她深吸一口气，按下接听键。

对方略带笑的嗓音从那头传来：“跑这么快，看来脚伤好彻底了。”语气吊儿郎当的。

没来由的，内心生起了一股委屈，很少流泪的她突然眼眶一红，再也绷不住平日里伪装起的严肃，半哑着声音道：“孟之旭，耍我很好玩吗？”那声音娇娇的，又带着点强硬的质问。

孟之旭消了音。

两秒后，他似是叹了口气："开门。"

周窈快憋不住压抑着的哭腔，鼻腔里只出了一声不甘心的"嗯"。手上顺势拧开把手，拉开门。

门外，男人的峻拔身影出现。

他与她面对面而立，沉沉的目光望进她泛光的眸中。

就在这一秒，蜷在眼眶中的泪落下，周窈旋即低头挂断电话，死咬住牙不让自己出声。

眼下一根手指拂了过来，温热指腹拭了拭她眼角。

"周周，我没有开玩笑。"他说，"我认真的。"

刹那间，她眼中只有身前这个人，脑内似乎快速考虑了很多，也似乎什么都没来得及去想，最终只冒出一个答案。

"孟之旭，那我们在一起吧。"

那些陌生的情绪，紧张的，甜蜜的，委屈的，顷刻间，化为虚无。

直到第二天醒来，周窈才意识到昨晚干了什么。

恍恍惚惚多了个男朋友。

一切在白天醒来再回想显得不太真实。

她打开手机，先看到的是工作群里的消息。返回与孟之旭的聊天界面，空荡荡的，她光棍节那天删除了。

点开他朋友圈，看到他昨晚发了张光秃秃的月亮照。

周窈悄悄地，点了个赞。

刚点完，这人就出现了。

孟之旭：醒了？

周窈还没想好怎么面对自己的男朋友。

周窈：嗯。

孟之旭：来吃早饭。

周窈：好，等一下。

发完爬起来洗漱。

临出门周窈破天荒地照了第五次镜子，觉得只穿一身睡衣太随意，可是大早上打扮太过又太刻意。

她余光一瞥，拿来尤许丢下的一个兔子发箍，往发间一插。发箍软软糯糯的，很配她的睡衣，显得整个人都可爱温柔不少。

周窈终于明白为什么大多小女孩都喜欢毛茸茸的东西了。

她出现在门口的时候，孟之旭的目光先是被她头发上的小兔子吸引，唇角一扬，侧身让她进屋。

相比于孟之旭的淡定，她稍显拘谨。

早餐吃的面条，什么味道周窈没心思去品尝，其间找着话跟他聊："今天你有什么安排吗？"

他抬眼，扬着眉故意逗她似的反问："安排什么？"

周窈唇角压平。

孟之旭："我今天有空，可以陪你去约个会。"

周窈淡淡说："看我心情吧。"

"行，小朋友的心情最重要。"他口吻自然地接话。

周窈没吭声，听到"小朋友"三个字，心里像是飞进了一只快要膨胀的气球，踏着地板的脚底也犹如踩在虚镜，整个人轻飘飘的。

饭后，周窈主动揽了刷碗的任务，孟之旭没拦。

洗手池旁，周窈被上次那个有吸管的瓶子吸引，幼稚粗糙的塑料瓶与旁边精致的玻璃杯格格不入。

找手套时，口袋里手机响了。

周窈甩甩手，还没来得及拿出手机，身后忽然两指拈起她的手机放置面前。

"徐敬陵"三个字躺在屏幕正中央。

背后的人手指轻轻在眼前晃了晃："接不接？"他微歪着头，问她。

暖暖的气息扫过耳边，周窈缩一下脖子，偏开身拿走手机。

她到阳台接听。

"周窈，"徐敬陵含笑的声音传来，那边隐约还有薛淑儿的声音，"今天有时间吗？淑儿约你吃个饭。"

薛淑儿的声音陡然拔高："没有！不是我要约！"

周窈往厨房方向看了一眼。

她走开后，水池里的碗依然躺着，孟之旭正倚着料理台，见她望过去，他也懒懒地抬眼。

周窈背过身说："不好意思，我今天有约了。"

薛淑儿抢过手机："没事，你约你的，别管我们。"

徐敬陵遗憾："那真是不巧。"

挂了电话，走回厨房。

周窈卷起袖子，到他身前时被人一拉，她仓促地抬头，近距离盯着他好看的眉眼。

孟之旭给她戴上手套，垂眸捕捉到她愣怔的视线："看什么？"

周窈回到水池边，脸颊升温，嘴上镇定地说："看我男朋友。"

话落，腰部一双胳膊箍了过来，她浑身一震。

身后的人埋在她脖颈间，察觉到她的紧张，沉沉笑了："怕什么，你男朋友还能吃了你？"

周窈心里被羽毛划了一下。身体僵硬，心底却柔成水一般。

"周周，别紧张，让我靠一会儿。"孟之旭的声线异样慵懒，"太快了，有点不真实。"

原来不只她有这种感受，他也有。

周窈微歪着脑袋，轻声问："那怎样才算真实？"

"这样。"伴着男人的声音，她下巴被一只温热粗糙的手捏转过去，男人的唇在她颊边轻轻一碰。

分离的一刹那，耳根通红，周窈一缩肩刚好靠回他怀中。

孟之旭下巴搭回来，耳朵擦过她滚烫脸颊，细小的耳坠阻在肌肤之间。他终于得偿所愿："这样就真实了。"

两人的第一次约会，他似乎做了计划。

先去了趟商场首饰店，买了一对情侣戒指戴上。除了周南铭，周窈没跟其他男生单独逛过街，更别说男朋友了。

刚确定关系就买戒指，她并无觉得不妥。

孟之旭去埋单，周窈随便在店里逛，看到一对耳环。

她没有耳洞，因而对那些闪闪发亮的耳饰只能观赏。

埋完单，孟之旭拎着空的首饰盒过来，见她定在耳环前不动。他让柜员将那对耳环取出来。

周窈忙阻止：“我没有耳洞的。”

孟之旭并没有收回话：“我有。”

周窈瞠目结舌，这可是女式耳环。

柜员边笑边给他们取出耳环。

孟之旭接过，转手递给周窈，她眼神疑惑。

“帮我戴一下。”他个子高，只能俯下身将侧脸靠近她。

周窈看着突然凑近的脸，惶恐之余又觉得他好笑：“你干吗？”

“试一下。”他一本正经。

她不动，他也僵持着，耳朵渐渐往她的方向靠近。

周窈抿唇憋笑，帮他卸下耳朵上的十字架，换上手里银光闪闪的环形吊坠耳环。

戴完，他脖子往后一仰，侧头问：“好看？”

她打量的眼神撞进他墨色瞳孔，没憋住笑：“好看。”

“耳环好看？”

“嗯。”

“就是说我不好看了？”

周窈招架不住他突然的胡搅蛮缠。

孟之旭作势除下耳环：“不说话就代表你默认了。”

一张冷酷的脸上什么表情都没有，周窈却从他的话里听出一丝委屈来。

她伸手拉他胳膊：“你要干吗呀？”

“不试了，它挡我锋芒。”越演还越来劲。

周窈帮他除下，在他耳边说悄悄话一样：“你也好看的，你喜欢这个耳环吗？我送你。”

他稍稍沉默了几秒，像是没料到她会这么说：“哦，我谢谢你。”

“不客气，礼尚往来，应该的。”

最后周窈买下了那对耳环，虽然她用不到，孟之旭也用不到，但鬼迷心窍，就是付了钱。

午间二人去了一家烤鱼店。

趁周窈去洗手间的工夫，孟之旭拿出手机，调出昨晚整理的备忘录。

周周的小癖好：

蓝色裙子多；

职业假笑选手；

车技还行；

自我认识不够，她只能吃微辣；

原来也会哭；

……

最后加了条：她应该喜欢别人撒娇。

身旁有服务员经过，孟之旭抬眸叫住。

“麻烦刚才点的鱼微辣，糖醋排骨口味偏甜一点。”

服务员拿起桌上的订单，画了几笔：“中辣改为微辣，好的。”

“谢了。”

“不客气。”服务员笑道。

下午孟之旭带周窈去了之前录制节目的那家敬老院，刚开始她还困惑，见到一头有半人高的大猪时才了然。

小宝长大很多，也更活泼了。它现在成了敬老院唯一的公共宠物，不仅有专属卧室，还有专人饲养。

它像是认识周窈，见到人就往上撞。

坐在旁边的老奶奶揪住它耳朵：“噜噜，没礼貌了。”

奶奶说的无锡话，再抬头看他俩时，才用不太标准的普通话说：“对象处了啊。”还记着上次撮合他俩的事呢。

周窈笑笑。

孟之旭半蹲下拍小猪脑袋，说：“处了。”

“处了就好，”奶奶笑眯眯的，“好好处。”

“欸，好。”

一天时间过得很快，两人开车随便逛了逛，吃了两顿饭天就黑了。已至十二月，气温越来越低，天色也暗得更早。

两人没再在外边逗留，吃过晚饭就往回开。一路她望着窗外不断后退的街景。

车内很安静，他们仿佛相处已久的情侣，一个开车，一个安静地听歌，无人觉得气氛尴尬。

回到楼上，孟之旭后她一步出电梯。

周窈走到门前，又转身。他立原地，肩膀倚墙，似乎就在等她回头。

两人对视，她一笑："今天很开心，谢谢你，晚安。"

他不动，略扬了下眉。

周窈歪头，又说："我们在一起的事先别告诉尤许他们吧，等大家都有空我们再请他们吃饭行吗？"

"行。"

他还是不动。

周窈手指开锁："还有事吗？"

他语气淡淡道："你家有没有什么东西坏了，需要人修？"

"啊？"短暂的惶惑后，她明白过来，面上微微发热，"下次吧，这次东西还都好好的。"

"那行，"孟之旭闻言站直，"晚安。"

"嗯，晚安。"

如周窈要求的那般，孟之旭没将二人在一起的事告诉别人。许锦嘉见他左手中指多了个银色戒指，只好奇多了一嘴，没往其他上面猜。

九爷这边动不了，许锦嘉直接问安常要来周窈的联系方式。

年尾台里工作繁忙，周窈最近几乎天天跑外场，到月底公益节目才能结束。

看到许锦嘉发来的验证消息时，已是下班时候，周窈正要从台里打了卡回去。

许锦嘉发来的验证消息从上到下一连串的：

嫂子我是许锦嘉！

周姐我是许锦嘉！！！

我是许锦嘉！！！！

……

周窈点了同意。

许锦嘉像是随时候在手机旁，刚同意他就发：周姐，你终于同意了！我要告诉你一件事，你别紧张！

周窈：？

许锦嘉：九爷喜欢你！

周窈愣了下，看一眼旁边开车的人，回：？

许锦嘉：你别不信！上次你是不是去那什么江镇了，九爷还特地去那当志愿者了，就是为了你！

周窈歪着脑袋：哦，是吗？

许锦嘉火焰消了些：嫂子你不信我。

周窈：……

看样子他还不知道他俩已经在一块儿了。

周窈：那麻烦你去告诉你的九爷，就说志愿这种活动不是用来追女生的。

许锦嘉：……哦。

周窈：吃饭没？

许锦嘉：没，我还是觉得你不信我。

周窈：去吃饭吧。

她轻声笑着，两侧酒窝浅浅。刚要放下手机，另一条信息跳了出来。

孟之旭：在你们楼下等你。

周窈：好，等我一会儿。

周窈背上包准备先去趟洗手间，周学勤抱着文件从她身边经过，又回头道："姐，走了啊？"

"嗯。"

"路上慢点。"

她笑了下，脚步匆匆又不显凌乱。

下班时间，这一层洗手间刚清扫过，路面潮湿，周窈踩着高跟鞋小心翼翼地走进去。

里面没人，对面窗户开着，风呼呼的。

周窈进了一间中间的，刚关上门，就听外边“砰”一声巨响，好像是风把洗手间门刮上了。

她将包挂上挂钩，忽然耳尖一动，细碎的脚步声在隔间外响起，动静不大，对方似乎是故意放轻动作。

正疑惑着，一声压得很低的“周窈”着实令她吓一跳。

男人的声音。

周窈如惊弓之鸟，顿时脚往后移，一手拿手机，一手抵住隔间的门。

“周窈？”外面人的声音很低，蛊惑人一般呼唤着她的名字。

她听出来了，是李吉。

周窈手按在门上没出声，第一时间关掉铃声，给孟之旭和周学勤分别发了消息，让他们过来。

尽管她已经尽量放轻动作，李吉也已经听到了一丝动静，目标准确地朝着她所在的隔间过来。他走得缓慢，手上拿着一支笔，吱呀着在门板上划过。

“周窈，你在这里是吧？”

“你知道我要没工作了吗？不过没关系，”他扯唇笑了下，“我有你就好了。”

“我知道你对我有意思的，你还小，不好意思明说，不过没关系，我理解你，你出来好不好，我们好好谈谈？”

孟之旭那边已经收到了她的信息，回了个：等我。

她紧闭嘴巴，没有应李吉的话。

李吉已经来到门前，笔尖在门上轻戳几下：“周窈？”

“小周，你别怕，我找你只是想跟你聊一聊。”

“聊一聊我们的事，聊一聊我们以后的事。”李吉慢慢蹲下，往门边一靠，一股力冲到周窈掌心。

“为了你，我跟张莹莹分了，工作我也不要了，女儿，女儿也归她。我现在什么都没有了，大家好像都在笑我，对，大家都在笑我。”

他声音激动起来：“平时他们一口一个李哥地找我帮忙，现在都落井下石！”停顿一下，李吉声音又柔下来，“你呢，小周你没有笑我吧？”

他不再拿笔戳门，而是用手敲：“你不说话我也知道你在里边。”

长时间没人应，李吉烦躁起来，嘭嘭嘭敲得隔间的门轻晃。

“周窈！”他声音也大了起来，“你出来！快出来！”

周窈力道不及他，只能整个人堵在门上，死死压着。

隔断门的锁扣濒临松懈。

手中的手机亮了，是孟之旭打来的。

她按下接听，听到那边有风的声音，和他的微喘：“别怕，我报警了。”

“嗯。”

撞门的动静停了。

李吉起身趴在门上，眯着眼睛轻声道：“小周？你跟谁打电话呢？”

“小周你出来，”他叫半天里面人不应，急促拍门，声音越来越大，“周窈！都是你害的，你快点出来！你不勾引我我能是现在这个鬼样子吗！你还我！还我工作，还我家庭！”

周窈忍无可忍，高声道：“李吉，我没有勾引你！”

“你没有？”李吉嘲讽道，“那你天天对我笑，天天李哥李哥地跟我后边转，你不是勾引我是什么？”

“小周，你勾引我我认了，我没了家庭没了工作也认了，但你要对我负责啊，你负责好不好？”

“我知道你家里有背景，我不想要别的，就想跟你好好在一起，行不行？”

周窈蹙眉：“你疯了。”

“我没疯。”他努力耐下性子，“我以后会对你好的，会只爱你一个，绝对不会反驳你，你让我干什么我就干什么，真的。”

“周姐！”洗手间门外，有人重重地拍门。

听到人声，李吉说话声停下，两秒，又疯了一样撞门。

“是不是你叫他们过来的？既然你不想好好谈，那咱们就换另一种方式！”

门外人喊了几声，估计也听到里面的动静，又打不开门，停下了呼叫。

手机里孟之旭也已挂断。

门一次次受创，周窈的身体一次次被撞击得往后趔趄，锁扣脱落。

又是“砰”的一声，她被门上的力道反弹至隔间墙壁。

还没回过神，就被门外的人狠狠抓住马尾拽了出去。周窈头皮发麻，背脊火辣辣地疼，扑腾不得，随手拽住挂在墙壁上的包带，以求阻止对方的拖拽。

挂钩也没能坚持几秒，被拽得腾飞坠落。

周窈几乎是被他拖在地上拽出来的，牛仔裤在潮湿的地面上滑出一道不规则水迹。

将人拽出来后，李吉两腿压制她背跪，一手伸到前面死死捏住她脸颊，恶狠狠道：“你笑啊，怎么不笑了？”

他捏着她酒窝的位置：“平时不是笑得最欢的吗？”

周窈被迫仰头，紧紧抿唇尽量不发出一个音。她眼眶通红，却没有要哭的意思。

“反正他们也进不来，你说我们在里面干吗他们猜得到吗？”李吉低头凑在她耳边道，目光在看到她紧扣的衬衣时蓦然暗了暗。

事情发生得很快，周窈刚听他讲完话，忽然就看到对面窗户越进来一道高大身影。那人背光跨步而来，周窈什么都没来得及看清，唯一瞧清楚的，是那只发着微微闪着蓝光的耳坠。

李吉瞬间被人掐住脖子制服，周窈也被力道带得往后仰。她伏在地上拼命咳嗽，憋着的那口气终于可以肆无忌惮地释放。

周窈抬眼，红了一圈的眼睛盯着压住李吉的男人。周围的一切好像都与她隔绝开了，她听不到任何动静，只能看着面前的一幕幕。

直到孟之旭将她搂入怀中，温热袭来，耳边的声音才恢复过来。

“孟之旭，我等到你了。”她脸埋进他胸前，双手牢牢拽住他胸前的衣料。

孟之旭把人抱起，察觉到她身体在微微战栗。他只字未言，将她抱得更紧，脸上神色冷厉。

“周姐……”周学勤谨慎地跟了两步，没再跟过去。

途经已被制服的李吉，孟之旭伸脚踹了过去，帮忙压着李吉的两名保安立马躲远。

李吉被踹了个人仰马翻。

之后的事情进行得有条不紊。

民警到场，询问做笔录，周窈神色都十分镇定，详细淡定地将事情描述出来。

回家的路上，她的情绪也很稳定，坐在车内不声不响。

孟之旭时不时观察她，心里像是被刀深深划了一道，刚才揍完李吉的手还在隐隐作痛。

他去九馆打包了一份饭。

回到周窈家，孟之旭有些陌生地去厨房烧水。

周窈说了声："我先去洗澡。"就进去了。

他倚在厨房的吧台前，查看手机。

邱亚良发了信息过来：小周怎么样了？没事吧？

孟之旭：我在她家。

邱亚良：你俩在一起了？

孟之旭：嗯。

邱亚良：这么快，怎么一点动静都没有……那行，你多安慰安慰她，小姑娘遇到这种事吓得不轻。

他静静立着，身后水壶里的水烧开，咕噜咕噜声传来。孟之旭心有所想，抬眼看向她。

周窈正站在他对面。她脱了外套，穿着白色衬衫、蓝色牛仔裤，黑色长发安静地垂下，安然又狼狈。

小姑娘脸很白，眼眶红红的，刚卸了妆。

她就那么安静地站着，视线投向他。孟之旭从来不知道心底可以柔软成此刻这般。伸手，道："周周，来，抱抱。"

周窈先是呆了几秒。然后踏出一步、两步，三四步小跑扑进他怀中。

男人宽大的手掌在头顶摩挲，鼻间是好闻熟悉的味道。

鼻子一酸，酸涩的眼眶湿润。周窈紧紧环着他精壮的腰，将整张脸贴在他胸前，试图闷住不受控制落下的泪。

她多了一件铠甲。

在这件铠甲内，她可以不再伪装，当个掉眼泪的小孩。

那件事后，周窈没再见过李吉。

她的生活慢慢安静下来，台里偶尔有人聊起这事，碰到她，又闭口不谈。有些心大的，或者根本没觉得这件事有多严重的，提到李吉时并不避讳，譬如朱欣晔。

此时她与周窈正巧共乘同一辆电梯。

周窈恋爱了，这事台里闹得沸沸扬扬，因为她男朋友曾经上过她的节目。不仅如此，那个男人上次还在李吉老婆诋毁她时维护着她。

朱欣晔其实很羡慕周窈。无论是她的家境，还是她的感情。

周窈就是那种从小被宠到大的女生，事事有人提先做好安排，估计这辈子也不会感受到生活的压力。

“其实我早就知道李吉对你的态度不一般了。”等电梯内只剩她们二人，站在后方的朱欣晔望着她的背影出声。

周窈低头看东西，闻言也没回应。

朱欣晔无声笑了下：“上次庄毅妈妈的事我道歉，是我告诉他妈那些事情的。”

周窈翻过手中的一页纸，轻声道：“为什么做错事的人总认为道了歉事情就了了呢？”

朱欣晔一怔，随即莞尔。

沉默了几秒，朱欣晔又道：“我也没想过你能原谅我，毕竟我们也不会做朋友。”

“嗯。”

“你知道庄毅要订婚了吗？”

周窈没回。她既然这么说，那对方要订婚的对象就不是她。

朱欣晔自言自语般：“跟他前女友。”

“我挺可笑的是吧，撺掇来撺掇去，还是没能比过他前女友。”朱欣晔说，“不对，是比不过他的内心。”

电梯停下，门开，周窈踏步出去。

门缓缓合上。

望着玻璃墙上映出来的自己，朱欣晔扬起的嘴角慢慢趋平，带笑的眼睛也垂了下去。

周窈已经没再开车上下班了，每天都由孟之旭接送。

前两天邱亚良去九馆吃了顿饭，将他俩处对象的事说漏了嘴。许锦嘉为此还闷闷不乐好久，责怪九爷恋爱了还装单身，每天看戏一样看他抓耳挠腮地想法子追嫂子。

电视台大楼外，孟之旭还没来得及下车，坐在车内接电话。

车内外温度差大，玻璃上起了一层雾。

“还在外边。”孟之旭回着电话那头申岚芝的话。

申岚芝说：“没多久元旦了，回来过吗？”

“看情况吧。”

申岚芝没好气道：“看情况看情况，你那个小破店是有多忙，元旦能赚几个钱。”

“妈，不是钱的问题。”

“不管你是什么问题，你元旦必须给我回来！”申岚芝难得拔高了嗓音，不太习惯，她咳了下，“上次说追什么女朋友也没消息，我看你是被人家嫌弃了，你回来，妈妈这边有认识好几个小女孩。”

“妈，不说了，你儿媳下班了。”

“咳咳，嗯？”申岚芝怀疑自己听错，更怀疑他在撒谎，“谁？”

“妈，我有老婆了。”

申岚芝诡异地沉默了几秒：“你居然有女朋友了？”

孟之旭也沉默。

“哦不是，”申岚芝声音陡然温柔，“就是上次小清说的那个小姑娘吗？那妈妈不打扰你们了啊，你们好好谈。”刚要挂，又添了句，“你温柔点，别吓跑人家小姑娘。”

听完最后一句，他陡然失笑。

他很吓人吗？

今天两人去了商场里的火锅店。

孟之旭提前订了位置，刚去就到了他们的号。

周窈走在他身旁，周围常有视线看过来，她不知怎么想的，突然将手塞到了他垂着的掌心。

身旁人侧头倾身，低声“嗯”了声。

周窈轻轻捏了下他的拇指，指间戒指相撞。她故作镇定地摇头，目光下垂，发现孟之旭中指的戒指不知何时换到了无名指。

一直到落座，周窈都在打量他。

孟之旭扫码点餐，明明没看她，头顶跟长了眼睛一样，敲敲桌面："放心，你男人跑不了。"

周窈轻轻一哼，没问他戒指的事。

他们点的是三拼锅底，外圈是牛油辣锅，里面小锅是罗宋汤和菊花金鸡汤。孟之旭和她一样没有忌口，两人在吃饭口味上鲜少有矛盾。

点的菜一一上桌，周窈打开手机镜头，咔咔拍照。

镜头里晃过对面的孟之旭，周窈看到他一会儿倚靠着，一会儿手撑下颌露出戒指，一会儿又提壶倒水，动作缓慢。

周窈失笑："行了，孟老板，拍完了。"

他装作什么都不知道的模样，抬了下眉。

周窈也不揭穿，将没有他的那几张照发了朋友圈。

周窈还点了牛蛙，牛蛙肉肥美嫩滑，伴着浓郁的麻辣酱汁，一口咬下满嘴香辣。裹了咸蛋黄的虾滑也很鲜嫩，吃完周窈去拿了黑芝麻味的冰激凌，看得孟之旭停下了筷子。

"不是饱了？"

周窈冰了一块，却还是不愿舍弃："是饱了，但还能吃下冰激凌。"她拿小勺一口一口舀着，满足得眯起双眼。

饭后，二人直接回了家。

下了电梯，到周窈门前，她抬起二人还牵着的双手："我到家了。"

孟之旭眸色深深："今天家里也没什么东西需要修吗？"

她抿嘴憋笑道："应该没有吧。"

"哦。"他还牵着不放，胳膊一收，将人搂到身前，低声道，"我那边好像有需要修的。"

"哦？"

两人贴身而立，她微仰头一笑。

脖子上挂着的围巾因她的动作变得松垮，露出一截白皙发亮的肌肤。孟之旭手指抚上她的脸颊，触感滑腻柔嫩得像一块软玉。

他低头，她闭眸，两人在感应灯暗下去的那一刻相吻。

舌尖相碰，周窈退了一步，被他强行按住后脑勺加深了这个吻。他抱着她旋身，后背撞墙发出一声闷响。

齿间相撞，她闷哼了声。

这已经算是近几天他们吻得最激烈的一次。

周窈睫毛微颤，抓着他大衣的手指渐渐松开，伸进温暖的大衣内抱住他。

感应灯此时亮了。

“咯噔”一响，有扇门开了。

相吻中的二人正要分开，又听到一声仓促关门的动静。两人唇齿霎时分离，面色红润，微喘着气面面相觑。

“你家？”孟之旭问。

周窈朝门口鞋架看了一眼，顿时如临大敌。

“我爸妈来了。”

第十章　属于九爷的世界

晚上十点半，周窈家客厅沙发，孟之旭与她端坐笔直。

左右单人沙发上，各坐有一人，苗叶和周南铭。沙发前的茶几上，摆放有二老带来的保温盒。

气氛僵持，周窈俯身将保温盒打开，鸡汤鲜香顿时弥漫开来。

她笑道："原来是鸡汤啊。"

苗叶不听她打马虎眼，盯着一旁的孟之旭，另一边的周南铭倒是没那么严肃，笑嘻嘻地还去厨房拿来碗筷。

"囡囡快尝尝，你妈炖了一晚上了。"

孟之旭如坐针毡，从没经历过被人这么犀利打量的不安局面。

"小孟是吧？"周南铭笑着把茶几上的碗一推，"别干坐着了，喝碗鸡汤。"

"好。"他眼睛动了下，俯身去拿。

"你住隔壁？"一直不讲话的苗叶冷然出声。

孟之旭伸出的手收回，再次坐好："是的，阿姨。"

"跟周窈处多久了？"

周窈捧着碗，一会儿看这个，一会儿看那个，她说："上个月月底。"

苗叶一个眼神横过来，周窈闭嘴喝汤。

苗叶看向孟之旭："我听小许说，你是做餐饮的？"

"对。"

“以前是搞那个什么开车的？”

周南铭插嘴：“是赛车手，这个你就不懂了。”

苗叶视线瞥过来，他刚要普及一下，察觉到对方警告的眼神，立时消音。

“家不在无锡？”

孟之旭说：“在上海。”

“嗯。”苗叶上下看他，“你多大？”

“比周周大一岁。”

“嗯。”

苗叶只问了几个简单的问题，并无过分为难。孟之旭离开时，周南铭特意送他出门，他捧着肚皮回头瞄一眼苗叶，出了大门才道：“小孟，你别介意，周周她第一次恋爱，所以她妈比较紧张，其实你阿姨人不错的，只是当老师习惯了，一紧张就装严肃。”

孟之旭手伸进大衣兜里，蹭了蹭掌心的汗。

周南铭拍了下他肩膀：“其实我跟你阿姨早两天就知道你们谈对象了，电视台那两次都是你帮了她，是吧？”

“我应该的。”孟之旭此刻云里雾里，站在过道还有些恍惚。刚才还在跟他的小朋友腻歪，突然间就面见小朋友家长了。

“我们都不是老古董了，只希望你在跟周周在一起的这段时间里给她一次比较好的恋爱体验，哪怕以后你们分开了，我们也不会怪你。”周南铭又笑，“当然了，我们还是希望她第一次恋爱就能结婚的。”

“小孟，你也是你父母捧在手掌心长大的，希望你能理解我们当父母的心情。”

孟之旭心尖颤动，长长的睫毛扇了下。

“您放心，我不敢保证以后，但现在，她也是我心里的宝贝。”

“其实叔叔还是挺想听到你能保证以后的，”见他看过来，周南铭哈哈一笑用力拍他肩膀，“跟你开个玩笑，年轻人好好谈吧。”说完摆手转身。

孟之旭松了口气。

周南铭又回头：“小孟啊，你是第几次谈对象啊？”

他一口气又提起：“我也是第一次。”

“真的？”

“真的。”

周南铭半信半疑地回头。

走两步又忽然转身，走来：“叔叔跟你加个微信吧，我是过来人，你有什么不懂的可以问我。”

孟之旭刚要抬起的脚落下。

屋内，周窈喝了一碗又舀一碗，捂嘴轻声打了个嗝。

苗叶皱眉：“喝不下别喝了。”

“妈，你们今晚怎么突然来了？”周窈放下碗。

“来看看你不行？”苗叶一时还没能从亲眼看见女儿跟别的男人接吻的画面中回过神，“你，你们没有……”

周窈举手保证：“没有，绝对清白。”

苗叶松了口气，忽而又蹙眉道：“周周啊，妈妈不是不让你恋爱，只是你突然这样我还没做好准备。”

“要不……以后我少来就是了。”

“那个，下次还是让小孟来家里吃顿饭吧。”苗叶纠结半天。

周窈出乎意料：“你不反对？”

苗叶奇怪：“我为什么要反对？”

“我还以为你们喜欢的是像上个相亲对象那样的男生。”

苗叶扑哧笑了：“爸爸妈妈喜欢的人，首先是你喜欢的。上次那个庄毅，我还以为是你喜欢的类型，所以才给你介绍。”

“妈。”

“嗯？”

“我想跟他好好谈一次恋爱。”

“那就好好在一起。”

周窈弯起眼睛：“我喜欢他。”

这么多年，苗叶第一次听到女儿亲口说喜欢一个男生。

她突然觉得她是真的长大了，并非仅仅年龄的表面增长，而是心理的，和生理上的。那个曾学会蹒跚走路，过完十八岁生日，毕业入职的女儿，现在开启了她人生的新的一章。

苗叶眼眶泛泪，眨两下压了下去。

“你喜欢的人，妈妈也会喜欢他的。”

圣诞节前夕，街上早早装扮起圣诞树圣诞老人，圣诞歌曲响彻街头巷尾，节日气息浓重。

今年的初雪在平安夜姗姗来迟。

周窈还没出办公大楼，就听到外面有人大吼一声：“下雪啦！”

她跟着周学勤几人往外走，边谈边笑。

周学勤闻言一个箭步冲出去，到了门口又回头露出个暧昧的笑：“姐，姐夫来了。”他口中的姐夫正是孟之旭。

孟之旭站在廊下，高高瘦瘦的，挡了门前小部分光。他背对而立，身前是已经白了一片的路面，黑色衣服肩头落了零星雪花。

听闻动静，男人回身，冷酷的眉眼在见到她那一刻柔了半分。

周窈上前，扬着头笑：“冷不冷？”

他两手插兜，脑袋上戴着黑色的毛线帽。周窈认出，这顶帽子几乎伴随他一年四季了。

“一会儿就不冷了。”

两人并肩踏入雪地，头顶是飘飘扬扬的雪花，莹白的雪照亮前行的路。

周学勤跟在他们身后，忽而抬眼。

身前那一对没有牵手，也没有互相搀扶，只紧紧挨靠着往前走，他莫名就觉得这幅画面很温馨。

或许爱情本身就是如此，不需要刻意强求些什么，相互依偎，又互留空间。

回到家，屋内已经热闹开来。

周窈提先给薛淑儿发了定位，她收了工就过来了，这会儿正坐在孟之旭家沙发上跟尤许聊拍视频的事。

安常和许锦嘉在厨房准备火锅食材，许锦嘉跟奓了毛的猫一样，一会儿埋怨这个一会儿埋怨那个，小眼神直往客厅沙发转。

安常看他心不在焉：“行了你出去陪你的美女去吧。”

“欸，好嘞！”

他匆匆洗手，顾不得擦干就冲沙发上二人过去。

行至过道，看到了正在换鞋的一对。

“嫂子，放学回来啦。”

周窈附和他道：“对啊，今天作业比较多。”

大家都随了孟之旭的口头禅，他有事没事就是“送周周上学”“接周周下课”。

进了屋，孟之旭先拉她去了卧室。

许锦嘉正想着法插进尤许和薛淑儿的聊天，眼尖瞥到，高声道：“九爷，你也让嫂子歇歇，别一回来就进房啊！”

尤许二人齐声“哎哟”着看过去。

周窈故作生气地瞪了眼许锦嘉，孟之旭将她揽过，神色冷峻，朝许锦嘉挑眉：“薛淑儿，他想加你微信。”

许锦嘉顿时跳脚，薛淑儿一愣，随即将嘴里薯片咬断，笑开：“来来来，弟弟，姐姐给你加。”

许锦嘉猴子一般跳过来，手机举到她面前，一边嘴硬反驳：“我不是弟弟，你看上去比我年轻呢。”

来到卧室，孟之旭将门合上。

周窈包都还没放下，她慢吞吞地放下包，眼睛跟着去往衣柜方向的人转：“干吗啊？”声音又小又谨慎，生怕外边人听见。

孟之旭看一眼她：“你一会儿大点声也没事，隔音。”

周窈哑口，见他从衣柜拿出两件红色毛衣，一大一小，顶着一张温热的脸上前道：“原来是给我看情侣装的啊。”

孟之旭伸手帮她脱掉外套，俯身时轻飘飘道：“你要想看其他的也行。”

“不看。”她只脱了外套，“你先出去。”

“放心，我不欺负小孩。”

周窈：“你刚才在车里那不是欺负？”

趁她不注意，男人亲了下她脸颊，周窈羞赧地躲开。

“你是指这个吗？”他倒是强词夺理，“这是不是你刚才奖励我的吗？”

“……你出去。”

火锅上桌，开吃前，许锦嘉吆喝大家拍张大合照。

尤许点破他的小心思：“你得了吧，你就是想跟淑儿拍吧。”

许锦嘉没否认，将自己位置安排在薛淑儿身旁。薛淑儿提先偷吃了几片孟之旭卤的牛肉，含糊笑道：“没关系，弟弟就靠着我拍吧。”

镜头里，最前面是许锦嘉的大脸，他身旁的举着一盘肉的薛淑儿，后面是穿着红色毛衣的周窈二人，最后才是做着鬼脸的尤许和瞪着大眼珠子的安常。

许锦嘉又单独跟薛淑儿合拍几张，然后发朋友圈。

一顿火锅吃得大家热情高涨。

许锦嘉几乎将他小学到大学的经历都讲了一遍。

周窈喝了些酒，再加上烟气熏着，她眼前晕乎乎的，倚靠在孟之旭肩上听他们聊天。

尤许也脸红红的，趴到周窈肩上笑嘻嘻道：“周周，我发觉你变了。”

“嗯？”她硬拗起身，拽着尤许胳膊往另一边倒。

尤许瞥了一眼好整以暇听许锦嘉吹牛的孟之旭，说：“现在的你好像被注入了灵魂一样。”

周窈手指杵她脑门：“别说这么邪门。”

“周周，我真羡慕你。”她靠在她肩上。

周窈看向正跟许锦嘉吵嘴的安常：“安常不也在吗？”

尤许摇头：“不一样的。”

“嗯？”周窈问，“你们怎么了？”

“我过两天要出国拍个广告，我想趁这次机会再认真考虑一下我跟他的事。”她说，“我跟他之间和你跟孟老板之间不一样，我们的阻碍有很多，有家庭，有生活压力，还有他；而你们，你们之间的阻碍只有你，周周，你一跨过心里那道坎，你们就成了。”

“小许，我希望你快乐。”周窈望着她，举起桌前的啤酒。

尤许扬唇一笑，眼睛里泛着光，她也举起，两人相撞。

“我也希望你快乐。”

封景打电话过来时，许锦嘉正在楼下，刚将薛淑儿送到她助理手上。

雪还没停，越下越大，地上已经积了几厘米高。

许锦嘉裹紧外套，按下接听。

“许锦嘉，回头。”女生的声音有些发哑，不知是哭过还是冻得。

许锦嘉心头一颤，回头果然看到昏黄路灯下的封景，小小一只站在飘扬的雪花中，孱弱又可怜。

他心里暗骂一声：真像在演偶像剧。不过男主不是他。

许锦嘉收了手机过去，离她几步远停下：“你怎么来了？”他明知故问。

封景吸了吸鼻子：“他们在一起了？”

许锦嘉最怕她来找麻烦了，含糊地“嗯”了声，后悔刚才发朋友圈没将她屏蔽。

“他们是不是早就在一起了？”

“嗯。”他应下。

许锦嘉忽然觉得他很委屈，现在怎么搞得他像个渣男？

他不耐烦地叹了口气，决定还是安慰下小女孩：“那个封景啊，其实我能理解你的感受，我觉得呢，你其实对九爷只是粉丝对偶像的爱，我对他也是这样的，所以你不用这么伤心，偶像喜欢谁，我们当粉丝的不应该爱屋及乌吗？”

“还有啊，你还这么小，往后可以认识大把大把帅气的男人，何必吊死在九爷那棵冷冰冰的树上呢？”

他不安慰还好，一安慰封景就成了泪人，拼命擦着泪水嚷道:“你不懂！”

许锦嘉也来了气：“我怎么就不懂？我也是九爷的粉丝！”

“你不懂你就是不懂！”

他气笑了：“行，我确实不懂你怎么这么死皮赖脸。”转身就走。

刚走两步，身后的人突然蹲下号啕大哭，许锦嘉无奈地看天，挠了挠耳根，最终还是回头拉她起身。

“姑奶奶我求你了，别哭了行吗？”

拉不动人，他也跟着蹲下，双手合掌做了个拜佛的手势。

刚求完，姑奶奶真显灵了，一下跃过来搂住他的脖子。许锦嘉来不及反应，被她扑倒在地，双手撑在雪地上，掌心凉飕飕的。

许锦嘉一点不敢动：“哎哎哎，你抱着我哭归哭，事后可别喜欢上我啊，我马上就要有对象了！”

他这一句话莫名戳中封景的笑点，眼泪鼻涕一把抹，她趴在他的肩头闷闷道：“哪个女的瞎了眼当你对象。”

“别得寸进尺啊，我都安慰你了，你还损我媳妇。”

封景不说话了，也不再哭了，只静静地抱着他。

跪在雪地里的膝盖冰凉彻骨，她冻得浑身打战，许锦嘉坐直，将外套敞开了些挡在她身侧。

不知过了多久，许锦嘉觉得他脚跟快冻掉了。

封景缓缓松开环着他脖子的胳膊，跪坐在他面前，与他对视。

对视方一秒，许锦嘉以迅雷不及掩耳之势跳了起来，原地蹦跶，缓解冻麻的双脚。

“许锦嘉，你为什么要安慰我？”她仰头问。

许锦嘉没好气地回道：“我有病。”

封景鼻头通红，吸了下，哽咽着说：“我想见一下他，行吗？”

“喂，你别闹事啊。”

可能是今晚太冷，也可能是别的，她突然有些想放弃了。

“我想通了。”封景说，“我只是想找他说清楚。”

许锦嘉不敢全信：“你打赌。”

“我发誓。”

“行，那你跟我上去。”

到了六楼，过道里都是火锅的味道。

屋门开着，暖气扑面，屋内桌面一片狼藉，就算是已散场也能想象到刚才的热闹场面。

封景低头的一瞬间又落泪了。

许锦嘉“哎呀”两声，她又将泪偷偷抹掉。

将醉醺醺的周窈抱回房，孟之旭出来准备收拾桌面，见到客厅里二人时愣了下。

“你怎么来了？”

许锦嘉忙摆手撇清关系：“九爷，不是我要带她来的，她站楼下好久了，非说要上来跟你说清楚。”

屋内明明暖气充足，她却仍然在战栗。

孟之旭去倒了两杯温水拿进客厅：“坐。”

封景没动，许锦嘉拉了她一下。

她一坐下，孟之旭将水推过来：“封景，谢谢你。”

“啊？”她还没整理完毕的话一下又乱了。

许锦嘉也蒙了。

孟之旭扬了扬下巴，提醒他俩喝水：“你说你喜欢我，我想谢谢你。”

许锦嘉见鬼一样看着他。

九爷变了，他以前喜欢就接受，不喜欢就拒绝的一个人，现在都学会绕圈子了。

“嗯……不用谢。”封景一时不知道该怎么讲，“其实我是想告诉你，我不想喜欢你了。”

“我知道在你心中我只是个还没长大的小孩子，追着你跑太累了，所以我不想喜欢你了。”

“不过，”她抬起兔眼睛一般红的眼睛，“我希望你能记得你跟我哥的话，记得你们的梦想。”

孟之旭仿佛没听到她后面的话，兀自起身，对许锦嘉道：“安常他们去唱歌了，你不去？”

“啊？去啊。”

他看一眼时钟：“不早了。”又回头看向封景，淡淡道，“封景你想去唱歌就跟他一块儿走，不想去可以住隔壁，隔壁没人，是周周家。”

听到“周周”二字，她的眼泪一下又来了。

封景猛地起身，也将许锦嘉拉了起来：“走，我们去唱歌。”

“啊？”许锦嘉瞥了一眼九爷，“好。”

人一离开，客厅陷入寂静。孟之旭望着阳台外的飞雪，静默良久。

他回身挽袖，收拾战场。

洗漱完回到卧室，躺在床中央的女人睡得正沉。

屋内只开了小台灯，光线昏暗。

孟之旭轻轻走过去。女人还穿着那件红色毛衣，许是嫌热，下摆掀起一截，露出里面纯色的吊带。

他在床边侧躺，手撑脑袋静静看她。

她的呼吸很浅，几乎听不到声响，吞吐间有淡淡酒气。她的睡相很好，安静地平躺着，两手还交握放在腹部，规规矩矩的。

孟之旭轻笑，心血来潮地用指腹在她鼻尖点了下。

这么一碰，她倒是迷瞪着眼醒了："嗯？"眼神迷离，吐词不清，"他们走了？"

"嗯，走了。"

周窈想要跃起身，没成功，又扭回头盯着天花板："亲爱的观众朋友们，大家中午好，这里是无锡电视台生活栏目《三餐四季》，我是主持人周窈……"

突如其来的一段报词惊住了身边躺着的人。

孟之旭微撑起身，听完她这一段字正腔圆的介绍。刚才分明还口齿不清，现在却又清晰了。

"演我？"孟之旭凑近，鼻尖靠鼻尖蹭她。

周窈皱眉移开，又忽然道："孟之旭。"

他两手撑在她脸旁："嗯？"

"你上次去当志愿者是不是为了追我？"

"谁告诉你的？"

"许锦嘉。"

"那你觉得呢？"

周窈语气一软："我不知道。"

"孟之旭。"

"嗯？"

她两眼亮晶晶的，望着他的脸，又仿佛没有聚焦："我有点热。"

"你醉了。"

"嗯，我醉了。"

"这次还要喝皮蛋瘦肉粥吗？"

她摇头："不要了。"

他低头，在她唇上一吻。

“那这个呢？”

周窈舔了下唇，眨两下眼。

她那迷茫的眼神仿佛两根羽毛，在他心间小心又轻佻地骚动着。孟之旭低头，循着她脖间那颗淡痣亲吻：“周周。”

“嗯？”

“你不想要这个，我想要。”

“好。”

他抬头，眸光闪闪：“听明白了？”

她笑道：“明白了。”

话落，他身体压了下来。温热嘴唇相贴，轻轻的，小心翼翼地一步步加深。

……

周窈觉得自己时刻处于半醉半醒之中，她仿佛置身一叶扁舟，漂泊于茫茫大海。

墨蓝夜色与海水相接，鼓着小舟前行的波浪时而缓慢，时而汹涌，颠簸得人头疼欲裂又激情高涨。

船在浪尖涌了又涌，良久才看到彼岸。

那里是一片新天地。

那里阳光明媚，白鸥成群。

周窈半夜醒来一次，头痛欲裂。

她刚动一下，揽着腰部的那双大手就收紧了：“醒了？”

男人的声音暗哑，似梦似醒。

周窈揉着太阳穴，侧躺在他怀里，恍惚记得睡前发生的事，呼吸间还夹着淡淡的酒气。

“要喝水？”孟之旭在身后环抱着她，安抚一样轻轻抚摸她手背，声音很低，睡意蒙眬。

“不用。”她一出声，声音卡了下，又咳一声。

两人相贴入眠，温度升高，后背微微生汗。

察觉对方没动静了，周窈悄悄往外挪，刚得到一丝喘息，背后的热度就又贴了上来。

“周周？”

男人的声音有一丝清醒，她不敢再动：“嗯？”

“空调开了，没那么热。”他靠近，下巴搭在她头顶，煞有介事道，“静下心来，就不那么热了。”

这种情况怎么让人静心？

就这样半晕乎半清醒的状态下，周窈早晨八点出头才彻底醒来。

床边的人已经没了身影。

她抱着被子在床四周环视，缓了会儿神，而后穿戴整齐迅速回家。

经过那晚，之后孟之旭进入她家更加堂而皇之，为了方便，两人门锁互录了指纹。

元旦将至，无锡近日偶有小雪。

电视台年会那天，周窈穿了件露背的银色长礼服，出了酒店就算套上了羽绒服也觉得冷风直往骨头里钻。

年会上她运气一般，抽了个小红包。

身旁极少穿正装的周学勤紧紧裹着黑色羽绒服，跟她道别小跑出酒店门，搭了同事的车。

周窈没出门，坐在大堂等孟之旭。

今年的冬天似乎比往年冷些，大堂里暖气不比刚才的宴厅，她坐在沙发一隅，戴着帽子，下巴缩进外套领子里，尽量减少皮肤与冷空气接触的面积。

孟之旭到了后，一眼就看到角落的小黑影。

人小小一个，几乎都缩进了大大的黑色衣服里，唯有一双穿着高跟鞋的脚露在外面。

他甩了下车钥匙，另一只手拎着纸袋疾步过去。沙发上的人半合着眼，没察觉到身旁的动静。

他蹲下，温热的手刚触碰到冰凉的脚，眼睛就睁开了。

周窈吓了一跳，双脚自然翘起偏开，定睛看到是他，才又伸了回去。脚冻得麻木，依稀感觉到他手心传来的温度。

穿好鞋，他依旧保持着单膝跪下的姿势。大厅有准备回家的同事经过，皆不约而同地望来，故意打趣周窈：“小周，男朋友帅的呢。”

周窈含笑地跟同事们一一告别。

回头再看他，忽然觉得眼前这个男人熟悉又陌生。她脸一下子凑近，声音闷在拉链拉到顶端的外套里："孟老板，辛苦你了。"

"我这人比较看重物质，不爱听随口一说的话。"孟之旭舔了下干涩冰凉的唇，起身时伸手拉她，讨价还价道，"想表达感谢之情的话，一会儿辛苦我就行了。"

周窈一开始没懂，走到大堂门口被外面的冷空气一激，瞬间反应过来。

路上不好动手，上了车她才一把拽过他胳膊。

孟之旭还没系安全带，身子突然倾过来。

望着她红扑扑的脸，扬眉道："不急，爷先飙车带你回家。"

周窈耳根子都热了："正经点。"

"带你回家怎么就不正经了。"他确实是一脸正经地望着她，"周周？"

"干吗？"她坐直，系好安全带。

这一次，孟之旭的语气软了些，转过头来在她唇边一吻，两人的脸被罩在宽大的衣帽下。

"什么时候给我个名分？"

周窈往后微微仰头，屏住呼吸。

她没回，他倒也没紧逼，这反应像在他意料之中。一笑，坐了回去，启动车辆："那是打算不负责吗？"

"我是这种人？"

孟之旭打着方向盘，看后视镜探路，漫不经心道："人不可貌相。"

周窈："那等着瞧。"

她的帽子始终没除下，车内温度渐渐升高，周窈的脸埋在衣领中，没有再开口讲话。

车内放了一首欢快的恋爱歌曲，听得人心情愉悦。外面又开始下雪了，纷纷扬扬的雪花从天而降，无声地落在挡风玻璃上。车前两束光穿透雪幕，映着前方的路。

路上车辆不多，车速慢，平稳得她快要入睡。

这个世界热闹又安静，脚下模糊的路一步步清晰明确，好像一直这么走下去，也不错。

紫金英郡小区。15 栋楼下。

目送两个身影进了楼内，树影里的人才探身出来。

封景没有上前，又回头仰视了下高楼，她数不清是哪一层窗户里的灯亮了。

昏黄的光仿佛一点星火，烫亮雪夜一角。那光有温度似的，这么远的距离，她都能感受到那股暖意。

她突然后悔来了这里，想回到宿舍，躺在暖烘烘的被窝里，吹着空调，听舍友们谈笑。

为什么要来这里呢？

上次不是已经下定决心了吗？

就算与周窈见了面，告诉她她有多喜欢孟之旭，那又怎样。孟之旭如今眼里心里，就只有一个人。也从来没有过她。

封景突然觉得自己的暗恋可悲，可又觉得不那么可悲。毕竟从一开始，孟之旭就没有骗过她。

元旦那晚，孟之旭跟周窈回了趟周家。

本以为只有她父母二人，没承想热热闹闹地来了一大桌子的亲戚。

孟之旭整晚都处在濒临崩溃的状态，扬起的嘴角几乎没落下来过。周窈一边帮他解围，一边拍下他不同于平常的另一面。

一个紧张又有些腼腆的他。

平日里冷酷拒人千里的那股劲儿，完全被强压了下去。

饭后一出周家门，他翘着的嘴角才得到放松。

晚上被迫灌了些酒，两人叫了代驾。

一上车，孟之旭就跟软骨头似的瘫在周窈肩上，闭眸休憩。他喝得比周窈多，呼吸间都是酒气。

到了车库，周窈才将人叫醒。

等代驾离开，她下车拿钥匙，再转身又被人拉进车内。

“醒酒了？”

孟之旭抱着她，迷迷糊糊地“嗯”了一声。

“怎么样，我这个名分给得可以吧？”她不敢乱动，怕醉酒的人不舒服。

“你知道我要的是什么。”

周窈声音不自觉地浅下来："孟之旭，再等等可以吗？"

"嗯，好。"

陪他在车里醒了会儿酒，周窈搀扶他上去。

孟之旭人高马大，步伐并不稳，却也没有将全部力量压在她身上。

要刷门卡时，周窈一手撑他，另一只手在包里翻找。

打开门，她回头扶他进楼，猛不丁被面对面地抱起，挎着的包坠地，"砰"一声响。

周窈紧张得一把环住他脖子："你喝多了，快放我下来！"

"有吗？"他轻声一笑，手上却是颠了下，将人抱稳。

周窈左右环视，嘴唇又突然被含住，因紧张僵硬的肢体瞬间柔和下来。

这一吻时间并不长，也没有很深入。

松开她的唇，两人鼻尖相碰，孟之旭的声音在冷风中清醒许多："我家？"

"好。"

"咔嚓"一声，有手机闪光灯的声音。

两人闻声转头，看到两个身影立在暗光处，其中一人又拍了一张，灯光再次闪了下。

拍完，关荣清收起手机，朝二人打招呼："元旦快乐啊，两位。"

站在她身后的，是一位穿着灰色大衣的男人。男人身形颀长，站得笔直，脸隐在暗光下看不清。

周窈小声道："放我下来吧。"

孟之旭这会儿像在跟谁较劲一样，非但不松手，还对关荣清说："麻烦进来时捡一下包。"

他抱着周窈直接去了电梯前。

关荣清偷笑着捡起周窈的包，回头冲孟申道："申哥，进来啊。"

孟申拉着小行李箱，抬步过来，目光在不远处抱着一个女人的孟之旭身上停顿了不超三秒。鼻腔内轻声一哼，面上却毫无表情。

孟之旭家客厅。

周窈端坐在沙发上，身旁是正给她看刚才拍的照片的关荣清，左侧单人沙发上坐着的，是孟之旭的哥哥孟申，孟申对面，是跷着二郎腿一派从容的孟之旭。

孟申望了弟弟一眼，而后将目光转向与小清轻声说话的周窈。

“周窈？”他试探地叫出这个名字。

对方突然一怔，立即扬笑看过来。

孟申问：“能一起合张照吗？”

“不能。”她还没回答，孟之旭已经冷冷地回绝。

孟申却没有听，而是静静望着她。周窈不明缘由，但顾及孟之旭的情绪，还是拒绝了：“不好意思，我不想他不开心。”

孟申并未因此失望或愠怒，而是点了下头表示理解。

关荣清解围般说：“没关系，反正我刚才已经拍了两张，就发那两张给阿姨好了。”

“啊？”周窈听明白了。

孟之旭威胁道：“关荣清，你自己的事还没解释清楚……”

“欸欸欸！”关荣清立马搂住周窈合了两张，“刚才那两张发你，我发这张给阿姨行了吧！”

“其实你发哪张我都无所谓的。”孟之旭懒洋洋地冲周窈招手，“周周，过来，别被她带坏了。”

周窈老实地起身，却是去厨房方向给几人添水。

她一离开，孟申的视线收回，落在对面人身上：“爸让你们春节前回去一趟。”

“回去干吗？”孟之旭的眼睛跟着周窈的身影转，“听他骂人？”

“爸年纪大了。”

一句话，孟之旭眼神收回，没再呛孟申。

关荣清见今晚孟申语气并不冷硬，主动起身：“你们俩聊吧，我晚上睡周窈那儿。”

几分钟后，门关上。屋内气氛一下冷下来。

孟之旭垂着眸，像是陷入了某种定格画面中。

孟申端起桌上的温水，润了下唇：“这几年我们都没有好好聊过，阿旭，你长大了。”

这一声“阿旭”穿越了时间、空间，令人想起曾经无数个相伴成长的日夜。

他垂下的眼睛眨了下。

“你喜欢的东西爸不是不能理解，他是怕你出事，”孟申的语速不快，沉沉响在空荡的客厅内，“我也一样。”

“以前我就希望你能快乐地健康地长大，哪怕未来没那么大成就，你开心就好。”

“后来你拿回来一个又一个奖牌，爸的心事也就多了一桩又一桩，”孟申抬眼看着他，“他怨你不务正业，其实是怕你有什么意外。”

“我知道你心底其实也没有怨他，不然也不会每年往家里寄些爸爱喝的茶，还谎称是小清买的。”

“阿旭，回家一趟吧，爸也在等着你。”

“以前我们束缚你，是觉得你还小，你时时刻刻都需要家长的保护，可现在我们才发现，你长大了，不再是那个一直跟在我身后的小孩了。”

“你有自己的理想，现在也有了爱人，我们不应该再给你锁上枷锁。”

“阿旭，回家吧。”

良久良久，孟之旭才起身，朝着卧室方向，背脊挺直，声音冷淡：“早点洗漱睡觉。”

孟申看向他背影：“阿旭。”

他停下。

“今晚哥跟你睡一个屋。”

“那不行。”孟之旭啧了一声，这会儿有情绪了，“我这屋只有我老婆能睡。”

孟申眉头拧成一个不太明显的川字。

几秒后又莞尔。

次日周窈下班回来，发现关荣清和孟申都已离开。

孟之旭情绪不佳，她从昨晚他打来的晚安电话里就察觉到了。他们聊了什么她没追问，昨晚也没问关荣清突然来无锡的具体原因。

这些日子跟孟之旭在一块儿，她有时候会觉得离他很远，两人中间似乎隔着一道隐形的墙。没在一起时还没觉得，在一起后这种感觉越来越强烈。

他有心事。

在一个夜晚，周窈抱着电脑坐在床上整理资料，身旁的人突然道："跟我回一趟家吧。"

"啊？"周窈仓促间打下一行没逻辑的句子，又低头一个字一个字删掉。

孟之旭耐心地等着她的回答。

删完所有，她关上电脑，又下床将电脑放回包里。

做完所有一切，周窈才再次上床，与他面对面跪坐着。

她笑着说："那这周五吧，我下了班跟你回去。正好我大学舍友怀孕了，我去看看她。"

他伸手拂过她脸颊，又突然捏了一下："所以是想搭我的便车。"

"那有便宜就得占。"

孟之旭抬起她的下巴，在嘴唇上亲了一下，沉笑道："我的便宜是这么好占的？"

周五晚上，二人开车回上海。

先将周窈送去了姜舒佳那边。

群里成员之前就知道周窈恋爱了，而且对象还是孟之旭，姜舒佳嚷嚷了很长时间，一定要跟他见一面。

见到孟之旭的那一刻，姜舒佳激动得眼圈一红。

周窈安抚着她："都说孕妇情绪敏感，我相信了。"

姜舒佳瞪她："你不懂我们粉丝见到偶像的心情，而且偶像还是我闺密男人，我现在多少有点觉得你不知好歹。以后你可不能欺负他，结婚以后也要宠着他。"

周窈说："你上次还让我晚点结婚。"

"那不一样。"

话不经脑地说完，姜舒佳又自我反驳："要不还是晚点结吧。唉，还是看你自己吧，结婚不一定就都是好，也不一定都是坏。"

再去孟家时，已临近十一点半。

孟家灯还亮着，推开门，沙发上一个打着瞌睡的身影登时立了起来。

屋内暖烘烘的，周窈被孟之旭牵着手进来，手心捏出汗来。

她眼看着一个窈窕的身影快速过来，撇开孟之旭的手，拉上她的，柔柔地笑道：“周周是吧，累了吧。”

女人穿着绸缎睡衣，拉着她进来：“吃饭没？阿姨还给你留了饭。”

周窈朝身后的人望了一眼，孟之旭放下包，也闲闲地跟上。

孟家装修是中式的，看风格跟她爸一个品味。

经过客厅，申岚芝给周窈介绍沙发上戴着眼镜在看报纸的中年男人：“那个就是阿旭爸爸。”

周窈笑着叫人：“叔叔好。”

孟光律半除下眼镜看一眼，不咸不淡地应下。

申岚芝路过拍了一下他脑袋：“嗯嗯嗯，天天就知道嗯嗯嗯，刚才还心急着呢，这会儿装看报纸，那都是昨天看过的了。”

周窈依然保持着微笑。

孟光律咳了一声，将报纸叠上。

他摘下眼镜起身，与后面的孟之旭撞上，两人都退了一步。

孟光律先一步准备挪开，面前的人突然出声：“不跟你儿媳妇聊聊天？”脚步一顿。

孟光律正要说什么，孟之旭又道：“爸，这可是你第一个儿媳。”话里话外讽刺孟申还单身。

已经到餐桌的申岚芝笑盈盈道：“阿旭说得没错啊，改天得找人给阿申介绍一个。”

孟光律白他一眼，脚步一转，往餐桌的方向走：“就知道跟你哥比这些东西。”

“我乐意。”

一晚上其乐融融。

申岚芝觉着这个儿媳找对了，她一来，父子俩也不吵架了，还能和谐地同桌吃饭。

晚上没回孟之旭的小家，两人就在孟家住下了，周窈独自一间客卧。

周六上午，周窈十点多才醒。洗漱完下楼，客厅里已经聚集了不少人，几乎都是女性。

见到人下来，申岚芝上前："醒了啊，厨房里吃的还温着。"

她"嗯"了声，对沙发上看过来的人回之一笑。

申岚芝说："阿旭早上出去有事了，一会儿就回来。"

客厅方向有人问："小芝啊，小姑娘干什么的呀，哪里人啊？"

申岚芝拍拍她肩膀让她去吃饭，回过身扭着腰过去："电视台工作的，无锡人。"

"哟，无锡的啊。"

有人小声笑了下："不是我们这儿的啊。"

申岚芝扬着的笑慢慢消了下去："对啊，不是上海人，你说巧不巧，我也是无锡人。"

笑的人顿了下。

又有人附和道："小芝你也是无锡人啊，听说那边风景老好的呀，而且也离得近，来回方便的。"

"对啊对啊，方便的。"申岚芝弯弯眼睛。

中午吃过饭，孟之旭提出带她去个地方，什么地方却没提前说，周窈满心好奇。

车在一个俱乐部前停下。

周窈抬眼看了下牌名，ENTER 几个字母尤为显眼。

Enter，安达……她隐约猜到了什么。

这家俱乐部很大，里面弯弯绕绕分了好几个区域。一进去，就有人迎上来："九爷，你终于回来了！"

来人年纪不大，二十岁出头的样子。

他一出声，身后众多年轻男孩挤了上来，周窈只得退后让他们寒暄。

众人的最后，周窈瞥见一张熟悉的脸。

许锦嘉看到周窈也是一愣，随即冲她过来："嫂子，你来玩了啊。"

注意到她疑惑的眼神，穿着红色赛车服的许锦嘉背过身，让她看一眼身后的号码："嫂子，还没给你介绍我的正式工作，职业赛车手。"话落，又偷偷加一句，"九月份刚签的安达，嘿嘿。"

周窈抿唇一笑。

他与之前见到的那个许锦嘉似乎哪里不同，可又是同一个人，同一道声音，同一张面孔。

大家在孟之旭身旁围成一圈，七嘴八舌。

周窈正与许锦嘉闲聊，只见围成的圈突然自动敞开一道口子，孟之旭的身影露了出来。

他朝几步外的周窈伸手："周周，过来一下。"

旁边的人仿佛刚注意到她的存在，两眼放光，一会儿看孟之旭，一会儿看她，气氛暧昧起来。

周窈在起哄声中将手放到他的掌心。

"他们在欢迎你的到来。"

周窈抬头："嗯？"

孟之旭低着头，那双眼睛此刻尤为精亮，充满了无限力量似的。

他说："周周，欢迎你来到我的世界。"

这像是一个高束在云端的梦。

周窈随众人来到了他们的训练赛场，被安排在看台座位。许锦嘉陪着她，简单介绍了一遍即将进行的表演的赛道规则。

周窈恍恍惚惚地回过神："一会儿他也上场？"

许锦嘉也有些激动，望着赛场入口方向："对。"

她身边的少年，那双眼里泛着光，周窈顺着他的视线看去。

许锦嘉说："嫂子，你是知道九爷朋友意外的事情的吧。"

"嗯，我知道。"

"那件事后，他就跟安达解约了，"他说，"其实我们大家都以为九爷要放弃这个职业了，放弃他的热爱。"

"可他并没有，他只是选择了这种方式去自己舔舐伤口。这几个月来，九爷对封城的事只字不提，可他做的事情，都是他们曾经说好要一起做的。"

"他们曾经说以后当自由赛车手，想跑哪场就签哪个；等年纪大了就不再比赛去当教练，送一个个心怀激情的人上赛场，然后看他们拿奖牌举国旗；还说退休后一起开家饭馆。"

"嫂子，你是第一个被九爷带进来的女人，也会是最后一个。"

“你见过他的幸运头盔吗？”许锦嘉问。

周窈想起在江镇那次，那个印有数字“9”的黑色头盔。

许锦嘉突然起身，赛道入口一群人进来，穿着颜色各异的衣服。

周窈一眼看到穿着黑红色赛车服的孟之旭，怀中抱着一顶黑色头盔，在阳光下熠熠发光。

许锦嘉努嘴说：“就是那个黑色的，那个头盔陪他拿了第一个金牌，谁都摸不得。以前我们还开玩笑说，估计以后他老婆都摸不得。”

笑了下，许锦嘉又赶紧收回：“嫂子我不是那个意思啊，九爷那么喜欢你，你以后想摸就能摸！”

周窈笑了笑，没在意他的话，眼睛一直盯着赛道上的男人。

两人隔了有几百米，他朝这边高高扬了下手里的头盔。

身后几名男性纷纷效仿。

许锦嘉高声骂道：“九爷跟嫂子打招呼呢，你们起哄什么！”

台下一阵笑语。

此时此刻，周窈的心情跟着扬了起来。

今日阳光明媚，寒冬的风被阻在围墙外。

赛道上的气氛热烈起来，周窈坐近，目光恳切地望向始发点。

在轰鸣的引擎声中，她突然感受到那种澎湃的心情，那种心即将跳出嗓子眼的紧张兴奋感。

认识这么久，她首次觉得离几百米远的他如此近，近到她可以感同身受地体会到他的情绪。

轰鸣、吹哨、欢呼声不绝于耳。

跟着众人，周窈一同起身。

阳光耀得刺眼，缓过劲，那个穿着黑红色赛车服的男人已经除下头盔，大步悠闲地朝她而来。

她静静站着，看着他踏着脚下的碎光靠近。

耳边一切动静都停了。

再眨眼，男人已跃进看台。

周窈觉得周遭又都活了过来，热烈又急切。她背着手，也一步步朝他的方向过去。

距离几步远时，周窈忽然心之所至，小跑过去，一下冲进他怀中。

孟之旭接住她举高，鬓间潮湿。

一时的大胆令周窈心跳加速，她俯视着孟之旭，鼻尖对鼻尖，微微喘气。

“怎么，看你男人看呆了？”他的语气依然吊儿郎当。

周窈扑哧一笑，忽然环抱住他脖子，耳语道：“孟老板，我给你一个名分吧。”

捏着他肩头的左手，无名指上的戒指在阳光下闪出一道银光。

（正文完）

番外一　旧照片里的少年

这个年，周窈一家是在乡下老家过的。

年夜饭是在大伯家吃的，得知周窈找了对象，几个长辈又将催促相亲的矛头转向两位堂哥。

屋外鞭炮震耳，屋内欢声笑语。

周窈趁着空隙给好友回复祝福语，微信消息回复一轮下来，才发现孟之旭还没给他发。

她点进聊天界面，刚要打字，就看到界面上方的“对方正在输入……”。

于是周窈停下，等他先发完。

可等了半天，上方的“对方正在输入”变成了给他的备注，孟之旭也没发出一个字来。

周窈打字：新年快乐。

还没发出去，界面上方又变成了“对方正在输入……”，周窈停止发送，对方也停止了“输入”。

来来回回好几次，两人都没成功发出来一句话。

周窈暗暗失笑，猜测他可能跟她是一样的心理，都想等对方先发。

周窈：？

孟之旭：？

几乎是同时，二人都发出去一个问号。

孟之旭：输入半天就这个？

周窈：你不也是？

周窈低着头在笑，身旁坐着的奶奶凑来看了眼："窈窈困了没？"

周窈抬头说："不困呢，奶奶你困了吗？"

奶奶捏着她手，还没出声，对面坐着的周南铭开口说："周周，你先送你奶奶回去吧。"

她应了声，收起手机，搀扶起奶奶回去。

乡下的除夕夜格外热闹，鞭炮齐鸣，一路过来都是祝福语。

自从周窈一家搬去市里后，这边的房子就让爷爷奶奶住着了。

一进家门，耳边瞬间安静不少，熟悉的画面一下子勾起小时候的回忆。

送奶奶回房后，周窈就去了以前她的卧室。

卧室跟之前的样子相差不差，以前每次回来都住这儿，最近几年很少在老家留宿了。

衣架上挂了两个书包，一个大号黑色的和一个小号白色的。白色包上还挂着一个洗得缩水的哆啦 A 梦毛绒玩偶。这两个包是她高中时用的，也不知道奶奶从哪里翻出来又洗了一遍。

周窈捏了捏玩偶拉耸着的脑袋，在书桌旁坐下。

门外奶奶颤颤巍巍的脚步声传来，伴着低低的呼唤："窈窈？"

她立马起身去迎。

奶奶手里捧着一本相册，嘴里念叨着："上次我在家里翻出来的，有你小时候的照片。"

两人在床边坐下，周窈接过相册翻开。

里面的照片大多已经陈旧泛黄，从她出生到高中的照片都有。其中有一张大合照，那是她跟爷爷的最后一张合照。

合照里人多，周窈将照片从透明膜里拿出来，看到照片背后用黑色油水笔写了个英文单词"paranoia"。

字迹有些磨损，可周窈还是认出来了。

这个单词是她拿到照片后亲手写上去的。

那是 2011 年的十一月，国庆期间，周窈刚升高三的那年。

那天是爷爷的生日，也是他们陪爷爷过的最后一个生日。

生日宴定在镇上的星君大酒店。

国庆假期，来酒店办宴席的宾客众多。因为宴厅嘈杂，走廊人来人往，周窈跟爸妈打了声招呼就抱着小书包去了楼梯间。

楼梯间的门沉重，她半个身子压在门上才将门缓缓推开，陈旧灰尘与闷热扑鼻而来。

周窈猝不及防地打了个喷嚏，睁眼时发现楼梯间的台阶上已经坐了一人。

那人背对她，黑色短袖，戴着黑色鸭舌帽，男的。

看背影，年纪不大。

听到动静，那人侧头睨了她一眼，视线并未停留，又转回摆弄手机。欢快的音乐声充斥着空旷的楼梯间，他好像在玩什么游戏。

周窈没在意，拾级而上，去了楼上一层的台阶坐下，而后翻出书包里的英语单词掌中宝，开始小声背诵。

不知是不是她的错觉，楼下的音乐声渐渐变轻，她清脆的背诵声听来就显得突兀了些。

周窈轻咳一声，也慢慢降低音量。

楼梯间里阴凉，晚夏上午的阳光明媚又炙热。周窈往靠近楼梯扶手的位置移动，躲避阳光的照射。

无意间透过台阶间缝往下看，瞥到楼下坐着的人。看不见对方的正脸，只能瞧见修长的手指在按键手机上飞舞。

兴许是心有所感，楼下的男孩察觉到异样，猛不丁抬头，与楼梯缝里另一双眼对上。

偷窥被抓，周窈面上并不慌乱，淡定地眨了下眼就重新坐直。脑海里却空白一片，连他的模样都未曾看清。

心虚和羞愤后知后觉上了脸，周窈耳根通红，嘴里还模糊不清地继续往下背单词。

下一个单词是偏执狂。

——paranoia。

周窈背英文单词有个习惯，会将此单词的中英文和属性都加上。

比如，paranoia，作名词用，意思是偏执狂、妄想症、多疑等。

她思绪和嘴巴不在一条线上，不知重复了多少遍，忽然听到由下方传来的敲击不锈钢扶手的声响。

“咚咚”两声，音量不大，却震到周窈停止了背诵。

她听到男孩轻淡慵懒的声音：“paranoia，不是 paranoid。”

就这一句，说完游戏的音乐声效又重新响起。

周窈愣了下，看了下单词本，这两个单词是紧接着的，一个属性为名词，一个属性为形容词，她搞混了。

那时候十七岁的周窈感觉仿佛是出了天大的糗，脸热到直至男孩推开楼梯间的门出去，她也没能说出一声“谢谢”。

现在看来，那只是平凡日子里尤为普通的一件小事罢了。

周窈能理解少年时期自己的心态，那会儿还记了好一段时间那个男孩的仇，想着下次再见这人时一定得背诵一段流利的英文短句。

从小到大，她没有过什么暗恋早恋的苗头，唯独这个纠正她错误的男孩，周窈较真到还曾让尤许误以为她对人家情根深种。

周窈翻过照片，听着奶奶在耳边絮叨，她伸手抚摸照片里笑意融融的爷爷。

照片里起码有二三十人，除了家人亲戚，还有一些是爷爷的朋友。这张照片就是在星君大酒店的大堂拍的，左右两侧都有路人入镜。

在照片最左侧，周窈发现了一个高瘦侧影。一身黑，戴着鸭舌帽，单肩背着黑色书包。

尽管照片模糊，但也能看出那是个年纪不大的男孩。少年面庞白皙，侧脸下颌线分明，正迈步跨出这张照片。

周窈盯着这个人仔细看，觉得熟悉又陌生。

她拿出手机将这个侧影拍下，然后将手机里的照片放大，看到黑色书包上的一个圆形挂件，说是篮球又不太像。

更像是，红色头盔。

此时，孟之旭的微信消息跳了出来：怎么，被你男人的红包吓跑了？

周窈将那个模糊的头盔挂件照片发过去：这是什么？

孟之旭第一眼看的是一团黑，点开仔细才看清，一个小头盔吧。

孟之旭：头盔

周窈：你的？

孟之旭：不知道，你在哪儿拍的，这么模糊？

他确实不知道，因为他从小到大，用过的头盔挂件数不胜数，像这种红色的应该也用过，没什么特别记忆。

周窈不答反问：来过安镇？

孟之旭回：去过。

他外公家就是无锡安镇的。

周窈：来过星君大酒店？

孟之旭：？

周窈发语音：paranoia。

孟之旭：？

孟之旭也发语音，懒懒的嗓音中带了一丝笑："突然拽英文，中邪了？"

周窈说："孟老板，我发现你这个人从小就对人苛刻。"

"怎么发现的？"

"穿越时空回到你小时候发现的。"周窈轻声笑着，并未将照片的事告诉他。

孟之旭啧了声："那麻烦周小姐顺便对那时候的我说一声，早点去无锡，早点遇到爱装酷的小女孩。"

奶奶听到男人的声音，无声问她是不是男朋友，周窈颔首。

孟之旭紧着又发了条语音："红包收了，我明天下午去安镇，你现在在安镇？"

周窈问：对啊，你来安镇干吗？

孟之旭：走亲戚。

顿了几秒，他又发：不然去你老家提亲？

周窈：paranoia。

孟之旭：明天上午去，我看你中邪不轻。

周窈没回，而是领了他发的转账红包，而后也对半给他转了回去，转账备注：新年快乐，孟老板。

孟之旭没有拒绝，收下后学她对半给她转回去：活到老，学到老。

初一凌晨，周窈被外面的鞭炮声吵醒，她在床上辗转反侧，好不容易有了睡意再次被屋外的喧闹声吵醒。

掏出手机，跟孟之旭的聊天记录停留在昨晚的定位。

他外公家在隔壁村，会经过这边。

上午九点多，村里有几户人家请了舞龙团队，周窈陪着奶奶一块儿去凑热闹。

那户人家里里外外围满了人，敲锣打鼓的。好不热闹。

奶奶跟旁边人聊天，有些在夸周窈，有些要为周窈介绍对象。

奶奶笑眯眯地回："你上次还说给我们家窈窈介绍个，这么久都没消息，我们窈窈已经许人家啦。"

那人笑着说："这不是也没听你应声我不好做主吗，就是隔壁村老跟我一起打牌那老申家俩大外孙。你是没见着啊，他大外孙走出来板板正正的，小外孙也长得帅咧。"

"不过你孙女许了人就算了，"那人话锋一转，"许了哪儿的人啊？定亲没呢？"

周窈一脸笑意，奶奶替她回："外地的，她自己在无锡谈的。"

那人说："哟，自己谈的好，有感情，不容易吵架。"

说话间，敲锣打鼓的声音再次想起，乒乒乓乓得压过了吵闹的人声。

旁边有人准备点燃爆竹，周窈缩着脖子给奶奶捂耳朵。

正要迎接预料中震耳的鞭炮声，她耳边忽然一热，有什么东西罩了上来，阻隔了外界的声响。

周窈一惊，忙要躲开。

那人双手稍稍压力，轻笑声在她耳边响起："新年快乐。"

周窈转头，对上身后男人那双熟悉的眼眸，深邃凌厉，又带着笑意。

恍惚间，她想起十一年那个上午，推开楼梯间的一刹那。

阳光透过玻璃照亮昏暗阴凉的楼梯间，她与台阶上的少年无意中对上了视线。

那一眼漫不经心，可又惊心动魄。

番外二　擦肩而过的青春

2009 年的暑假，孟之旭是在安镇度过的。

从外公家到镇上，有专门的 23 路公交车，车费一元。

孟之旭整天闷在外公家无所事事，偶尔也溜上公交车去镇里的学校篮球场和网吧。

镇不大，但镇上的人都蛮傲气的，尤其小女孩。

几乎每次，他都能遇到一个女生，一个背着白色小包，手里还拎个印有某某舞蹈班字样的手提布包。

小女孩扎着马尾，皮肤白，个不高。

他注意到她跟他是同一个地点上车的，但每次都没座位，只能挨着后车门紧紧抓住扶手。

孟之旭瞧她那小身板也经不住颠，起身给她让座，刚起来，身旁站着一男的以迅雷不及掩耳坐下，完了还对他笑笑："谢谢啊，小孩真懂事。"

孟之旭："……"他没说什么，拉着手环站着。

站在身前的，就是那个小小的，皮肤很白的女生。穿着蓝色的吊带裙，胳膊细得好似一掰则断。

女生个不高，堪堪到他下巴，目视前方望着车外的风景，耳朵里塞着耳机。

车子一个急刹，她纤细的手指用力拽紧扶杆，再怎么用力还是往后踉跄一步，踩到了他的鞋。

孟之旭垂首，女生也顺势回头望着他的脚，轻声短促地道歉：“对不起。”

转头时马尾跟着小弧度甩动，不知名的清香伴着她轻轻柔柔的嗓音传来。

“嗯。”他冷声回应，敛眉将脚往后缩，离女生远了一点。

后来几次，他依然能在 23 路公交车上看到她。

有时站着，有时坐在后排；有时穿蓝色裙子，有时穿白色裙子。不变的是手里总拎着布包，耳朵里总塞着耳机，也仿佛总是看不到他。

他有时坐在她身后，有时站在她身后。他们在同一站下车，朝着相反方向离开。

她像个骄傲的小公主，只沉浸在自己的世界里，从不理睬他人。

有次车里有同龄男生犹豫不决地叫她名字时，她也只是平静地转过头，轻声问：“你是？”

男孩不气反笑，称是她小学同学，叫某某某。

女生鼻子微微一皱，而后缓缓点头：“哦，是你啊。”语气淡定到令人怀疑她压根没记起对方。

孟之旭觉得他中毒了一样，每次坐 23 路都得先看一下乘客，看不到她松一口气，看到她也松一口气。

明明只说过一句话，可总给他错觉他们已经认识很久，已经是熟人了。

十六岁的少年从不知愁，面对异样情愫产生的困惑烦恼，在一场罕汗淋漓的球赛后，就抛掷脑后。

再遇到那个女生，再次烦恼，就再次打球。

一个夏天，孟之旭的身高猛然往上蹿，申岚芝来接他时吓了一跳，连问她爸：“你给他吃什么了？”

老爷子努嘴回道：“你瞧瞧我这院子里，能吃的不能吃的，都让他给吃的！”

走的那天，孟之旭趴在车窗看向外边，申岚芝喊他：“空调开着呢，窗户关上。”

喊一声不听，要喊第二声时，孟之旭动了。

车窗缓缓上升，黑色轿车旁并排驶过一辆公交车，23 路。

后排窗户边上，他看到了熟悉的身影。

今天她穿着白色衣服，头发披着挡住了脸。

她今天没看窗外，似乎是朝公交车内环视了一圈，而后从包内拿出一根发绳叼嘴上，两手往后将披散的头发高高梳起。

动作一气呵成。

孟之旭看清，她今天也没有戴耳机。

轿车很快超过公交车，车窗也完全关上。

十六岁的少年不知作何感想，得到解脱一般舒了口气。

夏天的阳光可真毒，被玻璃阻拦后照射下来依然火热。

孟之旭搓了搓脸，挪开旁边的书包横躺下。

周窈放弃学舞是在 2009 年，她刚要升高中的那个夏天。

她学的是古典舞，父母帮她在安镇报了个班。刚开始周窈还兴致勃勃，还专门在 mp3 里下载了许多音乐留着路上听。

渐渐地，她就没了兴致。

不仅仅是舞蹈给她身体带来的疼痛造成的，与炎热天气，以及公交车上充斥着的汗味也有关系。

跟她同一班车的，总有几个去镇上学校篮球场的男生，去的时候还好，回来时一身臭汗熏得她每次都闭眼假寐。

运气好她站着没人靠近，运气不好坐着时，前后左右几乎被这种味道围满。

她记得有个总爱穿黑衣服的男生，原因无他，他总是形单影只，手里拎着个篮球，而其他男生都是成群结队的。

某次在车上还碰见了小学同学，周窈乍然之下没认出来，可印象中有这个名字。

她在这个镇上上了几年学，五年级的时候跟着父母转到了无锡。

周窈每次看到那个穿黑衣服的男生，每每都在猜测对方是否也曾是她的某个年纪的同学？或者校友？

那个男生好像很孤僻，有几次对方坐在她后排，她在车窗反光下依稀看到男生低垂着头，摆弄着脚边的篮球。

跟他一块儿打球的几位偶尔找他搭话，他也只是嗯啊两句敷衍了事。

之所以会关注他，是因为他的皮肤比其他男生都白。

可也不知道具体从哪天开始，她就再也没见过这个人。

公交车后排去打球的男生们依然谈笑嬉戏，好像从未有过那么个人存在过。

番外三　乖巧的直男九爷

重新进入车队后，孟之旭来无锡的次数减少了，一周来两次，不忙的时候周末留在无锡。

周窈觉着他们现在的相处模式挺好的，不必天天见面，也不用隔很长时间再见。两人都有各自的工作与忙碌，也来不及去体验别的情侣间会产生的摩擦争吵。

直到有一天，关荣清突然给她发了条消息。

关荣清：小酒窝，有个女人看上你家小九了

周窈一开始不以为意，毕竟喜欢孟之旭的网上就有一大把，现实生活中肯定也不少，她相信他能处理好。

今天周五，孟之旭正好来无锡。

她临下班前，才收到孟之旭的消息：我今晚可能很晚才到家，不用等我。

周窈看了一眼，没觉得哪里不对劲，下意识就要回好的。忽然间又想起关荣清那条消息，愣了下。

就在她愣神的几秒，孟之旭又解释了下：许锦嘉跟着一块儿来的，非要半路下车找东西吃。

周窈：哦，知道了，路上小心

在外边跟同事们吃完饭回了家，她才发现许锦嘉在五点多时给她发了两条语音消息。

“嫂子我今天生日，晚上在酒吧开了个卡，你有空来不？”

“九爷也在。”

周窈皱了皱眉，孟之旭倒是没跟她说过这事，也不知道许锦嘉邀请她过去孟之旭知不知道。

周窈回：孟之旭知道你叫我了吗？

等了一会儿，许锦嘉没回。

又过了几分钟，他才回：九爷不知道，他要知道肯定不让你去

为什么不让她去？

周窈回：时间和地址发我。

许锦嘉：好嘞，你等会儿，我在开车

晚上十一点，在 F 酒吧。

周窈洗了个澡，重新换了身衣服就出门了，其间问了下安常许锦嘉穿多大码的鞋。

这个点大多商场都快关门了，她速战速决，按照许锦嘉的码数买了双鞋。

这双鞋她见孟之旭穿过，应该也适合许锦嘉。

周窈并没有立马去酒吧，而是先就近找了个地方坐一会儿。

孟之旭在十点多时问她睡觉没。

她回：准备睡。

十一点半左右，许锦嘉出来打电话问她到哪，周窈才现身，将礼物递给他。

“生日快乐。”

许锦嘉接过，笑嘻嘻的：“嫂子你怎么也买礼物了，九爷中午都送过我了。”

“他送他的，我送我的。”

许锦嘉领着她进去。

还没进场，里边喧闹的音乐声就已经如潮水般奔涌过来，一下子震得她耳根发麻。

里面人还没来多少，穿着统一服装的服务员正在各个卡座旁整理。

有人迎上来，许锦嘉报了个数字，那人领着二人往前。

他包的卡座在二楼，一上去，周窈就看到仰躺在沙发上的孟之旭，一掌

盖脸，并未参与其他几人的谈笑。

在他身旁，坐了一位长发女生，白色短裙，手中正甩着骰子，边与旁人说笑，边不受控制般往他的方向倾倒。

许锦嘉离开时只说去接人，没说接谁。

里面大多是许锦嘉的朋友，并不认识周窈，再加上灯光昏暗，只瞧得出许锦嘉领了个穿裙子的女生进来，大家就瞎起哄："小许，新交的女朋友啊。"

许锦嘉上来就给那人一脚："放屁，这我嫂子。"

众人不信，暧昧地哟了起来。

周窈看着孟之旭，犹豫着是坐他旁边，还是坐他和白裙子美女中间。

"九爷，你媳妇来了。"许锦嘉倾身推孟之旭。

沙发上的人睁眼，鼻尖充斥着陌生香水味，他往边上挪了下，再抬头就看到一旁站着的小姑娘。

小姑娘穿着白裙子，笑吟吟的，看起来乖巧极了。

而另一边，短裙子的女生正一掌拍在他肩上，说话带着笑意："孟小九，你正好醒了，帮我玩一把吧，他们欺负女生。"

孟之旭似乎没听到她的话，只是看着周窈，而后手撑沙发往靠近周窈方向挪动，一手将她拉进怀中。

突然跌落，周窈小声惊呼，座位上其他人见状后知后觉察觉出真相，才纷纷唤她嫂子。

周窈就卡在他和短裙子女生中间，他手掌箍在腰间，头埋在她脖子里嗅了几下。

他沉沉笑着："小骗子，不是准备睡觉了？"

周窈也低声回："怎么，孟小九是嫌我妨碍你了？"

说完，他笑得更厉害了，埋在她脖子里咬了口，周窈吓得一缩，胳膊肘碰撞到旁边的女人。

周窈忙道歉："对不起。"

女人撩了下耳边的长发，不以为意，笑着说："没事。"

女人朝这边瞥了一眼，那一眼却没看她，盯的是孟之旭。

女人叫黎棠棠，严格来说跟这里面的每一个人都不怎么熟悉，最熟悉的就数孟之旭了吧。

没错，她确实看上孟之旭了，也知道他有对象。但结婚都能离婚，她为什么不能喜欢有女朋友的呢？

黎棠棠的母亲跟孟之旭的母亲是同学，春节期间两位热衷于麻将的母亲突然心血来潮，给黎棠棠和孟申来了场相亲。谁知黎棠棠到了孟家后，没见着孟申，倒是一眼看中了孟之旭。

孟之旭她有所耳闻，是个小有名气的赛车手，最主要是，长相符合她的审美。

黎棠棠高中就被送去国外念书，什么样的男人没见识过，像孟之旭这样的，她坚信也是一拿一个准。

可这几个月下来，她才发现孟之旭确实有些难搞。

不爱回信息，不随便接电话，也不怎么回她信息。

这次她来无锡游玩，要不是托了申阿姨请他当导游，估计两人也没见面的机会。

孟申近日正巧也在无锡出差，申阿姨那边还误以为她是来找孟申，并未多想。

黎棠棠打听过了，孟之旭女朋友跟她一样大，不过长得乖巧。

也对，男人都喜欢这样的，没什么好稀奇。

见到周窈那一刻，黎棠棠也没有很惊讶，长相在她意料之中。

热恋期的情侣，最令人讨厌。

黎棠棠跟许锦嘉他们喝酒玩骰子，也不忘关注一下靠在一起的小情侣。

见二人同时离开，许锦嘉骤然回头："九爷，这就走了？"

周窈笑着回："没呢，我不认路，他陪我去一下洗手间。"

黎棠棠一手掀开骰子，声音不大，似笑非笑："护得这么紧啊。"

等二人走远，黎棠棠也拍拍手起身。

许锦嘉问："棠姐，不玩了？"

"去个洗手间，稍后再来。"

有人问："需要有人陪吗？"

黎棠棠手里放下手中的电子烟，笑了下："我又不是路痴。"

F 酒吧有两个洗手间，一个是男女分开的，一个是男女合用。黎棠棠去了就近的男女合用那个，刚走两步，就有男生前来要联系方式。

这种一般都是酒店营销，来拉生意的。黎棠棠并未拒绝，来一个给一个。

洗手间门外，她看到孟之旭背倚强在等人。

黎棠棠笑着过去："孟小九，给人看门呢。"

孟之旭乜了她一眼，黎棠棠不怒反笑，靠近几步："明天有时间吗，你妈让你领我四处走走，你对无锡应该挺熟悉的吧。"

孟之旭站直，"找我哥去。"

"你哥忙。"

"我也忙。"

黎棠棠问："忙你那个小饭馆？那明天我过去给你捧捧场？"

孟之旭极轻笑了下："行。"

"那说好了，我明天想吃你亲自做的菜。"

"那抱歉了，"他说，"明天我得陪老婆。"

黎棠棠也不生气，笑道："孟小九你不行啊，为了女人连钱都不赚了。"

"不好意思，我赚钱是为了老婆。"

黎棠棠哑了哑，一时噎住："看不出来，你还是个恋爱脑。"

孟之旭垂眸，双眼并不十分聚焦地看着她："黎棠棠，我这边没有路的，你绕道吧。"

她沉默地回望过去。

这个男人的脸精致帅气，严格来说，他的相貌在她所有认识交往的男性中数一数二。

沉默许久，黎棠棠望着他笑了，重重叹了口气："孟之旭，你还挺男人的。"

孟之旭不为所动，侧头瞥一眼洗手间方向。

黎棠棠："行，我知道你意思了，以后就不打扰你了。"

前前后后、若即若离地追着一个男人两三月了，她没工夫在同一个男人身上玩什么情根深种，这个不行，那就换一个。

从洗手间回来，周窈就发现身旁的短裙子女生坐到对面去了，换成了许锦嘉。

一落座，孟之旭立马像软体动物一样靠了过来，闭着眼睛嘟囔："困。"

他不玩，许锦嘉就把周窈拉了进来，教她掷骰子，输了酒归九爷。

晚上回去，周窈开车，孟之旭在副驾驶。

黎棠棠来车里拿走了外套，并对许锦嘉说："注意安全，我先走了。"

许锦嘉跟他几个朋友一块儿回，嚷着非要送她。

黎棠棠朝这边看了眼，好像是在看孟之旭，又好像在看周窈。

周窈搞不清楚她的情况，还是客套地问："你住哪儿，我送你吧。"

黎棠棠低头摆弄手机："不了，我就住附近酒店，已经叫了车。"说完，就见她朝着路边一辆车招手。

回到家，已是凌晨。

孟之旭压根没喝多少酒，开车时一直侧眸盯着她。

回了家也还是老看她。

周窈反瞪他一眼："看什么？"

孟之旭跟着进门换鞋，瞥见鞋架上方多了个白色小包，包上挂了个陈旧的蓝色玩偶。

他随手拽了下玩偶脑袋，回："看一看吃醋的小姑娘是什么样的。"

"现在见识到了？"

孟之旭不以为意，到厨房倒了杯水喝，淡声道："也不怎么样，可能是小姑娘不怎么喜欢我，醋味不浓。"

周窈被他气笑，进厨房直接给他拎了瓶香醋："嫌醋味不浓是吧，凑这儿闻，可浓了。"

他一脸淡定地凑过去，不是冲着香醋，而是凑近她的脸："我尝尝。"猛不丁在她唇上亲了下，亲完又说，"浓吗？没尝出来。"说完，放下手中的杯子，跨步过来一把将人拦腰抱起。

周窈短促地低声惊叫，脚上的拖鞋掉了一只。

孟之旭抱上人径直往卧室方向走，怀里的人双手环着他脖子，还一直喊着："鞋，我鞋掉了！"

他不耐烦地啧一声："爷抱你，还要什么鞋。"

这夜，孟之旭似乎做了个梦。

梦里是在一个充斥了阳光的楼梯间。

眼前有个穿长裙的女生，背对他迎着光拾级而上。

女生背后，有一只蓝色的玩偶晃啊晃，直至消失于白色光芒中。